天井湖畔的枪声

陆峰◎著

中国文史出版社

图书在版编目（CIP）数据

天井湖畔的枪声／陆峰著．-- 北京：中国文史出
版社，2025.1. -- ISBN 978 - 7 - 5205 - 5204 - 2

Ⅰ. I25

中国国家版本馆 CIP 数据核字第 2025LQ5847 号

责任编辑：程　凤

出版发行：**中国文史出版社**

社　　址：北京市海淀区西八里庄路 69 号　　邮编：100142
电　　话：010 - 81136606　81136602　81136603　81136605（发行部）
传　　真：010 - 81136655
印　　装：廊坊市海涛印刷有限公司
经　　销：全国新华书店
开　　本：787 × 1092　1/16
印　　张：24
字　　数：236 千字
版　　次：2025 年 5 月北京第 1 版
印　　次：2025 年 5 月第 1 次印刷
定　　价：79.80 元

献给

中国人民抗日战争暨世界反法西斯战争

胜利 **80** 周年

铜陵，盛产铜也盛产"红色故事"

查屏球

铜陵世称中国铜都，这里盛产铜，也盛产"红色故事"。因为在铜陵这片金属的土地上诞生着一个又一个革命传奇。陆峰先生的小说《天井湖畔的枪声》就是展现"革命传奇"最好的佐证。

鲁迅文学奖得主，著名作家陈彦曾说过，作家、艺术家要有自己长期深耕的土地。陆峰先生就属于这一类作家，他的专业虽然属理工类，且在与文学无关联的职业岗位上任职，但他的心中始终蕴藏着对文学的敬畏和写作的冲动。多年来他一直遵循"挖掘熟悉的史料，采撷鲜活的素材，以本土元素为底料，用红色基因打底色"的创作准则，默默地耕耘着自己的文学领地。他不仅夯实了文学创作的基础，也取得了颇丰的创作成果，写出了一批有影响的作品。如报告文学《永远的风景》、乡村纪实《走进沈桥》、长篇诗歌《红船之旅》、历史小说《铜官山风云录》等。特别是长篇巨著《铜官山风云录》一书，就是以铜陵著名的铜官山铜矿为背景，挖掘本地史料，以小说的形式艺术地还原了中国近代"收回利权"运动中铜陵的民族资本家围绕收回铜官山矿开采权，与英国列强缠斗，与晚清朝廷

1

抗辩，引领国人走上反对帝国主义经济侵略，维护国家利益历史舞台的艰难历程，揭示了先贤们向世界发出"中国的民族资本走向何方？"这一世纪之问的忧国情怀。刻画出一批爱国民族企业家在"外保主权内争商利"中顽强不屈，宁死抗争的形象，作品演绎出了一幕幕绝境重生战胜对手的精彩篇章。该书的出版不仅提升了铜陵文化的影响力，反响甚佳；而且对确立铜官山矿作为中国近代"收回利权"运动的发祥地起到了有力的支撑，从而奠定了铜陵人民发起的"收回铜官山矿权"这一反帝爱国运动在中国近代史上的历史地位。即将付梓的《天井湖畔的枪声》反映的则是伟大的抗日战争，日本帝国主义入侵铜陵，企图掠夺铜官山矿产资源，铜陵人民，特别是铜官山的矿工和民众在中国共产党的领导下，奋起反抗，组织抗日武装——井湖游击队，为保卫家园而浴血奋战，在与日军、敌特、汉奸斗争中，取得保矿护矿节节胜利的传奇故事。

小说《天井湖畔的枪声》和《铜官山风云录》虽然在表现主题和文本架构上相同，可以说是《铜官山风云录》的姊妹篇，但《天井湖畔的枪声》一书在艺术表现和创作手法上又呈现出诸多的特色：一是艺术感染力更强。作品主题突出，抗战爱国怀惊贯穿全书，敌我双方人物个性显明，情节设计奇巧，事件线索清晰、连贯完整；二是作品的可读性更强。作者以故事情节和人物层层相扣的方式，叙述抗战事件和斗争过程。过程曲折多变，情节的戏剧化效果明显；三是融入本土元素更多。作者有意将本土传统民俗和文化元素穿插其中，不仅写侵略者的残暴、写游击队与日寇斗智斗勇，也写到了市井人文，传说掌故，风物特产等。并将其巧妙地植入到故事情节和人物场景之中，既让读者感受到那段血与泪、生与死的厚重历史，感受到敌人的狡猾歹毒、战争的残酷严俊；又能进一步赏析如诗如画如戏如影文化风韵，重温五彩缤纷的地方习俗，以强化读者对日寇践踏我中华锦绣山河的愤慨，激发民族的复仇感；四是语言更为生动。作者在文本叙述中，强化了语句的音韵效果，语气极赋节奏感，同时文本中恰到好处地采用了一些方言语词，极具铜陵特色，使整部作品语言既流畅又赋有个性。总之《天井湖畔的枪声》是功夫之著，句句用心，笔笔含情，该书不仅是展示铜陵人民反帝爱国精神的又一力作，又是一部具有较高艺术水准的文学作品，值得一读。

陆峰先生以一个作家当担和对故乡这片土地的热爱，用手中笔将抗战御敌岁月中，铜陵人民打击日本侵略者掠夺我国矿产资源的历史片断和惊心动魄的斗争场景展现于世，将革命传奇中的典型人物塑造成文学形象，目的是让民族抗争的史实凝聚在铜都的星空、让充满家国情怀的铁血儿女走进城市的记忆，以礼赞这片英雄的土地，昭示今天的我们点亮中华复兴的梦想。这是作者创作此书始终坚持的初衷和动力。

读罢《天井湖畔的枪声》，我对陆峰先生的创作初衷和动机有了更新的认知：铜陵人民曾经的爱国事迹应当铭记，那是我华夏英雄的风骨，生而托樑架栋，死则血荐轩辕。而如今，和平盛世，虽忠魂远行，但音容宛在，我们更应不忘初心，庚继血脉，怀志立远，建功当代。

写到这里，我想起了明代诗人李日新在赞美铜陵时，为我们留下的诗句："千年宝气光霄汉，莫说铜官只有铜。"是的，在中国革命和抵御外来侵略的斗争中，一大批铜陵铁血儿女面对强暴、面对死亡，勇往直前，宁死不屈。他们所展现的信仰、意志、精神正是留在这片金属的土地上，激励我们前行的宝贵财富。

（作者系复旦大学中文系教授、博士生导师）

目　录

引 子

天井湖水碧如蓝　龙女护民千古传
铜官山石金光闪　山神保矿万人赞

铜陵，坐落在长江南岸。有山有水。

先说水，铜陵有仙水。

万里长江经一条叫大通的支流与城里的一片湖泊相连接，形成了县城通往长江的天然水路。此湖便是天井湖。天井湖本是无名之湖，说到这天井湖，城里人都知道这湖名的来历与一则传说有关。相传很久很久以前，一群天庭的盗贼到此地的一座叫"铜官山"的宝山盗窃镇山之宝。盗贼的船行至天井湖上，被守山的铜官山神发现，山神随即飞至湖面阻挡。山神以一当十，不畏强暴，虽势单力薄，但足智多谋，一面与盗贼搏斗，一面学鸡鸣。一时间，湖畔四野雄鸡纷纷引吭啼叫，盗贼们惊慌失措，情急逃避，合力握篙撑船，一篙撑破了湖底，顿时江水涌入，盗贼拔起神篙，篙洞化成了天井，盗贼也就从天井入江逃脱了。从此这无名之湖也因天井与江海相通了起来，并得名"天井湖"。同时，山神护宝有功，铜官府帝下旨在湖心岛上建起山神庙一座。湖中有天井，岛上建山神庙，这稀奇之事，人间传，仙界也在传，事毕赢得了各路神仙的好奇，于是有关天井湖

1

的传说就不断了。相传东海龙王小女，从小崇拜英雄，听闻山神独战群贼的传奇，想一探究竟。一日她偷偷出游，避开江海守卫，畅游到天井湖中，登上湖心岛观赏天井、拜谒山神庙。龙女在山神庙拜祭山神之时，只见一憨厚打鱼郎，将自己捕捞到的鱼虾供奉山神，乞求山神保佑自己瞎眼的病母病愈眼明。龙女见状，被鱼郎孝心所感动，遂变成美丽的海螺游入湖中，有意让渔郎捕捞。海螺被渔郎捕住后，有人见海螺艳丽神奇出高价购之用于展示赚钱，打鱼郎不忍卖钱，而是放养在家中水缸里。自此以后，家中出现奇事，米缸里不缺米，灶间有柴烧，小伙子早出晚归，总是锅里有热饭，碗里有热菜。一日，打鱼郎临近中午突然归来，只见一位年轻貌美的女子在操持家务，才将谜底揭开，是龙女脱去海螺外壳化身年轻貌美的女子在帮助自己。从此，龙女和渔郎一对有情人真心相爱，山盟海誓结为了夫妻。正当他俩欢欢喜喜、恩恩爱爱憧憬美好生活之时，龙王派遣龙宫守卫找回小女嫁给章鱼精，龙宫守卫得见龙女与穷汉成婚，遂用暴力胁迫其返回龙宫。龙女不从，拼力争斗，龙宫守卫难擒龙女。龙宫守卫使出阴招，吸干湖水，旱死禾苗，逼迫百姓驱赶龙女。百姓识破了龙宫守卫之计，保护着龙女不被掳走。龙女被人间大爱所感动，为感恩百姓，将自己变成了一只巨大海螺，从天井倒吸海水到湖中，决心"不做东海金玉叶，誓保人间活命泉"。龙女坚守初心，天长地久，斗转星移，遂将自身大海螺化作绿意葱葱，松柏常青的螺丝山，环绕在天井湖畔吸水滋养此地。人们为纪念龙女，天井湖也被称作龙女湖，天井湖的水也被称作仙水。

说完了水，再说山。

铜陵有宝山，也就是天井湖传说中天庭盗贼行窃镇山之宝的铜官山。铜官山坐落在铜陵县城东北方、天井湖的西侧，距铜陵县城有 10 来里路。铜官山是指铜官山山脉最大的山，最高峰海拔 420 多米。铜官山山脉是由大铜官山、小铜官山以及长龙山、铜井山、东瓜山、螺丝山、笔架山、金口岭等组成，由南向北连成一片，峰谷绵延，山峦起伏，草木旺盛。铜官山称为"宝山"，主要是该山地下矿产资源丰富。以铜矿为主，伴有金、银、铁等稀有金属。历来是朝廷的"官家"开采地，开采的铜矿石主要是朝廷用来铸造国家流通的钱币和宫廷用的青铜器。早在春秋战国时期，这里的先民就发现了此地产有铜矿石。此山本来也无名字，西汉朝廷封此山为"官山"，就在此设立了全国唯一的"铜官"一职，长驻此山，来监督铜矿的开采和冶炼，"铜官山"这个山名也由此而来。随后南唐时期朝廷在此山设立了"铜官场"，宋代设立"利国监"，元明时代在此设立"梅根冶""永丰监"等国家机构，来管理铜矿开采和冶炼。围绕铜官山民间也有传说：相传铜陵"物华天宝 人杰地灵"之美誉，全靠铜官山的宝物——"铜"来保佑。铜陵盛产"八宝"，这"八宝"也就是百姓常说的铜、铁、金、银、锡、生姜、蒜子、麻。不过，这"八宝"虽是生长在地层之下，但它们都是八条地龙的化身，长卧此地，在护佑着百姓众生。因为铜陵位于长江之边，那长江里的江神娘娘白鳍豚，其实是江中水妖的变种，恶缘未尽，秉性难改。白鳍豚躲藏在长江江宫里，每逢初一、十五就要出来祸害百姓。由于这八条地龙分别安歇在铜陵的四面八方，威力巨大，这才抵抗住水妖白鳍豚的魔力。此地每年能够风调雨顺，五谷丰登，百姓安居乐业，全靠这八条地龙保护着民众。而这八条地龙的首龙，就是铜官山地心里的"铜"。铜既是八龙之首，也是镇山之宝。谁得到这一宝物就能获得神奇力量，主宰天下，因此铜官山之铜也就成了各路盗宝贼的目标，天庭的盗贼也不例外。

最后说说山神、龙女。铜官山山神忠于职守，护宝事迹备受推崇，已被铜官府帝下旨塑像建庙供奉。但龙女坚守真爱、化螺吸水为民的壮举被百姓称颂、广为流传。铜官山的山神深知龙女和鱼郎结缘于此源于自身，为表达对龙女的敬重，遂向铜官府帝请旨将铜官山与螺丝山结为兄弟之山，将天井湖与两山结为山水之盟，共同护卫铜陵安危。

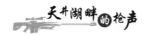

天井湖、铜官山这些传说中的山神、仙盗、龙女、鱼郎、宝物演绎的前世情缘珍藏在铜陵人心中，像一壶老酒在时光酿造下醇香味浓，一辈一辈地流传着，虽然人们深知这些都是传说，都是演义，但对山神、龙女的敬重和对盗贼、恶神的憎恨还是泾渭分明的。

斗转星移，朝代更迭。

时间的指针定格在 1937 年 7 月 7 日，中国北平卢沟桥上的枪炮声划破了中华大地的宁静，日本帝国主义向中国发动了全面侵略战争。泱泱中国硝烟四起，山河破碎。日军进犯铜陵，一群真正的强盗闯进了天井湖畔。

然而，当穷凶极恶的盗宝贼——日本侵略者的铁蹄踏入铜陵，传说中的山神、龙女等神仙法力再大，也无力去阻挡。而能够担起保卫铜都、守宝护矿大任者，则是中国共产党领导的抗日武装——井湖游击队。

我们的故事就从这里开始。

第一章

日寇铁蹄踏铜陵　　千年铜都遭涂炭
掠夺资源盗宝藏　　目标紧盯铜官山

1938 年 2 月 17 日。

江南的二月，春寒料峭。雾锁的大江，浮云蔽日。

这天，正当人们期盼雾散云开，立桅扬帆之时，突然，一艘艘悬挂着日本国旗的军舰，在日军飞机的配合下，出现在长江江面上。

"瞄准目标，开炮！向铜陵前进——"

在日军舰队首舰"武藏"号的甲板上，一个身材粗壮，满脸横肉，脖子上挂着望远镜的日军军官，正挥舞着战刀指挥军舰向前行驶。此人便是侵华日军陆军部 130 旅团 133 联队长武英本吉大佐。他率领着侵华日军，从上海吴淞口出发，沿长江逆水而上，正向铜陵进犯。

在国民党守军的溃败中，日军军舰长驱直入，一举攻占了铜陵的大通港。随后，日军换上军用登陆艇，在艇头架起机枪，一边疯狂扫射，一边向县城方向行进。在日军的指挥艇上，随武英本吉大佐一同侵犯铜陵的还有一位身着西服、面色阴沉的日本人，他就是日本陆军部经济科派遣到铜陵的产业接收专员夏井志雄少佐，他负责接收占领区的中国企业。

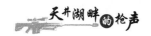

日军登陆艇经过扫把沟江段驶进了与县城接壤的天井湖。

"报告！大佐阁下，在我空军联合攻击下，湖里那些逃窜的支那人船只已被皇军击沉。只有一小部分支那人的民船，在几只双桨小划船的指挥掩护下，钻进芦苇荡，逃出了包围圈！"

日军报告完毕。

"那几只双桨小划船是中国的什么队伍？"武英本吉追问道。

"据陆军部的情报，可能是中共方面领导的潜伏在铜陵的秘密物资运输线的船。"日军继续报告。

"物资运输线的船？"

武英本吉昂着头，望着湖面上一艘艘被炸翻的船只，不屑一顾地重复了一句。

然后，他高高地举起战刀，嘴里发出最新的命令。

"登陆，上岸！占领县城！"

日军占领了铜陵。从此，号称千年"铜都"的古城进入暗无天日的时期。

铜陵位于安徽省中南部，是长江中下游南岸的一个小县城。区域不大，方圆也就百来里地。县城南边是天井湖，东边就是铜官山。日军从天井湖登陆，进城后封路设岗，全城戒严。烧、杀、淫、掠，暴戾恣睢，无恶不作，县城尸骨遍地，血流成河。日军残暴行径逼得城里百姓躲的躲、逃的逃。坐落城西的原国民党县政府大屋空空如洗，县府官员早已逃之夭夭。

日本人占领铜陵后，日军最高指挥官武英本吉立即将司令部设在原国民党铜陵县政府里。日军在县政府的大屋顶上悬挂着日本军旗——旭日旗。在大门口挂出了"日本陆军部130旅团133联队驻铜陵司令部"的招牌。从此，这里就成了日军驻铜陵的指挥中心，日军一道道罪恶的指令就从这里发出。

此时，武英本吉正召集军官们研究日军在铜陵的布防。

他站在司令部的作战室中央，眼睛注视着正前方悬挂的中国地图，目光不停地随手中的指挥棒在地图上转动。

围站在武英本吉身边的日军军官们个个屏住呼吸，随时等待他发出命令。只有屋外日军飞机断断续续的轰炸声把这间作战室震得摇摇晃晃。

这间作战室原是国民党铜陵县县政府县长室，现在变成了日军作战室兼武英本吉的办公室。作战室墙上原先悬挂中国国民党先总理孙中山画像的位置换成了日本裕仁天皇的头像。在挂着裕仁天皇头像下端的供桌上，架着一把日本战刀。这把战刀十分别致，镶饰美观，刀身通体雕刻樱花花纹，刀柄上刻有金字。战刀摆放也十分特别，战刀的位置和距离，与裕仁天皇头像的目光形成一线，仿佛这战刀的一举一动都在天皇的视线里。这种摆设表达的寓意只有战刀的主人武英本吉心里清楚，那就是："天皇指挥着战刀，战刀护卫着天皇。"

武英本吉是日本皇族后代。日本皇族是没有姓氏的，因为天皇自称是天照大神的后裔，皇族子孙只有名字。武英本吉原本只有名字叫本吉，但为了从军入伍，他取用了"武英"这个姓氏，意在成为"武力征服世界的英雄"。武英本吉从小就接受了军国主义教育，对先祖明治天皇睦仁"崇尚武力，称雄天下；万里征伐，争霸世界"的雄心极其崇拜，对他御准的日本政府"大陆政策"战略倍加赞赏。这个所谓的"大陆政策"也称为日本实施扩疆增强的百年计划。这个计划是日本自明治维新后，日本政府"不甘处岛国之境"，立足于国情企图通过武力和战争手段侵略和吞并朝鲜、中国等周边大陆国家的对外扩张政策。该政策的终极目标是形成以日本为中心的世界格局。日本政府的"大陆政策"分为几个阶段，从明治时代就按步骤有计划地在实施：第一阶段从1868年开始，这年4月明治天皇睦仁向国民发布了《安抚亿兆·宣布国威宸翰》，他在这个后世简称为《宸翰》的天谕中，发出"开拓万里波涛，布国威于四方"的旨意，后进

犯朝鲜，征服韩国，到 1876 年 2 月强迫朝鲜签订日朝《江华条约》，又称《日朝修好条规》。第二阶段从日本完成对朝鲜的控制后，把入侵的目标对准中国沿海周边地区，到 1895 年 4 月中国政府被迫接受《马关条约》。日本通过武力占领了中国的台湾、琉球岛以及香港周边列岛。第三阶段从中日《马关条约》签订后，日本有意将日俄战争的战场引至中国东北地区，通过在中国东北地区与俄国交战，后与交战国俄国共同完成了对中国东北的控制，实现了第三步目标。在完成前三步计划后，日本政府实施第四步计划：扶持退位的中国清朝皇帝溥仪在中国东北建立伪满洲国，开始向中国内陆扩张。武英本吉每次重温这个计划，先皇的宏愿和日本政府实施的结果都让他热血沸腾。作为皇族子孙，武英本吉本不需要从军，但他深知日本对华战争扩大后，兵力远远不够。他从厚生省发布的国情咨文中了解到日本国内人口只有 7300 多万，除去老人、儿童、妇女，适合当兵的兵员不到 1000 万。如果再除去满足国内工业、农业生产等部门需要的人口数量，真正的兵员不足 500 万人。而这 500 万人分布到中国以及东南亚各个战场，显然不能满足日本开拓战场延伸战火的需要。为筹集兵力奔赴前线，裕仁天皇号召全民皆兵。武英本吉响应天皇之谕训，决定披甲上阵，主动请缨出国参战。作为皇家子孙出国作战，他获得裕仁天皇御赐战刀一把，刀鞘镌刻"圣战必胜"四个字。武英本吉把这把象征荣誉和身份的战刀一直佩戴在身边，他骨子里流淌着皇家的血液，"听天皇的指挥、为大和民族而战"是他不变的信条。所以，他把天皇御赐的战刀按照皇家独有的方式放置在作战室就是时刻提醒自己身上肩负着重任。

武英本吉带领部队从上海出发前，就深知自己的使命。陆军部派 133 联队驻扎铜陵是赋予了他特殊的任务。

日本侵华战争全面发动后，战备物资匮乏，国内供给不足。日本政府决定利用战争中获取来的人力、物力和财力推进战争，制定了以掠夺中国资源保障战争需求的政策。日本政府为实现其以战养战的罪恶目的，内阁兴亚院不仅制定了经济侵略的各项政策，而且先后设立两大国策公司：华北开发株式会社和华中振兴株式会社，作为执行经济侵略政策的大本营。侵华日军各部队在各占领区建立了战略物资管控机构，由陆军部经济科管辖。陆军部经济科按内阁兴亚院要求，在中国各地设立商业公司作为"国策公司"子公司来分区域管理各占领区内的各类资源。安徽铜陵是中国重要的矿产资源集聚区，以境内铜官山矿为主体的矿山群藏有十分丰富的有色金属矿产。特别是铜矿资源闻名于世，铜陵也被冠以中国"铜都"的称号。以铜为主的矿产品正是日本制造军火急需的战略物资。同时，铜陵位居长江中下游南岸，有着天然的黄金水道通往长江上下游和完备的水上码头，铜陵开采的铜矿石通过长江航道运往上海，在上海经过破碎、熔炼处理后，从上海运到日本非常便捷。因此，日本陆军部经济科把铜陵作为对华战争战略资源储备和输出的重要基地。陆军部经济科在上海成立的华中矿业股份有限公司，专门制定了《安徽铜陵铜官山矿业开发计划》，准备大规模地加速开采铜陵铜官山矿产，以解决日本国内铜资源不足、军火生产缺乏原材料的困境。

《安徽铜陵铜官山矿业开发计划》是日本陆军部经济科制定的中国战区战时特殊资源金属矿产管控计划的重要组成部分。金属矿产管控计划每一个子项目的命名，都是以矿产产地中国汉语拼音第一个字母加金属元素字母以及该金属元素在化学周期表中序列数确定。因此《安徽铜陵铜官山矿业开发计划》又被密定为"TCU29 掘宝计划"。整个计划分为三部分：第一部分是将铜官山矿区现有井口采矿权全面掌控，迅速对含铜品位高的矿区进行采掘；第二部分是以铜官山矿区为轴线横向向四周延伸，沿地下矿脉纵向向深层拓展；第三部分是在矿山开采过程中收集稀有金属矿产。每一部分都有时间要求和进度设计。整个计划的核心就是获取铜官山矿产开采权，加速开采铜官山地区铜矿资源，满足日本战争需要。

如何获得铜官山矿产开采权？

武英本吉知道根据日本内阁兴亚院制定的中国战区战时《敌产管理法

案》，皇军大本营早已发出了命令，那就是对占领区的企业实施"军管理"。按照《国际公法》和内阁兴亚院制定的《处理战时敌产法规》没收"敌方官产"。对敌产中的私人企业暂由皇军"代为保管"，以防止那些对"圣战"心怀不满的"不逞之徒"有意破坏。对铜官山矿区而言实施"军事管理"，那就是对国民政府的资产一律没收，而对矿区私人产权的矿山一律"代为保管"。但是皇军"代为保管"私营矿山，必定会遭到矿山主人的拒绝。在华东、华北占领区这种不愿与皇军"合作"的气焰虽然都被皇军用刺刀遏制住了，但在铜陵不可轻视，因为自己查阅过铜官山的历史，40多年前英国人联合日本、法国、美国等企图从中国人手中夺得铜官山铜矿的开采权都被铜官山矿的主人拒之门外。

武英本吉知道，实现"TCU29掘宝计划"最大的障碍就是来自中国人的抵抗。为了加强对铜陵地区的管控，陆军部特别请求日本对华作战大本营，调遣管辖"钢都"辽宁鞍山的130旅团133联队驻守铜陵。133联队曾是日军侵入中国后统治资源性城市，管控矿山得到大本营嘉奖的联队。陆军部调遣133联队驻守铜陵，就是要把铜陵这座坐落在中国南方皖南地区的"铜都"变成北国"钢都"一样，牢牢控制在皇军手中，为大日本帝国源源不断地输出宝藏。陆军部让自己率133联队占领铜陵，任务就是要消灭抗日武装，保障铜陵地区社会治安稳定，确保铜官山矿产开发计划的实施，为"圣战"提供战备物资。

"诸位，皇军在铜陵的布防就是要围绕铜官山矿区，每个大队的任务只有一个，消灭本地区的抗日力量，遏制中国人的抵抗势力。"

武英本吉手指着地图上标注为"铜官山"的一块区域，目光从地图上转向围站在他身边的日军军官们。

"是!"站在两边的日军军官们恭敬地回应。夏井志雄身着军装也在其列。

随后，武英本吉回到指挥台主席位置上，众军官在指挥台两侧坐下，他宣布各大队在铜陵地区的驻扎位置和任务。

武英本吉在铜陵地区划出了 6 处驻军点，每个驻军点驻扎一个日军大队。这 6 个驻军点分别是：在铜陵县城驻扎一个大队，大队长伍平措三；在铜官山矿驻扎一个大队，大队长渡边；在长江口岸大通驻扎一个大队，大队长光熊郎；在扫把沟驻扎一个大队，大队长田口一首；在顺安驻扎一个大队，大队长安日九峻。

武英本吉的布防目的非常明显，就是要封锁铜陵的四周，拱卫铜官山矿区，便于掠夺铜矿资源。大通是铜陵的南面，也是通往外地的唯一水上交通要道，在这里驻军如同在长江咽喉上插了一个楔子。扫把沟是铜官山矿区的矿产品运出的集散地。在顺安驻军是阻拦皖南山区抵抗组织从东面侵犯铜官山矿区的最佳位置，因为顺安是从东面进入铜官山矿区的必经之路。天井湖位于铜陵县城西面与铜官山相连，是阻隔进入矿区的天然屏障。有了这样的布防，铜官山矿区就被包裹得严严实实。从战略的角度考量，铜陵东、南、西、北形成掎角之势，任意一方发生战事都能相互策应，在武英本吉看来这样日军就能稳守铜陵这块宝地。

"夏井君"，武英本吉宣布完各大队驻守的具体位置和任务后，接着就点到夏井志雄的名字。

"有！"夏井志雄以一个标准的军人站姿从座位上站起并回应着。

"你要迅速对铜官山地区的矿务进行接管，保证矿山正常运转，早日实施铜官山矿开发计划。大日本帝国期待着这里开采的矿产品制造军火，为'圣战'服务。中国人十分狡猾、顽强，对中国人的抵抗一定要统统消灭。渡边大队要全力配合。"

武英本吉说着目光就向渡边扫去。

"是！"这时渡边也从座位上立刻站起并回应。

渡边话音刚落。

"大佐阁下，陆军部经济科野藤将军已批准了我们接管矿区的方案，

华中矿业股份有限公司审定了我们的铜官山矿开发计划实施细则。我即日将和渡边君领导的大队对铜官山矿区进行武力攻占，将以迅雷不及掩耳之势全面接管，不给中国人喘气的机会，对矿区的抵抗分子坚决消灭，保证铜官山矿开发计划早日实施。"

夏井志雄高声地向武英本吉报告道。

"好！"

武英本吉听后兴奋地脱口而出，堆满横肉的脸露出满意的表情。

武英本吉的"兴奋"不仅是对夏井志雄刚才"报告"的满意，而且还对他承担接管铜官山矿区这一重任充满信心。

武英本吉深知夏井志雄这次随联队来铜陵接管铜官山矿区是他自己主动请战的。夏井志雄出生在日本三井家族，是日本大阪大学矿业系高才生。毕业后入伍，后被选调到陆军部经济科，早年在关东军所属的满洲矿业课工作。夏井志雄原名叫三井高雄，夏井志雄是入伍后改的。改名的原因是因为三井家族成员拥有三井公司的股份，三井公司又是日本重要财团。为防止家族成员在战争中出现非战斗性意外，特地隐去三井家族印记，只有日本陆军部知道其身份。日本进犯关内，夏井志雄随陆军部调遣的130旅团133联队到达上海。133联队入侵安徽时，他主动要求随武英本吉驻扎铜陵去接管铜官山矿区。

夏井志雄之所以要主动去接管铜官山矿区，是因为他感到不仅能承担"圣战"的使命，而且还能报三井家族的私仇。

三井家族与铜官山矿有何私仇呢？这份私仇还要从夏井志雄爷爷那辈的事说起。

1900年，英、美、德、日、俄、法、意、奥八国联军发动侵华战争，第二年战败的清政府被迫与参战国签订了《辛丑条约》。参战的各国都从清政府那里攫取了不菲的果实，英国为了从战争中获取更多的利益，指派外交官凯约翰爵士率矿业开发团来华。开发团团长凯约翰所属的伦华公司通过贿赂朝廷官员与中国清朝政府的外交部签订租矿条约，英国人获得了铜官山矿的开采权。但是英国人并未履约，在合同已经作废的情况下，凯约翰所属的伦华公司又与日本三井公司签约，将铜官山矿开采权非法转让给日本三井公司。三井公司代表明知中英合同已经作废，但仍拿着与英国人签订的无效转让合同来到铜陵县衙索要铜官山矿开采权，企图霸占矿山，三井公司代表的无礼行径遭到了铜陵各界民众的强烈谴责。特别是三井公司的代表前往铜官府纠缠矿务公所官员时遭到铜官山矿区的矿主和矿民强烈反对和阻拦，在护矿队的驱赶下，迫使三井公司的代表最后落荒而逃，使日本政府企图通过三井公司在中国进行的资本扩张战略彻底失败。日本政府将此次失败归结为三井公司策划不周、软弱无能，致使三井家族掌门人三井小泽不得不在日本首相府发表公开信，向伊藤博文政府的官员们致歉。从此，三井家族前辈们发誓三井家族的后人一定要在中国为三井家族争回脸面。

夏井志雄作为三井家族的后代，时刻谨记着前辈誓言。

夏井志雄得知 133 联队进攻安徽铜陵，他就主动要求参战，承担接管铜官山矿区。他要在铜陵完成家族的嘱托，洗刷前辈耻辱。

武英本吉获知夏井志雄家族史后，他积极向陆军部举荐了夏井志雄。他想夏井志雄能把这份私仇和"圣战"目标融为一体，使两股力量相交织，形成的巨大动力，一定能促使他更好地实施铜官山矿的开发计划。这样就能更好地完成 133 联队驻扎铜陵任务，为大日本帝国的"圣战"勇立功勋。

夏井志雄从武英本吉赞许的语气中，已得到了自己下一步行动的命令。

"大佐阁下，请放心，我和渡边君即日就把大日本帝国的旗帜插在铜官山的最高峰。让铜官山矿区每座矿井开采的矿石都归帝国所有，让中国的铜都成为我们大和民族的资源宝库。"

夏井志雄说完，目光投向渡边，他决定立即行动去接管铜官山矿区。

第二章

县委接受新任务　对敌斗争有方向
书记回城遇险情　花车接应转为安

天井湖里指挥和掩护民船突围的双桨小划船，的确是中共领导的铜陵地下物资运输线的船。

船上的指挥员，叫郑强龙。他是中共铜陵地区党的负责人——中共铜陵县委书记。日军攻占铜陵时，他带领县委的同志组织百姓疏散隐蔽，在天井湖遭遇敌人，他在船上领头指挥，掩护民船转移，闯出了日军的包围圈。从水上突围后，他就一副庄户人家打扮，踏着夜色，翻山越岭，前往凤凰山兴屋岭周村。他要把铜陵被日本人占领后的情况向上级汇报，并接受新的工作指示。

凤凰山俊秀奇险，逶迤连绵数百里。兴屋岭是凤凰山连接铜陵、繁昌、南陵三县接壤的一片靠山洼地。三面环山，一面临河，交通方便，兴屋岭周村是中共皖南特委和皖南游击总队司令部所在地。

兴屋岭周村。

在周村周家大祠堂，也就是皖南特委和皖南游击总队的办公地点和指挥部。此时，皖南特委书记兼皖南游击总队司令员朱承农等领导们正在研究如何落实中共中央关于抗日工作的指示精神。

"同志们，北平卢沟桥事变后，日本帝国主义对我国发动了全面侵略战争，妄图亡我中华，灭我民族。我党以拯救中华民族危亡为己任，高举抗日大旗，团结国民党等一切爱国力量共同抗日。中国共产党中央委员会对我党领导的军事力量进行了新的部署，南方游击队进行了改编，加入了国民革命军的序列，赋予地方游击队新的任务……"

朱承农在向大家传达着上级的指示。

的确，1937 年日本发动卢沟桥事变，全面抗战爆发后，中国共产党高举抗日大旗，把团结全民族抗战作为当前工作中心。中国共产党根据与国民党当局达成的协议，同意对中共领导的武装力量进行统一整编。将在西北的中国工农红军主力改编为国民革命军第八路军，简称八路军，下辖115、120、129 三个师。朱德任八路军总指挥，彭德怀任副总指挥。将中国共产党领导的在江西、福建、浙江、安徽、河南、湖北、湖南、广东 8 省境内 15 块游击区坚持游击战争的中国工农红军和游击队于同年 10 月改编为国民革命军陆军新编第四军，也就是老百姓所称的新四军。1937 年 12 月 14 日，中共中央为了加强对新四军的领导，成立了中共中央革命军事委员会新四军分会，中共中央东南分局书记项英兼任新四军分会书记，陈毅任副书记。12 月 25 日，新四军军部在湖北汉口成立。1938 年 1 月 6 日，移驻江西南昌。北伐战争著名将领叶挺任军长，项英任副军长，张云逸任参谋长，袁国平任政治部主任，周子昆任副参谋长，邓子恢任政治部副主任。下辖 4 个支队和 1 个特务营。

中共皖南特委领导的游击总队现在属新四军第三支队领导。新四军第三支队是由原活动在闽北、闽东等地的红军游击队改编而成的。新四军参谋长张云逸兼任支队司令员，赵凌波任参谋长，胡荣任政治部主任。新四军三支队成立后奉命驻守皖南抗日前线，转战于宣城、芜湖、铜陵等地区，领导皖南地区的武装抗日工作。

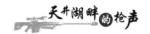

"报告，铜陵的郑书记赶到了。"祠堂外的哨兵进屋向朱承农报告，打断了大家的话语。

"哦，快请他进来，特委正有新的工作交给铜陵县委。"朱承农立即吩咐道。

郑强龙拖着疲惫的身躯跨过门槛，进到屋里。

"朱书记，日本人已侵占了铜陵，国民党的陆军148师、144师、新7师等部队抵抗了一阵子后全部撤出了防区，城内的国民党县政府人员也都逃走了。日军现在铜陵到处杀人放火，强劫豪夺，凌辱妇女，无恶不作。在进出铜陵的道路上增岗设卡，肆意抓人。各条通往外界的道路都被日本人封锁了，我们向中央苏区秘密运送物资的水上运输线已被切断。"郑强龙焦急地报告着。

朱承农听着郑强龙的报告，脸色十分沉重。

听完郑强龙的汇报，他语气坚定地对郑强龙一字一句地说道："日本军国主义亡我中华民族的野心不死，侵占我东三省，成立所谓'满洲国'，分裂我中华民族；制造卢沟桥事变，又将侵略的战火引向全国。日寇进犯华东地区，淞沪会战后，上海沦陷，日军不仅屠杀我民众，还摧毁上海大量工业设施。在南京杀害了我数十万无辜同胞，残暴之极，骇人听闻。现在日军通过长江流域入侵内地，在占领区铜陵烧杀淫掠，暴戾恣睢，这一笔笔血债我们中国人民是一定要这帮侵略者偿还的。"

接着，朱承农说："现在中华民族到了最危险的时刻，我们党根据国内外形势发展的要求，对敌斗争的方向和任务发生了根本性变化：过去我们中国共产党的主要敌人是国民党反动派，现在联合全国各党派、团体带领全国人民抗击日本帝国主义对中国的侵略，这是我们党目前工作的总方针、总任务。全面抗战爆发后，日本侵略者在对华进行军事入侵和政治进攻的同时实施着'以战养战'的经济策略，对占领区的工矿企业通过实施所谓的'军管理'手段进行巧取豪夺，占为己有，妄图以中国的物质资源来保障他们侵华战争的军备补给。铜陵是闻名世界的中国铜都，这一重要的矿产资源基地早已成了日军武力吞噬的对象，铜陵铜官山矿区的矿山企业一定会被日军进行'军管理'，他们将会不择手段地疯狂掠夺铜矿资源。日军在实施所谓的'军管理'中，他们会以'代为管理''合作经营''产权转让'等形式欺骗中国矿主，达到霸占矿山的目的。日军这一卑鄙的手段在占领中国东三省时，为霸占我国工商企业就已使用了。谁来阻止日本人的侵略行径，保卫中国人的矿产资源？现在虽然国共两党达成了合作抗日局面，但国民党内部各派系之间在抗日态度上非常复杂，许多地方放弃了抵抗成了敌占区，政府逃亡人员溃散。中共中央东南分局根据当前抗日斗争形势的需要，要求我们将以前为中央苏区红军兵工厂筹措矿产物资的工作转变为保卫我们的矿产资源不被日本侵略者所掠夺，切断日军物资补给线，让日军'以战养战'的美梦破产。"

郑强龙听得十分入神，朱承农随后向县委布置了新的任务。

他说："特委已得到了情报，日军陆军部已在上海成立了华中矿业股份有限公司，这家公司是日本内阁兴亚院所属的掠夺占领区中国资源的国策公司——'华中振兴株式会社'的子公司。该公司秘密制订了《铜官山矿开发计划》也就是'TCU29 掘宝计划'，企图将铜官山矿的铜矿资源盗为己有，满足日本国内军火生产。根据上级指示精神，特委决定：中共铜陵县委由过去承担为中央苏区兵工厂秘密采购生产物资任务转为保卫铜官山矿产资源不被日军侵犯，参与物资秘密运输线上的铜陵地下组织成员要就地建立抗日武装。在矿区掀起抗日热潮，团结矿主和矿民共同保卫铜陵的矿产资源，阻止日军实施铜官山矿开发计划，粉碎敌人企图掠夺我矿山资源的阴谋。同时打破日军的封锁，筹措战略物资支援新四军等抗日武装。"

说到这里，朱承农转过身让报务员拿出一份电文。

朱承农指着电文，用期待的目光凝视着郑强龙说：

　　"上级已批准了我们皖南特委和游击总队的请求，建立铜陵地区抗日游击大队。不过，队伍要我们自己组建。特委和游击总队研究的意见是：在目前我们开展反对日本帝国主义侵略斗争的特殊形势下，铜陵抗日游击大队的名称、人员数量和组织形式由中共铜陵县委根据当前对敌斗争的实际情况确定。由于铜陵抗日工作的特殊性，你这个县委书记既要担任游击队队长，同时也任政委，队员由你们县委决定。保卫我们的矿产资源不被掠夺，是你们游击队的主要任务，这也是打击日本侵略者的新战场。郑强龙同志，落在你肩上的担子不轻啊。"

　　郑强龙听了朱承农书记的一番话，心里敞亮了许多，他对铜陵县委今后的工作任务心里有了底。但朱承农书记最后提醒他的那句"担子不轻"的话直抵郑强龙心底，因为他对如何开辟这抗日新战场脑子里确实是一片空白。

　　抗战以前，他领导的中共铜陵县委军事武装工作主要任务就是依托铜陵丰富的矿产资源给中央苏区秘密筹措和运送战略物资。具体说，收购铜官山矿区的矿产品，通过县委建立的秘密物资运输线将这些产品、物资运往中央苏区兵工厂。这条秘密物资运输线以水路为主，由铜陵的天井湖到长江，再走鄱阳湖运送到江西瑞金。沿途跨越安徽、湖南、江西三个省，经过8个联络点，全长1000多里路。多年来，这条运输线安全稳定地向中央苏区运送了一批又一批红军急需的矿产品等物资，这些物资在红军的兵工厂里制造出枪支弹药，为打击国民党反动派发挥了应有的作用，受到了中央苏区领导、上级党组织的肯定和赞扬。

　　当年在创建秘密物资运输线时，皖南特委把任务交给了铜陵县委，虽然创建这条秘密物资运输线很艰难，但凭着对党的事业的忠诚，他带领县委的同志们克服了一个又一个困难。为了使运输线安全、可靠、经济，他们对沿途每一段线路、每一个站点都进行详细考察，以最优的里程、最少的站点来规划，从而尽可能减少国民党军警和特务的检查。线路、站点完成后，他们按照党的地下工作规则，在沿途党组织的共同努力下，对运输线上每一个站点的接头方式、暗语都进行了逐一设计和对接，防止出现漏洞和疏忽，给党的事业带来损失。为了使物资安全到达目的地，他们这些在运输线每一个站点上战斗的党的地下交通员，不仅要对党忠诚，随时做好牺牲生命的准备，而且还要和国民党反动派斗智斗勇，正确应对国民党军警、特务的盘问、盯梢、追杀。多年来，虽然领导秘密物资运输线工作充满着危险，完成每一次运输任务都历经了千辛万苦，但是他和县委的同志们都用最出色的表现经受住了组织的考验，在长期的工作中也积累了丰富的对敌斗争经验。现在他要领着县委的同志离开"秘密物资运输线"这熟悉的工作内容和对敌斗争环境，去完成新工作任务、去开辟"保卫矿山资源"新的战场，而且面对的敌人是疯狂的日本侵略者，斗争的形势也更加严峻复杂。他十分清楚朱承农书记一席话中"担子不轻"的含义，他深知这是一项艰巨的任务、一场残酷的斗争。但是，作为一名共产党员，他坚信自己和县委的同志们一定能在抗击日寇保卫矿山的新战场上经受住考验。

"请特委放心，铜陵县委将坚决完成任务！决不让日本侵略者盗得我中华宝藏！"

郑强龙坚定地回答着。

朱承农望着郑强龙坚毅的目光，对他说："当然，在这保卫矿山资源的抗日战场上不只是你和铜陵县委游击队在战斗，我党领导的新四军、皖南特委是你们坚强的后盾。中国人民抗日战争是一场正义的战争，受到了国际社会的广泛支持。一切爱好和平的人民，特别是反对法西斯、反对日本军国主义的反战组织和国际人士都将和我们一起共同抗击日本侵略者。"

朱承农书记的这番话更加鼓舞着郑强龙，他决定迅速返回铜陵去组建抗日游击队。

临行前，朱承农书记还特别提醒他："特委得到了情报，日军很快就

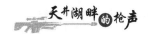

要占领和控制铜官山矿区，你们铜陵县委和将组建的游击队要主动出击，团结和联合铜官山矿区的矿主，动员广大矿民共同粉碎敌人掠夺我矿产资源的阴谋。"

朱承农书记所提到的铜官山矿主，郑强龙心里明白，指的就是为我党中央苏区提供矿产品的铜陵县矿务公会方老会长和他的儿子——铜官山公司董事长兼总经理方兴华。提到这对父子，郑强龙内心充满着尊敬。方老会长不仅与自己的父辈是世交，他的儿子方兴华更是我党挚友，在"秘密物资运输线"上帮助县委向中央苏区输送物资做了大量的工作。

"是！"郑强龙领会朱承农书记话中的含义，给了朱书记一个响亮的回答。

郑强龙带着特委的指示和朱书记的要求，穿过日军的重重封锁线，回到了铜陵。

县城小南门。

郑强龙一到铜陵就匆匆前往县城的小南门。

小南门这片地方，民国前是清朝时期铜陵县衙的所在地。孙中山推翻了清王朝，县衙里前清的官吏们也随之溃散。民国建立时，缔造共和的新官僚们嫌弃此地是旧朝遗址，风水不旺，官运不济，在一位风水先生的指点下，将官衙建到了县城东头一个叫白杨坡的高坡上。后来的官员们怕沾上清朝旧王朝的晦气，也不大前往这里活动，时间一长，小南门这片地方就演变成了商贸街市。中共铜陵县委成立时，上级组织考虑到这里远离官场机构，会聚各色人群，鱼龙混杂，又是花街柳市，适合地下工作人员潜伏安身，就将县委机关秘密联络点设在了这里。成立了一家商贸公司做掩护，表面上是经营日用百货生意，实际上承担着县委"秘密运输线"上的物资采购工作。

郑强龙赶到这里，眼前的一切，让他惊呆了：小南门街市已面目全非，原来日军的飞机已将这里炸得千疮百孔。过去这里是商铺林立、车水马龙，呈现一片热闹繁华景象。现在铺面则是十室九空，满目疮痍。街面上行人稀少，清冷凋敝，只有插着日本军旗的军车、摩托车拉着刺耳的警笛，在路上横冲直撞，不时地在街上来回穿梭。

郑强龙一眼就在被炸毁的废墟中看到了县委秘密所在地——鸿运商行，但商行的房宅、商铺也被炸得只剩下残垣断壁。

郑强龙欲上前去细看。

突然，一阵嘈杂的哭喊声从不远处传来。他抬头望去，离自己百十米的前方停着几辆日军卡车，车下的一群日军正在四处抓人，他们把行人中的男人往车上赶，一同跟随的女人们见状吓得大声哭喊，不愿上车的男人们正在与日军推搡挣扎着往外跑……

"八嘎牙路！抓住他……"

日军见有人跑，狂叫着追赶。

街上，其他行人见日军抓人也都纷纷向背离日军的方向跑开，他们一边跑，一边嘴里还不停地念叨："日军又抓人去做苦力了，快跑！"好心地在提醒身边的行人，示意他们赶快跑。奔跑的行人中有的很不幸被日军抓住，被日军抓住的行人被暴打后拖向日军卡车方向。

郑强龙发现日军正向他所在的方向奔来，他和周边的行人一样转身迅速跑开，他已听见了身后日军的狂叫声："八嘎牙路，站住！"他甚至都已隐约地听到了日军拉动枪栓的声音……

就在这时，一辆牛拉的花轿车疾驶到他身边。

"郑书记，快上车！"一个头戴破草帽的年轻人伸手将他拉上了车。

年轻人低声喊道："郑书记，你可回来了。"郑强龙定神一看，原来是县委通讯员宋二柱。

花轿车前架上坐着的驾车人是一位老者，他看后面的人坐稳了，就扬起鞭子，"叭"地向牛背上甩了个响鞭。

花轿车跑得更快了。

宋二柱是特地在这里等待郑强龙的。

宋二柱告诉郑强龙：在他去皖南特委汇报工作后，敌人连续对县城进行了轰炸。县委秘密所在地鸿运商行也被炸毁，鸿运商行停止了交通线上一切联系。县委的同志都分散到各处去了。这几天日军天天都在街上抓人去修工事，为保证他的安全，宋二柱特地在小南门接应他。现在大家都等待着他的指示。

郑强龙听完宋二柱的一番话，知道了这一切。

他告诉宋二柱县委要尽快建立起新的机关联络点，及时传达皖南特委新的工作任务，尽快投入抗日斗争的新战场。

"日军进户抓人了！"驾车的老者已看到了街边四处踹门的日军。他一面告诉坐在车后面的人，一面快速驾着花轿车拐进了街边的一条巷子。

花轿车停在了一座宅院里。

老者停车后，迅速将郑强龙和宋二柱领进了宅院的厅堂。他们穿过厅堂回廊，进入一间内房。

在内房，老者打开床后面的一侧暗门，对郑强龙和宋二柱说："二柱，你们从这出去。"

郑强龙看见暗门的后面就是一片荒野的树林，他和宋二柱迅速奔向了树林。

老者将郑强龙和宋二柱刚从暗门送出，街上那些抓人的日军已经闯进了宅院的大门。

第三章

湖心岛上仪式办　县委会议开得欢
山神庙里建武装　天井湖畔战旗扬

县委新的机关联络点选择在县城天井湖北门码头。

天井湖有南、北两个码头，又称为南门、北门码头。南门码头离长江最近，一般通江商船都在此停靠，码头上都是商家仓库。北门码头离街市较近，县城的一些贸易类公司都落户于此。

在北门码头的湖堤坝上又新增加了一家贸易公司，招牌上名字叫"铜陵通江商贸公司"，左右相邻的商家称它为"通江公司"。在公司、商家字号林立的湖坝上，通江公司并不显眼。通江公司是一座带阁楼的两层皖南民居。从大门走进，一楼就是做生意的铺面，屋内有存放样品的专柜，专柜里陈列的样品有两大类，一类是茶叶、生姜、丹皮等皖南地区的特产；一类是用木桶装着的鲜活水产品，有江鱼、湖虾之类。从这些样品看，这是一家从事当地土特产贸易的公司。二楼有两间正房和一个阁楼。从正房的陈设看，一间是老板办公室，一间稍大一点的是会客谈生意的场所。阁楼的窗子面对湖面，站在窗前推开窗子，一眼望去，整个天井湖尽收眼底。

　　这家公司就是铜陵县委在县城新建立的秘密联络点，也是县委机关所在地。县委书记郑强龙对外的身份就是这家公司的经理，县委通讯员宋二柱则是这家公司的大伙计也就是管家。公司对外宣称还雇佣了两个伙计，一个叫阿五，一个叫小顺子。其实他俩都是县委机关的工作人员。

　　新的机关联络点一建立，郑强龙本想在新联络点立即召开县委会议，传达特委指示。但他发现日本人近日在县城各个区域都安排了流动巡逻哨，日军搜查十分频繁，特别是在一些重点场所，像码头、街道，日军巡逻队更是川流不息。为了保证会议安全，他不得不把目光投向天井湖。

　　天井湖坐落在县城南边，整个湖区方圆百里。

　　天井湖地理位置十分特别，它依山傍城通江。东北面由铜官山山峦环绕，西北面与长江支流相通，南边半圆湖面与县城接壤。若站在县城的最高处——江边的笠帽山振风塔上向远处的湖面眺望，天井湖襟湖连江，烟波浩渺，横无际涯，仿佛是一面硕大无比的蔚蓝色银镜镶嵌在县城边沿。湖中和岸边芦苇纵横密布，湖岸边上坐落着一些不同姓氏的渔村。

　　郑强龙对于湖区的情况十分熟悉，他在领导秘密物资运输线给中央苏区筹措和输送物资时，天井湖是县委活动的主要区域。

　　天井湖的湖心岛上，有一座低矮的山神庙。

　　天井湖里不祭水神祭山神，是此湖一大奇观，至于为何？谁也说不出子丑寅卯，只得从民间传说中去找答案了。不过，湖区的老百姓却认为这山神庙里供奉的山神灵得很，能保佑他们下湖捕鱼平安。因此，平日里每逢初一、十五，都有许多人进庙烧香。还有就是渔村里哪家打造的新船下湖，有个必须要做的下水仪式，那就是新船主人会邀请前来祝贺的人陪同主人一同上岛进庙祭拜山神，这是渔村百姓延续了多年的老传统。自打日军来后，日军驻铜陵司令部为搜查抗日分子，颁布了进出令，日军驻县城大队就派出了巡逻艇在湖里巡视，百姓就不敢随便走动了，也就没人敢来湖心岛山神庙了。日军虽然每天都在湖面上巡视，不过遇到哪家打了新船，新船下水那天，新船的主人领着祝贺的人上湖心岛办仪式、进庙祭神，这时日本人可以放行一阵子。湖心岛山神庙，也是县委的秘密联络点，而且还是主要联络点。

郑强龙认为湖心岛山神庙是个合适的会议地点，因为湖心岛远离县城，而且岛上没有日军，只要能躲过日军的检查，上了岛就安全了。

不过，如何躲过日军的检查，安全地进入山神庙？郑强龙想，这还是要和湖区的同志一同想办法。

郑强龙拿定主意后，就带着通讯员宋二柱，化装成收购水产品的生意人赶往了坐落在天井湖北岸边的渔村陶家沟，因为县委湖区联络员就在陶家沟。

陶家沟是天井湖渔村中最大的村庄，同时也是湖区水产品的集散地。湖区渔民捕的鱼虾等都往这里送，城里的生意人需要新鲜的水产品一般都到这里采购，村里每天都有许多生面孔人进进出出，联络员在此接头不会被人怀疑。当年县委正是看中这一点，在建立物资运输线时把这里作为了一个秘密接头地点。日本人颁布了禁出令后，下湖捕鱼的渔民少了，水产集市也冷清了许多，但集市上鱼贩子的叫卖吆喝声还是不断响起，依然可以看到不少肩挑手提货物行色匆匆的生意人在和鱼贩子讨价还价。

在陶家沟，郑强龙让宋二柱用县委规定的秘密联络方式向县委联络员发出接头信号，随后郑强龙和县委联络员按照约定的地点接上了头。接头中，郑强龙在听完联络员关于日军占领湖区的情况汇报后，他向联络员提出了在湖心岛山神庙召开县委会议的建议。联络员思考了片刻，他把自己想起的一件事告诉了郑强龙，郑强龙听完后心中萌生了主意，他随即与联络员商议出了一个应对日本人检查的办法。

郑强龙从陶家沟渔村回来的第二天。

这天上午，太阳刚冒头，一群渔民打扮的人，三三两两地就从天井湖不同的地点登上了湖心岛。随后，他们不约而同地向停泊在湖边一条彩船的方向走去。化了装的郑强龙和县委通讯员宋二柱，还有通江公司的两个伙计阿五和小顺子也混在其中。他们既是去参加一家渔民新船下水仪式又是去参加县委会议，因为郑强龙已把会议地点定在了湖心岛山神庙。虽说湖心岛山神庙比县城里安全些，但日军的巡逻艇不时地在湖面上穿梭，遇到可疑船只和人员不是开枪射击就是抓人上艇。

郑强龙一面走着一面警惕地观察着湖面的情况。

"叭！""叭！"

就在郑强龙和这群渔民打扮的人快走到彩船附近时，空中突然响起了两声枪响。

众人停下脚步，目光都投向了湖面，只见远处的湖面上一艘日本巡逻艇快速向彩船方向开来。

不一会儿，巡逻艇就靠近了岸边。

巡逻艇艇头架着机枪，艇尾插着日军的"旭日旗"，几个站在艇里的日军端着枪，乌黑枪口瞄准着岸上的人。这时一个日军小队长奔向艇头，面带凶色地对着众人说了一通"叽里哇啦"中国人听不懂的日本话，并挥手示意艇里端枪的日军上岸。

这时岸上的人群有些骚动。

郑强龙估计日军可能是要上岸检查，就在日军准备跨过艇舷上岸时，只见郑强龙一转身，迅速把目光投向了人群中一个扛着木桨的中年汉子。

人群中，"扛桨汉子"领会了郑强龙的用意，他立即向四周的人群发出了喊声。

"大家别慌，这是日本人的常规检查！"

随后"扛桨汉子"从人群中站了出来。

"太君，我们这个是去……"

"扛桨汉子"一面说，一面放下肩上的木桨。

艇上的日军见有人应答，停止了脚步，眼睛都紧盯着"扛桨汉子"。

日军小队长依然用日语冲着"扛桨汉子"嚷嚷。

"扛桨汉子"知道艇上的日军可能是听不懂自己的中国话。

只见"扛桨汉子"面朝日军巡逻艇，手指着湖里不远处一条彩船，用手比画着。艇上日军顺着"扛桨汉子"的手指方向望去，远处停靠着一条披红挂绿的新船。接着"扛桨汉子"指着岸上渔民打扮的众人又用手比画一下，日军转过头又朝岸上的人群望去，日军看到这群人有的抬着纸糊的山神像，有的拎着供品……

"扛桨汉子"的比画，似乎让日军明白了什么。

日军小队长和艇上的几个日军看到眼前这一切后，交换了一下眼神，又凑在一起"嘀咕"了一阵，日军缩回了脚，没有上岸了。估计日军以为岸上的中国人是举办新船下水仪式的，随后就将巡逻艇开走了。

岸上的人松了一口气。

郑强龙的心这才放了下来，他佩服"扛桨汉子"沉着应对，才避免了日军的上岸检查。不过，今天这群渔民打扮的人，的确是来举行新船下水仪式的。

日军巡逻艇开远后，在这位"扛桨汉子"的带领下，郑强龙和这群渔民打扮的人来到湖边那条披红挂绿的新船旁，开始举行新船下水仪式。

新船下水仪式是天井湖湖区渔民祖辈传下来的老传统，它分为船上和庙里两部分进行。

新船下水仪式还是由这位"扛桨汉子"主持。

在船上要做的仪式，有三个步骤。

第一步是点爆竹。只见这位"扛桨汉子"先是站在那条披红挂绿的新船甲板上，面向湖面点燃一串爆竹。爆竹爆完，"扛桨汉子"和岸上的众人都紧盯湖面，因为漂到船前湖面上的红爆竹纸屑，落在水面上会像一点点散落的桃花，如果散落的面积越大，预示着船主财运越旺，所以船主和来宾都很关注水上的桃花水印。

第二步是挂风帆。"扛桨汉子"点过爆竹后，他在船上解开船桅杆上的绳索，顺着风向拉紧绳索挂上风帆，此举是祝愿新船一帆风顺。

第三步，叫三划水。"扛桨汉子"把自己扛过的木桨扎上红绸布，将木桨交给船上另一位年轻的船老大，也就是新船的主人，他和新船的主人一起握着木桨在船前水里划上三下。这三划水是有寓意的，一划前程远大；二划风调雨顺；三划鱼虾满舱。

"扛桨汉子"做完了"点爆竹""挂风帆""三划水"这些事，这时船上的活动才算结束。

船上这套程序结束后，参加仪式的人在"扛桨汉子"带领下走进山神庙里，祭拜山神。

祭拜山神是整个仪式中最后一个环节。

祭拜山神的目的是新船的主人祈求山神替自己到水中龙王爷那去禀告一声，自己的一条新船入湖了，请龙王爷日后多多关照。这种祭拜虽无实际意义，但寄托着人们的美好愿望，所以是新船下水仪式中不可缺少的部分。

"扛桨汉子"将众人领进山神庙后，与新船主人做了一番交代，自己就悄悄走进了后堂屋，祭拜山神的仪式由新船的主人主持。但是今天这群渔民打扮的人走进山神庙后，并不是都在祭台祭拜，他们中一部分人将祭品放在供桌上，也悄悄走进了后院的堂屋。只有随郑强龙一道前来的阿五、小顺子留了下来，陪同新船主人和他的客人们在祭台祭拜。而那些走进后堂屋的人，正是县委通知来这里参加县委会议的。

原来，利用举行"新船下水仪式"做掩护来山神庙开会，这是郑强龙特地安排的。

那位站出来与日军对话的"扛桨汉子"叫陶水根，他就是县委在湖区的联络员。他是中共党员，秘密物资运输线上的老队员。陶水根就是湖区渔村陶家沟人，平日里以打鱼为业，对湖区日军活动规律十分了解。

郑强龙到渔村陶家沟联系上陶水根，和他商议会议地点时，恰好他所在的陶家沟有一位本家兄弟打了一条新船，正准备择日让新船下水。由于陶水根在村里辈分高，本家兄弟想请他操办新船下水仪式。郑强龙听了这个消息，认为这是个绝好的机会：可以借这位本家兄弟举办新船下水仪式作掩护，让大家装扮成前来祝贺的人，登上湖心岛，进山神庙开会，这样即使遇到日本人的巡逻艇也好应付。果然，这一招真的糊弄过了日本人的检查。

郑强龙主持着县委会议，通讯员宋二柱负责警戒放哨。

会议两项内容：

第一项内容，是传达中共皖南特委和游击总队关于当前抗日工作的指示精神。郑强龙在传达中，对如何贯彻党的抗日工作方针，特别是县委工作任务的转变作了深刻阐述。与会者听完郑强龙传达的上级指示精神心里敞亮了许多，大家对当前国内形势和党的抗日主张有了新的了解，化解了日军进犯铜陵后埋藏在心中对党的抗日方针和县委工作重点任务不明朗的忧虑。

第二项内容，是研究建立铜陵抗日武装，讨论组建铜陵抗日游击队。郑强龙首先宣布了中共皖南特委和游击总队关于组建铜陵游击大队的决定。

大家听完上级这一决定，都十分兴奋，感到今后县委领导铜陵人民抗日斗争就有了依靠和主心骨。

会场上严肃的气氛开始活跃起来。

对于游击队的名称、组成和活动形式大家热烈地议论着。

"同志们，全面抗战爆发前，我们在与国民党反动派的斗争中，中共铜陵县委工作的主要任务是把矿产品运送到中央苏区。我们利用天井湖与长江相通这一交通优势，建立了通达江西红都——瑞金的秘密物资运输线。今天，我们工作的中心转移到抗击日本侵略者的战场上，还是围绕矿产品这些战略物资打转转。今天的任务是保护矿产品不被日本人开采和运出，阻止日本人开采，战场在矿区。而日本人把矿产品从矿区运出铜陵，唯一的路径就是要利用天井湖与长江相连的特点，将矿产品从天井湖运到长江，再通过长江水道将矿产品运往上海，天井湖仍是我们重要的水上战场。天井湖水面宽阔，一面靠铜官山，一面连长江，游击队可以在湖上灵活机动地活动。还有湖中的芦苇荡、湖心岛，为我们游击队藏身筑起了天然屏障，我们只要进入了天井湖，日本人也就很难找到我们的行踪。我们今后的抗日活动与天井湖有着密切关系，我建议游击队的队名就叫井湖游击队。"

郑强龙首先提出了自己的想法。

"好，这个名字好！特别是'天井湖'既亲切又能代表我们铜陵抗日武装！"

郑强龙说完大家称赞道。

关于游击队员的组成，大家认为：要把过去秘密物资运输线上的同志吸收为游击队员，他们政治上可靠，不怕牺牲，又机智勇敢，经受过对敌斗争的考验。活动形式还以"游击"为主，战时集中，平时分散。对县委布置的任务，由交通员或通过联络点通知大家。这样既灵活机动也便于安全潜伏。

"大家的想法非常好，和特委的意见很吻合。我们在保矿护矿这特殊的战场上与日寇斗争，是一项十分艰巨的任务。游击队员不仅要有无所畏惧的牺牲精神，而且斗争方式要讲究策略，因地制宜，发挥我们游击战的特点。"

郑强龙听完大家的话后连连点头赞同，他认为大家的这些建议符合铜陵县委游击队保矿护矿与日军斗争的实际。

郑强龙作为中共铜陵县委书记，自然也就担负起了游击队长这一重任。鉴于游击队的工作重点是保护矿山资源，县委决定由铜官山矿区党的负责人担任游击队副队长。

县委的决定，大家十分赞同。

会议在热烈的气氛中进行着。

"咚""咚""咚"……一阵敲门声传进屋里。

屋内静了下来。

门开后，在庙外放哨的通讯员宋二柱，急促地跨进屋来，他报告道：

"郑书记，刚才看见湖面上驶过十几艘日军汽船，船上站满日军，看方向是朝铜官山矿区开去。"

郑强龙听了宋二柱的报告，脸色凝重，他对大家说：

"哦，日本人开始行动了！同志们，我们要尽快投入战斗，和矿区的同志取得联系，保护好矿民的安全，同时要动员矿主积极应对，阻止日本人的夺矿行径。"

他接着要求大家："县委的工作任务已明确，现在铜陵的抗日大旗需要我们共产党人扛起来，新成立的井湖游击队就是党领导的保矿护矿的武装力量，我们每一个人都要冲锋在前，在保卫我们的家园、保卫我们的矿山，在与日寇斗争中不辱使命，使我们抗日的战旗在天井湖畔高高飘扬。"

参会人员各自领回任务，分散离开了湖心岛的山神庙。

郑强龙决定自己带着通讯员宋二柱赶往铜官山矿区。

第四章

铜官府顶古钟响　报警矿区进豺狼
日寇施暴逼矿权　方董拒绝签约章

　　铜官山被百姓称为宝山。

　　说它是宝山，是因为在它的地层深处埋藏着铜、铁、金、银等多种矿产资源，以铜矿最丰富，储存量最大。铜官山坐落的地区就叫作铜陵，"铜陵"也正是因此山而得名，意为此地是产铜的山陵，后来随着来铜官山开采铜和制造铜器的人越来越多，又为此地增添了另一个别名叫"铜都"。虽然朝代在更迭，随着行政区划的调整使此地的官方地名多有变更，但作为铜陵地区的地理标志，"铜官山"始终是不变的称呼。

　　铜官山开采和冶炼铜的历史悠久。

　　早在中国商朝时期，这里的先民们就发现此地产铜并能够进行冶炼。在随后的朝代中，铜官山铜的开采和冶炼都由中央政府管控，国家在此设立了"铜官"这一职位，在矿山上建成"铜官府"一座，派遣"铜官"直接管理矿山事务，因此铜官山铜矿又被称为"官矿"。铜官山开采出的铜矿因质地优良，含金、银等稀有金属，都被朝廷用于铸造国家使用的货币或生产宫中御用物品，开采和冶炼计划一切由朝廷调度。铜官山铜矿开采冶炼规模宏大，据清朝年间德国地理学家费迪南·冯·李希霍芬来中国考证，此矿比同时期欧洲人宣称的世界最大铜矿——英国爱尔兰铜矿、奥地利阿尔卑斯山铜矿还要大。大到何种程度，德国地理学家费迪南·冯·李希霍芬没有精确的数据表示，但中国唐朝大诗人李白却用形象的文字描写了此矿开采冶炼的景象。李白在诗句中写道："炉火照天地，红星乱紫烟；赧郎明月夜，歌曲动寒川。"李白的诗句虽然有些夸张，但铜官山铜的开采和冶炼确实做到了世界之首。

　　不过，到了中国近代，国门被英国炮舰打开后，列强们纷纷把目光瞄准了铜官山，盗贼的魔爪也伸向这千年古矿。但中国政府和中国企业家们坚守这份祖业，誓死捍卫着此地的宝藏。正因为这一点，铜官山也成为中国近代民族资本家发动"收回利权"运动的发祥地。当然，也正是这一运动使铜官山铜矿名扬世界，但也诱发着更多掠食者贪婪的欲望。

　　早年，铜官山矿务由朝廷册封的"铜官府"管理。民国后，由于国家对矿业的管理引进了现代公司体制，政府在此设立铜官山矿务公所负责矿山事务。"铜官府"虽然退出管理的舞台，但作为曾经权力的象征，在一代代矿民的心中占有重要的位置。铜官府里供奉着历代铜官塑像，是矿民们祈愿开矿顺利、求财避险的精神寄托。现在铜官府作为矿区的公产，由最后一任铜官的老管家丁伯负责打理铜官府事务。

　　在铜官府还有一件特别的器物，那就是乾隆皇帝下江南时御赐的"铜鼎钟"。这座沿口十丈、上方下圆的鼎式造型铜钟，铜料是用铜官山开采的含金铜砂，由皇家造仿处督造，乾隆皇帝赐名，以表彰铜官在治理矿山中"采矿铸器有方、为国掘宝进财有功"的政绩。随后这座铜鼎钟按皇家礼仪安置在铜官府大戏台台顶上端。按皇家用器规定，赋予铜官们可用此钟传递号令，召集人马。因此，每逢重要节庆、矿区重大事件，铜官就撞钟传信。此钟撞响后声震如雷、回音悠长，整个矿区都能听到。矿民一旦听到钟声，就要立刻向铜官府聚集，等候铜官发布命令。自从清王朝被推

翻，建立了民国，这口大钟再未响起。

"当、当、当——""当、当、当——"

一阵阵钟声巨响，打破了山野的宁静。

今天，铜官府顶的铜鼎钟突然被敲响。

这钟声一遍又一遍回荡在铜官山矿区，不停地刺激着人们的双耳，仿佛在提醒矿民。

矿民们疑惑着，这么多年未响的钟，今天怎么？

"日本兵来了！""日本兵上山了！"……

这些呼叫声，在惊慌的人群中传递着。

矿民们得知日本人正向矿区开来，这钟声是铜官府的老管家丁老伯发现日军后爬上大戏台撞响了铜鼎钟向矿民们报警。

"叭、叭、叭……""叭、叭、叭……"

随着一阵阵枪声从山下传来，站在高处的人们很快发现，一群日本兵在一名军官的指挥下，一边射击一边向山上冲锋。

顿时，整个矿区的人先是震惊后是恐慌。露天采矿场作业的矿民们丢下手中的工具，四处逃躲，矿区一片混乱。

指挥上山的军官正是日军驻铜官山矿区的大队长渡边，夏井志雄紧随身边。

端着刺刀的日本士兵，在大队长渡边的指挥下，到达矿区后，直奔铜官山公司办公楼。

铜官山公司办公楼坐落在矿区北面一片较平坦的山坡上。它是一座两层的中式楼房，小楼不大，但在矿区这荒野之地四处都是土房、窝棚，小楼还是显得气派和庄重。

铜官山公司是清朝末年创办的。说到铜官山公司的创立还有一段不平凡的经历。

19 世纪末，清政府与攻打北京的"八国联军"签订议和条约后朝廷赔款，国库亏空，国力积弱，民不聊生。为摆脱政局危机，清政府决定推行"新政"，制定了一系列刺激经济发展的改革措施昭告天下。当时慈禧老佛爷曾下旨，开办矿业，以振兴国运。颁布法令解除矿禁，国家资本、民间资本以及外国资本都可以依法注册开办矿业。清政府还特别制定奖励政策，鼓励民商入股办矿。公司老一代创业者们积极响应，投资矿业。可外国列强也瞄准了铜官山这块宝地。英国、法国、美国等国以资本投资为手段，纷纷派出矿业开发机构，借租赁、合作之名，瓜分和攫取铜官山地区矿产资源。当年一名叫凯约翰的英国商人受英国政府的派遣，率英国矿业开发团来华，趁"八国联军"攻占北京城之机，成立"伦华公司"，企图霸占安徽矿业。他贿赂安徽抚台和朝廷大臣，从中国政府外务部手中获得了铜官山矿的开采权。但英国人不讲信用，违反合同条款，自恃有英国政府撑腰，拒不将铜官山矿开采权归还中方。

　　英国人的强盗行径，激发了中国民族资本家们的强烈愤慨。中国民族资本家们联合社会各界人士，依法维护自己的权益，在中国掀起了一场声势浩大的收回铜官山矿权运动。而发起和领导这场运动的正是铜官山公司的两位创始人，现任铜官山公司董事长兼总经理方兴华的父亲方复中和郑强龙的父亲郑辅东。他俩领导着中国的民族资本家们，从 1900 年到 1910 年，与英商经过了 10 年多的斗争，中英双方抗争的官司从安徽抚台衙门一直打到荷兰海牙国际法庭，终于从英国商人手中为中国人争回了铜官山矿的开采权。他俩为中国人争了脸，清政府随即批准铜官山公司经营铜官山地区的矿业，方复中担任公司董事长，郑辅东出任公司总经理。

　　民国后，公司扩股壮大，经营得红红火火，公司创始人也被民众称为"爱国实业家"，方复中等老一辈企业家功成名就，急流勇退。现在公司交到后辈手中，方复中还是被大家推举为铜陵矿务公会会长，他的儿子方兴华担任着公司董事长兼总经理。

　　铜官山公司在方兴华的精心经营下，生产平稳有序，已拥有铜官山矿

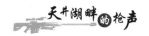

区 80% 的矿山开采权，管理着 6 个井口，矿产品销往国内冶炼厂。日本人占领铜陵后，日军在天井湖出湖口、在大通出江口都设置了卡口，矿产品外运必须检查，发现稀有矿产品统统没收，有时连含有硫、磷的矿石也都禁运出城。日本人以检查为手段对中方矿产品外运作出种种限制，使得矿山生产停滞，方兴华忧心忡忡。父亲方复中曾提醒方兴华：日本人占领铜陵，限制矿山矿产品出城只是个表象，他们真正的狼子野心是要和当年的英国一样，想霸占我们铜官山矿。他要方兴华早做应对日本人掠夺矿山的准备。

此时，铜官山公司办公楼里，公司董事长兼总经理方兴华在紧张地指挥员工将重要的矿山资料转运收藏。这些资料凝聚着方家几代人的心血，也是公司的宝贝。他知道日本人进犯铜官山一定是冲着矿产来的，自己的铜官山公司必定是日军首选的占领目标。

"方经理，日本人朝我们公司冲过来了。"

方兴华正在总经理办公室召集下属们商议下一步如何应对日本人的占领。有人急匆匆地进来报告日本人到了。

不一会儿，室外就传来一阵阵皮靴声和军犬狂叫声。

"砰——"

一声轰响，门被撞开。随后一群日本军人就闯了进来。

"你们？"

方兴华等人望着这群荷枪实弹，突然闯进办公室的日本人，既震惊又愤怒，更是不知所措。

方兴华不由自主地离开位子起身欲行理论。

"八嘎牙路！"一日本兵用枪阻止他上前。

"我们是大日本帝国驻铜陵 133 联队，来接管铜官山矿区。"这时，一个上身穿西装、下身穿日军军裤，头戴左右两侧垂下两块布片的日军战斗帽的翻译官，冲到方兴华桌前，疯狂地叫嚣道。

大家虽然有些慌乱，但很快也就镇定下来，明白了眼前一切。

这时一个佩戴少佐军衔标志，面色威严的军官从日军中走出，他就是夏井志雄。

"我代表大日本帝国陆军部经济科宣布，根据《国际公法》和皇军'战时法规'没收'敌方官产'，并暂为保管私人企业的命令：铜官山矿区一切与民国政府相关联的资产统统认定'敌产'予以没收。对私人企业，由大日本帝国'华中矿业股份公司'接管。从即日起铜官山公司铜矿的经营和管理权由'华中矿业股份公司铜官山矿业所''代为管理'，但是我们大日本皇军要求铜官山公司把产权转让给帝国的矿业所，这样可以阻止一切不逞之徒对矿山的破坏，从而保证铜官山公司在皇军的保护下正常生产经营。"

夏井志雄一面说着，一面从公文包里掏出一份日本公文，扬了扬。

翻译官再次冲到方兴华桌前。

他指着夏井志雄，说："这位就是夏井志雄先生，大日本帝国 133 联队少佐军衔接管专员。夏井阁下就是即将上任的大日本帝国华中矿业股份公司铜官山矿业所所长。从即日起铜官山矿区就是大日本帝国皇军的管辖区，你们要统统地听从所长阁下的指挥调遣。否则——"

"这是我们中国的矿山，我们祖祖辈辈都生活在这里，你们……"站在一旁的一个青年人正气愤地脱口而出。

大家一看，这个青年人是洪家粥棚老板娘秦二姑的堂弟。

"叭！"

一颗子弹从渡边的枪管里飞出，击中了青年人的胸膛。

血，顿时从青年人的胸膛里喷出，人们被这血腥的场面惊住了，个个眼睛里喷射出仇恨的目光。

"中国？这里现在统统是大日本帝国的，是我们大和民族的统治区。"渡边挥舞着冒着火药烟丝的手枪，指点着愤怒的人群。

"方经理，不、不，应该叫你方董事长，这份文件需要阁下签署一下。"

夏井志雄将手中的文件丢到了方兴华的桌上。

"希望你能和我们大日本帝国合作，将你的铜官山公司的股权转让给大日本帝国的华中矿业股份公司，我们合作开发铜官山矿业，协助大日本帝国共建大东亚共荣圈。你签署了这份协议就成了我们大日本帝国的朋友。否则，这里的人将统统死拉死拉的……"

夏井志雄气焰嚣张地威逼道。

"八嘎，死拉！死拉的！"这时只见渡边扬起握枪的手，狂暴地吼叫着。一旁的日本军立即端起枪，黑乌乌的枪管瞄准着在场的人群。

人群有些骚动，气氛紧张起来。

方兴华用眼扫了一下夏井志雄丢在桌上的文件，这是一份用中日文字写的铜官山矿开采和经营权转让协议书。

这时翻译官一步向前，从桌上拿起文件，欲翻译文件内容。

"我看得懂！"

站在对面的方兴华用蔑视的眼光"瞪"了一下日本翻译官。

"哦，那我们更能进行友好的合作了！"站在一旁的夏井志雄像发现新大陆似的，兴奋地冲着方兴华大叫。

方兴华没有理睬夏井志雄，更没有签字的意思。

"预备——"

这时，渡边一面盯着方兴华，一面用极其粗野的声音，突然向举枪的日军发出指令。

瞬间，整个房间一片寂静，现场的人顿时被渡边的举动吓懵了，所有人的目光都投向方兴华。

方兴华的心也提到了嗓子眼，他望着渡边、夏井志雄这两张邪恶的脸和进入他视线里日本兵黑洞洞的枪口，胸膛里涌动着愤怒的火焰。他的目光从渡边、夏井志雄这两张邪恶的脸上移开，与恐慌人群投向他的目光交汇后，他强压怒火，镇定地对夏井志雄说：

"夏井先生，你既然来接收矿山，谈合作，想必阁下对开矿、办厂，企业经营也很熟悉。铜官山公司是股份公司，公司的产权归股东所有，合作不合作，转让不转让，不是我个人说了算的，要征得股东大会的同意才能有效，这经商、办厂之规则在你们日本也是如此吧！"

夏井志雄仰着头听着。

方兴华指着日军的枪口，接着说："中国人开矿、做生意都图个吉利。日本与中国是一衣带水的邻邦，相信在日本，实业家们开矿办厂、做生意同样也需要有个好兆头。你们在这里大开杀戒，制造血案，请问你们是开矿办企业，还是开屠宰场！"

方兴华义正词严地责问着夏井志雄。

"那……你……"

夏井志雄眼珠转了一下，从嘴里喷出几个字。

"你放了他们，我召集股东商议。"方兴华指着被日军用枪瞄着的人群。

夏井志雄听后皱了一下眉头，转身示意渡边。渡边做了个暂停的手势，日军士兵才将枪口从众人面前移开。

这时，惊慌的人群趁机逃出了办公室，方兴华悬着的心才放下。

日本人占领了铜官山矿区。

夏井志雄和渡边在铜官山公司办公楼上插上日本国旗。挂出了"日本陆军部经济科华中矿业股份公司铜官山矿业所"的招牌。总经理方兴华的门牌，换成了日军矿业所所长夏井志雄。

夏井志雄一坐上所长的位子，就立即向武英本吉报告了接管的"战果"。

但是，武英本吉对夏井志雄、渡边的"战果"并不满意。

因为在武英本吉看来，皇军虽然占据了铜官山公司，但中国人并未交出手中的矿山开采权，这将直接影响到大日本帝国对铜官山矿开发计划的实施。

武英本吉感到中国人很狡猾，他认为方兴华提出召开股东大会的要求其实是在制造借口，玩弄花招。因此，他命令夏井志雄、渡边要对方兴华采取严厉措施，尽快从他手中夺得铜官山公司拥有的矿山开采权。

第五章

书记侦察进矿区　联络点里获矿情
入得方宅献计策　帮助矿主脱困境

郑强龙赶到铜官山矿区，潜入了一家粥棚，这个粥棚就是县委设在矿区的地下联络点。

这个联络点对外叫洪家粥棚。洪家粥棚坐落在矿区的工棚房顶头处，其实就是工棚房多出的一间，门楣上钉着一块矿上井下拦漏石用的木板，木板上写着"洪家粥棚"四个字，算是店招牌了。棚内十分简陋，只有一座土灶架口大锅，外加一块一丈见长、四尺见宽的大木板架起的桌子。矿里挖矿的、做苦力的，一些干活人平时就是围在这张"桌子"旁喝粥。不过，棚中后墙有一个一方靠墙，一方用布帘子挡起的小隔间，这是被老板娘戏称所谓的"雅间"。能在这"雅间"里喝粥的一般是矿里有些身份的人，像工头、矿警等人来了，老板娘便会安排他们在此"雅间"。有时收米账的东家来粥棚收账也进此"雅间"核对账目，再喝上一碗热粥。另外，这洪家粥棚也是矿里一般穷工友们在此乐呵的地方，比如推个牌九、玩个麻将，在此赌上一把，穷开心一下。洪家粥棚在矿区算得上是一个人人皆知的地方。联络点是当年县委为向苏区运送矿产品在矿区设立的，因

为粥棚来的人多而杂，反而不被军警怀疑，县委才将联络点选在这里。联络点负责把矿区矿产品运送到天井湖这一段。日军占领铜陵后，矿区的交通被日本人封锁了，联络点也暂停了活动。

这个联络点由矿区支部书记洪添寿负责。洪添寿是铜陵县朝山村人，后逃到矿上以挖矿为生，当年郑强龙回铜陵建立秘密运输线，在铜官山矿发展的第一位党员。洪添寿的妻子就是洪家粥棚的老板娘，姓秦，大伙儿都叫她秦二姑。洪添寿既在这里帮忙又在矿里挖矿。

郑强龙和宋二柱的到来，洪添寿既意外又惊喜。意外的是日本人在进出矿区各路口设卡严查进矿人员，郑书记能和宋二柱冒着生命危险躲过敌人盘查顺利进入矿区实属不易。自己就是因未能闯过日本人的封锁线而没能参加县委在湖心岛山神庙的会议。惊喜的是他一直盼着见到县委的同志，终于盼来了。

其实，郑强龙更是想早点知道矿区的日军情况。他作为县委书记和游击队长必须对全县敌情，特别是矿区的情况全面了解才能更好地开展工作。早一点获得敌情，就能掌握更多的斗争主动权，他和宋二柱从湖心岛的山神庙赶过来时，一点没有停歇。他们打扮成东家和伙计，一路上受到日本人的盘查，特别是进山时日本人封锁了各个路口，查得非常严。好在他对矿区情况熟悉，转了几个路口，发现金牛洞路口日本人少，而且哨卡上值守的只是两个中国矿警，他才向矿警使了钱，谎称自己是账房先生带伙计一起去矿里认识新店家，好日后收账，这才蒙混过了哨卡。进矿区后他俩就自称是收米账的进入了洪家粥棚。

在粥棚的"雅间"里，郑强龙首先向洪添寿传达了县委会议精神。

郑强龙告诉洪添寿：县委的工作任务发生了重大转变，由过去向中央苏区运送物资转变为与日本侵略者作斗争，保卫铜官山矿山资源不被掠夺。根据抗日工作的需要，县委成立了井湖游击队，运输线上的同志都转为队员。并宣布县委决定，由他担任井湖游击队副队长。"洪家粥棚"今后就作为县委联系矿区游击队的秘密联络点。同时，郑强龙指示洪添寿，让他通知我党已潜伏在矿区敌人内部的同志要隐蔽好身份，矿区如有新的敌伪职位，我们自己的同志要争取担任。有更多的同志战斗在敌人的心脏，这为以后与日军斗争将起到重要作用。

洪添寿听了县委会议精神和郑强龙的指示后更是兴奋了。

日本人入侵后，秘密物资运输线断了，他这个联络点也少有自家的同志来，矿区外的形势如何？特别是日本人进矿后的残暴行径更需要让上级党组织知晓。这些日子，他一直盼着县委的同志来。现在郑书记的到来不仅带来了新的任务、重新起用了联络点，而且自己还被任命为新成立的抗日游击队副队长，他感到这是县委对自己的信任，心里头热乎乎的，尽管身上的担子重了，但工作有了方向。

接着，洪添寿向郑强龙汇报了日本人进矿后的情况。日本人在矿区严密封锁矿区道路，禁止人员流动，疯狂残酷地镇压矿民。自己老婆秦二姑的堂弟在方兴华的办公室就是当面质问了一句日本人，就被日军大队长渡边开枪杀害了。日本人在矿区犯下的罪行罄竹难书，矿民们是敢怒不敢言，也不知日本人能横行到何时？矿民们都盼望着共产党领着大伙儿跟日本人斗。

洪添寿说到日本人的残暴时，眼里充满着仇恨的目光，郑强龙认真地听着。

"矿主们的情况如何？"郑强龙关切地问道。

提到矿主，洪添寿汇报道：日军占领后，矿业所对坑口实施"军事管理"，并强迫矿主替日军继续管理坑口，一些小坑口的矿主对日本人非常惧怕，既不愿为日本人卖命，也不敢留在矿区，而是准备逃出去。

洪添寿特别提到铜官山公司总经理方兴华的境况。

他告诉郑强龙：方兴华自己身陷囹圄、命悬一线，却临危不惧，机智应对日本人的威逼，避免了一场血案发生，他的举动深受矿民们称道。现

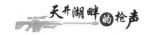

在他却处在危难之中，日军逼迫他召开股东大会，要他签署与日本人合作的协议，把公司矿山产权转让给夏井志雄的矿业所，他以需要召开股东大会名义，拒不签署协议，日本人就把他囚禁在家里，在方宅周围布置了特务和岗哨盯着。矿区不少坑口迫于日军淫威，也不敢为铜官山公司提供矿石……

郑强龙一面听，一面在思考着。

他听了洪添寿的汇报，了解到了矿区实情。他感到：矿区抗日形势十分艰难，打开抗日局面，完成护矿保矿任务很艰巨。依靠矿民、团结矿主是县委游击队开展工作的基础，特别是矿区的矿主他们手中掌握着矿产资源，团结他们就是保卫矿产。对于那些想出逃的矿主我们一定要利用我们在敌人内部关系，保护好他们及家属的安全，防止遭到日军的残害，这些矿主就能成为我们抗日护矿的有生力量。

现在，最令他担忧的是方兴华的处境。

他想，方兴华和铜官山公司是矿区核心，保住方兴华就保住了铜官山公司，也就保住了铜官山的主要矿产。如果他和他的公司出了问题，那县委游击队保护矿产与日寇的斗争将更加艰难。

他对洪添寿说："县委一定要想办法帮助方兴华摆脱困境，把方兴华拉到自己的身边，让方兴华站到抗日的道路上。用特委朱书记的话讲，就是要团结联合矿主共同打击日本侵略者，保卫我们的矿产资源，粉碎日军的夺矿掘宝阴谋。"

"是的，解救方兴华，才能稳住铜官山公司，不被日本人夺走。"洪添寿也十分赞同郑强龙的想法。

"不过……现在，首要的是如何帮助方兴华摆脱困境？"

洪添寿望着沉思中的郑强龙，他并没有从郑强龙的脸上读出答案。

的确，郑强龙心里确实没有帮助方兴华的成熟方案，但是在听取洪添寿汇报的过程中，他的脑子里却闪现出一缕星光：在铜官山公司的股权结构上做文章。

这缕"星光"也就是帮助方兴华摆脱困境的思路。

但这缕"星光"能否让方兴华摆脱困境，能否让铜官山公司牢牢掌握在方兴华手中，还需要方兴华的认可和配合。

郑强龙决定，由洪添寿负责去做坑口矿民的工作，自己去拜会铜官山公司董事长兼总经理方兴华。

郑强龙离开了洪家粥棚。

郑强龙要拜会的方总经理，其实是他的老同学。

他们的父辈都是铜官山公司的创立者。

当年方兴华父亲方复中和自己的父亲郑辅东领导中国民族实业家们从英国人手中收回铜官山矿权，创立了铜官山公司，也希望他和方兴华都能继承父业做一名实业家，父辈们先后把他俩送入天津北洋大学学习矿业。

在大学期间，他俩在学校学习的过程中都目睹旧制度腐朽，民不聊生，立志改造社会，不过他们选择了不同的方式。方兴华感到国家积贫积弱需要强筋健体，实业救国是一条改变中国穷困落后面貌的道路。他从天津北洋大学地矿系毕业，出国留学，远赴日本早稻田大学继续深造矿业，学成回国后到铜官山矿担起了振兴矿业的重任。郑强龙在学校结识天津学生进步组织觉悟社，接受了马克思主义学说后，认为只有彻底推翻旧制度中国才有根本出路，选择了加入中国共产党。在学校入党后，先被党组织派到中央苏区工作，后因苏区生产枪支弹药等武器缺乏战略物资，郑强龙又有矿业背景，苏区经济部与皖南特委决定将其派往铜陵担任中共铜陵县委书记，负责为中央苏区兵工厂筹措物资建立秘密运输线。

郑强龙回到铜陵也是通过自己的父辈与方家是世交，自己又与方兴华是同学这一特殊的关系，把铜官山公司与中央苏区物资贸易连接在一起，在铜陵开展上级党组织交给的这项秘密工作。

郑强龙一边赶路，脑子里一边回忆着和方兴华的过往，不知不觉来到

兴隆镇。

　　兴隆镇位于大铜官山和东瓜山接壤的山脚下，原先这里是一片无名的荒野之地，本无集市、人家。自从山上发现铜矿后，官府在此设立铜矿采冶管理机构，这里就渐渐聚集了人气，慢慢地发展起来，成为一个小集镇。说兴隆镇是集镇，其实就是个矿工的生活区。现在，这里除了居住着一些在铜官山采矿的矿工，也还有不少商号和客店。一些矿主的办公场所也设在这里。

　　日本人占领铜官山矿，霸占了铜官山公司办公楼，铜官山公司就撤回到了兴隆镇方家旧宅办公。

　　进镇后，郑强龙和宋二柱警惕地走着，快到方家旧宅时，郑强龙发现大门处有日军把守，进出的人都需要检查。

　　郑强龙和宋二柱停住了脚步。

　　"怎么办？郑书记。"宋二柱盯着郑强龙发问道。面对此景，郑强龙也没有料到。

　　"别急。二柱，我们先观察一下宅子四周。"郑强龙带着二柱轻车熟路地在房子四周观察了一圈，后门进出也有日本人检查。

　　"看来前后门是进不去的，这宅院应该还有一个侧门……不过这个侧门好像是有一方掩墙遮挡着，通常看不出来。"郑强龙一边低声自语，一边回忆着。

　　"有侧门！"宋二柱惊讶道。

　　"对！有侧门！也叫作'佣人门'，在左边。"郑强龙语气坚定地说道。

　　对于这个侧门，他回忆起来了。

　　那是在学生时代，有一年暑假，恰好铜官山公司从这座老宅搬到新建成的办公楼去，他随方兴华到这里参与搬迁。众人在搬迁中，他们发现有些搬东西的人总是从这个侧门进出，他们感到十分不解，后来他们了解到这些人是家中的佣人，只能从这个门进出。因为这个侧门是方家特地为佣人修建的，私底下也叫"佣人门"，佣人们是不能从公司大门进出的，只有从这个侧门走。对于如何看待这个"佣人门"他俩还有一番争论。当时他俩受新文化运动的影响，都喜欢读法国18世纪启蒙思想家、哲学家、民主政论家卢梭的人权著作《论人类不平等的起源和基础》这本书。他俩都崇尚卢梭在书中提出的"天赋人权，人人平等"口号，而眼前方家的公司却把人分成了等级，这不平等的"佣人门"在他俩的心里产生了巨大的波澜。如何消除这"等级"？实现人人平等！方兴华和郑强龙都提出了各自的见解。一方是"祈求"，一方是"暴力"。方兴华随即提出他要向父亲抗议，要求撤除家里的"佣人门"。而郑强龙则从阶级斗争的角度去思考，认为对不平等的社会必须用武装斗争来解决才是争取民权的唯一方式。结果方兴华向父亲提出要求后，从父亲那里讨回的只有两个字"幼稚"，"佣人门"依然成为佣人们进出方宅的唯一通道。这次"争论"在郑强龙的脑海里刻下了深深的印记。

果然，在宅子的左边，郑强龙、宋二柱他俩在一方掩墙背后找到了一扇紧闭的小门。

"咚""咚""咚"。

敲开小门，郑强龙和宋二柱顺利地来到大厅。

"兴华！"郑强龙一眼就看见了坐在沙发上愁眉不展的方兴华。

"强龙，怎么是你？"方兴华抬起头，看见是郑强龙站在眼前惊讶地叫了起来。

方兴华怎么也没有想到是郑强龙。

郑强龙看着方兴华憔悴的脸庞和忧虑的眼神，说："你和公司的事我都知道了，我今天来，就是帮你解决此事。你以前帮助我们组织为中央苏区筹措物资所做的工作，我们组织都记得。这次在日本人面前你又机智勇敢地保护了员工，大家都很敬佩和感激你。"

郑强龙一边说，一边握住方兴华的手。

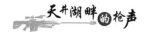

方兴华感到一股暖流穿越全身。

方兴华现在的处境真是危如累卵，仿佛陷入冰窟窿里一般，四周都是险境。夏井志雄和渡边接到武英本吉的命令后，立即对方兴华采取了"软禁"加"威逼"的措施。日本人不仅在方家宅院周围设置岗哨，派兵看守，限制方兴华的出入，还不断向他发出"敦促令"，威胁道："如不召开股东会议，转让股权，合作开发，皇军将再开杀戒。"每当此时，他的眼前就浮现出日本人闯进办公室，渡边枪杀青年职员的场景。那血腥的场面闪现在眼前，他就感到一阵阵恐慌。他的内心也在遭受着折磨，日本人把他推到了绝境："如果他不服从日本人的要求，那矿上的中国人就要遭殃；如果同意签署合作协议转让股权，铜官山公司的矿产将属于日本人，自己还背上卖矿贼和汉奸的罪名。"今天郑强龙冒着被日本人发现杀头的危险来到这里，他不仅感受到郑强龙和他的组织带给自己的温暖，而且仿佛看到了自己摆脱困境的希望。

方兴华迫不及待地想知道郑强龙带来的良方妙计。

"兴华，日本人不是要你召开股东会吗，你就拖着不办，让股东会开不成！"郑强龙望着方兴华期盼的眼睛，对他说。

"这……"方兴华听后脸色凝重，顿感失望。

"兴华，别急呀！铜官山公司是股份公司，我们可以改变公司的股权结构，在铜官山公司的股东中加入外国股东，让外国股东反对公司与日本人合作，不同意股权转让，以此来应对日本人的要求。"郑强龙亮出了良方。

"改变股权结构，加入外国股？这……这铜官山公司何来外国股？"

方兴华听后虽感到疑惑，但似乎又明白了些什么。

"我们可以通过我们的上级组织，寻找一位'中立国'的外国友人作为铜官山公司的股东，以他的名义给日本陆军省经济科提出抗议，拒绝合作。"郑强龙全盘倒出了自己的建议。

"原来是这样！这是一个可行的办法。"

方兴华听了非常激动。

因为这不仅符合法律程序，而且日本人对"中立国"成员的财产应该不敢侵犯，否则会引发国际争端。方兴华没想到郑强龙能提出这一妙招。

"不过，这还需要找到一个非常可靠的外国友人。何处去寻找这外国人……否则……"

方兴华从兴奋中回到了常态，甚至有些失望。

郑强龙见方兴华还心存忧虑，庄重地对他说道：

"兴华，铜官山矿是我们中国的矿山，铜官山公司是咱中国人办的公司，决不能让日本人占有。寻找外国股东虽然是难题，相信我们党组织有办法，会帮你解决困境。"

郑强龙坚定的语气打消了方兴华内心的顾虑，埋藏在方兴华心中的阴霾消失了。

郑强龙脑中能够闪出"改变公司股权结构"的念头，则是洪添寿汇报中提到日本人要变更铜官山公司的产权而启发的。想到借助"外国股东"的名义拒绝与日本人合作这一招，是自己在领导秘密物资运输线时与各类企业、商号做生意过程中学到的经商法则和经验。但是，要实施自己的良方，关键是要找到一个外国友人，这不是郑强龙所能办到的。

不过，如何去寻找外国友人，他的心里已有所考虑。

离开方宅，郑强龙让通讯员宋二柱通过联络点的秘密电台以县委的名义向皖南特委汇报了日本人占领矿区的情况，提出了解救方兴华的建议，请求特委通过党组织内线解决铜官山公司"中立国人股东"的难题。

随后，郑强龙决定去县城西边方家桥的方府，那里是方兴华在县城的老宅。他要去拜访方兴华的父亲——铜陵矿务公会会长方复中。

方兴华在期待着郑强龙的消息。

第六章

反战组织解难题　　国际友人提抗议
日寇霸矿换方式　　武力锁矿下新棋

郑强龙提出的解救方兴华的建议得到了采纳。

皖南特委接到铜陵县委发来的电报，特委书记朱承农十分重视，他立即向新四军总部作了汇报。新四军总部首长指示新四军情报部与中共在上海的党组织取得了联系，帮助寻找国际友人。

上海法租界方浜路 9 号乐爱诗书店。

乐爱诗书店是一家外国人经营的外文书店，书店原本是法国第一任驻上海领事费得利的家庭教师莫诃西博士的书房。法国在上海建立租界时，为在租界里普及法文教育，莫诃西将整个书房产权捐给了租界管理局，让其改建成法文班。租界里建有正规学堂后，租界管理局为补贴学堂费用不足，将其义卖。现在，爱尔兰人佩斯购买后对外开办了书店。

这个书店对外是一家书店，其实还有另一个秘密身份：共产国际远东情报部"格尔佐小组"上海联络点。佩斯既是乐爱诗书店经理也是"格尔佐小组"上海联络点的联络人。

"格尔佐小组"由苏联、德国、日本、中国、朝鲜、英国、美国、南斯拉夫、爱尔兰等多个国家进步人士组成，他们虽然国籍不同，信仰不同，但目标一致，都憎恨纳粹德国和日本军国主义等法西斯发动的侵略战争，愿为世界和平和反法西斯斗争履行自己的光荣义务。他们在共产国际指导下开展情报工作，各自与该组织建立了秘密的联络方式。目前"格尔佐小组"上海联络点由日本《每日新闻》记者冈西中负责。

这天，冈西中领着两个穿西装的中年人走进了书店。这两人正是与冈西中商谈寻找国际友人的中共上海地下党负责人和新四军情报部驻上海的情报专员。

佩斯将他们领进了内室。

冈西中在了解了铜官山矿被日军占领的背景后，向他俩推荐了几位合适的人选。

"我们推荐的这几位同志都很可靠，但具体细节和对方的需求，需要你们自己去与他们对接和详谈。"冈西中说完将推荐人的联络方式交给了坐在对面的两位中共方面的人员。

"可以，我们会从中选出最合适的人选，感谢你们国际反法西斯战士对中国人民抗击日本侵略的帮助！"中共方面的人员向他表达着谢意。

随后冈西中提醒着中共方面。

"日本军方叫嚣的3个月灭亡中国的计划破产后，日本内阁兴亚院和'五相会议'针对中国战局的变化，在政治上提出'以华治华'统治政策后现在又提出了'以华养华'的经济战略。'五相会议'主持人首相兼外相近卫文麿强调：日本各方面军占领中国的重要物资基地都要按事先制订的计划开发，以保证战争稳步推进。据我们的内线情报，日本陆军部经济科在铜官山矿制订了一个'掘宝计划'，驻铜日军司令官武英本吉正在加快实施，华中矿业股份有限公司铜官山矿业的夏井志雄，也就是日本国财阀三井株式会社三井小泽的嫡孙原名三井高雄，正在商议以高效率进行开发，我们正密切关注这个计划。随着战事的扩大，日军对铜官山矿资源的

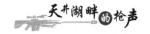

掠夺一定会不择手段，建议中共方面要有应对措施。同时，陆军部为了加强日军驻铜部队的情报工作，防范和消灭中共等抵抗组织，近期要派遣高级别特工到铜陵协助武英本吉。铜陵的地下斗争将会更加复杂，我们双方要加强情报互通，共同抗击法西斯。"

冈西中显然对铜官山方面的情况十分了解，中共方面的人员听了冈西中的建议后表示赞同。

随后他们在佩斯的引导下，离开了书店。

很快，中共上海地下党和新四军方面商议后，通过内线在上海物色到一名中立国的外国友人。让这位中立国友人以铜官山公司股东的名义，向日军驻上海的陆军部经济科提出抗议。

县城日军司令部。

一份来自日本陆军部经济科的电报送到了武英本吉的办公桌上。

电报的电文是"合作暂缓，开发加速"八个大字。

武英本吉瞪大眼睛看着电文，电文的内容让他横眉怒目。他气得"腾"地一下从座椅上站起。他不明白经济科的这群高官们怎么会屈服于一个美国人的抗议，让大日本皇军停止执行对铜官山公司"军事管理"的命令，这太有损帝国军人的尊严了！但是这份电文的确是从陆军部机要室发出的，他又违抗不得。

当然，一个大佐级别的军官哪里知道陆军部将军们心中隐藏的玄机。

这个"玄机"的核心，就是新四军的情报部和中共上海地下党找到了一位关键人物：乔治·梅根。

乔治·梅根是美国人，他是美利坚合众国驻亚太地区经济处的官员。

美利坚合众国驻亚太地区经济处位于上海市桂林路 100 号西林大厦，外界简称其为美经处。这个美经处虽是个民间组织，但实际上行使着美国政府与亚太地区国家的经贸往来职能。乔治·梅根在美国雪城大学经济系毕业后就来到中国，入职美国花旗银行上海分行，成为该行的首席经济分析师。"二战"爆发前，受美国众议院议员罗杰的邀请，于 1930 年 1 月进入了美国驻亚太地区经济处，担任美经处的主任秘书。

新四军的情报部和中共上海地下党为什么要找到乔治·梅根呢？

这有两点考虑。一是与美国在中日战争中的中立国地位有关。因为美国国会为防止美国卷入西半球以外的战争通过了第二个"中立法"法案。1935 年，在意大利发动侵略阿比西尼亚也就是埃塞俄比亚战争前夕，美国国会为抚平美国人民不愿卷入战争的和平情绪，于 8 月 31 日通过了第一个中立法案，随后美国总统罗斯福宣布美国为中立国，不参与美国本土以外的战争，对世界各地交战国保持中立。但美国公民和财产受美国政府的保护。近期通过的第二个"中立法"法案再次重申了这一立场。二是与乔治·梅根的特殊身份有关。乔治·梅根虽是美国公民，但在中国生活多年，是个"中国通"，与中国政、军、商界有着广泛联系。此人虽然在美国驻亚太地区经济处职务不高，只是个主任秘书，但是身份特殊，美经处主任是美国众议员罗杰，但罗杰只是个挂名而已，实际工作都由乔治·梅根操作。他手中掌握着美国与日本、中国以及东南亚诸国贸易往来的生杀大权。在中国，他与国民党和共产党在经济上多有来往。特别是新四军成立后大批军需物资的采购，一直是他心中的"蛋糕"。对日本人而言，他是美国人，处于中日战争的"中立国"立场。由于美国国会通过的第二个"中立法"法案，对向交战国出售和禁运军备物资的政策做了新的调整：由过去的全面禁止向交战国出售军火武器，调整为允许交战国到美国本土采购货物，并由交战国自行运输。美国的这一调整显然对日本有利，因为中日经济和国力差距较大，中国去美国本土采购物资并自行运输回国显然不现实。而日本却有能力去美国本土采购和运回国内。而陆军部与美国的物资交易也由乔治·梅根具体执行，而且随着中日战事扩大、战线拉长，战略物资储备地位在战争中不断上升，他在日本人心中的位置也更加重要，他的抗议让日本人不得不慎重对待。所以新四军才通过中共在上海的

情报组织找到他，请他充当铜官山矿股东，配合方兴华的铜官山公司演出一场抗争戏，乔治·梅根不仅没推辞，反而入戏很深。在中共上海地下组织与皖南特委的安排下，通过签订假协议的方式收购了铜官山公司的股份。当然，新四军的军需采购量他获得了满意的份额。再说，日本陆军部经济科接到他的抗议后，随即向陆军部最高长官小野田井大将作了汇报，果然，一贯蛮横狂妄、不可一世的小野田井面对乔治·梅根的抗议也深思起来。他和陆军部的将军们权衡利弊后，感到为了皇军对华作战的长远利益，从战争的全局考虑，对外界而言，要给乔治·梅根一个体面的回复。小野田井决定暂缓对铜官山公司实行"军管理"，这才指示陆军部经济科给驻铜陵的133联队下达了"合作暂缓"的命令。但是他又要求陆军部经济科督促武英本吉加速铜官山矿开发进程，满足日本国内军火物资的生产。小野田井的用意，军部的将军们都明白，他是在实践着中国的成语：明修栈道，暗度陈仓。

武英本吉正是因为不明白其中的奥秘，才怒视军部的电文。

当他仔细琢磨着这八个字，"一面是'暂缓'，一面是'加速'，军部将军们，这是……"

"大佐阁下，是不是军部的将军们受到了外界某种因素的干扰，才让皇军暂停对铜官山公司的'军管理'，而发出这份'外松内紧'的电报。"

站在一旁，也是双眉紧锁的驻铜陵县城大队长伍平措三，突然凑近武英本吉，小心翼翼地试探着提醒武英本吉。

"外松内紧？"武英本吉抬头望了一下伍平措三，忽然他从"外松内紧"这几个字中明白了什么。

"对!"

"大日本帝国要的是矿产，只要铜官山矿区的矿石统统进入大日本帝国矿业所的矿石场，方兴华的铜官山公司就得关门闭坑。这份电文分明是在要求我们在控制铜官山公司的方式上要另辟蹊径，改变战术，与我们的对手，下出一招新棋。而这招新棋的妙处，就在于落子后，对于我们要实现的目标能起到异曲同工的效果。"

武英本吉想到这里，顿时感到军部的高明，他终于领悟到了这份电文背后的含义。

他深知："这招新棋"，不是在方兴华身上做文章，而是要盯紧铜官山上每一个坑口的矿石去处。就是皇军用强硬手段控制矿区的矿主们，让他们把坑口里开采的矿石统统交由皇军收购！这样就能逼垮铜官山公司，届时方兴华只能选择与皇军合作。

于是，武英本吉拨通了矿业所的电话……

他立即向夏井志雄和渡边下达了实施"锁矿"的命令。

他在命令中要求：采取严厉措施封锁矿区，盯紧已被皇军"军管理"的坑口，加速井下开采，统一收购矿石，决不能让一块矿石落入中国人的矿石场里。

夏井志雄接到武英本吉的命令后，停止了胁迫方兴华与矿业所的合作。渡边也把部署在兴隆镇方宅的日军岗哨撤了回来，而是把兵力转向了实施武英本吉下达的"锁矿"命令上。他俩知道，只要矿区在自己的掌控中，皇军的刺刀会让铜官山矿每一个坑口开采的矿石都进入大日本帝国矿业所的矿石场。

武英本吉下达的"锁矿"命令包括两部分内容："铁桶防卫"和"黑鹰监管"。

所谓"铁桶防卫"和"黑鹰监管"，是日本陆军部在中国东北占领区实施的一系列军事化管理手段之一。

日本对中国发动全面侵略战争后，日本陆军部把"锁矿"内容印成管理手册在占领区推行。"铁桶防卫"也就是要筑牢各种防线，扎紧各路口通道，阻止抗日分子进入矿区，镇压矿区暴动，维持矿区劳工人数稳定，确保日本人掘宝计划顺利实施。"黑鹰监管"则是要求每一个日本军人都要有黑鹰一样机灵的眼睛紧盯每一个中国人，善于发现他身上反叛的蛛丝马迹。用黑鹰一样锋利的尖爪撕开抵抗者的胸膛，挖出他们心中的秘密。这些手段的核心要义，就是采用血腥镇压和特务手段制服中国人。

武英本吉下达如此命令还有另外一番考虑，就是防止矿民逃离矿区，避免日本关东军在管控矿山中曾发生过的"失误"。

那是九一八事变后，1932年10月，日本关东军侵犯辽宁，关东军以鞍山、本溪为中心制订了一个庞大的掘宝计划。163联队在本溪驻扎，因动作迟缓，当关东军占领弓长岭铁矿时，在中共满洲省委的策划下，加上矿民们害怕遭到日军的侵害，矿民们趁日军管理松懈，在几天之内全部逃离了矿区，致使弓长岭铁矿无人下井开工，延误了日本人的开采计划。163联队受到了日本侵华大本营的严厉惩罚，并将"失误"写进管理手册。关东军163联队的教训提醒着武英本吉，他知道铜官山矿区处于皖南腹地，矿区周边都是富庶的"鱼米之乡"，皇军占领铜陵后，很多人离家逃往别处。据情报科报告，矿区矿民也有此举。如果矿民们逃离了矿区，铜官山矿将变成"死矿"，那皇军要为大日本帝国掠得宝藏也只能是望洋兴叹。

他决不能让163联队在辽宁弓长岭铁矿发生的"失误"，在自己133联队占领的铜官山矿重蹈覆辙。他下达的命令就是要阻止矿民逃离矿区，保证矿区有足额劳工替大日本帝国掘井采矿。

夏井志雄和渡边接到武英本吉的指示，立即执行"锁矿"命令。

日军驻铜官山大队，在队长渡边的指挥下，按照矿区的地理位置和矿民居住的疏密程度实施着"铁桶防卫"计划。日军在铜官山矿区四个方向设立碉堡。渡边将大队部设在占领的原铜官山矿务公所里，矿务公所的位置处于铜官山矿区的中心，这样大队部与每个碉堡的距离基本上保持了一致。渡边这样的布局目的是方便调用兵力，形成互相配合的机制。日军在每个碉堡上配备4人，4名岗哨昼夜值守。每个碉堡上安置一挺机枪，架设了探照灯。碉堡内的日军配备了大狼狗。对进出矿区的每一条通道都设置了哨卡，还配备了机动巡逻队，定时在矿区的人行路口、矿运通道 24 小时巡逻。整个矿区被日军围得像铁桶一样严严实实。

如果说"铁桶防卫"是日本侵略者对占领区地盘的护卫和霸占，那"黑鹰监管"则是对统治对象的管理和控制。

夏井志雄在实施"黑鹰监管"中，对矿主和矿民分别采用不同的监管方式，可谓是绞尽脑汁，招招阴险歹毒。

日军占据铜官山矿后，夏井志雄以"华中矿业股份公司"的名义，打着"代为经营"的旗号实施所谓"军管理"，通过武力征服，在刺刀的威逼下把一些规模小的坑口和露天采矿场划归到了矿业所的名下。而且矿主们还必须继续替矿业所管理原本属于自己的坑口、采矿场，那些失去坑口、露天矿场的矿主名义上依然是"矿主"，实际上却成了矿业所的"雇工"。夏井志雄这一做法，在"黑鹰监管"中叫作"主仆连坐"，也就是坑口、采矿场如果出了乱子矿主依然要承担责任，这样就逼着矿主必须服从矿业所的指挥，按照日本人的要求去做。

对矿工的监管，则采用"组人连坐"法。将矿工分为包工和长工两类，对招募来的技术工种称为长工，由矿业所的科室直接管理。而从事采矿、掘井等重体力活的则称为包工。为防止包工逃跑、闹事等违反规定行为发生，矿业所将包工分成组，由组长管理，组里矿工出现上述违规情况，组长及整组人员都要受罚。这样就形成了组员们相互监督，矿工们人人自危，不敢乱动，遇到日本人的欺侮也只有忍受屈辱。

随后，夏井志雄将矿区划分为 4 个工区，分别是金口岭工区、五松峰工区、东瓜山工区、顺风口工区，每区有一区长管理。每个区下面挑选了工头。在矿山的管理上，设立了劳务科、用品科、用度科、采矿科、选矿科、运输科、电气科、港务科、石库科、土木科、事务科。工区的区长、科长都必须由日本人担任。个别中国人担任副区长的，是由"军管理"坑口矿主推荐，经日本人考察合格的中国人，像金口岭工区就是由中国人吴大贵担任副区长。矿业所规定：矿区人员实行上下对应，按层级管理。区长管工头，工头管劳工。副所长兼总工程师小岛石刚负责管各区长、科室长。夏井志雄要求小岛石刚和各区区长要对自己手下的中国人进行编号，定岗定位，监视行踪，掌握动向，严密管控，防止中国人做出损害大日本帝国矿业开发的行为。

为了加强矿区治安，防止出现罢工和中国人闹事，夏井志雄和渡边商议，成立由日本人操控的矿区警察所，也称矿警所。矿警所由铜官山矿业所直接管理，夏井志雄亲自兼任所长。一名叫乔志远的旧矿警被日本人看中，让他当了副所长。

这个叫乔志远的旧矿警在矿民们眼里就是个十足的"汉奸"，甘心给日本人卖命。

原来，日本人侵占矿区之前，矿区警察所，也就是矿民简称的"矿警所"隶属国民党铜陵县政府警察局，如今县政府被日本人占领了，县政府和警察局的官员也逃散了。矿警所的所长本身就是县长的小舅子，也跟着县长撤走了。矿警所的矿警们看到所长逃了又无人发饷钱，也不愿替日本人卖命，就自动离岗另谋生路了。日本人成立了矿警所却没有警察上岗，只有乔志远每天上班，依然坚守在岗位上。日本人从矿警所的旧档案里找出了原矿警的花名册，在矿里贴出通告让他们限期归岗，对于拒绝者一律格杀勿论。可期限已过却无人返回矿警所，日本人准备大开杀戒上门捉拿，乔志远却主动"请缨"，帮助日本人找回了不少原矿警，夏井志雄对他大加赞赏，就让他当上了副所长。现在乔志远成了日本人的"大红人"，在新成立的矿警所替夏井志雄和渡边负责着矿区的治安。

夏井志雄和渡边在实施武英本吉的"锁矿"命令中，始终没忘这一命令的核心目标是统购矿石，逼垮方兴华的铜官山公司。矿业所机构和监管设置完成后，夏井志雄以"华中矿业股份公司"接管专员的名义发出《布告》，宣布各坑口矿石必须由矿业所收购。

夏井志雄命令乔志远带着矿警所的矿警将《布告》张贴到各工区坑口，让矿主们把矿石统统卖给矿业所。又是这个乔志远给夏井志雄出起了"坏主意"，但是这坏主意却让他"弄巧成拙"，差一点丢掉了性命。

原来日本人在《布告》里要求各坑口将所有井下开采的矿石统统上交矿业所，但乔志远对夏井志雄说矿业所应当收购高品位的富矿，不能统统都要，否则矿业的矿场装不了会胀库的。夏井志雄细想颇有道理，立即要求矿业所检验科对上交矿石进行化验。谁知这招却使矿业所根本收不到矿石，原来各坑口的小矿主们送给矿业所的都是废石。矿业所副所长小岛石刚发现这一情况后，立即上报了夏井志雄。夏井志雄一听警觉起来，他仔细琢磨着乔志远的"主意"后，与渡边进行了一番沟通。在渡边的提议下，夏井志雄随即命令乔志远带着矿警所的矿警陪同渡边的驻矿区日军携军犬前往各坑口，对各坑口出的矿石统统收购。此时，陪同日本人的乔志远看着矿业所的日军威逼坑口的小矿主们，脸上只能显现出焦忧的神情。渡边知道是乔志远向夏井志雄提出选"富矿"的主意，加上在收购矿主矿石中的表现感到乔志远是个可疑分子，要立即处理掉他，好在夏井志雄坚信乔志远是大日本帝国的朋友，才保住了乔志远这条小命。

日本人的"锁矿"命令，让整个矿区笼罩在白色恐怖之中。矿业所抢购矿石，把铜官山公司逼入了绝境。

第七章

矿区党员握紧拳　抵制日寇抢收矿
逃难矿主血泪藏　深仇大恨永难忘

　　洪添寿和郑强龙分手后，心里热乎乎的，新的抗日任务像一团火在他心中燃烧着。

　　洪添寿原来是铜官山矿区边上朝山村的佃户。有一年大旱，颗粒无收，财主仍要佃户们交租子。洪添寿带领大伙抗租，财主勾结在县警察局当队长的弟弟以洪添寿串通共产党的名义将其秘密抓捕，装进麻袋后将其扔进了天井湖。就在洪添寿奄奄一息之际，被郑强龙秘密运送物资的船撞见，将其救了起来。之后，洪添寿就跟着郑强龙，加入了秘密运送物资的队伍，从此走上了革命的道路。为防止财主和他当警察队长弟弟的追杀，在郑强龙的帮助下，洪添寿在铜官山矿区落了脚，他打苦工，他老婆秦二姑就开了个粥棚。在革命斗争中，洪添寿感到只有共产党才是穷苦人民的大救星，他积极要求成为其中的一员，最终成为矿区第一个加入共产党的人。他老婆经营的洪家粥棚也被县委确定为秘密联络点。

　　他按照郑强龙的指示，决定立即召开矿区党支部会议，向支部党员传达县委会议精神，动员坑口矿主和矿民抵制日军强行收购矿石的行径。

矿区支部目前有 4 名中共党员和 1 名已向党组织递交了申请书的积极分子。洪添寿作为支部负责人，另外 3 名党员分别是金口岭工区副区长吴大贵、五峰松工区矿工范四平、顺风口工区矿工赵保来。向党组织递交了入党申请书的积极分子是东瓜山工区电工姚洪江。这几位党员都是县委在建立秘密物资运输线时在矿区秘密发展的。

县委在建立秘密物资运输线的初期，由于矿区矿工中没有党员，未建立党组织，物资运输工作只能由郑强龙带领身在城区和湖区的同志来完成。随着中央苏区对矿山物资需求量不断增大，县委决定在矿区发展党员，成立党组织，以增加物资运输线的力量，更好地完成上级交给的任务。洪添寿成为党员后，按照县委"将穷苦出身，有正义感，愿投身革命事业的进步矿工发展成我们的同志"的指示，他通过在矿区的了解和观察，向县委先后推荐了吴大贵、范四平、赵保来。洪添寿推荐他们 3 人，不仅仅是因为他们 3 人富有"正义感"、是"穷苦出身"的矿工，而是他们 3 人在维护广大矿民生命利益中与洪添寿一起共同经历了一场生死考验。

那是三年前的一个盛夏，由于天气干旱，矿民饮用了受污染的地下水，矿民中出现了不少拉肚子、打摆子的症状，大批矿民病倒。国民党县政府得知此事，以为矿区发生了霍乱这种传染病，并未派医护人员来矿区甄别病症，就命令矿警所将这些病倒的矿民统统集中起来，运到离矿区有十来里的一个被人称作"无人区"的地方，隔离起来。国民党县政府对外宣称是进行集中治疗，实际上是怕所谓的霍乱这种传染病传到城区，而将他们关押在这里，让这批病人自生自灭。县委从安插在矿警所内部的我党潜伏人员中获得了国民党县政府关押病人的真实目的，决定阻止其行动。县委指示矿区的党员洪添寿组织矿民们与国民党矿警们斗争。洪添寿找到了吴大贵、范四平、赵保来 3 人，向他们讲明了国民党县政府的用意，希望他们在矿民中宣传，让病人家属了解真相。吴大贵、范四平、赵保来 3 人听后，对国民党县政府草菅人命的罪恶行径十分愤慨，欣然接受了洪添

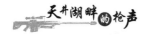

寿的建议。由于矿民们拒绝把"病人"送往无人区，矿警所没能完成县政府的命令，受到了县长的严厉训斥。矿警所了解到是洪添寿、吴大贵、范四平、赵保来他们在矿工中煽动所致，将他们抓进了矿警所。县长指示一定要查清幕后的指使者，矿警所的所长也就是县长的小舅子心里明白，县长姐夫所指的幕后指使者一定是共产党。于是对洪添寿、吴大贵、范四平、赵保来4人严刑拷打，想从他们身上了解到泄密的渠道和指挥者的线索，但他们个个守口如瓶。最后，气急败坏的所长决定将他们处死，但又怕在矿区引起公愤，就把打得奄奄一息的4人用警车送出了矿区，扔进了乱坟场。我党在矿警所内部潜伏人员得知后，传出了消息，县委立即通知了4人的家属，洪添寿和吴大贵、范四平、赵保来才保住了性命。洪添寿和吴大贵、范四平、赵保来获救后，洪添寿向县委推荐了他们3人。经过县委严格考察，吴大贵、范四平、赵保来3人也都先后秘密加入了组织，成为中共党员。随后县委在铜官山矿区成立了党支部，由洪添寿担任支部书记。矿区党支部成立后，主要承担秘密物资运输的任务，党支部成员成为秘密物资运输线上的重要力量。

东瓜山工区电工姚洪江走上革命的道路，加入"秘密物资运输"是吴大贵引的路。

姚洪江虽然比吴大贵年龄小，但辈分大，吴大贵是姚洪江的外甥。姚洪江原来是东瓜山工区附近姚树村的。家里有两亩薄田，父亲是砖匠，长年在外给人扛活。有一次给一户财主家的老房子检漏，财主知道老房子大梁已裂，人上了房顶可能会出危险。财主知道姚洪江父亲目不识丁，就有意写了个字据让姚洪江父亲按个手印，姚洪江父亲不识字，不知道写的啥内容。财主欺骗他说，完工后凭这字据领取工钱的，姚洪江父亲信以为真。后来他上了那老房子的房顶后，大梁断裂了，摔了下来，落得个残废。当姚家要求财主赔偿时，财主拿出那个字据，当众念给姚家人听，字据上面写的是责任自负，还有姚洪江父亲按下的红手印。姚洪江父亲听后，气得一口鲜血喷向了财主，不久抑郁而死。父亲死后，母亲发誓要让儿子姚洪江读书识字，她卖掉了家中两亩薄田，带着儿女迁到了矿里，把女儿早早嫁给了吴家，自己给矿主家当佣人维持生活，供姚洪江在县城学堂读书。姚洪江在母亲的眼里本是读书的苗子，却不知为何被学校除名了。恰在此时，吴大贵所在的工区发生冒顶事故，他因在井下巷道里救过矿主一命，矿主为报恩于他，让他担任工区副区长，党组织知道后也积极支持他当这个副区长，因为这对组织活动十分有利。吴大贵就利用这个机会，把他这个小舅舅介绍给了矿主，同时建议让他学电工，矿主一看是吴大贵的亲戚就同意了。

其实，吴大贵推荐这个小舅舅也是组织上的意见。

原来，姚洪江是县城明伦学堂"星光"诗社的成员，这个诗社是县委领导的外围组织，诗社里大部分是进步学生，姚洪江也是其中之一。县委在学校开展地下活动时，姚洪江每次都积极参加。后来诗社被国民党铜陵县党务调查室"嗅"出了异味——认定这是一个被共产党控制的"革命"组织。于是责令学校取缔诗社，开除骨干成员，姚洪江就被学校除名了。县委为保护这批进步青年，通过各种关系将他们安插在可靠的地方。姚洪江生活在矿区，又有文化，县委承担的"秘密物资运输线"上正需要一位懂电机方面的成员，以便及时处理物资筹备和运输中出现的问题。县委有意吸收他进"秘密物资运输线"，郑强龙指示矿区支部利用吴大贵是矿主的"恩人"和副区长身份将姚洪江安排到电工的岗位上。

姚洪江回到矿里，在与吴大贵的接触中也发现他这个外甥不同寻常，总是多方了解和打听工区的各类设备，而且经常用各种话题来试探他的想法。姚洪江渐渐地明白了，吴大贵他们从事的活动，正是他所向往的。后来在吴大贵的建议下，郑强龙批准了姚洪江成为"秘密物资运输线"的成员，姚洪江也向矿区支部递交了加入中国共产党的申请。

洪家粥棚联络点。

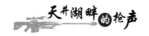

洪添寿首先向大家传达了县委会议精神和郑强龙书记的指示：过去秘密物资运输线上的同志全部转为游击队员，工作任务由上级安排，队员要随时接受组织调遣。

大家听后都十分兴奋，为自己能成为一名抗日战士而自豪，纷纷表示服从组织安排。

随后，洪添寿根据县委的要求，提出日本人占领矿区后当前党组织开展工作的重点，就是要团结和动员矿区的中国人粉碎日军夺矿阴谋。他指出，日军对矿区实施封锁令，强行收购矿石，就是要压垮我们中国人自己的公司，我们作为中国人，只能团结起来与敌人斗争。铜官山矿的一草一木，每一块矿石都是我们中华民族的宝物。日本人掠夺我资源用于侵华战争，制造武器杀害我中国同胞，这是我们共产党人决不能答应的，我们现在既是党员也是游击队员，要握紧拳头形成合力，带领大家与日本人抗争。他提醒大家：我们矿区的每一位党员都应该明白铜官山公司是我们中国人自己的公司，日本人想挤垮它，我们党组织游击队就要保护它，动员坑口矿主将开采的矿石卖给铜官山公司。

大家听了洪添寿的话，心里都有了工作的方向。

会后，范四平、赵保来、积极分子姚洪江按照支部要求回工区开展工作了。

吴大贵和大家分手后，并没有回自己的金口岭工区而是直接来到兴隆镇。

他要去找徐得才，徐老板。

他的目的就是动员徐得才将矿石卖给铜官山公司。徐得才是金口岭工区坑口最大的矿主，金口岭工区与五松峰、东瓜山、顺风口这 3 个工区有所不同。金口岭这个地方地层深处不仅出铜矿而且铜矿里含有金子，"金口岭"这个名字由此而来。由于铜矿里含金，此矿也是鸡窝矿，采矿人便以找金为目的，留下不少采矿的洞口。除了主矿井的坑口外，在这些主坑口周围还有一些小的坑口，这些小坑口开采的矿石一般是卖给大坑口。

徐得才来矿里的时间并不长，但他在管理坑口上很有一套，在工区里很有影响力，要是徐得才带了这个头，其他矿主们也会效仿他去做的。

不过，在吴大贵眼里这个徐老板最近一段时间人变得有些奇怪。过去他总是在坑口与矿民混在一起，井上井下、矿里矿外都能见到他忙碌的身影，可日本人占领矿山后，他就很少露面了，坑口事务也由管账先生打理。在工区还真难得见到他，吴大贵只好去他家里找他。

吴大贵没费多大劲就找到了徐得才的家。

在兴隆镇南面，一片开阔地，有几间带院子的砖瓦房，这就是徐得才的家，也兼做坑口公事房。

吴大贵见到了徐得才。

"吴区长，你……"

徐得才见吴大贵到来十分意外。

他没想到吴大贵会到他家里找他，自日本人占领矿山后，他就害怕与矿业所的人打交道。今天吴大贵却主动找上门，虽然他不是日本人，但吴大贵毕竟是替矿业所日本人做事的副区长。他心里还是有些忐忑不安。

吴大贵明显感到徐得才对自己找他并不热情，甚至有些冷漠，也感到不解。吴大贵只知道徐得才是东北人，至于为何落脚到铜官山矿也不清楚。他见徐得才对自己不冷不热，甚至有些拒绝理会的意思，就直接说明来意，希望他能带个头将矿石卖给铜官山公司。

徐得才一听，知道了吴大贵的来意，脸上就浮现出为难、犹豫的神情。

"吴区长，你是知道的，日本人的《布告》都贴到了坑口，还有那帮穿'黑皮'的家伙天天站在矿场盯着，你看矿石怎么卖……"

面对徐得才为难的神情，吴大贵点拨道：

"徐老板，只要我们有心抗日总能想到办法的。"

吴大贵接着说道：

"徐老板，日本人占领我们铜官山矿就是要把我们中国人自己的宝贝占为己有，用我们的矿石炼出铜，制造枪炮子弹来残害我们中国人。我们都是炎黄子孙，我们不能帮日本人的忙啊。"

"吴区长，你说什么？我愿帮日本人的忙？"

徐得才听了吴大贵的话，突然激动地从椅子上蹦了起来。

吴大贵见徐得才的举动更是一脸茫然。

"吴区长，你可知道我为什么流落到铜官山……"

"我……"

徐得才双眼湿润了，他向吴大贵诉说着自己心中的秘密和对日本人的痛恨……

徐得才的原名叫赵金顺，逃到铜官山矿后才改叫徐得才。

徐得才老家是松花江畔的吉林丰满。当年他是丰满马儿沟金矿的矿主。1931年九一八事变后，日本人霸占了马儿沟金矿，对金矿实施"军管理"。日本人夺得了金矿的控制权，他名义上仍是那里的矿主，但实际上却是屈辱地在替日本人管理矿山。九一八事变后的第二年（也就是1932年），7月的一天，矿上的一个叫田东小野的日军少佐带了两个日本宪兵来到他家中，让他签署一份金矿文件。恰巧他不在家，这个日军少佐见他妻子颇有姿色，顿时就起了邪念，兽性大发，想奸污她，他妻子拼命挣扎。他妻子的呼喊声惊醒了在隔壁房间睡觉的10岁的儿子，儿子见田东小野欺负他母亲，就冲上去和日本人拼命，这时田东小野抽出配刀刺向孩子，残忍地将他儿子杀死，强奸了他的妻子。他妻子遭凌辱后当场跳井自尽了。徐得才得知后，在悲愤中一气之下晚上一把火将日军营房烧了，烧死了营房内的全部宪兵，连那个少佐田东小野在内共有12名。震惊了日军大本营，被日本关东军称为"马儿沟事件"。徐得才遭到日军通缉，他在矿里的马槽里躲了一夜，第二天他在矿里一名地下抗联战士的帮助下逃出了马儿沟金矿。随后，他隐姓埋名逃到了关内。他先到上海在朋友家里躲了一阵子，后在朋友的推荐下来到铜官山矿区。由于徐得才有管理矿山的经验，出逃时也带了矿山的一些碎金子，到铜官山矿区后盘下一个坑口，当起了矿主。

徐得才本想就在这远离日军的皖南矿山安定地活下来，没想到日本军队打进关内，又侵占了铜陵，而且还霸占了铜官山矿。现在他既痛恨日本人又害怕日本人，恨日本人杀害了他的亲人，怕日本人知道他就是当年制造东北"马儿沟事件"的主犯。特别是近期，他发现矿里新来了一名叫林楠生的矿山设备维修工程师，是一个日本人，这个人和别的工程师不一样，他来工区不论是在地表还是在井下总是在矿工周围转悠，注意探听矿工们说话、议论，而不是把心思用在采矿设备、工具维护维修上，他那双眼睛就像鹰一样，总是像在寻找什么。徐得才每次与这名工程师目光相遇时心里就直发毛，感觉自己的身世仿佛一下就要被他揭穿。所以自从日本人霸占铜官山矿后他就处处小心谨慎起来，深居简出，公开场合不再敢抛头露面，坑口的事务也常让工头们打理。

吴大贵听了徐得才一番诉说，才了解了他的身世和遭遇，也就理解了他见到自己表现出躲躲闪闪的神情。

吴大贵望着徐得才充满泪水的眼睛，坚定地对他说：

"徐老板，日本人在我们中国犯下的罪行罄竹难书，给我们留下的血泪账总有一天要清算的，只要我们矿工们团结起来，心往一处想，就一定能斗得过日本人，我们现在保矿护矿就是和日本人斗争的最好方式。"

"吴副区长，你是？"

徐得才擦掉眼泪，豁然明白了什么，睁大眼睛问道。

吴大贵没有正面回答徐得才的疑问，而是对他说道："徐老板，你我都是中国人！都不希望老祖宗留下的宝藏被日本强盗抢走。"

徐得才听了吴大贵的这番话，不再追问他的身份了，他表示愿意将自己坑口的矿石卖给方兴华的铜官山公司。

"吴区长，我明白你的意思，你放心！日本人是我不共戴天的仇人，我决不会跟日本人走在一条道上，我坑口的矿石我想办法卖给铜官山公司。"

吴大贵听后紧紧握住徐得才的手，脸上流露出满意的神情。

洪添寿和矿区党员们的工作非常有效果。

日本人虽然在矿区发布了强制收购矿石的《布告》，而且矿警所的警察还天天到坑口督办。但是经过洪添寿等党员们向矿主和群众秘密宣传党的抗日政策，不少矿主思想发生了转变，特别是看到徐得才等矿主的举动，其他矿主也积极响应，他们也不顾日本人的禁令，偷偷将矿石卖给铜官山公司。矿主们深知将矿卖给中方公司被日军查出十分危险，但仍然在日本人的眼皮底下秘密进行着。

第八章

矿卖中方遭敌囚　日军残暴真疯狂
紧急联络商对策　县委营救定方案

日本人强制收购矿石的举措，遭到矿主们暗中抵制，矿业所的铜矿石产量直线下降，夏井志雄又被"请"到县城日军司令部接受训话。

武英本吉自从下达命令，改变了与铜官山公司"合作"的策略，实施"锁矿"政策，他就十分关注铜官山矿业所的生产经营情况。他要求夏井志雄定期向他提供矿业所的生产报表，他把生产报表当成了战报来读，通过报表中变化的数字掌握铜官山矿的开发进程。

实施"锁矿"命令几个月来，矿业所送来的生产报表都让他失望，产量一天比一天减少。武英本吉每当看到报表中数字减少，产量下滑，他就命令夏井志雄到司令部来说明原因，其实就是去"受训"。

这次，夏井志雄被武英本吉"请"到驻铜司令部，不仅遭到了严厉的训斥，而且武英本吉向他提出最后的警告：如果下个月矿石产量达不到"TCU29 掘宝计划"规定的要求，皇军驻铜陵司令部将提请陆军部撤换他的职位，他还将受到军法处置。

夏井志雄听了武英本吉的"警告"，既害怕又紧张，一脸丧气地回到

矿业所，又准备训斥副所长、工区长等下属。

夏井志雄每次在司令部"受训"后，他就效仿武英本吉的做法，把副所长小岛石刚，还有四个工区长九保田、井上谷、小负平五、左阳九都找来训话，把憋着的气发泄到下属身上。

其实，夏井志雄训斥下属不只是在"泄火"，他真正的目的是在寻找矿石私卖，封锁不力的原因和对策。

被"请"到所长室的小岛石刚，还有四个工区长九保田、井上谷、小负平五、左阳九，面对满脸怒气的夏井志雄，一时也吓得不敢喘气。

这时，夏井志雄的翻译——一个中国人却起了个日本人名字的野村，向他提议：中国人如不配合皇军，私卖矿石必须用武力解决。

"用武力解决！"这句话正合夏井志雄的心声。

夏井志雄自从坐上铜官山矿业所所长的交椅后，内心非常得意，因为这脚下的宝地曾经让三井家族梦寐以求，今天铜官山矿成了他的天下，终于完成了父辈心愿。每当夏井志雄想到这，心中的自豪感就在膨胀。

但是，他作为一个统治者，皇军占领矿区后，中国人的不屈抵抗又使他寝食难安，迫使他不得不思考如何更长久地统治脚下这块宝地，用更有效的手段对付这些对大日本帝国不甘俯首称臣的矿民，才能出色地完成帝国赋予自己的使命。他知道，当年他的父辈是用"文明"的方式在和中国人交锋，想用语言的力量战胜对方，但在狡猾的支那人面前无奈地败下阵来，失去了主宰这片宝地的机会。今天，他是借用大日本帝国的刺刀和枪炮，征服了这些支那人，雪洗了父辈的耻辱，成为铜官山矿的新主人。他要感恩帝国，更要感谢帝国强大的武力。他想只有武力才能征服中国，只有武力才能让大日本的国旗永远插在铜官山上。

夏井志雄的目光再次落到了野村身上，他很欣赏这个能抓住自己内心的中国人，向他提出如此高明的提议。

他决定对私卖矿石者，一律以武力镇压。

就在夏井志雄玩味着"用武力解决"这五个字时，"砰"地一声，所长室的门被撞开了。

"报告所长，金口岭工区发现有中国人将矿石卖给铜官山公司。"

值守的日本人急促地进来报告。

"什么？矿石卖给中国人？"

"对，卖给中国人！"值守的日本人确定地回答。

"立即报告渡边大队长，抓住要犯！"

夏井志雄听后命令道。

"是！"值守的日本人应声答道。

不一会儿，渡边的日军一小队集结完成。

夏井志雄随渡边领着日军小队，带着大狼狗，开着三轮摩托车向金口岭方向奔去。

金口岭工区在铜官山矿区的北端。

它的坑口区域位置也比较特别，大多数坑口在山腰处，坑口下面山脚下就离天井湖不远。矿主们收购矿石一般将船停靠湖边，矿石从水路运输方便。铜官山公司就有船只在此停靠。

夏井志雄和渡边小队到达金口岭工区时，日军巡逻队已将工区堆矿场团团包围了。

"报告大队长，就是这些矿工把矿石运往外面。"

日军巡逻队长指着被日军巡逻队包围的一群矿工向渡边报告。

夏井志雄和渡边顺着日军巡逻队长的指向望去：

包围圈内，这些矿工们衣衫褴褛，脚套草鞋，满脸灰尘，都是中年汉子，共有18人。日军巡逻队用刺刀顶着他们的胸膛，矿工们的双眼怒视着日军。

"统统枪毙！"

渡边咆哮着向日军队长发出命令。

"咔嚓""咔嚓""咔嚓"……

日军巡逻队员在拉动着枪栓。

"不、不、不，渡边君，我要让他们多活几天，让这群支那人尝尝我皮鞭和铁烙的厉害，我要把他们拉到各工区去示众，然后再死拉、死拉！让这些支那猪明白，谁不听皇军的命令，将矿石卖给中国人就是这样的下场。"

夏井志雄的提议制止了举枪准备射击的日军巡逻队。

"吆西、吆西，还是夏井所长高明！"

"来，将这些支那猪统统关进地牢！"

渡边听完夏井志雄一席话后，一边赞许夏井志雄，一边向带来的日军小队发出命令。

渡边的话音刚落，一群日本兵牵着狼狗一起扑向被困的矿工……

顿时，包围圈内，一片惨叫，血流满地。

18 名矿工遭到一顿毒打后，被关进了由矿井废弃巷道改造的地牢。

原来，吴大贵做通了坑口矿主徐得才的思想工作，徐得才不仅同意将自己坑口的矿石卖给铜官山公司，而且他还让自己的账房先生秘密动员了不少矿主也把矿石卖给铜官山公司。这天，在吴大贵的有意安排下，工友们趁值守的工头换班，就将徐得才坑口的矿石往山下运，准备往停在湖边的铜官山公司的船上装。此时，正好日军巡逻队到达坑口，日军巡逻队发现矿民们运送矿石的路线不对，他们领着狼狗立即追赶，在路上将吴大贵和矿民们一起抓住。

18 名矿工被日军抓住关进了地牢，准备示众后枪毙。

日军要杀人的噩耗像长了翅膀一样立即传遍了矿区，整个矿区顿时被恐怖而凝重的气氛笼罩着。

18 名矿工将要遭到日军的残杀，洪添寿心急如焚。

他在愤怒和焦急中想到了县委，他急需把这一情况向郑强龙书记报告，寻求上级组织的营救。

洪添寿随即启用了紧急联络方式。

县委的紧急联络方式，是在县委承担向中央苏区筹措、运输物资过程中通过不断改进和完善形成的一套特有的情报传递系统。它是将铜陵地区分为湖区、矿区、城区三个地域，根据双方联系人的级别和在开展地下工作中担负的任务重要程度不同而一对一设计的。采用单线信物联系，双方联系由交通员专门负责传递信息，交通员在信息传递过程中与双方只见信物不见人。在皖南游击区，这种地下情报传递方法被称作"固定区域物物传递法"。洪添寿所启用的紧急联络方式就是按这套规则设计的。

这种特殊的情报传递系统，其建立和应用，还凝聚着中央红军机要三局和北上抗日先遣队情报处情报专家的智慧。

那是 1933 年底，物资运输线上的情报传递系统遭到了国民党特务的破坏，物资运输线被迫停止，皖南特委将这一军情迅速报告给了红都——瑞金。中央苏区领导高度重视，指示红军机要三局帮助皖南铜陵立即改进和完善运输线上的情报传递系统，建立安全可靠的铜陵地下工作情报网，以确保物资运输线的畅通。1934 年 1 月，远在瑞金的中央红军机要三局接到苏区领导指示后，了解到中央红七军团和红十军团合编新组建的北上抗日先遣队，在方志敏总司令的带领下，正要途经安徽皖南的青阳、铜陵一带。红军机要三局随即要求先遣队情报处协助铜陵县委，设计出一套符合铜陵地区开展地下斗争实际的情报联络方式。红军机要三局和先遣队情报处，针对敌人破坏的疑点，共同研究出了如何使情报传递系统更加"完善"的改进方案。随后先遣队情报处在县委同志的配合下，对方案中的传递程序、接头地点、接头人使用的信物形态等每一个细节的安全性问题逐一进行了现场考察评估，消除了在实际运用中可能出现让敌人找出的漏洞。多年来，县委采用改进后的这套情报传递系统在保证党组织地下工作的安全中发挥了重要作用。

　　洪添寿决定启用紧急联络方式后，就迅速赶往县委联络点——天井湖北岸边的渔村陶家沟。

　　他一进村，就来到了村边的一座土地庙，将一段系着三个死结的红头绳子拴在土地娘娘神像的脖子上，随后离开土地庙。为什么要用红色且打上三个死结？那是要告诉交通员这是十万火急的信息。交通员看到此信物必须以最快的速度进行传递。当洪添寿再次来到土地庙里看到他拴在土地娘娘神像脖子上的红头绳已取走，他心里明白交通员已完成了传递任务，但交通员是谁他们从未谋面。他立即走到供桌前，从香炉下摸到了一个纸片，纸片上写着："风吹杨柳飘，湖水斜阳照。"洪添寿知道这是接头地点与时间的暗语。洪添寿所启用的这一紧急联络方式是他作为矿区负责人与县委的独有联络方式。

　　晌午时分，他在天井湖边一棵老杨树下见到了郑强龙。

　　他向郑强龙汇报了金口岭工区发生的一切。郑强龙认为此事重大，关系着18名中国人的性命，必须立即召集县委成员和游击队员共同研究营救计划。

　　洪家粥棚联络点。

　　天色擦黑，在矿区，一些矿工打扮的人三三两两地闪进了洪家粥棚。不一会儿，粥棚的"雅间"里洋油灯亮了起来，随后，就听得一阵阵推牌九的声音和人群吆喝的嘈杂声此起彼伏地从"雅间"里传出。这在外人看来，粥棚仿佛是个赌场，里面是一群赌博佬在此赌博。其实，这是县委成员和游击队员在这里制定营救矿工的方案。大家之所以化装成来此赌博的矿工，目的是迷惑敌人。开会地点选择在"洪家粥棚"里进行，这是郑强龙特地安排的，主要是让大家多听听矿区同志的介绍，更多地了解矿里情况，使制定的营救方案更加合理和可行。

　　会上，郑强龙向洪添寿阐述了县委的意见。

　　他指出："这18名矿工是响应县委的抗日号召，为了护矿而被日军抓住，他们不仅是我们的同胞兄弟，也是我们矿区抗日最基本的力量。日本人占领矿区后，像恶魔一样作恶多端。被抓矿工的家属和全矿区的矿民，都把这 18 名矿工的生命寄托在我们身上，希望我们早日想出办法将这些恶魔制服。我们共产党领导游击队就是恶魔的克星，县委游击队一定要把被抓的 18 名矿工营救出来。"

洪添寿向大家介绍了日军关押 18 名矿工的地牢情况。

日军的地牢，其实是一条早年废弃的井下旧巷道改造而成的。由于这条巷道距离地面只有十几米深，无须用卷扬机升降，人工下几级台阶就进入了巷道。这条巷道有 100 多米长，日军只用了几十米。从巷道口进去是一间审讯室，再进去就是地牢，地牢后面是一段空巷道。巷道口有日军岗哨和大狼狗。

大家听后，认为从巷道口进去救人是不可能的，因为有日军把守着巷道口的进出，而且正面与日军交火，游击队的几杆枪不是日军的对手。

不过，洪添寿在介绍中有一个细节引起了郑强龙的关注。就是日军关押矿工的地牢，这条井下废巷道与另一条八十米矿井巷道在地下有交接，这个八十米矿井巷道每天有矿工正常采矿。

"能不能从这个八十米矿井巷道上想办法？"郑强龙的话提醒着大家。

郑强龙的提醒，引发了大家的议论。

头脑一向灵活的姚洪江很快提出了一个大胆的设想，他说："我们可以从八十米矿井巷道把地牢巷道打通，进入地牢，然后将矿工接到八十米矿井巷道里，让这 18 名矿工与在八十米矿井巷道采矿的矿工一同从八十米矿井巷道混出上井。"

"对！""对！"

这一提议得到大家一致认可。

"接出以后，这些矿工肯定不能再在矿里做工了，他们去哪呢？"又有人提出了问题。

对于这问题郑强龙心中早已有所考虑，他略加思考了一下说："江北新四军三支队正在无为荻港镇筹建兵工厂，皖南特委也指示我们动员一部分有技术的矿工参加新四军，支援兵工厂建设。我们可以把救出来的18名矿工送到江北新四军的兵工厂。我们的营救方案确定后，就要和江北的新四军取得联系，让新四军接应我们救出的18名矿工。"

从地牢营救出来的方式和被救矿工的去向确定了。

郑强龙见大家没有异议，他提出就营救方案细节进行讨论和分工。

整个营救分为井下巷道和地面接应两部分同时进行。

一部分队员混进八十米矿井巷道，做通在此采矿的矿工工作，让他们帮助队员打通地牢，把被押的18名矿工接到八十米矿井巷道，等天黑后，被救的18名矿工和在此采矿的矿工一起上井混出来。

去井下巷道营救的队员需要注意两个时间节点：一是进巷道的时间必须在明天早晨和矿工一同下井，早晨上工的人多，又因为去的是井下，日本人检查要松懈些，不易认出生人。二是从八十米矿井巷道打通地牢的时间一定要在临上井的时刻进行，这样才能不被地牢里的日本人发现。

另一部分队员在外面接应，将船停靠在山脚下的湖边。出巷道的18名矿工出来后不要走大道，由地面上接应的人引导着顺着山沟到达湖边上船。上船后从天井湖到长江，船到羊上矶江面，再由江北新四军来接应。

地面接应工作有一个关键问题需要解决：就是要找到一艘可靠船只，而且船在过天井湖时能够过得了日军检查这一关。

对于这些营救中的细节问题，大家都一一提了出来。

在人员分工上，进井下巷道是整个营救的核心问题。

谁进巷道？大家都争着要进去。

"同志们，大家都别争了，我和洪添寿同志分别负责巷道和外面接应工作。"

郑强龙决定自己带一个熟悉金口岭工区地下巷道的队员一起下井。尽管大家考虑井下太危险，他是书记和队长，要主持县委工作的大局，不同意郑强龙亲自去，但郑强龙还是说服大家。因为巷道里随时会出现意想不到的情况，需要现场处置。

外面的接应工作由洪添寿负责，他带领大家将救出的矿工安排上船，随后由陶水根把他们运送出天井湖。

洪添寿建议五松峰工区矿工范四平作为郑强龙的助手，他曾经在金口岭工区做过井下打眼工，熟悉地下巷道布局。

接应 18 名矿工的船只，陶水根提出还要使用铜官山公司的船，因为铜官山公司的船本身就是运矿船，如果在湖中遇到日本人查船，就说这 18 名矿工是搬运矿石的工人，加上晚上日本人一般不会查得太细，容易蒙混过关。

研究完营救方案，郑强龙要求大家迅速撤离。

"雅间"里洋油灯灭了。

在一阵阵吆喝声和赌博输与赢的争吵声中，参会的人离开了"洪家粥棚"，消失在夜色里。

大家分头去执行既定的行动方案。

第九章

挖通巷道见亲人　智救矿民出牢房
湖中遭遇日军查　沉着应对破险关

第二天，营救行动开始。

清晨，天刚蒙蒙亮。郑强龙和范四平就打扮成出早工的矿工直奔八十米矿井。

郑强龙特地在脸上抹上灰尘，戴上破工帽，和范四平一起挤在下井的矿工人群里，他们混过了在井口值守的日本卫兵，下到井下，进入八十米矿井巷道。

郑强龙走进巷道，眼前一片漆黑，根本就看不清楚前方。

他走了一段，慢慢地眼前才有些亮光了。巷道不过丈把宽，1 米多高，是条狭长的通道，里面潮湿而昏暗，只有掌子面上点了一盏洋油灯，豆米大小的火苗在闪动，人和人只有脸贴着脸才能看清面孔。巷道四周都是岩石，好在范四平曾在此干过活，他熟悉巷道内的结构，知道地牢巷道与八十米矿井巷道交接口的大致位置，他带着郑强龙摸着巷道壁向前找。

巷道里进来了陌生人，矿工们警惕起来了。

郑强龙和范四平每走近一个掌子面，在掌子面上干活的矿工都有意避让他俩,不太敢接近他俩。

郑强龙见状认为这样不行,就是找到交接口,还必须请矿工兄弟把岩层打通才能救出地牢人员,后续出井也必须依靠矿工兄弟配合才行。他停住了脚步,和范四平做了分工:让范四平去继续寻找两个巷道的交接口,他主动联系巷道里的矿工。

范四平在巷里继续摸着道壁向前找。

郑强龙转过脚步,朝一个亮着油灯的掌子面走去。掌子面上的矿工见他朝自己走过来,不停地避让。

"兄弟,别怕,我们是来救人的。"郑强龙说着话,对方才停住了脚。

郑强龙走近才看清这是一个中年汉子,粉尘布满了脸颊和全身,只有眼珠子在闪动。否则,你都不知道在你面前的是一个活生生的人。

"救人?"对方疑惑地回应了一下。

"我们是共产党领导的游击队,进入巷道是为了救被日本人关在对面巷道地牢里的 18 名矿工兄弟。"

郑强龙直接亮明了自己的身份,他相信这巷道里的矿工应该是和游击队一条心的。

"啊,你们是游击队,那我哥有救了!"对方惊讶地叫出声来。

"你哥是……"郑强龙努力地睁大眼睛想看清对方的脸。

"我哥叫吴大贵,就是他领头运送矿石的,我叫吴大才!"

"你哥是好样的,让你哥和矿工兄弟吃大苦了,我们游击队正在想办法营救他们,需要巷道里的工友们配合。我是游击队队长郑强龙,你哥哥吴大贵是我们的队友啊。"

吴大才听了郑强龙的话,他激动地双手紧紧拉住郑强龙不放:"郑大哥,我们一定配合,一定配合!"

郑强龙把巷道里的营救细节告诉了吴大才。

吴大才激动地点着头,随后他就去招呼工友去了。

不一会儿，吴大才就领来了八九位矿工，矿工们一听说是来救被困矿工的个个都很惊奇。

这时，范四平也从巷道那头摸了回来，他告诉大家两个巷道交接口的位置找到了。

大家拢在了一起，兴奋地商议着如何实施郑强龙说的营救办法。

时间在一分一秒地过去……

郑强龙、吴大才和工友们在等待开挖岩层的时间。

当！当！当！当！当！

巷道里响起5声铃响。

"快，开挖！"郑强龙听到铃声提醒大家。

这铃响是矿井上面值班室里的工头给井下巷道里人报时间的，因为巷道里分不清白天黑夜，靠的就是铃声报时。1声代表1个小时，5声就是下午5点了，这也是郑强龙和吴大才等工友们确定打通巷道的时间，再过一会儿矿工们就要下班上井了。

吴大才带领9个矿工在范四平指定岩层区域轮番开挖，不一会儿，就挖出了一个一米见方的洞口。原来这个交接口是后填充的，挖通比较快。洞的对面巷道是黑洞洞一片，大家屏住了呼吸，盯着洞口不知所措。

这时，郑强龙示意吴大才，跟在自己后面爬过洞口到对面巷道里去，因为吴大才哥哥在对面地牢，吴大才过去对面的人才会相信郑强龙是来营救他们的。他让范四平留在八十米矿井巷道口接应，观察巷道是否有日本人或工头进来，并做好应对工作。

郑强龙带着吴大才爬过八十米矿井巷道的洞口到达对面的地牢巷道，这边的地牢巷道也是黑漆漆的。在离他们挖通的洞口四五十米的前方稍有些亮光，只能隐隐约约看见有人影在晃动，根本看不清面目，但一阵阵痛苦的呻吟声不断地从巷道前方传来。

郑强龙和吴大才猫着腰在巷道前行。

"哟！""谁啊？"

郑强龙脚下被一个软体碰到。原来是一个人躺在地上，郑强龙用手摸了一下，全是血水。

"兄弟，我们是来救你们的。"郑强龙小声地说了一句。

"救我们，你是……"躺在地上的人发出的声音显然有些激动和异样。

郑强龙刚要开口回应，只见前方的牢门处有人影晃动，并有一束光柱朝地牢里面转了几圈，随后传来一阵"叽里哇啦"的日本话，这时地牢里变得十分寂静。

不一会儿，人影和光柱消失了。

郑强龙想，刚才发生的一切可能是日本人巡查的，必须赶快把矿工接过去。郑强龙顾不得回答地上人的话，转身嘱咐吴大才，寻找吴大贵。

"哥，哥！我是大才，你在哪？"这时吴大才在后面立即小声地喊着吴大贵。

这时有微弱的声音应答着："我在这，是大才吗？"

郑强龙和吴大才顺着声音寻找到了吴大贵跟前，吴大贵遍体鳞伤躺在一块大矿石旁。

"大贵！我们救你们来了！"郑强龙一把扶起了吴大贵。

郑强龙把营救他们的计划简单地告诉了吴大贵。

"工友们，游击队来救我们了，大家跟着游击队走啊！"吴大贵轻声地呼唤着大家。

矿友们一听是游击队来营救他们，大家都挣扎着爬了起来，互相搀扶着跟着郑强龙和吴大才，从刚挖通的洞口爬进了八十米矿井巷道里。

在八十米矿井巷道里，这些刚逃出地牢的矿工们将身上的血水用粉尘灰擦掉后，拖着带伤的身体，跟着八十米矿井巷道里上井的人群一起混出了井口。

洪添寿带领大家在山沟处等候着。

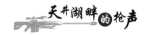

洪添寿一眼就看见了郑强龙、范四平领着吴大贵等被解救的工友向他们约好的地点奔来。他安排赵保来迅速下山，去通知在山下接应的人员姚洪江，让姚洪江告知担任船老大的陶水根，将停在天井湖里的船只赶紧靠岸准备接人。自己带着郑强龙和吴大贵等被解救的工友绕过日本人的岗哨，从干涸的拦水坝里走到停船的湖边。

郑强龙领着被解救的工友上了船，他和洪添寿分别后，船老大陶水根迅速把船驶向天井湖中心。

船在湖中快速行进着。

……

"不好，远处有日军巡逻艇。"船老大陶水根一面驾驶着船一面对郑强龙说道。

郑强龙抬头向远方望去，只见远处湖面上有日军巡逻艇在穿梭游动。这让郑强龙紧张起来。

郑强龙哪里知道，日军已经发现18名矿工从井下地牢里逃走，渡边将矿工逃跑的情况报告给县城日军司令部。武英本吉正要求日军驻铜陵各大队全力搜捕。为防止被抓矿工从水上出逃，日军驻铜陵县城大队长伍平措三亲自带着水上小队在天井湖搜查。

郑强龙想：若是敌人上船检查，发现船上有这么多矿工，而且还个个身负重伤，一定会将船只和人员扣留带回矿区调查的，那就危险了。

怎么办？

郑强龙再次抬头，一面回应着陶水根的话，一面向日军巡逻艇的方向望去。这时前面的湖心岛首先进入了他的视线。

"对！"让船上的矿工下船先上湖心岛山神庙躲一躲，等天黑后再上船走，这样就能躲过日军的搜查。郑强龙有了主意。

郑强龙把想法告诉陶水根后，陶水根直接把船开到了湖心岛。

陶水根留在船上观察，郑强龙带着18名矿工上岛，在山神庙看庙和尚的引领下躲进了庙里的后堂。

就在郑强龙把 18 名矿工藏进山神庙，自己刚返回船上，湖面上响起了两声枪响。

"叭""叭"——

日军巡逻艇开了过来。

"八嘎牙路，什么地干活？"巡逻艇上一个日军狂叫着。

郑强龙和陶水根让船停住了。

"太君，我们是运矿的船。"陶水根回答。

这时一个身材魁梧，脖子上挂着望远镜的军官用手指着郑强龙他们的船，严厉地命令道："统统检查。"此人正是日军驻铜陵县城大队长伍平措三。

伍平措三命令刚落，几个日军端着枪就跳上了郑强龙他们的船。

巡逻艇上的日军上船后，船老大陶水根领着日军在船上前后舱看了一番又一番，郑强龙在其后面跟着。查了一大圈日军见船上堆满了矿石，未见异样。

日军就开始往自己的巡逻艇上返回。

"队长，你看！"这时一个日军高举起"血印手"高叫道。

原来一个日军刚要返回时，手一摸船沿，手上落下了一手掌血印子。

"血印手"的高叫声惊动了站在巡逻艇上的伍平措三，也惊动了在后舱的郑强龙。

"鲜血！这是从何而来？"

这时巡逻艇上的伍平措三看到"血印手"也惊叫道。

他和已返回的日军又一同跳上了郑强龙他们的船。

伍平措三双眉紧锁，满脸杀气，用手摸了一下船沿，一片鲜红的血印留在他的白手套上。

伍平措三把留有血印的手套举到眼前细看片刻，随后用力把手套一

扔，一把抽出指挥刀，一转身刀尖直逼正在船头的陶水根。

"八嘎牙路，船上为什么有血迹？"伍平措三说着刀就架到了陶水根的脖子上。

陶水根不知所措，被伍平措三这猛的一问给问愣住了，瞬间只能用眼睛瞪着伍平措三。

就在伍平措三逼问血迹来源时，只见郑强龙举着右手从船后舱奔到日本人面前。

"太君、太君，我搬矿石时不小心手被砸破了，这血迹是我擦在船沿上的。"

郑强龙说着就把还流着血的手伸到了伍平措三等众日军眼前。

陶水根看见郑强龙手上鲜血直流，十分惊讶。

这时伍平措三转过脸，盯着郑强龙流血的手看了又看，再抬起眼又看了看满船的矿石，这才将手中的指挥刀从陶水根的脖子上移开装进了刀鞘，并对端着枪的日军做了个撤的手势。

伍平措三等众日军回到艇上后就将巡逻艇开走了。

郑强龙和陶水根才松了一口气。

原来，那血迹是被抓矿工们留下的。当时郑强龙和船老大陶水根也没在意。当听到日军"血印手"的高叫声郑强龙大吃一惊，特别是伍平措三逼问陶水根时，郑强龙更加紧张。因为他知道自己的船离湖心岛山神庙不远，如果交代不出这新鲜血迹的来源，伍平措三必然产生怀疑，很有可能命令日军上湖心岛山神庙搜查，那就麻烦了。面对这突如其来的状况，在船头的陶水根被伍平措三逼问得发蒙了。郑强龙这才急中生智，在船后趁伍平措三等日军在查看血迹时，用船舱里的矿石朝自己手上砸去，把手砸出了血，这才演出了前面的一幕。

天色渐渐暗了下来。

郑强龙见日军巡逻艇开远后，他让陶水根驾船返回湖心岛，把 18 名矿工重新接上了船。

船，载着 18 名矿工趁着天黑躲过了日军的封锁线，快速驶向了长江口。

不一会儿，郑强龙就发现不远的江面上有一丝星火闪亮，一只桅杆上挂着马灯的船在缓缓地划动，他知道那是在等待他们的船。

郑强龙在约定的地点，把解救的工友们安全地交给了江北来接应矿工的新四军。

在即将分手时，郑强龙特别叮嘱吴大贵：

"你是中共党员，也是井湖游击队员，新四军三支队无为荻港兵站非常欢迎你们。你和工友们加入新四军队伍里，你要领着大家在抗日杀敌新战场上为我们井湖游击队增添光彩，这十几位矿工兄弟就交给你了！"

吴大贵握着郑强龙的手深情地告别。

第十章

矿工被救敌震惊　化装调查逃跑案
游击队员暗跟踪　巧妙除掉敌货郎

县城日军司令部。

武英本吉粗暴地扇着夏井志雄和渡边耳光。

他一边扇一边骂着："浑蛋，你们玷污了大日本帝国形象，不配做帝国的军人，我要送你们去军事法庭！"

站在一侧的日本军官们屏住呼吸，目视着武英本吉的行为。

夏井志雄和渡边满脸愁云，低着头任武英本吉发泄着不满和愤怒。

武英本吉怎么也没想到：一群手无寸铁的中国矿工在皇军的关押下，居然从井下的地牢里挖通巷道逃跑了。整个逃跑过程组织得如此严密，18个人从皇军的眼皮底下经过，不留一丝痕迹。

"叭、叭、叭"……

他越想，扇他俩的频率越快。

武英本吉感到这18名矿工的逃跑简直是奇耻大辱。因为陆军部正要将他的联队树为榜样，大力推行他占领铜陵后在矿区实施的管控措施，近日还将派记者来铜陵采访，让其他占领区效仿。现在发生如此大规模的矿工逃跑事件，这对他实施"铁桶防卫"和"黑鹰监管"的管控命令简直就是无穷的嘲讽。

他想，这次18名矿工的逃跑不可能是被囚人中的某个人临时动意或灵光闪现所想到和完成的，一定是地牢里面和井上人员相互配合的结果，这是一场有组织领导、有预谋、有计划的营救活动。他又联想到皇军和铜官山公司合作的事，他感到此事很有蹊跷：一个中国人经营了近千年的古矿，怎么会冒出一个美国人的股份？而且如此强大的帝国陆军部还屈服了美国人的要求。他想这些蹊跷的背后一定有一个组织在领导，一定有一股力量在和他们抗衡。如果不把这个组织挖出来，不把这股力量消灭掉，大日本帝国赋予自己开发铜官山矿业的使命难以完成。这个抵抗皇军的组织一定是延安领导的共产党，这股抵抗力量一定是共产党组织的抗日武装。因为只有共产党抗日的态度最坚决，行动最果敢。而蒋介石领导的国民党，还有南京政府的汪先生，他们不是妥协就是正在和帝国做交易，他们是不可能真正与皇军抗衡的。还有此前陆军部也向他发出了密报，共产党组织和共产党的地下抗日武装已开始在铜陵地区活动了。

武英本吉联想到这些，他忽然感到自己面对的真正对手是共产党和共产党领导的抗日武装。

武英本吉停止了抽扇，示意军官们入座。

"各位，自我们占领铜陵以来，在矿区发生了一系列不利于大日本帝国的事件，使我们实施的管控措施和效果大打折扣，有损我大日本帝国的尊严。这些不利的事件绝不是意外，是抵抗组织精心组织策划的杰作。有迹象表明共产党组织和共产党的抗日武装在此活动，他们才是我们真正的对手。我们必须阻止共产党和共产党的抗日武装在此活动，才能保证铜官山矿开发的正常进行。"

武英本吉眼光扫了一下在座的军官，继续说：

"而现在这个共产党组织，这个共产党建立的武装，来无影去无踪。

如何应对共产党和他们的抗日武装？各位有何高招？"

武英本吉停顿下来，等待回音。

"喇"，一个脸色阴沉，身材偏瘦，鹰钩鼻子上架着金丝边眼镜的军官从座位上站起。

"大佐阁下，您的判断完全正确。据我的情报，中国国民党和共产党形成合作抗击大日本帝国的联盟后，中共在中国南方八省游击队组建新四军，铜陵共产党枪口由过去对付国民党现在转而对准了我们大日本帝国的皇军。中共皖南特委和游击总队特别授权铜陵成立一支游击大队，主要目标就是破坏皇军对铜官山矿的开发。这支游击队很特别，人员分散、战时集中，根据任务性质和区域位置等特点安排队员参加，灵活机动，是一支真正的游击部队。这支游击队的领导人就是共产党的县委书记。"

鹰钩鼻子军官用手扶了一下下滑的金丝边眼镜，接着说：

"这是共产党领导的一支有别于其他形式的游击队，这一类型的游击队，由于队员平时藏匿在民众之中，完全靠交通员传递情报，再到联络点集中，部署任务后分工执行。但是它有一个致命问题：就是只要掐断交通线、铲除联络点、清理可疑人员，整个队伍就立即瘫痪。而并不需要皇军组织大规模的兵力去歼敌。对付共产党和这样特殊的'游击'抗日组织，我们应当应用满洲的经验，'矿城联防，以城保矿'，在铜官山矿区和铜陵县城区建立情报系统，甄别一切可疑分子，彻查一切可疑地区，让共产党领导的抵抗组织无落脚之地，无安身之处。同时应用'以华治华'的策略，让中国人钳制中国人，我们可在支那人的撕咬中获取信息，打击共产党、消灭抵抗组织。"

"池田君，说得好！我们就是要在矿区和城区建立情报网，矿城联防，以华治华，让我们谍报人员鹰一样的眼睛和皇军的刺刀像扫落叶般把可疑分子从可疑地区清理出来，保证矿区不被共产党抵抗组织侵扰。"武英本吉面露悦色地称赞道。

接着，武英本吉脸色一变，凶相逼人地向这个叫池田的军官提出要求。

"池田君，你要把你手中的黑鹰都放飞出去，编织皇军在铜陵地区的情报网，让他们紧盯每一个可疑的中国人，用我们的情报网去破获、摧毁共产党的情报系统。"

"是！"这个长着鹰钩鼻子的军官给予武英本吉一个自信的回应。

坐在指挥台两侧的军官都把目光投向了他。

此人就是大名鼎鼎的"黑鹰监管"的发明者池田介二，绰号"黑鹰先生"，陆军部刚刚派遣到 133 联队的中佐衔谍报专家，担任驻铜陵日军司令部的情报科长。

池田介二正是冈西中提醒中共上海地下党日本陆军部派出的"高级别"特工。他毕业于"日本中野间谍学校"，是该校的高才生，曾受到陆军部冈村宁次将军的接见。中野间谍学校因坐落在日本东京的中野区而得名，因此人们也叫它"中野学校"。中野学校原来是东京一所警察学校，1904 年日俄战争爆发，因战争需要，学校被日本政府征用，用于培养对中国等东南亚国家入侵的日本特工，入校的学生从士官到军官，都是日本现役军人。学习特工的学生们一进学校就被编入不同的班，虽说是班，其实并不像班，而更像是"家"。不同的班模拟不同的国家，学生一进班，就要完全像在某国一样起居生活，学习该国语言，因为他主要是派遣到中国等东南亚国家，所以生活中必须使用中国等东南亚国家的文字和语言，一律不许说日本话。学习该国的历史、地理，一切风俗习惯要跟在该国一样，学生要尽可能地完全忘记自己的日本人身份。除此之外，作为特工所需要的情报、通信、武器、暗杀、格斗和生存等诸多技能，都是必修课。中野学校的毕业生，学习结束就被派往所模拟训练的对象国，在特高课做特务、宪兵，他们或做单线联系的间谍，或者成为日本间谍部队中的成员。"中野学校"因采用特殊的教育培养方式，后成为日本军部一流的间谍学校，学员毕业后都授予少佐以上军衔。

池田介二出身于北海道一个军人家庭，他选择间谍职业与其父亲阵亡有关。池田介二的父亲在日俄战争中是一个联队长，在率部与俄军作战时战败失散，潜入满洲里二河桥日本侨民区里，但后来被俄军抓获时拒捕击毙。他从日本陆军部战争死亡通知书中获悉，是一个中国情报贩子密报了他父亲的行踪而遭到俄军的追杀。从此，做一名帝国出色情报专家就成了他入伍的唯一目标，因为他从小心中就埋下了复仇的种子。在学校期间他曾多次请求前往父亲的战斗殉难地——日本占领区伪满洲国中国东北三省。学校满足了他的心愿，让他随军考察中国东北三省占领区特务管理工作。他在考察中，结合在间谍学校所学习的专业知识和技能向学校和陆军部提交了一份《对中国占领区军事监管建议》的考察报告。他在报告中对矿区提出了"黑鹰监管"的建议，他的建议获得了陆军部的高度重视，建议在东北矿区实施中取得了实效，后被陆军部在全军推广。池田介二因此受到最高司令官的接见，在学校也有了"黑鹰先生"的绰号。

池田介二领导的情报科有两支重要队伍。一个是"黑鹰"小队，一个是电讯小队。他一到铜陵就放飞了他手中的"黑鹰"，他把小队的成员撒向铜陵各个角落，让他们深入铜陵的重点地区，特别是铜官山矿区去发现和寻找抗日分子留下的疑点，要求他们将发现的疑点梳理成情报及时向司令部提供。这些日军情报网上活的棋子，很快发挥了作用，放飞的"黑鹰"们从不同角度发回了多条线索，特别是"黑鹰一号"反馈的内容最多。他通过综合研判很快就弄清楚了新成立的共产党抗日游击队的基本状况和活动方式。但是这次18名矿工逃跑事件给他致命一击，不仅事件发生前没有任何可疑的迹象，至今也没有获得可靠的破案线索，共产党游击队的营救活动没有留下任何蛛丝马迹，能做得如此安全、缜密。这让他感到不寒而栗，自己的对手——共产党游击队，他们的地下活动竟如此厉害！他们组织策划的矿工逃跑事件，其中有太多的秘密需要探究。他想要彻底破获中共的情报网，掐断共产党游击队交通线、铲除联络点、清理可疑人，仅靠"黑鹰"们传递的信息情报远远不够，他决定抓住这一重要事件亲自出马展开侦察，查清共产党游击队的行动轨迹，掀开他们的真面目。

池田介二在情报获取上形成了自己的逻辑，他认为：事件本身就是线索，鹰只有深入事件现场，爪子才能划开裂缝，最终让线索还原真相。他决定秘密进入矿区，亲自对"18名矿工逃跑案"进行追踪调查。

武英本吉训话一结束，他就带着黑鹰小队的成员化装前往铜官山矿区。

矿区兴隆镇。

日本人占领矿区后，兴隆镇变得萧条寂静，死气沉沉，毫无生机。18名矿工被营救后，洪添寿按照郑强龙的指示，注意观察敌人的动向，保护好被救矿工的家属，防止日本人报复他们。几天过去并没有发现日本人的新动向。倒是发现兴隆镇上出现了几个面孔生疏、行为诡异的人在工友居住区里游走活动。一个是瞎子，靠人牵着在给人卜卦、拆字，他边算命还边打探事主的家事和矿区发生的事情，完全不像寻常算命先生。还有就是，几个挑着担子的货郎，他们在镇上的房前屋后一面向人兜售货物，一面打听所到之处周边的情况，看上去不像真正的货郎。对于这个情况，他召集了姚洪江、赵保来、范四平商议，他们3人也都发现了这个情况。为了弄清算命先生和货郎的真实身份，洪添寿他们3人对算命先生和货郎进行了跟踪，发现他们到傍晚时都溜进了镇子北面渡边大队修的大碉堡里。这一发现让洪添寿他们警觉起来，这伙人一定是日军的侦探，在秘密寻找共产党游击队的行踪。

洪添寿将日军的这一动向，通过秘密联络点传递到了县委联络点。同时继续关注着这伙日军的侦探动向。

洪添寿的判断没错，这伙人确实是日军的侦探。

原来池田介二带领的黑鹰小队进入矿区后，将小队成员分成了两组，

一组是由自己带一名随从扮成算命先生，重点侦察"18名矿工逃跑案"；另一组由电讯小队长山本带两个人扮成三个货郎，重点是摸清联络点、电台的藏身之处。因联络点、电台是这支游击队的纽带，找到了联络点、电台，就等于掐断了游击队的喉咙。白天他们分头活动，晚上潜入渡边大队修的碉堡里整理研究发现的线索。

几天来，池田介二带领的黑鹰小队颇有收获。

山本带领队员摸清了矿区用电住户房屋的方位，这样大大缩小了搜索矿区电台的范围，只要通过断电的方式就可以锁定电台的方位。最大收获还是池田介二，他秘密召见了潜伏在矿区的"黑鹰一号"，他将自己侦察的结果与"黑鹰一号"提供的情报进行综合分析，他发现在18名矿工逃跑中，共产党游击队的活动不仅仅在矿区，矿区只是他们最终目标的实施地，共产党游击队活动范围很广，涉及城区、湖区或者说藏身之处可能就在天井湖里。这一发现使他极为兴奋，下一步他将顺着案件线索进行深挖，把侦察的范围扩大到天井湖区，端掉共产党游击队的立足之地。

池田介二兴奋之余，也十分不解和愤怒。山本带的一个队员小西秋木回到碉堡后，突然口吐白沫，四肢抽搐，还没等池田介二抓住小西秋木的衣领问明缘由他就断了气。这让池田介二等人十分诧异和惊愕。池田介二只得从山本小队长这里找答案。

山本努力地回忆他们组和小西秋木这几天的活动情况。山本带的这个组，3个人都装扮成货郎，挑着货郎担走街串户。山本和土肥田夫负责寻找电台，而小西秋木负责侦察联络点。3个人各自寻找，去的是不同的地方，小西秋木遭遇了什么？为何如此身亡也不知其然。

池田介二气急败坏地命令渡边，请矿业所的医务处军医秋田来进行检验。秋田来后对小西秋木的呕吐物进行化验，化验的结果是三氧化二砷中毒，也就是吃了中国民间百姓俗称的"砒霜"而身亡。

小西秋木怎么会吃下砒霜呢？池田介二更感不可思议！

原来除掉小西秋木的人是洪添寿。

洪添寿发现在矿区里活动诡异的算命先生和货郎是日军特务后，就开始跟踪和关注他们的行踪。那个负责寻找联络点的小西秋木这天转到了"洪家粥棚"附近，而且对"洪家粥棚"观察了很久。这一切被一直跟踪他的洪添寿看在眼里。洪添寿想"洪家粥棚"联络点是县委联系矿区的重要接头点，如果被日军破获，不仅县委与矿区的联系遭到破坏，而且将会造成前来接头同志的生命危险。他想一定要除掉这个日军特务，但在外面硬干不行，日本人手中一定有枪且在室外也容易暴露自己和联络点。这时一个"想法"从他脑子里滑过。洪添寿装成食客走进了粥棚，进去后就把他老婆秦二姑拉进了"雅间"，将外面那个日本人正在调查粥棚的事和自己除掉日军特务的"想法"告诉了她。秦二姑一听先是有些紧张，当她一想起自己的兄弟惨死在日军的枪口下，怒火就从心中燃起，她听了洪添寿的想法后坚定地点了点头。洪添寿和秦二姑走出"雅间"，一切安排妥当后，秦二姑假装买木梳，招呼那个在粥棚附近观察的日军特务。小西秋木本来就想进粥棚探清屋内详情，见有女人要买东西，就挑着担子奔过来，他把担子放在门口特意溜进了屋。就在小西秋木进屋东张西望的时候，秦二姑端起了锅台上放着的一碗水，她压住怒火笑盈盈地招呼他喝水歇歇脚。可能是小西秋木口太渴，见屋内只有两三个人在喝粥，并没有什么特别的地方，也就放心地一口气将碗里的水喝完。其实，洪添寿在这碗水里早已放进了藏在粥棚里的砒砂粉。这些砒砂粉是从矿里开采的矿石中刮下来的，它是加工中药"砒霜"的原料。砒砂粉不仅能够杀死虫子、老鼠，也能毒死人。只不过这种砒砂粉对人体的毒性慢，人吞食后一时半会儿不会发作，但过度运动后会加剧胃肠对毒素的吸收而身亡。小西秋木喝完水，一开始并没有什么不适，等跑了一天回到渡边的碉堡里毒性就发作了。这个替日本军国主义卖命的侵略者就这样结束了性命。

帝国的精英特工"黑鹰"，不明不白地被中国人用"砒霜"毒死，这既让池田介二感到意外，更让他感到耻辱。小西秋木的"死法"在池田介二的眼里是玷污了"黑鹰"称号，因为拥有"黑鹰"称号的特工不仅具有超高的特工技能，而且要有极高的自控能力，要拒绝一切诱惑，对陌生和可疑食物绝不接受，小西秋木肯定违反了"黑鹰"的规章和誓死都要遵守的铁律，才酿成了如此后果。像这样异类成员的尸体是不能带回司令部请赏的，他命令渡边将小西秋木的尸体留给秋田医生解剖检查，供进一步追查施毒者用。让小西秋木为"圣战"再做最后的奉献，来弥补他的失误。秋田接受了一具尸体也接受了一项任务。

　　池田介二从小西秋木的死判断自己"黑鹰小队"在矿区的侦察行动已经被共产党游击队所识破，小西秋木的身亡肯定是藏在暗处的抗日分子所为，共产党游击队无孔不入，而且手段独到，难怪18名矿工悄无声息地从皇军的眼皮子底下逃走了。想到这里，池田介二仿佛感到共产党游击队就站在他眼前讥讽他这个大日本帝国的情报科长。此时，他心中涌起的挫败感告诫自己，要将共产党游击队活动的踪迹彻底查清。

第十一章

日军欲建情报网　锁定重点招黑帮
地下党员送密件　日军举动全曝光

池田介二顺着在矿区获得的"18 名矿工逃跑案"线索，将侦察的范围扩大到了天井湖湖区。

他在对湖区的搜查中，把"18 名矿工逃跑案"中疑点放在矿区和湖区两大区域来破解，对共产党游击队的活动轨迹渐渐清晰起来。抗日分子的活动路径是：从矿区到天井湖，经过天井湖出城，到长江口扫把沟，从扫把沟过江到江北，由江北的新四军接应。而中共这条活动线路和"黑鹰一号"传来的情报十分吻合：这条活动线路正是中共当年与国民党争地盘打内战时，铜陵的中共分子与中央苏区建立的秘密物资运输线。由此可以判断共产党游击队的地下联络点一定是围绕这条活动线路而建立。虽然抗日分子现在不再像过去那样运输物资，但这条线路将矿区、湖区、城区串联在一起，他们在这些区域活动频繁。抓住这条活动线路，这样皇军摧毁抗日分子的联络点就有了重点范围和目标，建立皇军的情报网就有了依据。

池田介二根据对共产党游击队活动线路的判断，一面对湖区进行搜查，一面在思考建立日军的情报网。

天井湖北门码头。

郑强龙正站在通江公司二楼阁楼经理室的窗前，他凝视着天井湖，回味着皖南特委的电报内容。

特委在电报中对天井湖游击队成立以来有效阻止了日军霸占铜官山公司和智救 18 名矿工的举动十分满意，对铜陵下一步抗日的重点工作作出了指示。同时提醒铜陵县委：游击队做的这两件漂亮的事对敌人是极大的打击，已引起日本陆军部的关注。据可靠情报，为消灭共产党游击队，日本陆军部对驻铜陵日军的情报部门加强了特工人员，正在建立情报网，以对付铜陵的抗日力量。特委要求铜陵县委要提高警惕，斗争形式要安全、可靠，不能让日军的阴谋得逞。

这次游击队成功解救被困的 18 名矿工，极大地鼓舞了铜陵地区特别是铜官山矿区的群众抗日士气，县委本来决定召开一次群众大会，扩大社会影响，利用这一契机大力宣传我党的抗日主张，巩固抗日成果，动员民众投入抗日行列。特委的电报让他对召开群众大会慎重起来。还有洪添寿从矿区传来的情报，更加证实日本人正四处寻找共产党游击队，大规模的抗日宣传很容易暴露游击队的位置。看来目前召开群众大会是不合适的。

想到这里，郑强龙的目光下意识地由湖面收回到湖堤坝上。

近日来，日本人巡逻的频次明显增加，巡逻队不时地在湖堤坝上穿梭，堤坝上的店面关门的不少。他想到楼下去提醒一下大家提高警惕，注意日本人的动向。

他刚走到楼梯口，目光穿过楼梯档子的缝隙投向楼下，楼下的"异动"让他屏住了呼吸。

通江公司正常营业着，大伙计宋二柱正领着两个伙计阿五、小顺子在柜台前盘货。

突然，一个中年汉子急步跨进门来，来者头戴草帽，帽檐压得很低，进门后冲着柜台里喊道：

"伙计，这是今年的大院生姜，我们老板让我带来让你们经理尝尝样品。需要这种姜，让你们经理按老地址联系我们老板。"来人说着就把一个袋子放在了柜台上，头也没抬就走了。

郑强龙听声音有人来，停住了脚，就回到经理室。

宋二柱听见有人说话，转过身子，抬起头，但还没看清来人的脸，送货人说完话，就迅速转身急步跨出门消失了。但宋二柱真真切切听见了"大院生姜"这四个字，他立刻警觉起来，因为这是县委与各位地下党紧急联络的用语。出于保密和地下工作的安全，这紧急联络的用语只有县委负责人和他这个县委通讯员才知道。

宋二柱迅速将装着姜的袋子拎到了二楼阁楼经理室。

郑强龙见宋二柱进来，知道有事要汇报。

宋二柱将"草帽人"送货的情况描述了一番。

郑强龙听后一惊，迅速打开袋子，在布袋子上一块补丁布夹层里取出一张纸条，这是药水写的密件。郑强龙取出药瓶，涂上药水用火一烤，密件上印出三行字："日本人在建情报网、情报科长亲查矿工案、山神庙联络点暴露。"

郑强龙看过密件的内容后脸色凝重，双眉紧锁：县委正准备明天下午在湖心岛山神庙召开重要会议，研究如何召开群众大会及下一步工作任务。还有特委的电报里还提到江北的新四军近日要派人到铜陵与县委商议建设兵站的事。郑强龙知道"草帽人"是潜伏在矿区敌人内部的地下党，他送过来的这份情报太及时了，否则，铜陵县委将遭日军毁灭性打击，江北派过来接头的同志也可能遭遇危险。

想到这里，郑强龙立即对消除险情做出了安排：要求宋二柱迅速通知县委成员和明天下午参会人员，停用山神庙联络点，启用新的联络点；阿五、小顺子两人分别向城区和湖区的联络点发出危险信号，提醒各联络点警惕日军的搜查。特别是江北与铜陵接头的联络点一定要摸清现状。

接到任务后，阿五和小顺子装扮成收水货的贩子，挑着货担，按照郑强龙的指示离开了通江公司。

他俩首先要去的就是天井湖口联络点。

这个联络点位置在出天井湖进长江航道的搭界处，其实也是长江口联络点。这一片地地名叫扫把沟，也叫扫把沟联络点。这个联络点的任务主要是接应江北新四军来人和把县委重要情报传递到江北。扫把沟是货物集散地，进出铜陵的货物都在此过关。这里人来人往，周边有不少商铺。在靠湖边一侧，地势较高的堤坝上有一家饭店，字号"醉仙楼"。饭店两层，二楼有一个平台，食客站在平台上可以观赏湖景和江景，从湖中出和江中进的船只都能在远处看到饭店平台上的景致。这个醉仙楼饭店就是县委的一个联络点。

对于这个联络点，按地下工作规定，阿五和小顺子他俩只知道这是个县委的联络点。他俩的任务只是向店里发出通知，提示点上同志目前敌人在大搜查，要停止接头，要求店里向接头对象发出危险信号。店里如何发出危险信号？对于这个联络点也就是在二楼平台上挂上两件渔网，这样前来接头的人员在老远处看到渔网就知道这里有危险，接头人就不再进店接头了。当然，这个接头暗号只有与这个联络点接头的同志清楚，对其他人员则是保密的。而阿五和小顺子他俩并不知道联络点里谁是我们的同志，但通知店里的方式就是进店点三道菜：一道清炖华鱼、一道红烧河豚、一道糖拌姜丝。对方听了叫这三道菜便知来的是上级机关的人，叫这三道菜就是接头暗语。叫菜的顺序如果按照华鱼、河豚、姜丝来叫，表示危险。如果叫菜顺序是姜丝、河豚、华鱼，表示危险解除。

阿五和小顺子虽然是"通天公司"的伙计，其实他俩也是参加革命多年的老"地下"了。

阿五参加地下工作算起来也有4个年头了。他是县委建立秘密物资运输线第二年郑强龙从红都的雪地里"捡"回来的。

那是 1933 年的冬天，郑强龙带领运输线上的同志完成物资运送任务后从红都返回铜陵。船准备沿红都沧江河顺流而下，在一个偏僻的小码头，郑强龙发现岸边一个十四五岁的少年全身落满了雪昏迷在雪地里，就将这个少年弄上了船，然后拂去了他身上的雪，用衣服将他包裹起来，渐渐地让他恢复了知觉。在船上，郑强龙慢慢知道了一切。少年叫崔五子，父母都是红都根据地农会干部，自己也参加了少年团。红军第五次反"围剿"中，红军撤离了他家所在的村，国民党还乡团回到了村里，大肆抓捕革命者进行报复。他父母被杀后，还乡团为了斩草除根追杀他。他为了躲避还乡团的追杀东躲西藏，跑了两天两夜，实在是又饿又冷，跑到河边想喝口水就再也没有力气动弹了。郑强龙听了他的诉说心如刀绞，决定将他带回铜陵。由于地下工作的纪律，郑强龙声称自己是开商行做生意的人，少年看郑强龙不仅救了他，还主动收留他，想必一定是好人，就答应跟着他回到铜陵，改名阿五，在商行做伙计。后来在郑强龙的培养下，加入了党组织，成为一名地下工作者。

小顺子大名叫查长顺，原是个孤儿，后被一位矿工家庭收养。有一年山洪冲垮山体，养父在井下淹死，他和养母一家相依为命。因原鸿运商行老板与养父一家有点亲戚关系，养母托人将他送到商行当学徒。学徒中跟着郑强龙懂得了不少革命道理，也被发展成了一名中共党员。

他们俩作为在县委机关里的地下工作者，对于这个联络点并不陌生，多次来此地执行过任务，今天他俩来到扫把沟就感到了异样。

日本人已在天井湖口设立了货物检验关卡，对来往的船只先进行检查后交税再放行。检验关卡半圆形拱门上写着"货物交税，私运违禁品，以抗日分子论处"。日军值守人员在关卡高脚屋上通过窗口巡视水上来往船只和货物检查情况，替日军检查货物的则是一班中国人。领着中国人检查的是个"大背头"，只见"大背头"站在船坞上指挥着手下，对过往船只上的货物东挑西拣一番，然后"大背头"依据自己的判断，对着船主高喊道"放行"或是"没收"。这里设立货物检验关卡收税的场景只是日本人来后才有的。

他俩走近醉仙楼时，发现醉仙楼四周有一些闲散人员在窜动，他们东张西望，不像是准备进店的食客，像是在等候什么人。

阿五和小顺子看到这一切警惕起来，阿五建议不要贸然进店，自己进去接头，让小顺子在外面接应。

阿五进店后，机警地观察了四周。店小二在大堂内来回穿梭，上酒送菜，柜台内有一个穿青布衫的人在盯着大堂。店内大堂不少桌子上已有食客在喝酒吃饭，其中有两张桌子也坐着人，但桌面上都是空空的并没上饭菜，已坐下的食客眼神不定，左顾右盼。

阿五小心地找了张靠墙根的空桌子坐下。他抬头望去，目光正好与柜台内穿青布衫的人目光对视。

"请问客人需要吃什么？"柜台内那穿青布衫的人见客人进来坐定，从柜台内主动出来走到阿五桌旁开口问话。

阿五望着那穿青布衫的人，说："我是来给我家主人订菜的，一道清炖华鱼、一道红烧河豚、一盘糖拌姜丝。做好打包带走！"

穿青布衫的人一听，脸色一变，眼睛抬起向前方一望，脱口说出"华鱼、河豚……"这声音仿佛是喊给别人听的。

两张空桌上的人立马站起，其中一个戴黑礼帽的人做了一个手势，站起来的人就朝阿五这边围来。

阿五明白了这个联络点暴露了，他刚起身就看见围过来的人中那个戴黑礼帽的人已拔出了手枪。

这时阿五也拔出手枪，朝持枪的人就是一枪。

"叭！""叭！"双方交上了火。

阿五一边还击，一边向门外跑。

在外面的小顺子听到枪声，知道联络点出事了，扔下货担就朝饭店里

100

冲，冲到门口和退出的阿五相遇。

"小顺子你快离开，我掩护你，快回去报告！"

"快走！"

阿五正说着，对方的一颗子弹击中了他，顿时鲜血染红了胸口。他用身体挡在了门口，小顺子趁机逃脱了。

原来池田介二在建立情报网时采取"边打击边建立"的策略，在消灭抗日组织联络点中建立自己的情报网络。他根据"黑鹰"的情报，不仅划定了重点区域、选择重点打击目标，而且在"黑鹰"外围秘密招募了一批线人，让他们给日军收集线索。这些线人不是地方上的帮会中黑恶分子就是地痞流氓，以"飞龙会"帮会中胡三霸的人居多。他们既充当日本人的打手，替日本人做些明面上的事，又成了日本特务的"眼睛"，暗中为日本人提供情报线索。日本人在天井湖口设立了货物检验关卡，收税就是让这些人检查货物，同时日本人要他们收集情报，而且有赏。扫把沟联络点的暴露就是这个关卡的线人帮会头目"大背头"提供的情报。这个关卡自从设立后，关卡上的帮会头目"大背头"就开始挖空心思弄情报领赏。他常带着一班小兄弟去醉仙楼吃"霸王餐"，后在平台上发现了两件渔网，就起了疑心，联想到平时看到渔网不是挂着就是藏在角落的筐子里，他想一家酒楼用渔网挂上干吗？这肯定有问题，就怀疑这渔网是给人报信用的。为了讨好日本人多得赏钱，他就把这事当作情报提供给了管关卡的税务局里的日军小队长秋山和夫。池田介二获悉后，立即对醉仙楼进行调查。秘密逮捕了联络点的负责人，也就是醉仙楼经理。联络点的负责人在日军酷刑面前宁死不屈，没透露半个字，惨死在日军的刑具上。和阿五对话的那个人只是酒楼记账收银的，经理惨死后日军只好抓住这个记账收银的，想从他嘴里套出有用的东西。但他只是酒楼里普通的伙计，也不了解经理的真实身份，只知道每次只要有食客进店点"华鱼、河豚、姜丝"这几道菜，经理都亲自接待。池田介二据此判断，"华鱼、河豚、姜丝"这几道菜，一定是抗日分子接头的暗语。点这几道菜的人一定是来接头的。由于那个记账收银的提供不了更有价值的信息，池田介二只得让他在酒楼守株待兔，安排情报科的特务领着"飞龙帮"的人等待前来接头的人。当阿五点了"华鱼、河豚、姜丝"这几道菜，穿青布衫的记账收银人，只得大声重复菜名，通报给坐在空桌上守候的人。空桌子上戴黑礼帽的日军情报处的特务一听便知道这是来接头的抗日分子，便领着"飞龙会"的人围向阿五。

阿五的牺牲让郑强龙悲痛万分。

小顺子带回的信息让他心惊，飞龙会的成员成了日军特务的帮凶，这对分布在全县各区域的联络点和潜伏在百姓之中的县委游击队员是个极大的威胁，不拔掉这些"毒瘤"，对打击日寇十分不利。

第十二章

日军组建维持会　　以华治华主意狂
方父拒担伪会长　　王贼跟定日本狼

　　武英本吉对池田介二提出"矿城联防，以城保矿"的主张来对付共产党和抗日分子十分感兴趣。但是，他想要实施这一举措仅靠皇军自身来完成显然兵力不足，必须采用"以华治华"手段，选用亲日分子协助皇军来实施，才能织密防共之网，揪出暗藏在矿区和城区的抵抗分子，确保皇军的统治长治久安。的确，自己的联队仅有几千名士兵，分布在铜陵县城和矿区方圆近百公里的区域就如同天上点灯一样，撒得太开，难以对付中国人。军部先后派遣到铜陵的宣抚班、政治报导班，虽然通过宣传和安抚，给当地的老百姓洗脑，让中国人接受皇军对中国的"进入"和对抵抗分子的镇压发挥着作用，但这种收买人心的手段只是暂时麻痹了中国人的思想、摧毁着他们的反抗意志。可被欺骗的中国人一觉醒，他们反抗的烈火会烧得更旺。况且军部的宣抚班、政治报导班是匆匆过客，不可能永驻铜陵，军部已来电让他们挺进到新的占领区去宣抚。如何稳固皇军对铜陵的统治？像一块巨石压在武英本吉的心头。池田介二招募黑帮建立情报网是个成功范例，不过，池田介二招募的黑帮只是为了提供情报且在暗中活

动。如果能建立和扶持起一个亲日的政府或组织，让华人治理华人，让这个组织在台前活动，比皇军亲自对付那些中国人要容易得多，皇军只要抓住和控制住这一组织的头目就事半功倍了。现在铜陵组建政府还不成熟，这要等待国民党的汪主席和大日本谈判的结果才能确定，不过先可以组建维持会来帮助皇军管控这一地区。这个维持会会长谁当合适呢？

这些天，武英本吉一直在思考。

这时，池田介二向武英本吉提出，由铜陵县矿务公会会长方复中担任。

"大佐阁下，方复中是铜陵县矿务公会会长，也是铜陵矿业界的前辈，有地位、有影响。他又是铜官山公司董事长方兴华的父亲，如果我们将他请出来主持铜陵维持会，为我们大日本帝国所用，那铜陵这一地区的刁民们就会乖乖臣服我大日本帝国。我们控制了方复中，皇军获取铜官山矿权也就手到擒来，不费吹灰之力。"

武英本吉听了池田介二的理由，十分赞同。此人正是皇军所需要选用的，但他却担心方复中这个老家伙肯不肯屈从。

"池田君，这个方老会长的儿子方兴华如此狡猾，一直不愿与皇军合作，中国有句名言，叫'有其父必有其子'。会不会出现'有其子必有其父'的局面呢。"

"大佐阁下，如果老东西不服从皇军，那就用我们手中大日本帝国战刀崭断他的傲骨，让中国人看看与皇军作对的下场。这叫杀一儆百。"

池田介二一面回复着武英本吉的话，一面做出杀人的手势。

"好，这就是大日本帝国威力。池田君，组建维持会就由你们情报科负责。"

"是！"池田介二向武英本吉高声地应答着。

第二天，池田介二就带着荷枪实弹的日军闯进了坐落在县城西面方家桥的方府。

方府是一座典型的中国式庭院。前面是大院子，院子两边是回廊，回廊直通后院，回廊的梁柱上画龙雕凤；中间是大厅，接待来客用。后院是两层中式正房，住着方氏两代人。这宅院在铜陵县城算得上是名门豪宅了。

方复中自从卸下了铜官山公司掌门人的担子就住在这里。这虽是他的私家庭院，但他作为铜陵矿务公会会长，这里也是他召集矿商们商议重大事务的地方。为什么要在这里召集呢？是因为他家宅院的大厅里悬挂着一块被他视为传家宝的特别物件。那就是清朝政府为表彰他领导"收回铜官山矿权"有功给方家特别的褒奖，颁发方家的一块大匾。匾上写着"忠义保矿"四个大字。这块匾当年朝廷送到方家时就挂在这里，这匾上的四个字在方复中心中字字千斤。从那以后，凡是商议矿山的大事他都要求在这大厅里进行，他认为矿商们只有头顶这个匾，看着"忠义保矿"四个大字才能出于公心提出建议和要求，商议的结果才利国利民，时间一长，这里自然形成了矿商们商议矿山大事的地方。他被矿商们推荐担任铜陵矿务公会会长后，多年来他一直在想，如何为国家出点力，为矿商们谋点利。他曾为政府谋划了不少矿业发展的方案，他认为矿产聚财聚宝，矿业发展了，国家就能富强，矿商也就在发展中获得应有的利益。但政府的目标与矿商的需求时常不同步、不合拍，他的很多设想也只能束之高阁。

日本人占领铜陵后，矿商们各奔前程了，矿务公会也成了空壳子。矿务公会虽然名存实亡，但他作为会长心中始终担忧铜陵矿业的未来。日本人在铜官山设立矿业所，他就知道日本人的目标是争夺矿产资源。武英本吉和夏井志雄逼迫儿子交出铜官山矿产权，儿子没有被日军所吓倒，保护了铜官山公司，大长了中国人志气，他感到欣慰。但日本人的层层紧逼，让他也为儿子的安危感到担忧，好在那天郑强龙专程来看望他，转告了解救方案，他的忧愁才得以缓解。他虽然没有参加政治团体，但对共产党还

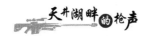

是信任的，所以郑强龙他们在"秘密运输线"上的活动他心知肚明，从未点破，更没有反对儿子方兴华为他们运输物资提供帮助。前不久，郑强龙来府中虽然说是来看望他这个长辈，但用意他非常明白：共产党希望他做一个顶天立地的中国人。他想儿子能做的，他这个做父亲的也一定能做到。决不给中国人丢脸，决不做汉奸。

对于日本人来到方宅，他已在几天前听到了风声，知道日本人今天来的目的，他已做了最坏的打算，宁可玉碎，不可瓦全。

池田介二带着一群日军闯进方府，来到大厅。

池田介二开门见山，直接向方复中提出要求。

"方老先生，以您在铜陵的威望，我们大日本帝国请您出山，来维持本地社会秩序和社会治安，担任维持会会长，与皇军在铜陵共建日中繁荣，造福本地百姓。"

方复中环顾了一下四周，只见池田介二带来的日军也都端着刺刀，持枪站在两侧。他整了整衣扣，面色从容地、态度坚定地对池田介二说道：

"你们日本人从小小的岛国闯到我们中国来，杀人放火，抢资源夺矿山，这是共建日中繁荣、造福我们吗？你们这是强盗行径！我作为一个中国人决不会与强盗为伍，你另选高明吧！送客！"

方复中说完，抬头望着大厅上方的那块大匾，目光停留在"忠义保矿"四个大字上。

池田介二没有料到，果然出现了武英本吉料想的局面：方复中不愿与日本人合作，他坚决不当维持会会长。如此态度和其儿子方兴华如出一辙，而且方复中都没有用正眼看他一眼。

"方——复——中——？你，你……想清后果！"

池田介二被方复中高傲的目光和凛然不惧的神情气得疯狂大叫着，脸上泛起了一阵可怕的痉挛，两眼发直盯着方复中。

方复中的目光始终没有离开匾上"忠义保矿"四个大字。

池田介二见方复中没有任何反应，气急败坏地突然抽出战刀，砍向了方复中。

瞬间鲜血喷向空中，方复中的头颅被池田介二砍掉。

方府顿时乱成一团，府里的人拼命地扑向池田介二这个恶魔，但被日军用刺刀抵挡着。

池田介二命令日军将方复中的头颅挂在方府门头展示，同时日军司令部贴出《告示》。

在日军《告示》中"凡抗拒皇军命令者，一律严惩不贷！"几个字用的是红色，特别显眼。

县城中的百姓从《告示》中知道了方复中因拒绝当维持会会长而被日军所杀害。

方复中被杀的消息很快传到矿区。

夏井志雄得知武英本吉挑选维持会会长失败后，专程赶到日军驻铜陵司令部。

"报告阁下，我有一个人选，他叫王小三，他和他的家族都对大日本帝国忠心耿耿。"

夏井志雄见到武英本吉后，向他举荐维持会会长的人选。

"王小三……他的家族忠于大日本帝国？"

武英本吉对"王小三"这个陌生的名字皱起了眉头，但对他家族如何忠于帝国却颇感兴趣！

夏井志雄立即将王小三家族效忠日本的"事迹"一一道来：

王小三的父亲叫王福贵。19世纪末英国和日本签约，将铜官山矿开采权转让给日本三井公司。当三井公司代表前往中国铜官山矿接收开采权时，受到中国人的阻挠，只有王小三的父亲王福贵帮助日本三井公司与中国人进行斗争，王福贵还不顾自身安危救出被中国人围困的三井公司代表。王福贵对日本国的忠心，让三井家族万分感动，三井家族的前辈曾嘱

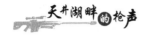

咐家人要感恩王福贵的后辈。日本占领铜陵后，夏井志雄就找到了王小三。发现王小三依然像他父亲王福贵一样效忠帝国。他为了为日本皇军效劳，特地在城里开了一家日本酒屋，专门供皇军消遣。

"好！好！"

武英本吉听后大加赞赏，并激动地对身边的军官们说道："大日本帝国有像王小三这样的臣民，是我们天皇恩泽的结果，我们要把王小三和他家族对大和民族的忠诚上报陆军部，让那些将军们知道，在这荒野之地也能哺育出大东亚共荣的花朵。"

夏井志雄一番陈述，看得出让武英本吉非常兴奋。

武英本吉虽然没有目睹王小三真容，但在夏井志雄陈述的"事迹"感召下，不仅十分满意王小三担任维持会会长，他还要让王氏家族如此效忠帝国这一感人的"故事"传播宣扬。让这难得的事例作为中日亲善的典范，感化那些至今还与大日本帝国为敌的顽固分子。

王小三和他家族对大和民族忠诚的事迹，的确感动了陆军部。

不久，陆军部派出军部战报《太阳花》报的随军记者芳草秀子专程来铜陵日占区采访。

武英本吉接到陆军部的电报异常激动，他想这既是表现战果的良机，又能为帝国树立典范。

他决定亲自陪同芳草秀子记者去采访王小三，并向他颁发"铜陵社会秩序和治安维持会会长"的委任状。

武英本吉陪同记者芳草秀子，在日本宪兵的汽车开道下巡视县城。

日本人占领铜陵后，肆意狂轰滥炸，县城满目疮痍，日军烧杀抢掠、奸淫妇女，无恶不作。县城里的百姓逃的逃，躲的躲，商家闭店、学堂停课，街市无人，县城里一片凄惨，毫无生气，根本看不出"共荣"的景象。正当芳草秀子对此次采访有些失望之时，只见县城小南门西头，邻街一角，一座既熟悉又怪异的建筑物展现在眼前，在低矮简陋的中式民宅群中显得风格怪异特别。

车渐近时，只见建筑物内灯火通明，门口聚集着一群穿红戴绿的人在舞动小旗。这倒是引起了芳草秀子的兴趣。夏井志雄随即告诉车上的武英本吉和芳草秀子，这建筑物就是王小三将自己宅院改造成的日式居酒屋，专为日本人服务，供皇军享乐。

"欢迎皇军、欢迎皇军、欢迎皇军"……

王小三早已领着在居酒屋服务的男女，还有在此销魂的日本士兵在酒屋的门口迎接武英本吉等日本人。

"咔嚓——""咔嚓——"

日军车队停住。车上的日本宪兵，在驻县城大队大队长伍平措三的指挥下，迅速在四周布置了警戒。

武英本吉下车，站定。

只见王小三从欢迎的人群中急奔而来，他手捧着一帧黑漆漆的木牌，"扑通"一声跪倒在武英本吉脚下，一面磕头，一面连声呼喊："皇军万岁！皇军万岁！"

武英本吉面对眼前的一切，他在惊喜中低头望去，脚下磕头的人：头戴瓜皮帽，五短身材，身着马褂，贼眉鼠眼，神情媚俗，是一副十足的奴才品相。他正皱着眉头欲收回目光，磕头的人怀抱的木牌让他眼前一亮，他疑惑地愣了一下。

"报告阁下，王先生怀抱的是祖宗的灵位牌，他要代表他的祖先表达对阁下的敬意！"

夏井志雄察觉到武英本吉对王小三流露出了蔑视的眼神，立即上前解说道。

"哦！祖先灵位牌。"武英本吉白眼朝上翻了一下。

武英本吉作为军人，他的骨子里对这种猥琐且缺乏血性的男人并无好感，但王小三能怀抱祖宗灵位牌表达对自己的敬意，让他深深感动，这足

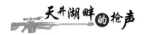

以证明王氏家族对大日本帝国的忠诚,这份难得的"孝心"正是目前协助皇军打击共产党游击队最需要的。武英本吉瞬间对眼前这个中国人产生了一丝感激。

武英本吉立即去扶王小三起身:"王先生,你的大日本帝国真正的朋友,效力皇军你将无上荣光!"

王小三一面从地上爬起,一面激动地语无伦次地喃喃发出"无上荣光""无上荣光"……

"王先生,大日本帝国驻铜陵皇军司令部决定铜陵的维持会将由你来担任会长,希望你与我们皇军通力合作,消灭抵抗分子,共建铜陵繁荣!"

武英本吉说着,向他递上了"铜陵社会治安和秩序维持会会长"的委任状。

王小三见武英本吉递过委任状,他的眼睛里泛起了感激的泪花,立即将手中的祖宗灵位牌扔在地上,在马褂上擦净双手。

接过委任状的王小三连声呼喊:"愿为皇军效劳!愿为皇军效劳!愿为皇军效劳!"

这时,站在一旁的芳草秀子连忙端起照相机,调好镜头,对准武英本吉和王小三这一递一接委任状的场景,"咔嚓"一声,拍下了她在铜陵第一张满意的"日中共荣"摄影照!

王小三在自家居酒屋前向日本人献媚表演,并没有人愿意观赏,周边邻里人家都紧闭窗门,只有对面一座有些讲究的宅子二楼的花窗后站着一位老者,他把王小三居酒屋前日本人的一切活动和王小三的丑态表演看得真真切切。

王小三当上了维持会会长。

回到王宅,王小三急不可待地召集王氏家族所有成员,他要举行庆贺自己就任会长的仪式。

仪式就在祭拜祖宗的灵堂里进行,他要让列祖列宗见证他给王氏家族带来的这份荣耀。

王小三手捧着委任状，跪在祖父的灵位牌前，边磕着头边自白："我们老王家终于出头了，当年您老就曾预言，别看这倭人长得矮，他们是吃海水长大的，他们心如大海，总有一天会吞食中国，王家只要跟定日本人总有一天会做人上人。今天您老的预言显灵了，日本人真的占领了中国，皇军大佐亲自将铜陵这块宝地的管理权交给您的孙子——我，王小三。这是我们王家的幸事。我现在把委任状让您老人家过目，让皇军给予王家的这份福音告慰您在天之灵。王家子孙一定不负您所望，替皇军当好守门神。"磕完头，王小三双手把委任状放到灵位牌前供着，然后点燃三炷香一支一支地插在香炉里，又拜了三拜。

王小三透过烟雾缭绕的香烟，他仿佛看到了祖父的影子在眼前晃动。

王小三的祖父叫王忠日，但原名叫王孝清，是前清的秀才，但他却以淮军领袖李鸿章为偶像。李鸿章创建北洋水师时，打出"光宗耀祖""为国建功"的口号，召集大量安徽老乡入伍。王孝清一心追随李鸿章，主动投笔从戎，由鱼米之乡的皖南铜陵到山东威海当兵。由于他是秀才有文化又是李鸿章的安徽老乡，就安排在北洋水师武器库里做记账员。他在记账员的位子上，发现清政府拨发银两购买的武器弹药质量有严重问题。他观察多日后发现北洋水师军需领域有一个惊天秘密，这就是从朝廷官员到水师主管都在弹药军械采购定造上扣油，以假乱真，以次充好。有一次采购的炮弹，弹头里竟然是沙石。他发现后，立即向自己的上级军械检验官汇报，得到的回答是"北洋的舰船就是朝廷用银子养肥的猪，我们不在这猪身上剐油在哪剐啊！"这让王孝清大为震惊，大清朝的官员竟然腐败到如此地步！他决定去向更高一级的上级也就是总军需官反映，他想上级如果不管他就去找李鸿章大臣。就在准备好证据向总军需反映时，在一个风雨交加的晚上，他按检验官要求去舰上查验武器数量。他上舰后，舰船立即开足马力，不一会儿驶进了公海。突然从舰舱里闪出几个不明身份的船

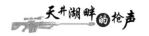

员，将他套上麻袋扔进了大海里。他在大海里挣扎着。在他奄奄一息之时，一艘日本商船经过此地发现了水里有动静，将他救起。他在商船上昏迷了多日，是船上的东家安排人员精心护理他才醒来。原来他想告发的贪腐军官已和他的上级检验官勾接好了，准备将船驶进公海杀人灭口。日本商船救了他，把他带到日本。到日本后他发现，救他性命的正是三井家族的人。在日本，他学习了日本历史，也了解到日本民族性格以及日本政府对外扩张的政策，他发现日本是一个既有野心又有前途的国家。他把日本与大清朝做了个对比，他在日本奋起、强大、扩张与清朝政府腐败、没落、萎缩的大局中，感知日本一定会去侵犯中国，也一定能战胜中国。后来，中日甲午年，黄海一战，日本海军大获全胜，中国大败又证实了他的感知。他对大清朝彻底失望。他要为王氏家族找到新的兴旺之路，忠于日本、跟定日本就成了他给王家后代确立的新的生存准则，他将自己名字"王孝清"改为"王忠日"，让王氏家族后人永远效仿。并告诫后人不许在大清朝廷为官，只许经商不从政。后来，王小三的父亲王福贵终生只是在洋人的商行里做买办，替洋人做事，从未涉足官场。清朝末年，英国与日本政府协议将铜官山矿权转让日本，三井公司来安徽铜陵欲经营该矿，王家盼到了日本人的到来，本以为能借势翻身崛起，王小三的父亲王福贵竭尽所能帮助三井公司，却遭到方复中、郑辅东等铜官山公司一批实业家的强烈反对和抵抗，三井公司最终失败而归，王福贵振兴家族的计划也就未能如愿实现。

时代的变迁，朝代的更迭，让王氏家族苦苦等待发达的机会终于到了，今天日本人端着刺刀野蛮地闯进了中国，王小三感到必须靠紧皇军这棵大树。

想到这里，他转过身对眼前的家人开始训话，他大声喊道：

"王氏家族的子孙后代听令，大日本帝国给了我们王氏家族梦寐以求的荣耀，我们要不负皇军的厚望，努力为皇军效劳！"

　　王小三完成庆祝仪式后，他将委任状放置在王家灵堂台子的最前面供奉着。

　　随后，他脑子里就在盘算着如何完成武英本吉向他提出的"消灭抵抗分子，共建铜陵繁荣"的要求。

第十三章

王贼上任烧邪火　　情报科长出主张
矿城湖区同监管　　借力织密防共网

王小三从灵堂出来。

他对武英本吉的"要求"已想出了答案，他知道自己是日本人的会长，维持会重要的是替日本人办好事，这才是根本。他为自己能悟出这个诀窍而得意，他兴奋地迈着碎步往客厅走去。

"会长大人，有日本人来了。"家里的下人急匆匆地报告。

"哦！快请，大厅看茶！"王小三一边吩咐着，一边快速赶出来迎接。

"咔嚓——""咔嚓——"

两辆三轮摩托车随着一阵刹车声，在王宅大门口停下，一群日本宪兵拥着金丝边眼镜的军官跨进大门。

"王先生，恭喜你当会长。"这个戴着金丝边眼镜的军官是池田介二，他昂着头朝出来迎接他的王小三招呼着。

"谢谢池田太君，谢谢池田太君。"

王小三弯着腰，一边迎领着池田进客厅，一边媚笑着答谢道。

池田等在客厅坐定。

"王会长，中国有句俗语叫'新官上任三把火'，我今天来就是想听听你准备如何烧这三把火。"池田一坐定就说明了来意。

"报告太君，我准备先把城区主要是矿区的良民登记清楚，发放良民证，让皇军知晓谁是我们的朋友。二来在区域内建立维持会分会，推进保甲制，让保长、甲长们管好自己区域的居民。三是配合皇军消灭共产党游击队，开发铜官山矿业。"王小三将自己脑子里早已想到的答案一下倒了出来。

"王会长，你这三把火完全符合武英本吉大佐'消灭抵抗分子，共建铜陵繁荣'的意图，你是皇军大大的朋友！司令部命令将维持社会秩序和治安的重任由情报科管辖，维持会要与情报科加强合作，尽快制订具体计划，早日让这三把火烧起来，让共产党和抵抗组织彻底化为灰烬。"

池田介二表情冷峻，眼珠发直，目光直逼王小三，傲慢地命令王小三。

"是，是！池田科长，我一定按您的指示办。"

王小三一边听着池田介二的训令，一边琢磨出弦外之音：这维持会由日军 133 联队情报科管辖，也就是归池田介二科长领导。

"王会长，那就听听你的具体计划吧。"池田介二眼珠转了一下，发问道。

王小三略加思考，让家里下人拿来铜陵地区的地图。

他一面用手指在地图上比画着，一面向池田介二等日军托出了自己的计划：将铜陵地区划为两大块良民管理区，县城一块，矿区一块，对两块良民分别管理，设立不同良民证。在这两块建立以家庭户籍为单位的保甲人口管理制度，发现可疑分子通报皇军，对于通共抗日人员实行连坐处理。

"王会长，你的'良民'管理中，还缺少一块重要的地方。"池田介二听完后立即提醒王小三。

"重要的地方？什么地方？"王小三不解地反问道。

池田介二用手指着铜陵地图中一块蓝色区域说道：

"天井湖！据我的黑鹰报告：天井湖极有可能是中共铜陵县委和刚刚成立的抗日组织井湖游击队的活动和藏身之地。此处湖面开阔、芦苇密布，极易藏身，而且搭山通江，矿区到外界的物资运输都是从天井湖到达长江。还有湖心岛那个山神庙，此前一直是中共人员集会和物资运输线的中转站。天井湖这块区域应该引起我们的警觉！我们要将该地区'良民'进行专门管理，不论是靠行船吃饭的渔民，还是生活在湖畔周边的居民都要在皇军严管之中。我要通过颁发特殊形式的良民证将城区、湖区、矿区这三个区域区分开，对进出矿区的人员严格审查，阻止中共和游击队对矿山的破坏。"

"颁发特殊形式良民证？"王小三不解地问道。

"对！颁发特殊形式良民证，做到什么区域的'良民'用什么区域的证。懂吗？"池田介二眼角充满神秘和得意，反问着王小三。

"是！是！还是池田科长英明！"

王小三听了池田介二的一番分析，不得不对眼前这个阴险傲慢的情报科长刮目相看，他恭敬地回应着。

池田介二不愧是情报专家。他不仅善于从发现的线索中推理出有价值的情报，而且他的这些线索又都是自己亲自调查收集获得的，这就极大地提高了情况的真实性。

不久前，为了弄清共产党游击队如何救出 18 名被困矿工的真相，他化装成算命先生，带领助手秘密进入铜官山矿区。他在金口岭工区，打着"张半仙"的字号扯杆拉旗，自称是道家始祖张三丰 120 代弟子，以给矿民占卜、算命为由头走家串户，接近知情人，从矿民口中套取信息。甚至潜入矿民居住的工棚里偷听矿民的聊天议论，从中了解情况。他还在工头特意安排下，下到了八十米矿井巷道和地牢巷道。重点推演了 18 个矿工逃跑的路线、时间、接头方式。他对得到的信息进行了综合分析和研判。他认为：矿区实施了"铁桶防卫"，所有路段有日军把守，大规模人员就是插上翅膀也难逃脱，唯有水路是个空当。运送矿工的船只也只有停在水上等候，这样在天井湖里必须有人接应才行，而接应的人一定是熟悉湖中情况的。熟悉湖中情况的人只有两种可能，一是渔民，一是共产党游击队。掩护 18 个人出湖，能做到不露一丝痕迹，还骗过湖中的日军巡逻艇，只能是受过反侦察训练有一定斗争经验的共产党游击队才能做到。池田介二通过这样推理，他判断铜陵共产党领导的游击队聚集地就在天井湖中。同时，他的电讯小队也在天井湖区域发现了不明号源的无线电波，说明这一区域一定存在某个组织在活动。

而后，他对山神庙后堂屋里留下的矿砂砂脚印的发现更加印证了他的推断。

池田介二为了侦察 18 名矿工进入天井湖后是如何逃匿的，他从金口岭工区山脚下上船，进入了天井湖，对天井湖区域进行了一番暗查。在天井湖里，他登上了湖心岛。在山神庙后堂屋里，他发现地上留下了一层明显的矿砂砂和一些凌乱的脚印，这引起了他极大的关注。他用手在地上抓起一把矿砂砂放在手心用另一只手将其捻碎，仔细察看后，走出后堂屋，对着太阳将手中捻碎成粉灰状的矿砂砂抛撒出去，这时他发现这些飘浮的粉灰状的矿砂砂在阳光的直射下金光闪闪，显然这是有金属矿物才会出现的结果，这让他欣喜万分。从这些矿砂砂和一些凌乱的脚印，他推论可能隐藏着共产党游击队活动的秘密。因为天井湖湖心岛上是没有这些矿砂砂的，而这些矿砂砂一定是外人带进来的，如果这些矿砂砂和铜官山矿的矿砂砂一样，那么这些矿砂砂就是铜官矿区来庙里的人鞋底上留下的。而铜官山矿区的矿民进庙烧香祈福求财求安是不会跋山涉水来这里的，因为铜官山矿区有"铜官府"，而这里一般来的是渔民，矿民来这里应该是有专门目的。山神庙后堂屋里矿砂砂是陈年积聚的干矿砂砂，说明这里经常有人活动。矿民经常来这里参加活动说明活动是有人组织的，而选择山神庙后堂屋这样地点偏僻、人少清静，又不易被发现之地进行活动，一定是共产党游击队所为。池田介二想到这里，立即命人将地上的矿砂砂刮起和山神庙的看庙和尚一起带到情报科。为了证实自己的判断，他命夏井志雄的矿警所立即将铜官山矿区的矿砂砂样品送到情报科进行比对。夏井志雄一听与破获共产党游击队的联络点有关，一点不敢怠慢，立即让矿警所副所长乔志远亲自将样品送到情报科。比对的结果，山神庙后堂里的矿砂砂与矿警所送来的样品是一致的，池田介二连夜对抓来的山神庙看庙和尚进行突击审讯。在审讯中，山神庙的和尚只承认是一群香客借用后堂叙旧，其他一概不知。池田介二从和尚回答的言语间明显感到和尚是在隐藏什么，他听后虽然恼羞成怒，但却没有急于动刑逼供，而且还立即放了和尚，将他完好无损地送回了山神庙。但是池田介二却安排了"黑鹰"成员在暗中监视着山神庙。原来他在等待共产党游击队上钩。同时，他正在组织侦听专家在监测湖区不明来源的无线电信号并破译其密码。

有了山神庙后堂屋留下的矿砂砂的发现，更加表明天井湖区域可疑。

池田介二将自己的"发现"和"天井湖深藏共产党游击队"的判断，向武英本吉作了报告。武英本吉对池田介二的"发现"大加赞赏，对他的判断十分赞同，他表示要立即出兵封锁天井湖地区，一举消灭共产党游击队。但池田介二却不赞同武英本吉"立即"行动，而是提出要对共产党游击队实施"放养"。因为他感到就目前皇军对铜陵的占领以及对铜官山矿区的管控程度，不仅难以"一举消灭"而且可能会"打草惊蛇"。不过，池田介二对"放养"后如何铲除共产党在天井湖地区的巢穴，也准备了"快速剿灭"的第二套方案，那就是实施罪恶的"三光政策"，即将天井湖中的芦苇烧光、周边的渔村迁光、可疑分子杀光，让共产党游击队无落脚之地。但他也清楚实施这"三光政策"，就现有的皇军在铜陵的军力还难以完成。

池田介二认为：现在，只能采取将铜陵划定若干区域，然后通过清理门户、甄别身份，赶出可疑分子的方式，才能将共产党游击队一网打尽。但是要实施这一切，只有借中国人之手，让中国人发力才是最佳的选择。

池田介二作为情报科长，一直在思考着"借力"建立"一暗一明"两张网来对付共产党游击队等抵抗分子。这"一暗一明"两张网，暗的是情报网，明的是防共网。情报网他已在共产党活动的重点区域布局设点，借助飞龙会的成员秘密协助他的"黑鹰"们监控目标。而且取得了很好的效果，前不久端掉了共产党游击队的湖口联络点。

现在如何建立防共网？他要借助维持会，通过颁发良民证，推行保甲制来编织。

池田介二向司令部提供建立"防共网"的计划是：第一步由县维持会向社会贴出告示，公布在铜陵县各乡组建维持会分会，推行保甲制，颁发良民证。第二步在铜陵划定不同的区域，用良民证把城区、湖区、矿区的"良民"隔离开来。第三步在城区、湖区、矿区这些区域的乡组建维持会，推行保甲制，在良民中选出区域内拥护皇军和支持大日本帝国建设"大东亚共荣"的维持会成员以及保长、甲长。第四步让维持会和保长、甲长们去发现和清理出在自己所在区域内活动的共产党游击队等一切可疑的抵抗分子，为皇军有效抓捕正直的抗抵分子提供了具体的目标。最后由皇军消灭这些目标，从而保证铜官山矿区不受共产党游击队等抵抗分子的侵扰，让皇军加快开发铜官山，让矿业所稳定生产。

武英本吉对这个计划大加赞赏，批准了池田介二的计划。

今天，池田介二亲临王宅，就是要督促王小三早日行动，尽快实施他的防共网计划。

不久，铜陵社会治安和秩序维持会颁布实行户籍人口良民证管理制度的《布告》，在日军司令部情报科的监督下，王小三作为会长在《布告》会长的落款签名处签上了自己的名字。

王小三按池田介二的指令在县维持会的《布告》中将铜陵地区乡、村分别划分进了城区、湖区、矿区三大区域。

城区所辖的乡有老洲、安平、忠信、沙洲、栖凤、城关。

湖区所辖的乡有犁桥、胥坝、沿船沟、民和、流潭、顺安。

矿区所辖的乡有新桥、董店、石洞、白岩、朱村。

这些乡又下辖几个甚至十几个村。

在三大区域内乡组建维持会，隶属县维持会，按照乡、保、甲的行政设置进行人口户籍管理。乡以下各村，按一村设一保长、十户设一甲长方式对辖区民众进行管理。各区域内担任乡维持会长、保长、甲长的人员必是忠心地为日本人服务，为皇军效力的友善分子。

良民证是日本人发给县民的身份证明，也是出入各种场合和接受日本人检查的通行证。所谓"良民"就是服从日本人管理，遵守日本人制度的居民。良民证发放给本县 15 岁以上的民众，而这些人不能有抗拒日本人的嫌疑。

这些规定和要求，王小三在《布告》中写得清清楚楚。

池田介二为了防范和打击共产党游击队及抵抗分子的需要，他命令县维持会将"城区、湖区、矿区"三个区域的良民证设计成不同的三种颜色。城区的良民证是白色的，湖区是蓝色的，矿区是黄色的。这也就是池田介二曾提出颁发特殊形式的良民证把三个区的人隔离开来的办法。

王小三一听池田介二的"创新"，就明白了他的用意：限制共产党游击队自由出入，压缩其活动空间，便于皇军进行搜查。

池田介二精心设计、别出心裁地将防共网织得层层相叠，丝丝入扣。王小三对池田介二的心计和谋略佩服得五体投地。

日本人开始在铜陵推行保甲制，在三大区域内颁发良民证。

王小三自从被武英本吉选中当上了铜陵县维持会会长，对日本人交办的差事，唯命是从。这次池田介二让县维持会负责组建各乡维持会，挑选保长、甲长，发放良民证，他更是一点不敢怠慢。

　　王小三的"挑选"工作并不顺利。他在池田介二的监督下，整日领着一群日军到各区去"挑选"会长、保长、甲长。被"挑选"到的人一听给鬼子干事，怕沾上汉奸的污名，一个个东躲西藏。有的人虽然当上了保长，却是被日本人用刺刀逼着上任的。还有人坚决不当日本人的官，就遭到了日本人杀害，甚至还殃及无辜百姓被杀。当然在"挑选"的人当中有的人本来就愿意充当汉奸，甘心做亡国奴。像矿区朝山村的侯麻子就是主动跑去维持会要求做保长的。池田介二看到主动爬上帝国战车的侯麻子，立即命令王小三要把侯麻子当作典型来宣扬，希望招来更多的王麻子、张麻子、李麻子……

　　良民证的发放更是遭到强烈的抵制，各区域的百姓都不愿去登记领证。池田介二为了严格按各区域对老百姓进行发放，防止中国人串通起来从中做手脚，良民证的发放工作只允许由驻各地区的日军大队来承担。日军大队为了完成良民登记和证件发放任务，武力出动，不论是县城、湖区还是矿区，整日所见不是鬼子的军车在街巷乱窜，就是日军小队踹门进屋搜查。日军见到人就抓去登记，街头巷尾、田间地头、工棚采场，不时传来日军枪杀反抗者的枪声，还有被害者家属撕心裂肺的哭喊声，铜陵地区人心惶惶，一片恐慌。日军各大队虽然武力推进，但发放良民证的进度依然缓慢，面对良民证发放受阻的局面，池田介二恼羞成怒，他请"飞龙帮"头目动员其帮会成员暗中助力皇军，但效果不佳。不过他从"飞龙帮"头目反馈的信息中却自认为找到了受阻原因。

　　反馈过来的信息告诉他，按照王小三维持会《布告》的规定，良民证只发给本区域的"良民"。但各大队的皇军对本区域民众的基础情况不清楚，难以掌握各区中的人谁是日本人的朋友，谁能真心为日本人服务，更难区分各区里的"良民"和"刁民"。由于对县民们"良心"判断不准，各大队的皇军难以登记导致发证受阻。

池田介二获悉后，为了解决"判断不清"问题，他决定把各乡的会长、保长、甲长的推荐人选和登记发放良民证权力一并交由王小三的维持会，让中国人去"选"中国人。王小三接到命令后，他将发放良民证的任务交给了各乡的村保长、甲长来完成。

其实，"判断不清"发良民证"受阻"这是池田介二自己找出的理由，但他哪里知道真正的原因却是任何一个有骨气的中国人都不愿俯首称臣去充当日本侵略者的"良民"。

第十四章

汉奸保长为敌忙　欺压矿民讨敌欢
女将诱敌锄敌友　游击队员显身手

日本人把发放良民证的权力交给维持会的中国人手里，那些自愿爬上日军战车充当侵略者走狗的保长、甲长，更是和日本人沆瀣一气，为虎作伥，千方百计地讨好日本人。

天井湖井字滩。

在天井湖的湖心岛北端，是一片芦苇荡。这片芦苇荡里的芦苇长得很有特点，枝高叶宽，拥簇在一起，像一堵厚薄不匀的草墙，把这片湖面分割成井字，因此这里又叫井字滩。这里的芦苇成片生长，一直与湖岸相接。从芦苇荡上岸，再穿过岸上一片湿地前面就是铜官山矿区顺风口工区。芦苇荡的另一面靠着一座废弃矿石山崖，山崖上留下了早年间矿民在此露天开采留下的一个大矿洞。高高的芦苇恰好把大矿洞遮挡得严严实实。

在这片芦苇荡里长年停泊着一条运石船。从湖面上是看不到船的一点影子。人钻进这芦苇荡也就融进了一眼望不到边的绿色草甸子里。平日里这芦苇荡里只能听到水鸟、野鸭子争食、嬉戏时发出的鸣叫声。而今天，

123

透过这些动物的鸣叫声，似乎能隐约听到滴滴答答的电台发报声。

的确，在芦苇荡里的这条运石船上，县委游击队的报务员正在发报。

由于近日王小三领着日本人经常窜到顺风口工区，他们在保、甲长的引领下登门入户清点人口，登记造册发放良民证，县委设在顺风口联络点的电台无法使用。郑强龙指示报务员蒯亚男从顺风口工区撤离到这芦苇荡里，随后他也和通讯员宋二柱赶到井字滩。

这个芦苇荡是铜陵县委和游击队的一个备用联络点。这里平常无人驻守，只是县委地下情报网的一个点，对外称井字滩联络点。联络点是当年建立物资运输线时设立的，联络点真正的用途是用于人员撤退避险和藏身。因为这里露天采矿留下的大矿洞呈长条状且面积很大，藏几十个人都不是问题，而且矿洞四面环水不易被敌人发现，无船无法进入矿洞。当年县委选择这里做联络点是以备紧急情况下使用的，芦苇荡里的运石船也是特意停泊在此用于运送人员用的。自从湖心岛山神庙联络点暴露后，县委启用了这个新的联络点。由于井字滩是一片荒野之处，不是有意来此，很少有人知道这芦苇荡里有船只，更不会知道这里有个矿洞竟然是共产党游击队的藏身之处。

日本人在铜陵组建维持会，推行保甲制、颁发良民证，将铜陵各地区祸害得混乱不堪，人心不安。郑强龙一直在关注着日本人的动向，他已把日本人的所作所为通过电台报告给了特委，现在他正在等待上级的最新指示。

"郑书记，特委有回电。"报务员蒯亚男摘下耳机，递上电报稿。

郑强龙接过电报。

特委有新指示：一是开展政治攻势，宣传我党抗日政策。二是动员各方人士，拖延建立维持会。三是打入敌伪内部，控制日伪政权。四是坚决镇压汉奸，形成威慑力量。

看到了特委的明确指示，郑强龙对如何应对目前局势心中就有了方向。

他想特委的指示必须迅速传达到各支部。他让通讯员宋二柱按秘密接头方式，通知县委成员和游击队员明日下午在这新启用的井字滩联络点开会。

第二天下午，县委成员和游击队员陆续来到井字滩。

会上，郑强龙首先传达了特委关于当前对敌斗争的三点指示。

郑强龙在传达特委指示时，结合铜陵地区日军新动向，对各支部工作作出要求。他指出："要积极展开政治攻势，要向人民群众，特别是社会知名人士、地方绅士讲清楚，中国人不能当汉奸，中国人不替日本人服务，不能被他们所谓建立'大东亚共荣'的鬼话所蒙骗，谁愿当汉奸谁就是全中国人民的敌人，共产党游击队就要将其镇压。以此让一些有投奔日本人念头的人早日觉醒。"

对于日本人要在各区成立维持会，推行保、甲长制度，郑强龙指出要灵活处理，注意把握好以下两点。

第一，要拖延日本人在本区域内建立维持会，各支部要动员社会各界人士，不参与推选乡公所和保、甲长。但是，我们在拖延中要避免群众与日本人发生直接冲突，造成对中国人的伤害。

第二，对于不成立维持会就有可能会遭到日本人的镇压而发生流血事件的地区，我们要对出头建立维持会的人员提出四项要求。这四项要求是：第一项，维持会组成人员、保长、甲长要经过我们共产党组织认可；第二项，这些成员要及时向我们党组织游击队报告日军情况；第三项，维持会不能破坏抗日组织；第四项，维持会成立后，对日本人抓走的群众要设法保释。如果不接受我们以上条件在维持会担任伪职的，我们共产党游击队对其一律以汉奸论处，犯下罪恶的人员我们抗日组织将坚决镇压。

对于如何利用和控制维持会这个日伪政权为抗日服务的问题，郑强龙指出：我们要动员我们自己的人打入维持会，担任保长、甲长，钻进敌人肚子里，在敌伪内部站住脚，成为日伪基层政权中的"两面人"，掌控维持会等日伪政权，为我们共产党游击队所用，在日伪机构中，应付敌人的日常事务，暗中为抗日工作出力。

会上，各支部汇报了各地日军活动情况，特别是近期日本人在加强人员管控措施中出现的新问题。

洪添寿在汇报中，对日本人在铜官山矿区发放良民证时出现的一个特殊情况，引起了郑强龙等县委成员和游击队员的关注。

洪添寿汇报道：日本人在发放良民证时，对所谓"刁民"嫌疑人有一个很重要的判断标准，就是看手上有没有老茧。他们的理由是有老茧的手就是握枪的手。这些人不是土匪强盗就是共产党游击队员或者是抗日分子，对于这样人居住地的保长、甲长，就不敢给他们发放良民证。而矿区的矿工们长年手握钎、铁镐等劳动工具，手上长满老茧，这样保长、甲长们就不敢给这些矿工发良民证。不发良民证，矿工们身上就没有身份证明，矿工们上班经过日本人的哨卡就会遭到日本人盘问、搜身，矿工稍有反抗就会被抓起来，关进哨卡旁的黑屋里，等待日军巡逻队来带回工区验明身份。有的矿工被日本人怀疑是抗日分子，就被直接送进日军的碉堡里严刑拷问，逼迫交出同伙，身陷魔窟的矿工很难活着出来。现在手上有老茧的矿工们个个苦不堪言，导致大部分矿工的抗日热情骤减，不利于动员矿工打击日本人。

保长、甲长们为何不敢给他们发放良民证呢？一是他们怕日本人知道了，他们不按日本人的话去做会吃苦头。最关键的是个别保长死心塌地替日本人卖命，让一些想替矿工们讲话的保长、甲长也不敢再替矿工讲话了。

洪添寿特别点到了东瓜山工区朝山村的侯麻子。

提起侯麻子，铜官山矿区人人都知道他是个恶贯满盈、无恶不作的魔王。侯麻子早年就是盘踞在铜官山对面长龙山的土匪，后因民国初年洋人来考察矿山，他率土匪们绑架洋人老婆，被洋人用长枪击中了屁股，可能是伤及大腿动脉，腿留下残疾。他就从山上转移到了矿区，用抢劫的钱财开大烟馆、放高利贷，联络不愿下山的土匪逼死过矿工，手上有几条人命，是矿区地皮上的一霸。日本人来后，他主动讨好日本人，在王小三的保荐下当上了保长。他在发放良民证中，按日本人的要求，把手上有老茧的矿工统统上报日本人，不仅不为矿工提供方便，而且帮助日本人严查这些矿工的来历和家庭成员。有一些从外乡逃荒来矿里做苦工的穷兄弟，因无人证明来历，侯麻子硬说他们是可疑分子，日本人就把这些外乡逃到矿里的矿工当作抗日分子枪毙了。日本人把侯麻子当作榜样，让其他的保长、甲长效仿。

"郑书记，像这样的狗汉奸，我们游击队应当教训他一下，给矿工们出口气！"洪添寿讲到这里，眼中发出愤怒的目光。

"对！"会上其他人员也发出赞同声音，同时也把目光转向郑强龙。

郑强龙一面听着洪添寿的汇报，一面在思考着如何落实特委的指示精神。特委关于担任伪职的四点意见，其中重要的一条就是对助纣为虐，罪孽深重的汉奸要坚决镇压。他望着与会者的目光，心里的想法和大家一致。他表明了自己的态度：

"同志们，目前日本人通过建立维持会，推行保甲制，用发放良民证的方法来控制百姓，欲将我们抗日游击队'挤'出来，那些心甘情愿充当日本人走狗的汉奸和日本人沆瀣一气，与人民为敌，必须得到应有的惩罚。"

郑强龙接着说道："我们要通过惩罚汉奸，打击敌人，回应人民的诉求！让井湖游击队的枪声提振矿区百姓抗日信心！"

"好！""好！"大家都向郑强龙投来赞许的声音。

"如何除掉侯麻子这颗长在老百姓身边的毒瘤？"

郑强龙的这一发问，让在场的人一时语塞。

稍许寂静后，人们的目光都投向了坐在一旁正低头记录的报务员蒯亚男。

蒯亚男的心"咯噔"了一下。

她抬起头，目光正好和众人对视。此时，她的心中涌动着难以平复的思绪：她是侯麻子天天在找的小老婆。

一个县委游击队的报务员怎么成了土匪头目的小老婆呢？这还得从蒯亚男的家世说起。

蒯亚男的父亲叫蒯光典，早年是同盟会安徽支部负责人，也是受革命领袖孙中山先生派遣从日本回国，作为革命党地方负责人参与和领导铜官山矿"收回矿权"运动。孙中山领导的革命党推翻清王朝，建立中华民国，他因身体有恙退出了政坛，回乡当起了寓公。蒯光典作为革命元老和"收回矿权"的有功之臣，得到了民国政府的褒奖，回乡时，民国政府发给了一大笔金钱供他颐养天年。不幸被盘踞在铜官山对面长龙山的土匪侯麻子瞄上了。一天，侯麻子带领山上的土匪闯进蒯公馆，将蒯光典等家中人员捆绑后，把金钱财物抢劫一空。侯麻子等土匪正准备走时，发现一个标致的姑娘躲藏在内房里，这个姑娘正是蒯亚男。原来在省城上学的蒯亚男正好放假回到家里，此时她正在小书房读书。侯麻子发现她后顿起歹心，将其一并抢到山中，想让她做他的小老婆。第二天，侯麻子按土匪圈子里做法，提着抢来的财物到蒯公馆提亲。蒯光典见状气得一口血吐出，就撒手而去。侯麻子回到山上就把蒯亚男当成了自己的小老婆。蒯亚男誓死不从，在一个老猎人的帮助下，趁机逃出土匪窝子。侯麻子就派出人员，一面寻找，一面宣称蒯亚男是自己的老婆，一直至今，使得整个矿区无人不晓。

蒯亚男摆脱了魔爪，在迷路的山中被皖南特委侦察员救了回来，从此她走上了革命道路。因为她上过学有文化又是个女的，一直在皖南特委做电讯工作，建立党的秘密物资运输线时需要电台和报务人员，组织上考虑她对铜陵矿区熟悉，将她派回铜陵工作。为了不暴露身份，郑强龙特地将她安排在顺风口一个可靠的同志家中。顺风口矿区比较偏，且远离其他矿区，这对她对电台都较为安全。

此时，蒯亚男面对大伙的目光，仇恨的烈火在心中燃起。侯麻子在她心中既是仇人又是横在心坎上的一根刺，她一想起父亲的死心中就泛起一阵阵的隐痛。现在侯麻子又投靠了日本人，干掉侯麻子这罪大恶极的汉奸，她从内心高兴。这不仅能为抗日除奸，又能为死去的父亲报仇。但她也明白大家眼光里包含着期盼，侯麻子来无影去无踪，只有她出面侯麻子才能现身。

"郑书记，我去引诱侯麻子，这样同志们才能动手。"蒯亚男坚定地回应着大家的目光。

"亚男同志，这很危险，侯麻子现在是日本人的'红人'，整日都有日本人在周围，你突然出现可能会引起侯麻子怀疑，也会引起日本人的警觉。"郑强龙提醒着她。

蒯亚男讲述了自己的计策：

"过几天就是我父亲的忌日，我可以利用祭奠扫墓来迷惑敌人，你们可以把我回来祭父的风在矿区放出去，届时侯麻子可能去我父亲坟头找我，这样游击队就可以在此击毙这个恶魔。"

"这是个办法，届时游击队在墓地守候，一旦目标出现就将其镇压。"郑强龙赞同了蒯亚男的想法。

矿区兴隆镇。

东瓜山工区坐落在朝山村，紧挨着兴隆镇。在镇东头有一座大宅院，门口趴着两个一丈多高的大石狮，门槛上方的石匾上写着"侯家武馆"四个字。这既是侯麻子开的武馆又是侯麻子家，侯宅前院是武馆，后院是住宅。

此时，侯麻子正在后院内宅，躺卧在床，手端龙头烟枪，吞云吐雾。

这侯家宅院其实早年是铜官山矿的金龙镖局，清王朝灭亡后，矿山不需镖局护卫了，侯麻子当年下山时就抢占了镖局，将其改成了武馆。镖局里一部分人留在了武馆，大部分人被侯麻子弄上长龙山当了土匪。别看侯麻子腿脚不利索，可还是有些工夫，一直想在江湖上干一番"大事"。日本人来了，他就动起了歪心思，想借日本人的势力成就自己，对日本人俯首称臣，心甘情愿跪舔日军。特别是在王小三的保荐下，当了保长后，更是铁了心去给日本人办事。日本人为麻痹世人，鼓吹"大东亚共荣"，准备以侯家武馆为基础，组建矿区"共荣会"，为日军占领矿区效力。现在，侯麻子一边按照日本人的命令为"共荣会"招兵买马，一边在做着当"共荣会"老大的美梦。

"侯爷，喜事啊，听大花嘴说二姨太要回来了！"这时，外号"活猴子"武二从外面跑进内房，对眯着眼，大烟抽得正带劲的侯麻子报告。

"什么，蒯亚男要回来？"侯麻子惊喜中跃起，伸着瘦长脖子盯着"活猴子"问道。

"是啊，听说是回来祭父。""活猴子"准确地回答侯麻子。

"对，过几天是八月十五，我那老丈人正是在那天，我提亲时归西的。"侯麻子在回忆中印证着"活猴子"的消息。

"日本人真是我的福星，不仅让我当了保长，你看日本人一来，我日思夜想的二姨太也回来了。"侯麻子兴奋得有些忘形。

晃着脑袋将吸进的大烟朝空中吐出了几个烟圈。

"这一次不能让她再跑了，一定要在她上坟时给我抓住。"侯麻子吐完烟，朝"活猴子"交代。

"侯爷，您亲自去请二姨太吗？""活猴子"问道。

"是的。"侯麻子脱口而出。

"那日本人那儿……""活猴子"提醒道。

"哦。"忽然，侯麻子晃动的脖子在空中停顿了一下，似乎又想到什么。

侯麻子想到了日本人的"警告"！

因为日本人，也就是专程从县城代表日军司令部到矿区来嘉奖他的池田介二告诫过他，命令他不要随便出去活动，他将要担任"共荣会"的会长了，现在共产党游击队神出鬼没，专杀他这号人，外出必须向日本人报告。日本人的"告诫"如同绳子套，弄得他很不自在，但又不敢违抗，所以每次外出活动，都要派"活猴子"向日本人报告，也就是要向驻矿区的渡边大队长报告。日本人就派两名宪兵跟着。每当这时，他就感到做日本人的保长，还有马上要当的那个会长，不如在长龙山当个土匪老大来得自由痛快。这次去见"老婆"还得报告，要是自己后面跟着两个日本兵，那还不把蔺亚男吓死。要是日本兵见亚男这样的大美女起了歹心，那自己真是赔了夫人又折兵。

侯麻子拿定主意不去报告，悄悄前往。

"不过——这么多年，她蔺亚男在干什么呢？为什么我当上日本人的保长她就回来祭父呢？她会不会……"

侯麻子想到这些又犹豫起来，感到疑惑。

但他又一想，是我天天在寻找她，又不是她自己登门入户，既然已得知她踪迹何不趁此将她"请"回府中。

八月十五这一天，蔺亚男和侯麻子都在行动。

在蔺家墓地。蔺亚男早早就赶到这既熟悉又陌生的地方。熟悉是父亲在世时每年清明、冬至时都带自己来此祭奠蔺家的先祖，陌生是自从自己逃离了侯麻子的魔窟后再也没有来过这里。今天，她第一次来到父亲的坟前，她再也按捺不住内心的痛苦和思念，在坟前一阵嚎哭起来。稍后，她摆放好祭品，一面烧着纸钱，一面观察四周的情况。她知道按游击队事先制定的方案，郑强龙带着游击队就埋伏在前面的树林里。现在只等待着"猎物"的出现。

纸钱一张张地烧着，时间一点点地过着。眼看祭奠的程序将要做完了，侯麻子还没出现，蒯亚男在焦急中思考着：是不是自己回来的消息未传开？还是侯麻子有察觉？

"二姨太，近来可好？"一句询问从远处传来。

蒯亚男转身看去，前方是"活猴子"武二向她走来。

"二姨太，侯爷让我来请您回府。""活猴子"走近蒯亚男，油腔滑调地说着。

这时蒯亚男压住心中的怒火，平静地责问道："侯爷让你来请我回府，侯爷呢？"

蒯亚男说着，见"活猴子"没有下文，就收拾物品做出要离开的样子。

"活猴子"见状，上前欲阻拦："二姨太，侯爷——"

"二姨太，我在这呢！"从一棵大槐树后，探出一个秃脑袋，随后身子闪了出来。

此人正是侯麻子。其实侯麻子早就到了，他一直躲藏在树后观察蒯亚男的周边，见蒯亚男孤身一人，他认为安全了才出来。

仇人相见，怒火中烧。

"侯麻子，你个罪大恶极的汉奸，今天就是你的死期！"蒯亚男怒斥着侯麻子！

侯麻子一听"死期"二字，顿感不妙，拔腿就逃。

"侯麻子，哪里跑？你破坏抗日，充当日本人的走狗，我代表人民将你就地镇压。"郑强龙用枪挡住了侯麻子的逃路。

郑强龙扣动着扳机，"叭！"一声枪响。

一颗子弹从枪膛里飞出，结束了侯麻子罪恶的一生。

第十五章

矿区抗日势头涨　日军恐慌阵脚乱
唤回黑鹰布新局　诱惑矿民亲日方

游击队镇压了汉奸保长，消息像插上了翅膀传遍了铜陵地区。

特别是在铜官山矿区，不论是在工棚还是井下坑口巷道，游击队枪杀侯麻子的事都成了谈论的焦点。游击队员也被矿民们演绎成了《三国演义》里的诸葛亮、张飞似的人物，个个足智多谋、神勇无比。其实，这些矿民们压根儿就没见过游击队真正的模样，但却成了他们心中的神人。而那些本来想效仿侯麻子的保长、甲长，听了这些议论一个个吓得缩回脑袋，再也不敢通过发放良民证来替日本人查找抗日分子了。

一时间，整个铜官山矿区那些替日本人卖命办事的人都提心吊胆，成了惊弓之鸟。特别是那些保长、甲长们再也不敢替日本人办那些丧尽天良、坑害矿民的事了。

特别是镇压侯麻子不久，矿区发生的一件至今也没有让夏井志雄、渡边弄明白的爆炸案，把矿区的抗日火焰燃得更旺。

矿区发生的"爆炸案"，那是与日本人建慰安所需要找"花姑娘"有关。

　　夏井志雄按照武英本吉的命令，为了满足日军的兽行，在矿区建立慰安所。他召集矿区各村保长训话，让矿边各村的保长们替慰安所去找女人，并要求保长们在日本樱花节这一天将找到的女人送到慰安所。

　　渡边出动日军小队用枪顶着这些保长的脑袋，让他们立即在各村寻找，按时送到。

　　长龙山村的保长胡二歪发现了住在村东头的小英子。小英子今年18岁，她和年迈的爷爷相依为命，小英子在矿里给矿主做佣人，小英子爷爷年岁大了，身板还算硬朗，平日里以山上打猎补贴家用。爷孙俩对胡二歪的要求自然是不从，胡二歪多次上门劝说逼人，正被逼得走投无路之时，侯麻子被游击队所杀的消息传到村中，村里一位"高人"知道此事后，就给小英子爷俩出了个主意，让小英子告诉保长胡二歪，自己相好的男人是游击队里的人。可胡二歪听后并不相信，因为他在村中并未瞧见过小英子的男人，依然逼迫小英子。爷爷不愿让孙女陷入日寇魔窟，也没有别的法子可想。这位"高人"得知后，就让小英子暗中相好的男人石大壮去请邻村小龙山中的猎户们帮忙，让猎户们假装成游击队员来长龙村。"高人"并告诉大壮小龙山的猎户们一定会帮忙的。大壮去邻村小龙山后果然如此，猎户们一听胡二歪替日本人干这伤天害理的事，个个都义愤填膺，当得知让他们冒充游击队员去救人个个乐意。随后在一个风雨交加的黑夜，猎户队们带着猎枪摸进长龙山村胡二歪的家，这可把胡二歪吓得屁滚尿流，以为真是游击队找他算账来了，再也不敢逼迫小英子了。

　　给小英子出主意的这位"高人"是谁呢？

　　其实，这位"高人"才是真正的县委游击队员，他就是范四平。

　　范四平就住在长龙山村，他是小英子相好的男人石大壮的发小。范四平是五松峰工区的矿工，由于身份特别，周边的人只知道他平时在矿里是干活的苦力，他在村里也没有什么特别的表现，只是一个穷苦人。县委游击队镇压汉奸保长侯麻子后，郑强龙指示矿区支部的同志和游击队员要随时注意日军的动向，防止日军报复百姓。要保护好矿民的安危，团结和动员矿民与日本人斗争。在矿区支部书记洪添寿的安排下，支部成员和游击队员进行了分工包区。范四平负责五峰松工区，他发现保长胡二歪在替慰安所找女人。侯麻子被镇压后，范四平发现矿区替鬼子做事的保长、甲长都害怕游击队找他们算账，这让范四平有了利用游击队来教训他们的念头。由于范四平家住在山边上，平时与邻村小龙山的猎户们很熟，他知道这些猎户们都有正义感，也十分痛恨讨好鬼子的保长、甲长。他还知道猎户们也早已有了打鬼子的意愿，已暗中自发组成了猎户队保护家园，随时准备阻击进山来犯的日军。当范四平从发小石大壮那里得知小英子被保长胡二歪盯上，他就想到了让猎户队冒充游击队这个主意。他将自己"拯救"小英子的想法向洪添寿报告后，洪添寿十分赞赏。由于范四平自己不能暴露身份，他就悄悄进山向猎户们讲述了小英子的遭遇，然后他给发小石大壮出了请猎户的主意。这一招还真灵，果然震慑住了胡二歪。

范四平在"拯救"小英子的同时，洪添寿、赵洪保、姚新江也在各自负责的工区发现了村里的保长在执行夏井志雄的命令，强迫妇女进慰安所。甲长领着保长整日在村里上蹿下跳寻找目标，村里的大闺女、小媳妇们都十分害怕，天天东躲西藏，闹得各家人心惶惶。但如何制止这件事，大家都没有想出好的主意。洪添寿及时向大家传授了范四平的高招，其他村子里被保长盯上的姑娘们也效仿着小英子，称其是游击队员的女人，吓得保长们再也不敢强迫她们去做日本人的"花姑娘"了。范四平这一以假乱真的主意，后来在洪添寿、赵洪保、姚新江负责包区的村里越演越真、越演越神。

游击队员们导演的假戏，虽然遏制住了保长、甲长们去找"花姑娘"的胆量，可此事并没有完结，夏井志雄在加紧修建慰安所。但后面发生的"爆炸案"让洪添寿等真正的游击队员们既感到意外又都啧啧称赞。

樱花节这天，矿区的慰安所开放。

这天，渡边带着一群日军来此寻欢作乐，结果一个"花姑娘"也没有看到。渡边气得两眼发直，直接命令带来的日军去矿区、村里抓"花姑娘"。

接到命令的日军像饥饿的野兽，端着刺刀疯狂地冲向坐落在四周的矿民居住区和周边的村子。日军所到之处，他们踹门进屋见年轻的女人就抓。女人的哭叫声一片，被抓走的女人家人跟在后面求情，有的还抱着嗷嗷待哺的孩子，回应他们的不是脚踹就是枪柄打。日军用刺刀逼着，连拉带拖地强行把女人们往慰安所方向赶，女人们个个誓死不从，拼命地反抗。

日军将女人们赶到慰安所屋前，集中在一片空旷地上，被抓来的女人，三个两个抱成一团，低着头哭泣着。

渡边挎着战刀，站在慰安所台阶上，望着空旷地上被吓得瑟瑟发抖的女人们，发出一阵阵淫笑。他抽出腰间挎着的战刀点了其中几个女人，示意身边的日军将她们拉进屋内。

身边的日军顺着渡边战刀的指向，立即冲过去拉几个被点到的女人进屋，女人们见日军靠近自己，个个不从，向后退缩。日军强行拖人，女人们在挣扎中发出撕心裂肺的哭叫声。

一个日军拖着一个被点到的女人，见她死活不愿进屋，正准备动手去打。

"不许动她，放开她，她是我的女人！"

这时只见一个20来岁的年轻人满脸怒火，从远处冲了过来。年轻人一声大吼，一把推开日军，拉着女人就要走。

站在慰安所台阶上指挥日军挑选女人的渡边目睹这一切，脸色顿时变得凶狠起来，嘴里发出：

"八嘎牙路！""死拉死拉地！"

他左手快速将战刀向刀鞘插入，右手去拔枪。

渡边没想到，此时还有中国人敢跳出来与皇军争夺女人，渡边拔出手枪，对准年轻人。就在渡边准备开枪之时，前方突然响起了一阵阵巨大的爆炸声。

"轰""轰""轰"……

"什么声响？"渡边的手从枪的扳机上松开，吃惊地转过头向夏井志雄发问道。

夏井志雄也一脸茫然，不知所措。

"报告！弹药库方向爆炸！"站在高坡上的日军哨兵冲向渡边和夏井志雄，急促地报告着。

渡边和夏井志雄一听先都一怔，缓过神后，"什么地方？弹药库？"两人不约而同地发问道。

"对，弹药库！"哨兵答道。

渡边和夏井志雄大惊失色，随后渡边对身边的日军高喊道："去弹药库！"

日军戒备森严的弹药库如何会爆炸呢？

原来，炸掉日军弹药库的人正是年轻人女人的爷爷，被年轻人救着的女人正是小英子。

樱花节这天，小英子帮佣的矿主为了讨好日本人，也在自家院子里栽种樱花树，需要用农家熟土培植，就让小英子回村里挑农田里的熟土。不巧正被闯进家中抓女人的日军抓住。小英子爷爷年事已高，自然无力与日军抗争，但对日本鬼子的痛恨却在胸中燃烧。眼看孙女小英子被日军抓住，情急之下，他只好带着猎枪，去通知正在露天采矿场干活的小英子相好的男人石大壮。与此同时，一个报复日本人的大胆念头油然而生——炸掉日军的弹药库。他拼着全身的力气爬上了铜官山的碎石岭，悄悄摸到了日军大队弹药库附近。由于他常年在此打猎，对这山里边的地形熟悉，弹药库四周布满铁丝网，由于弹药库背靠碎石岭，其背后也就无日军的岗哨。他在碎石岭打猎时早就发现了日军弹药库背后面的一个通风口正对着的里面存放的就是炸药包，只要猎枪从通风口击中了库里的炸药包，就会引起整个弹药库的爆炸。他上碎石岭后，找到了弹药库的通风口，悄悄在弹药库通风口正对面的位子上架好猎枪，带着对日本鬼子的满腔仇恨，扣动扳机，子弹从通风口射进了弹药库，子弹击中炸药包后，将弹药库引爆了。

日军弹药库被炸，渡边没有查出来是谁干的。

夏井志雄知道，这一定是仇恨日本人的抗日分子干的。但矿民们更相信是共产党游击队所为。可谁又能想到，这出其不意，给日军沉重一击的却是矿民中一位年事已高的老猎人。

矿区的"爆炸案"像一团烈火，把矿民们的抗日情绪燃烧得日益高涨。

夏井志雄不知所措，他怕矿民们如果都跟着共产党游击队一起联手，在矿区跟日本人作对，那下一步这些支那人不知会闹出什么更大的动作，这样铜官山矿的开发计划将难以进行。

夏井志雄想到这里，他急忙向日军司令部报告，寻求对策！

县城日军司令部。

武英本吉瞪着布满血丝的眼珠，听着夏井志雄的汇报，大脑却在不停地转动。

共产党游击队在矿区杀了亲日分子，现在更加猖狂，还炸了弹药库，这让武英本吉大为震惊。

他原以为一个当过土匪的保长被杀，不过是烈女子为父报仇而已，谁知是共产党游击队而为。"共产党游击队为什么要杀侯麻子？"这个问号在他大脑里不停地闪现。这个外貌看似粗野但内心却缜密的战争狂徒，瞬间意识到：共产党游击队这是在铜官山矿区杀一儆百，给那些支那劳工们撑腰，煽动他们与大日本皇军作对。用中国的俗语说，就是杀鸡给猴看。这是在杀给那些讨好皇军的中国人看，更是杀给大日本皇军看，让矿区的百姓远离皇军。

夏井志雄汇报的每一个字都在印证着他的判断，而且让他紧张的神经越绷越紧，使他感到共产党游击队不仅诡计多端，而且在矿区的抗日势头越来越猛。如不加以遏制，尽快将其消灭掉，大日本帝国在铜官山矿的开发计划将无法实现。想到这里，他一面命令渡边大队进一步实施"铁桶防卫"措施，扩大"铁桶防卫"的范围，出动部队对矿区的矿民们居住地进行清剿。一面要求池田介二加快推进"以华治华"步骤，遏制抗日分子势头。

武英本吉想通过"双管齐下，一硬一软"的战法在矿区扫清共产党游击队。

其实，池田介二对于武英本吉提出的"软"的战法——用"共荣"思想教化中国人亲日，他早就在悄悄进行。

他本准备让侯麻子以侯家武馆为基础，领头组建"共荣会"，并且让他担任会长，谁知侯麻子被游击队神不知鬼不觉地一枪崩了。游击队的这一枪要了侯麻子的命，也打乱了池田介二的步骤。

组建"共荣会"是他对目前日中战局的思考和在东北日本占领区考察的成果。

他知道 1938 年 11 月日本首相近卫文麿发表的"近卫声明"代表日本政府提出"大东亚新秩序"的宣言，建立"日本、满洲、中国三国相互提携，在政治、经济、文化等方面互助连环的关系"，试图以"大东亚共荣圈"为整体，构建"共存共荣的新秩序"。日本政府向全世界宣称日本是为了要建立这个"共存共荣的新秩序"而去"帮助"包括中国在内的东南亚各国。但是这个"共存共荣的新秩序"必须要有民众参与作为基础，才能使被"帮助"国的国民理解和支持，使他们放下敌意和仇恨与大日本帝国合作。而如何让被"帮助"国的国民理解和支持？在民众中组建"共荣

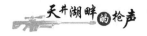

会"是一个有效方式，吸收民众加入"共荣会"，让中国民众亲眼感受皇军是如何"帮助"中国人解脱苦难的。这样就起到宣传作用，中国人才能自愿放下武器跟日本皇军一条心。日本能够在东北建立满洲国，除了军事力量强大，还有就是发挥了思想教化的成功。中国的传统文化中忠孝意识强烈，背叛国家、背叛祖宗罪不可赦，也容易成为抗日分子的攻击目标，很多中国人不能接受。只有用中国人愿意接受的方式，通过进行思想渗透，教化安抚才能驯服中国人接受日本的宣传，那就是：日本占领中国不是侵略而是来帮助中国建立共同繁荣社会的。在思想渗透中逐步感化中国民众对"日中友好共建繁荣"的认同。利用帮会组织是民间最有效的方式，这是在中国社会底层推行"以华治华"的重要手段，也是让抗日组织与社会亲日大众互相对立的良方益策。他的"黑鹰一号"潜伏矿区后，他就要求"黑鹰一号"收集矿区民间组织的情报。当"黑鹰一号"汇报了侯家武馆的状况和在矿区的影响力后，他就把侯家武馆纳入情报科监控的范围之中，以备为皇军所用。侯家武馆本来就聚集了矿区一些三教九流的底层民众，侯麻子也是皇军大大的朋友，以此为班底建立"共荣会"是绝佳的选择，前期他已考察过侯麻子，准备让其出任会长，谁知让共产党游击队抢先了一步。

他不得不重新布局。

对侯麻子被游击队枪决，让池田介二既感到愤怒、意外又感到惊喜，甚至更多的是值得。

"愤怒"是他曾到过矿区亲自告诫过侯麻子不要私自外出，共产党游击队的子弹是专门伺候他这种人的。侯麻子却依然置若罔闻，瞒着皇军私自去约会女人，这种挑战皇军权威的行为让他感到不能容忍。

"意外"是他没想到共产党游击队对侯麻子下手之狠、动作之快。

侯麻子遭到了共产党游击队的镇压，这是他违背皇军意志而应付出的代价。当然失去侯麻子这样替皇军忠心耿耿办事的人也是皇军大大的损失，池田介二的心里不免有点遗憾。

但是"惊喜、值得"胜过愤怒和意外，又让他心中的遗憾得到了弥补。因为共产党游击队击中侯麻子的这一枪，让池田介二看到了中国人之间开始互相残杀、互相撕咬的局面。这是他想要的效果，也是他向武英本吉大佐提出放养共党策略的前奏。现在虽然失去了一个侯麻子，但还会有王麻子、李麻子……之流愿与皇军"共存共荣"的。

他要扩大战果，让中国人与中国人对立，让双方把缝隙拉大，他好发现有价值的线索，来打击共产党游击队。

池田介二决定唤回"黑鹰一号"，赋予他新的使命。

县城荷叶香茶楼。

"荷叶香"是铜陵县城里一家颇有名声的老茶楼，茶楼坐落在城北。这家茶楼是明清时留下的两层沿街商铺楼改造而成的。现在茶楼一楼是大厅，除了让人喝茶，有时也有小戏班子在此唱个堂会。二楼是包间。因为楼下的后院长有 5 棵有些年头的松树，所以这座商铺楼又叫作五松楼。后院外是一片杨树林，穿过杨树林就是天井湖。

此时，在茶楼的二楼一间不太引人注意的包间里，有一个头戴礼帽、身着风衣的人，独自一人在此饮茶。此人正是化了装的池田介二。

池田介二一面饮茶一面不时地掏出怀表，似乎是在等待来人。

的确，他正在此等待"黑鹰一号"。

"黑鹰一号"是池田介二黑鹰小队的秘密特工。

池田介二的"黑鹰"特工都是用数字进行秘密编号的，这是军部赋予他的特殊权力。"黑鹰"特工隶属外务省特别高等警察课，也就是"特高课"。它是"特高课"的一支特殊间谍队伍，直接归日本大本营陆军部管理。池田介二黑鹰小队的成员，他们只与池田介二单线联系，至于小队秘密特工的分布和人数，只有池田介二心里有数，甚至连武英本吉都不知道。在特工序列编号中他被称作"黑鹰先生"，而其他成员则称作"黑鹰

兄弟"。这些"黑鹰"特工，他们虽然是军人，却有着不同的身份和职业，潜伏在各个领域的不同部门。他们有穿军服也有不穿军服，根据潜伏工作的需要着装混同于常人之中，但他们经过军部严格的训练考核，有着超越常人一般的本领和能力，他们的谍战经历多次入选军部的战报，成为特高课的示范案例。池田介二作为这些"黑鹰"特工的兄长，为领导和指挥这样一支特工队伍而感到自豪。他不能容忍任何人有损"黑鹰"的形象，像小西秋木的"砒霜"中毒，在池田介二的法则中即使死了尸体也要受到惩罚——解剖，以警示队员。"黑鹰一号"是池田介二到铜陵来放飞的第一只"黑鹰"间谍。他已向池田介二传回了多份共产党游击队的重要情报，他是"黑鹰"小队中最优秀的特工。今天池田介二要向"黑鹰一号"发出新的潜伏目标：接替侯麻子组建矿区"共荣会"，并由他挑选人员出任会长。

"咯噔""咯噔""咯噔"……

不一会儿，楼道传来脚步声，紧接着有人推门进来。

"先生！"进来者是一个中年男子，一身工装打扮，见到池田介二问候道。

"路上怕被跟踪，绕了一段路，来迟了，让您久等了。"

随后，"工装男"一面解释一面恭敬地向池田介二鞠上一躬。

"'黑鹰'老弟辛苦了，你潜伏中传回的情报对皇军掌握抗日分子的活动规律和行踪起到了重要的作用。"

池田介二迎上"工装男"让其就座，直接用赞扬回复对方。

"是先生指挥有方，还有先生招募的帮会线人暗中助力！一号才有作为。"

"工装男"虔诚恭敬地应答着。

"'黑鹰'老弟，这次唤你回巢，是有新的任务交给你。"池田介二压低礼帽，用欣赏的目光盯着对方。

"工装男"唰地从座椅上站起："请先生训示！属下一定不负先生所望，为圣战效力！"

"好！"

池田介二向"工装男"详细布置了新的任务。

随后，双方先后离开了茶楼。

第十六章

日军操纵恶势力　矿区成立共荣会
典礼现场造血案　欺骗矿民露真相

矿区兴隆镇。

侯麻子之死使"侯家武馆"蒙上一层惨败凄凉之气。

武馆大门上方"侯家武馆"四个字的门匾披上了扎着白花的白布长巾，走进灵堂，在大厅正中摆放着侯麻子的大红漆棺材，棺材头前方放了一个铜质大烧火盆，一些披麻戴孝的各色男女一边哭嚎着，一边磕头。两侧七竖八拐地悬挂着一些尺寸不一的挽幛。挽幛上写着一些龙飞凤舞、谁也无法辨认的文字，有些挽幛上中国字里还夹杂着一些日本字。

"活猴子"像是这大宅里的主人似的扯着嗓子东喊西叫地指挥着众人布置灵堂。

这时，有人喊："矿上人到——"

"活猴子"赶忙跑到门外望去，只是模糊地看见前方一中年人领着几个工头模样的人带着黄表纸等吊孝物品朝武馆走来。

走过来的人跨进大门，一见到侯麻子的棺材就直接跪地磕头，领头者边磕头边大声喊道："侯大哥，你死得惨啊，死得冤啊！"

"活猴子"走近棺材，扶起跪着磕头的领头人。

"活猴子"这才看清领头人是一位穿着一身工装的中年男子。男子目光阴森、面色冷峻，但面貌不熟，是矿业所的一位生人。

"我叫林楠生，是矿业所新来的工程师，代表夏井所长来慰问和祭奠侯大哥。"来人自我介绍，并说明来意。

灵堂里的人一听是矿上来的，披麻戴孝的男女哭号声顿时放大起来。

在灵堂里跑上跑下的汉子们嘴里也开始发出复仇的咒骂声：

"大哥死得冤啊，我们一定要找那个婊子算账！""那个女人早就与共产党游击队私通了，大哥怎么还相信她呢？……"

灵堂里男男女女发出的哭声和骂声似乎是给矿上来悼念的人听的。

林楠生带领工头们下跪、磕头、点香，完成了一套悼亡礼仪。

突然，这个叫林楠生的人站到了灵堂的中央。

他大声对众人说道："大家都说你们大哥死得冤，要为他报仇，找谁报呀？找那个女的报，一个女流能杀死你大哥这样武功高强之人吗？是共产党、是游击队杀了你们的大哥。你们的仇人只能是共产党游击队！"林楠生一边说，眼睛一边扫着四周的众人。

在场的人都被林楠生这个举动怔住了，特别是发出骂声的人一时间不知如何应答。

但还是有人说出了自己的看法："听说共产党游击队厉害，我们小武馆哪是他们的对手？"

"这位兄弟说得好，中国有句古话叫作人心齐，泰山移！兄弟齐心，其利断金！大家可以抱成团啊，大家也有靠山啊，你们大哥生前不是准备成立'共荣会'吗！矿业所不就是大家的靠山吗！成立'共荣会'大家才有能力对付共产党游击队。"林楠生的一席话终于露出了底牌。

"对，大哥生前是在筹备成立'共荣会'。可大哥现在走了，那……那谁来当这个帮主呢？哦，应当叫会长吧。"这时"活猴子"怯生生地问道。

这时，几个林楠生领来的工头模样的人，冲出来大声嚷了起来："我们就让林大哥当帮主！当会长！"

"不管是叫帮主还是称会长，那是要凭功夫的，林……"这时在给侯麻子棺材试重的几个人中，一个中年壮汉瞪了一眼工头模样的人，扭头瞄了一眼林楠生，吐出了半句话。

哭号声顿时停止了，众人的眼睛也都投向了林楠生。

"噢，这位大哥说得也是，我林某也懂得绿林规矩，当不当会长不要紧，倒是想向这位大哥讨教两招！"

林楠生目光直逼壮汉。

壮汉叫牛奔，长得虎背熊腰，看上去是一个尚武之人。

壮汉毫不示弱，一听林楠生的话，立刻狂暴起来，"那就尝尝我的拳头吧。"向着林楠生正欲冲过来。

"这位兄弟，等一下！"林楠生止住了壮汉，众人不解。

林楠生接着说："这是你侯大哥的灵堂，在大哥的棺木前，我俩比武争位子不妥。你是侯大哥的弟子，你输了有辱侯大哥威名。我输了给这灵堂添乱，也是对侯大哥不敬。我们应该换个地方！"

林楠生对着众人一番言语，赢得了一片赞同。

在武馆后院一片空旷处，林楠生和壮汉在较量、比拼。

林楠生用的是日本剑术，壮汉用的是中国式摔跤。

林楠生不断变化招式，一会儿弓步直刺，一会儿虚步平劈，又是回身后劈，又是坐盘反撩。壮汉也用足了力气，使出各类招式，什么金刚捣锥、什么猿猴上树、什么金鸡抖翎等。

双方几个回合比拼下来不差上下。在高低难分之际，最后林楠生看准机会，一个转身，云剑锁喉制服了壮汉。

"林先生，该叫您大哥，小弟佩服、佩服！"壮汉气喘吁吁拱手求和。

"好身手！""好身手！"

众人一片惊叹，想不到这个林先生功夫如此厉害，功法还比较特别，少有见着。特别是"活猴子"看着更是在心中叫绝。

"大伙儿都看见了，林工程师武艺高强，应当坐上第一把交椅，当会长。"工头模样的人兴奋地高声喊道。

壮汉也附和道："应当、应当，当帮主，不，当会长！"这时大家的目光都投向了林楠生。

林楠生双手拱起，语气平和地向大家说道："各位兄弟，我林某人在武馆既无功，在江湖也无名，今天虽然略胜，但不足以担此重任。我想还是请武二兄弟来做'共荣会'的会长！"

林楠生此话一出，众人惊愕？

"这……"

"活猴子"更是受宠若惊，不知所措地往人后钻。自从侯麻子见蒯亚男遭枪子儿，不知是受了惊吓，还是没保护好主人感到愧疚，"活猴子"一直精神恍惚，无精打采。现在虽然主持武馆，但难以服众。

林楠生眼睛寻觅一周，亲自把躲在一旁的"活猴子"拉到了人群的中央。

他对大家说："武二兄弟虽武功不是第一，但对侯大哥可是忠心耿耿，在武馆没有第二，武二兄弟当这个会长也是告慰侯大哥的在天之灵。而且武二兄弟又能得到矿业所的重视，能为大家办成事，应该让武二来当这个会长。"

工头模样的人见林楠生发话推荐了"活猴子"武二，他们也就不再言语了，一个个表情穷凶极恶，用射着寒光的眼睛盯着大家，似乎在催着众人表态。

"活猴子"在众人不解的目光中，坐上了"共荣会"的第一号交椅，戴上了会长的帽子。

第二天，侯家武馆正式挂上了"铜官山矿日中亲善共荣会"的牌子。

这个代表矿业所前来吊孝的林楠生，其实就是"黑鹰一号"。

林楠生在矿区的正式身份是矿业所的矿山设备维修工程师，而他作为"黑鹰一号"特工，这一身份连夏井志雄、渡边都不知晓。池田介二由军部到铜陵时，他特别指示"华中矿业股份公司"以征招工程师的名义将林楠生派到铜官山矿区。林楠生潜伏矿区后一直在秘密收集共产党游击队的情报。这次，池田介二将他唤回，目的是要他在矿区早日将"共荣会"成立起来。侯麻子已死，侯家武馆群龙无首，让他暗中把持"共荣会"。所以当工头们推举他当会长时被他果断拒绝，而他选择"活猴子"武二任会长，目的是要通过控制武二来控制整个"共荣会"。现在"共荣会"虽然挂出了招牌，但重点是让矿民入会。通过宣传大日本帝国的仁义道德和建立大东亚"共荣"的目标，感化教育驯服矿民，让矿区的中国人跟着日本人抵制共产党抗日宣传。从而发现异己分子，消灭共产党游击队，保障矿山生产秩序。

林楠生把"活猴子"扶上会长之位后，池田介二随即向林楠生发出新的指令：扩大战果，召开大会——举行"共荣会"典礼仪式。

"活猴子"武二莫名其妙地被推举成会长，连他自己也感到蹊跷。

其实"活猴子"并不了解林楠生，只是在侯麻子的灵堂上知道他是在矿业所里做事的，还有就是武艺精湛。就凭这两条，他是完全可以做会长的，而他却推荐了自己，这真是天上掉下的馅饼。现在"活猴子"既兴奋又有担忧。兴奋的是侯家武馆改姓了武，而且换上了"铜官山矿日中亲善共荣会"这个新名称，自己成了"老大"。今后他也不用再像以前那样侍候别人了，也不会像个狗一样被人使唤。担忧的是馆内不服他当会长的大有人在。比如和林楠生比武的牛奔，他曾是矿区打擂台比武第一的人，根本就不把他放在眼里，过去是侯麻子罩着自己，武馆里兄弟们不敢伤害他，现在他单枪匹马独当一面，他怕自己的肩膀太弱扛不住。不过，常言说得好，背靠大树好乘凉。现在他想好了，自己是被姓林的拉上位的，有姓林的这棵大树为自己撑着，他也不再怕谁了。他现在就是要抱紧林楠生的大腿，管它是为矿民做事，还是为日本人做事，只要自己能坐稳这会长的交椅就行。

"活猴子"此时的想法真是应了民间的那句谚言"有奶就是娘"，管她是毒妇还是慈母。

当林楠生要求"活猴子"在矿区搞一个"共荣会"典礼仪式时，"活猴子"立马答应了。至于典礼内容自然也就听林楠生的安排。

"武二兄弟，'共荣会'的典礼仪式是铜官山矿日中亲善的大事，不仅要动员矿民参加，还要邀请皇军参加。让皇军向矿民们讲解日中亲善共存共荣给中国带来的好处，给矿民带来的福祉，这样就能吸引更多的矿民加入'共荣会'成为你的弟子。还要将已经发展为会员的矿民请来，让他们现身说法，使更多的矿民相信大日本帝国所宣扬的'共荣'是帮中国人脱离苦海，真的能让矿民们在皇军的助力下共享繁荣。典礼大会上这些人物是不可缺少的主角，懂吗？"

"活猴子"听了林楠生的要求，脑子一下子蒙了。他真的没有弄懂自己的"共荣会"会长"登基"典礼，怎么让日本人成了主角，还要让穷苦力上台讲话。

林楠生见"活猴子"有明显的不悦。

"武二兄弟，没有日本人参加典礼，我们和谁'亲善'？和谁'共荣'？如果不邀请皇军参加，那典礼大会上皇军就会派人送来子弹做贺礼！"

林楠生脸色铁青，语气坚定地对"活猴子"说，嘴里有意把"子弹"二字的音调抬得高高。

"啊，送'子弹'！那请皇军参加，请皇军参加……""活猴子"听到"子弹"二字，脑子里立刻浮现出侯麻子被杀的情景，吓得尿都滴出来了，再也不敢吱声。

至于让谁来现身说法，"活猴子"再也不敢言语了。但林楠生早已选好了对象，这个人就是金口岭工区的吴大才。

为什么会选择吴大才呢？

林楠生用"黑鹰"般的眼睛早已盯上了吴大才。

林楠生作为"黑鹰一号"特工，他被池田介二从军部秘密带到铜陵战区，一放飞，他就以特工敏锐的触角四处寻觅目标。先是向池田介二发回天井湖藏匿共产党游击队的行踪，后又根据指令把视线聚焦到了铜官山矿区，入职成为矿业所里的工程师，把矿区作为活动的重点。

金口岭工区 18 名矿工逃跑后，他以维修工程师的身份进入金口岭工区，他在井下巷道里主动与矿工接触，通过观察、交友等方式摸清 18 名逃跑矿工的家庭底细，从他们的家庭成员中了解到了 18 名矿工的社会背景。在 18 名矿工中吴大贵与共产党游击队有联系的嫌疑最大，因为在 18 名矿工向铜官山公司偷运矿石中吴大贵是领头的。他在对吴大贵的调查中，发现吴大贵有一个弟弟叫吴大才，吴大才参与了那天在井下巷道挖洞逃跑的过程。本可以将其抓捕归案，但为了钓到共产党游击队这条大鱼，他按照池田介二"将其留作诱饵"的指令，所以一直"放养"着。于是，林楠生有意接近吴大才，他要牢牢控制住吴大才，通过他挖出共产党游击队。他在接近吴大才过程中，发现吴大才有个老母亲重病在身，本来是和哥哥吴大贵共同来赡养，现在只有吴大才一个人负担。吴大才时常因付不起医药费，就在工区里替别的矿工顶班。有一次吴大才连续顶班一天一夜，累倒在掌子面上，被一个叫阿四的工头发现，阿四以为吴大才是偷懒耍滑，不仅要扣他工钱还殴打他。正巧被在此巷道巡查生产设备的林楠生撞上，他不仅解了围，还把那个工头阿四一顿训斥，称吴大才是自己的朋友，工头阿四一听是林工程师的朋友，再不敢难为吴大才了。吴大才感激地称林工程师为大哥，这就成了兄弟。林楠生认为发展吴大才母子进入"共荣会"是个绝好的人选。林楠生为此多次主动"借"钱给吴大才，让他给自己的母亲治病，现在吴大才母亲病情有所好转。吴大才母子十分感激林楠生这个大哥。

林楠生想，是该让吴大才做出回报、发挥作用的时候了。他要在典礼大会上让吴大才带着自己的母亲上台，现场讲述加入"共荣会"后自己享受到的中日"共荣"好处。林楠生要让自己亲手培育的硕果成为"共荣"的典范，让这一典范产生良好的示范效果。

"共荣会"典礼仪式，在兴隆镇举行。

典礼会场就设在原侯家武馆大宅前。但现在侯家武馆已改名为铜官山矿日中亲善共荣会馆。

"活猴子"在大宅前面空地上搭了个大台子，台子上方扎了个十丈来长、两丈来高的圆拱门，圆拱门上方贴着用黑墨蘸写的"铜官山矿日中亲善共荣会典礼大会"几个大字。圆拱门四周布置得花花绿绿。台上放了一排中国民间的八仙桌，算是上台人入座的地方。没有电喇叭，就在桌子上放着一个矿里工头召集人用嘴喊话的一头小、一头大的圆铁皮筒子算作喇叭。"活猴子"不知从哪请来了一个红白喜事兼办的草台戏班子，在台前拉拉唱唱。算是支起了大会的场子。

参会者寥寥无几，倒是有几个乞丐围在场子边上等待赏钱。

"活猴子"今天还特地将自己打扮了一下，下穿黑裤、上穿红袄、头戴瓜皮帽。头上冒热气，脸上缀满汗珠子，在指挥着武馆的一班子兄弟忙前忙后。

"帮主，林大哥请的皇军来了，来了！"一个小兄弟对着"活猴子"在大喊。

"活猴子"抬眼一看：前方，一大群人正向他这里走来，领头的正是林楠生，走在前面的人群中有穿军装的，有穿西服的，还有穿马褂的，后面跟着一队端着刺刀的皇军。

"快欢迎，快欢迎！""活猴子"急忙拉齐了一群人赶上去迎接。

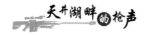

走在正前面的是武英本吉，两边是两个端着枪的卫兵，跟在武英本吉后面的是池田介二、夏井志雄、渡边，还有一个是穿着马褂的王小三。

武英本吉等人站定，他环视一周，停顿了片刻，随后目光异样、语调高亢地对"活猴子"说："恭喜武先生，荣登会长宝座。你是我们大日本帝国的朋友！"

但武英本吉没有和"活猴子"握手，却握着指挥刀把。

跟在武英本吉后面的池田介二、夏井志雄、渡边还有那个王小三等也都皱着眉头，斜视着"活猴子"。

"活猴子"见着武英本吉手中寒光闪闪的指挥刀，两条腿都吓得发抖，脸上汗珠子直掉，嘴里语无伦次地哆嗦着："啊……朋友、朋友……"

突然，武英本吉眼珠一翻，"唰"地一下，抽出指挥刀指着"活猴子"，狂嚎道："你的死拉、死拉的朋友，八嘎！你的会员呢？"

现场的人都被大佐的举动惊呆了，少顷，大家明白了，参会的人员少得可怜。

"各小队，快、快，把中国人统统赶出来，要挨家挨户搜！"明白了武英本吉意图的渡边立即指挥身后的日军。

大批日军向矿民工棚、房舍奔去。

不一会儿，从不同的方向，日军押着一大批老少不一的矿民，把他们赶到典礼台子前。赶出来的矿民个个脸上都流露出愤怒的神情，吴大才母子也在其中。日本兵端着刺刀守在四周。

武英本吉等人鱼贯登台。

武英本吉首先讲话，他大放厥词，肆意宣扬了一番日本政府所谓日中亲善的主张和美化皇军侵略中国的歪理。

武英本吉话音落下，夏井志雄立即拉开嗓门，极力动员矿民参加"共荣会"与皇军共存共荣，宣称只要参加共荣会，听日本人的话有大大的好处等。

台上日本人讲得天花乱坠，但台下死一般寂静，无人理会。

最后是一场压轴戏，由"活猴子"请出"已入会"者现场说法。

"请上王大才和老太太，请您二位上台呀！"台上的"活猴子"做出了一个"请"人上台的手势。

台下一阵轰动。

这时台下人群中吴大才母子一惊，而后直视着"活猴子"："这……这……"

"我们何时入的会啊？'活猴子'你这个孬种，专做日本人的狗！"

吴大才的母亲指着台上的"活猴子"愤怒地呵斥着。

这时，几个日本兵冲进人群，"上去，上去。"把吴大才母子从人群中拉了出来，推上了台子。

"这是什么？老太太，你看看这条子！"

"这是你儿子从我们会里拿去给你看病的钱，你不入'共荣会'你哪能有钱看病。"

"活猴子"拿出一张纸，向台下的矿民扬了扬。

吴大才看清了那张纸，似乎是他向林楠生借钱给母亲看病时其给的纸条，还让他在纸条上画押按上了手印。吴大才低下了头，他悔恨交加无话可说，深知自己被林楠生骗了。

吴大才的母亲一看儿子的眼神就明白了。她踉踉跄跄地走到吴大才跟前，指着他："大才……你……你这个不忠不孝的东西！"说完，一头撞到了台子上八仙桌的角上，额头鲜血喷洒一地。

"娘……"吴大才一声尖叫，人们惊呆了。

整个现场沸腾起来了，愤怒的人群冲向典礼台。

"开枪！开枪！死拉、死拉的——"这时，台上的武英本吉挥舞着战刀疯狂地号叫着。

这时，躲在一旁的林楠生悄然离去，这一切都是他导演的。

第十七章

把准敌意讲策略　报仇雪恨互救济
组织罢工敌慌乱　团结矿民强根基

"共荣会"典礼仪式的现场，变成日本鬼子的杀人场。

5 位矿民倒在日本人枪口之下，典礼现场一片血腥。

郑强龙从矿区传来的消息中获知"共荣会"事件后，他立即向特委作了汇报，随后他就带着通讯员宋二柱赶到了矿区。

洪家粥棚联络点。

洪添寿已召集了东瓜山工区姚洪江、五松工区范四平、顺风口工区赵保来。化了装的蒯亚男带着特委的电文从顺风口也及时赶到了洪家粥棚。

大家对日本人的残暴行径义愤填膺。

郑强龙首先传达特委的电报指示：一定要用这血淋淋的事实教育矿区人民，揭露日本帝国主义侵略中国的本质，激发铜陵人民，特别是矿区百姓的抗日激情，共同抗击日本侵略者，彻底粉碎他们为掠夺我矿山资源而使出的各种阴谋诡计。电报不长，但句句有力。

洪添寿汇报了整个事件经过。

接着他分析了矿区群众的现状，他指出："我们镇压侯麻子后，敌人把争取矿民，动摇群众基础作为与我们斗争的一大焦点。但是这次吴大才母亲的死和无辜矿民被杀害，让大家彻底看清了日本人的真实嘴脸。现在矿民情绪悲愤，但无处表达，有个别的死难矿工的家属到矿业所里找日本人评理，却遭到了矿警的一顿毒打。矿民们现在是满腔怒火，但有怒不敢言。现在迫切需要我们共产党游击队给他们报仇雪恨。"

姚洪江、范四平、赵保来也分别讲述了各自工区矿民的现状，表达了要报仇雪恨的共同心声。

郑强龙一边听着大家的发言，一边结合特委的指示思考着。

"报仇雪恨！""报仇雪恨！"这几个字一直在他大脑里回旋着……

渐渐地，一个团结和引导矿民与日本人斗争的思路在他脑中呈现出来：利用这次日本人屠杀无辜矿民的事件，成立矿区矿民救济会，把工人团结起来，在党组织的领导下，通过解决工人的实际困难展开与日本人斗争。这样工人有了主心骨，党组织在矿区打击日本人又有了群众基础。

这个斗争思路形成后，他对大家说：

"同志们，我们与以武英本吉为首的日本人斗争，双方斗争的目标非常明确，日本人是掠夺资源，我们是保卫自己的矿山。敌我双方从军事力量上看，敌人的力量比我们强大。我们要硬拼必定会遭到日本人疯狂镇压，群众会流更多的血。但我们把矿民团结起来，就能形成强大的抗日力量，我们就能战胜对手。但是我们要有一个有效的方式来把矿民拢到一起去，为我们死难的矿民兄弟报仇雪恨讨说法，为死难家属争赔偿求救济，这样才能避免矿民再次遭受日本人的侵害，这个'拢'起矿民的方式就是成立矿民救济会。矿民救济会是矿民自发形成的互帮互助、共渡难关的一种形式，它本身没有政治色彩，这样我们可以利用救济会，号召和组织矿民与日本人进行斗争，就不会引起敌人注意。"

郑强龙的一席话，得到了大家的赞同。

随后，郑强龙和大家共同商议如何组织救济会。

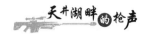

针对这次日本人制造的"共荣会"事件，郑强龙指出，组织救济会具体要做的工作：一是动员矿民伸出援手、发出呼声，为死难同胞申冤。二是统一矿民的思想，重点是要摸清死难家属的诉求和想法。三是派出代表出面与矿业所进行交涉，迫使日方向死难者家属作出经济赔偿，不达目的救济会可组织罢工示威！

大家都明白了救济会的工作任务。谁来出面牵头组织和日本人交涉？

"我来出面，我是矿里的人，熟悉矿里情况，又是矿山支部的负责人和游击队副队长。"洪添寿自告奋勇地表示愿意承担重任。

"不行，老洪不行！"郑强龙听了，连连摆手。

"我来牵头，我弟弟被日军枪杀了，这个仇我一定要报。"赵保来含着泪水提出要求。郑强龙听了，还是连连摆手。

"为什么？"洪添寿不解，且有些疑惑。

郑强龙提出自己的建议，他说：据县委所掌握情况，这次"共荣会"事件是以池田介二为首的日本情报机关一手策划的。目的就是想通过组织"共荣会"把我们共产党游击队从地下引出来，他们好消灭我们。我们决不上敌人的当。我们发动群众组织矿民救济，还是以受害者家属出面合适，这样不会引起敌人的怀疑。但是我们要领导这场斗争，给这些受害者家属做坚强后盾。我们在敌占区与日本人斗争，不能像正面战场那样冲锋陷阵。如果一个与死难者家属无联系的人出面领头活动，很容易被日本特务们盯上。这样不仅会给我们党组织带来损失，不利于今后的对敌斗争，而且有可能使我们的矿民再次受到日本人的伤害。

郑强龙的建议，让大家一下子听明白了。

"我做个牵头人吧，请组织把这个任务交给我。"这时东瓜山工区的姚洪江站了出来。

姚洪江是东瓜山工区的电工，在矿里算是个识文断字的人。他是吴大才的舅舅，撞死的吴大才母亲是他的姐姐。目前，他还不是党员，是组织上正在考察的入党积极分子。

姚洪江不仅是受难者家属，又是我党的可靠人员，由他出来牵这个头，郑强龙听后认为是比较合适的。

最后，郑强龙代表县委游击队决定，此项工作由洪添寿负责，姚洪江具体执行。救济会组成人员以死难家属和热心公益的矿民为主。会后，大家按照分工去做各工区的矿民工作。

姚洪江接受任务后，首先赶到吴大才家。

兴隆镇西边是一片矿民居住区。

矿民们居住的房子很简单。大多数是工棚房，也就是泥浆糊起的草棚，有的是土垒起来的房子，叫作"干打垒"。工棚房一般都住着矿上单身汉或逃荒来矿里讨生活出苦力的；拖儿带女的一般都住在"干打垒"里。吴大才家就住在这"干打垒"里。今天这里笼罩着一片悲惨的气氛。

姚洪江推开吴大才的家门，只见姐姐的尸体躺在门板上，姚洪江的泪水夺眶而出，一头跪扑到姐姐尸体边。

吴大才见到舅舅姚洪江，一头扑到他怀里，两人抱头痛哭起来。

吴大才3岁时，父亲在一次井下冒顶事故中被矿石砸死了。随后是母亲把他和吴大贵哥俩拉扯大，如今哥哥不在家，又失去了母亲，吴大才沉浸在悲痛之中。

"舅舅，日本人残害了我们的亲人，这个仇一定要报啊！"吴大才一面哭一面对姚洪江说。

"对，这个仇是要报！但我们一家一户难完成，我们矿民必须握紧拳头才有力量和日本人干。现在矿里的工人兄弟们都在想法子帮我们死难者向日本人讨还血债！"姚洪江望着伤心悲痛的外甥，抑制着痛苦对吴大才说。

"那我能做些什么？"吴大才擦干泪水问姚洪江。

吴大才在"共荣会"典礼大会上才知道自己被林楠生骗入了"共荣会"，母亲为此撞桌而死。这两天，他一直陷入深深的自责之中。他感到

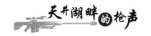

大伙儿都在用异样的眼光看着自己，听了舅舅姚洪江一番话，他想要是这次为大家多做些事，也能赎回自己的过错，消除大伙儿对他的误解。

"大才，我们现在要做的，是把矿上兄弟们正在帮助死难者报仇的事情告诉受难矿民的家属，收集好家属们的想法和要求。"姚洪江告诉吴大才。

"好！"吴大才点点头。

接着，姚洪江带着吴大才，赶去其他几户受难者家庭。

其他5位被枪杀的矿民分别是：兴隆镇杜树保，金口岭工区何小保，东瓜山工区张来顺，五松山工区周小七，顺风口工区赵来弟。姚洪江带着吴大才每走进一户家庭，看到被日本人残害的矿民的尸体，都抑制不住心中的痛苦。当受难者家属得知姚洪江和吴大才的来意后都向他俩投去企盼的目光，表示积极参与配合。大家都感到矿民们只有互帮互济，才能共渡难关。拧成一股绳，才能斗倒日本人。

受难者家属们很快统一了意见，拿出了诉求。一是惩罚凶手；二是经济赔偿；三是保证今后不再出现类似情况。

与此同时，洪添寿、范四平、赵保来他们分别前往各个工区，把组织工友救济受难家庭的想法向大家宣传后大家纷纷表示赞同。大家认为矿民们都是中国人，都是穷劳工，本来就是一股道上的人，只有团结起来，才能对付得了矿上的日本人，全中国人团结起来才能把日本侵略者赶出中国。

姚洪江按照县委会议事先议定的意见，由他牵头起草了一份铜官山矿区死难人员救济会《告矿民书》。在这份《告矿民书》中特地写上了"如果日方不能满足矿民们的要求则进行全员罢工"。大家看过《告矿民书》后纷纷在上面签名或按上手印，支持死难家属的控诉和正当要求。

一份按满矿民红手印的《告矿民书》，送到了郑强龙的手中。

他捧着《告矿民书》心情十分沉重，读着上面的文字，这分明是一篇向日本帝国主义讨还血债的檄文。同时，它承载着矿民们对共产党游击队的信任。

下一步如何开展？郑强龙和洪添寿、姚洪江等商议着。

郑强龙提出，利用受害者出殡送葬日子，全体罢工，向矿业所的日本人提出要求。洪添寿、姚洪江等表示同意。

矿民被枪杀的第 7 天，也是受难者出殡的日子。

这天，西风呼叫，枯树上鸦群乱窜，整个矿区一片凄凉。送葬的人群披麻戴孝，纸钱飞舞、魂幡晃动，路上哭声一片。

但日军矿业所里却是另一番景象。

夏井志雄躺坐在所长办公室的靠背椅上，正端着高脚酒杯，品尝新开启的一瓶日本清酒，这瓶清酒是医务处军医秋田君从国内带到铜官山特地送给他品尝的。他兴奋地品着清酒，听着从日本国内带来的唱片。

今天，夏井志雄兴致极高，他要在自己的所长室接待一位贵客的光临——那就是陆军部战报《太阳花》报随军记者芳草秀子小姐。因为他对铜官山矿区管控的成效已得到了陆军部的高度关注，陆军部经济科特派芳草秀子小姐作为记者专程赴矿区采访。他思考着如何借芳草秀子小姐的妙笔和镜头展示自己在中国战场上为"圣战"、为三井家族的"荣耀"所作的贡献。

他正沉浸在这种遐想中……

"咚""咚""咚"……

"报告所长，有送葬的队伍朝矿业所走来。"夏井志雄的下属敲门后，没等夏井志雄同意就急匆匆地推门进来报告。

"送葬？朝我们走来？"

夏井志雄听后，一下紧张起来。

他原以为报告的是芳草秀子小姐到，怎么是"送葬"的人？他迅速起身，推开窗子，只见 6 口大棺材已抬到了所里的院中间。矿警们正和送葬的人群推搡。

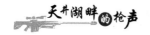

"报告所长，有中国人进来……"

下属还未报告完，一群披麻戴孝送葬的人就跨进了夏井志雄的办公室。

领头的正是姚洪江。

夏井志雄被眼前的这一幕惊呆了。他也不知道眼前是什么人，竟敢如此大胆地闯进他的办公室。

此时，来人严肃认真地开了口：

"夏井先生，我们代表铜官山矿区死难人员救济会，受死难者家属委托，向你们日本矿业所提出强烈抗议！请夏井先生按照这份《告矿民书》中提出的条件满足死难者家属的正当诉求！"

姚洪江一面说，一面将救济会《告矿民书》放在夏井志雄的办公桌上。

夏井志雄来不及细看姚洪江，一把抓起桌上的《告矿民书》，急忙展开，只见"罢工"二字跳了出来。他的脑子里顿时"轰"地一声，惊呆了。

"所长，今天矿里各工区来报无矿工下井。"这时副所长兼总工程师小岛石刚慌忙推门进来，急匆匆地报告。

"啊！是你们指使的……"气急败坏的夏井志雄指着姚洪江等。

"对，是我们矿区死难者家属救济会的意见，更是我们铜官山的矿民们的要求。这些被杀害的矿民，他们有父母妻儿，他们的父母妻儿要生存、要生活，他们的生命却被你们无辜剥夺了，不答应我们死难者家属救济会的条件，矿民们决不复工！"

姚洪江义正词严地回复。

"渡……"

一时六神无主的夏井志雄拿起电话，却被小岛石刚按下了听筒键。小岛石刚手指着窗外示意夏井志雄看，夏井志雄抬头望去，窗外送葬的人群白麻麻的一片，他顿时明白了小岛石刚的用意。

夏井志雄略加停顿，急忙抓起电话向武英本吉报告。

县城日军司令部。

武英本吉一听是矿工罢工请愿，先是一惊，后板着铁青的脸，在电话里咆哮着："夏井所长，你对中国人太心慈手软了，你要发挥手中子弹的威力。我们插在铜官山顶的旗帜不是中国的孙悟空拔根毫毛吹上去的，是大日本皇军用炮弹送上去的！"武英本吉指示明显，要夏井志雄动用武力镇压。

这时，池田介二却不赞同使用武力。

他提出了四点理由：一是陆军部电文不断，国内资源告急，要求铜官山矿增加产量，不迅速平息罢工复产，将无法交代。二是中国人性格刚毅，越挫越勇，武力镇压将扩大事态，会激发城区的中国人参与斗争，从而引起连锁反应，导致铜陵地区不稳。三是中国文化诡秘，丧事为大，就是皇帝车舆遇到送葬占道之事也得让他三分，今天是支那人送死者入土之日，我们要避其锋芒，以求安妥为上策。

至于第四点理由，池田介二特别指出，目前还不明确这个"救济会"背后是否有共产党游击队支持，情况尚不明朗。如是共产党游击队操纵，那我们还要放长线钓大鱼。

"池田君，那你看如何处置？"急需答案的武英本吉用最直接的方式问道。

池田介二建议道：

"大佐阁下，先可答应其条件，让矿民们复工。我们可把'共荣会'的中国人'送'出去，让中国人自己去撕咬。"

"让中国人自己去撕咬？"武英本吉有些不解。

"对，让中国人自己去撕咬！因为皇军开枪之事，是因'共荣会'典礼大会秩序混乱引起的，我们大日本皇军开枪子弹撞人，那是为'共荣会'维持秩序，惩治会场的闹事者。"

"对！对！"武英本吉听后，忽然领悟开窍。

池田介二得意地向武英本吉解释道，他的如此推理，在中国的成语里叫作"嫁祸于人"。

"噢！高见，池田君你真是个'中国通'，真要感谢军部把阁下送到我的身边。"武英本吉对池田介二的建议大大地赞赏。

武英本吉拨通了矿业所的电话。

"答应中国人的全部条件！"武英本吉的命令，通过电话直接传到了夏井志雄的耳里。

"什么？答应中国人的条件？"电话里的夏井志雄不相信刚才还如此强硬的武英本吉大佐会发出如此"妥协"的命令。

当武英本吉把池田介二"嫁祸于人"的成语在电话里向夏井志雄复述一遍后，电话里的夏井志雄顿时茅塞顿开。

铜官山日军矿业所。

很快，"活猴子"被渡边指挥的日军从"共荣会"馆押到了矿业所门前。

面对 6 口棺材和送葬人群那悲愤的目光，"活猴子"深知这次自己是被当成了日本人的替死鬼，凶多吉少。

当夏井志雄拿出一张纸片，在他眼前晃动了一下，他真切地看清自己的名字上方写着"凶手"二字。

他知道自己的死期来临，开始撕心裂肺地大骂："小日本！操你姥姥，过河拆桥，不得好死！你们杀了人却嫁祸于人，老子见到麻子哥，在阴间里作法让你个小日本难见阎王。"

"叭！"一声响。

渡边当众打死了"活猴子"。

日本人竟然枪毙了他们自己挑选的"共荣会"会长，这让矿民们感到吃惊和意外。

第十八章

坚持斗争转方式　游击队员入巷道
矿民井下磨洋工　避险靠的递步哨

郑强龙没想到日本人如此阴险狡诈，把"活猴子"拉出来当成"替罪羊"。更无耻地宣称要用"共荣会"老巢原"侯家武馆"的资产向死难者家属作抵偿，以此来迷惑矿民，这是他没料想到的。

郑强龙立即把矿民成立"救济会"与日本人开展斗争的过程向特委作了汇报，特别是如何应对当前对日斗争遇到的新情况希望能得到上级的指示。

特委很快有了答复。

特委对县委游击队利用"救济会"凝聚人心、团结矿民与日本人展开斗争给予了充分肯定，同时对"救济会"当前的工作提出了建议。特委的指示让郑强龙有了引导矿民与日本人斗争的新思路。

洪家粥棚联络点。

郑强龙和矿区的游击队员们面对与日本人斗争出现的新情况，在共同研究下一步的斗争策略。

日本人杀了"活猴子"后，我们是坚持罢工还是就此罢休？大家带来了"救济会"成员和矿民们不同的意见。

五峰松工区的范四平说:"他们工区有人认为,日本人已屈服了,杀了狗日的'活猴子',还要拿'侯家武馆'来补偿,救济会为大伙儿出了气,我们不能这样坚持着不上工,日子还要过,家里老小还要生活呢!持这些想法的矿民还是不少的。"

顺风口的赵保来也带来了他们工区矿民的想法:明明是日本人杀人,却拿我们中国人来抵命,这日本人的手段太毒辣了。我们今天不团结一心和他们斗争到底,明天他们还要骑在我们身上,把刀架在我们脖子上。

赵保来同时还讲述了一个现象,就是工区里一些二工头们也在矿民中劝说矿民:见好就收,不要和日本人硬磕,我们吃的是日本人赏的饭,和日本人对着干是以卵击石。不少矿民听了这些言论也就靠向了复工的一边。

姚洪江说东瓜山工区也发现了一些二工头们在矿民中散布同样泄气的话。

面对这些不同声音,郑强龙和洪添寿、姚洪江、范四平、赵保来等队员们在斟酌。

郑强龙指出:"同志们,上级党委一直在关注着'救济会'的工作。我们这次为死难矿民的救济工作很有成效,震慑了敌人,团结和教育了矿民。大多数矿民是要我们把罢工坚持下去,这说明矿民抗日的觉悟在提高,他们是我们抗日杀敌的基础,我们要保护和利用大家的抗日热情与积极性。但是我们应该看到这次救济斗争中,我们的敌人也就是日本人是多么狡猾,他们没有动用武力,而是把'活猴子'拉出来做替罪羊,说明敌人既害怕我们矿民团结一心,又说明他们诡计多端。有一部分矿民认为我们应该见好就收,这一部分矿民的想法也不是没有道理,如果继续坚持罢工影响矿民生活,这确实是个实际问题。日本人又贿赂二工头们在矿民中煽阴风,目的是扑灭我们矿民与敌人斗争的火焰。这一切都说明敌人在武力镇压的同时也在实施分化人心的做法。敌人在变化方式，我们要粉碎敌人的诡计，也要改变我们的斗争策略。这就说明我们的对敌斗争更需要隐蔽性，转换方式。特委来电也建议我们，要以巧妙的形式和方法开展对敌斗争，既要产生斗争效果，又要切合矿民实际，我们对付敌人办法只要能达到抗日的目的都应该使用。"

郑强龙的话和特委的建议在启发着大家。

洪添寿提出，"矿民们可以去上工，但我们可以给日本人来个上假工，出工不出力，大家看如何？"

"用这种'耍滑偷懒'的办法来对付日本人好！"顺风口工区的赵保来第一个附和着。

郑强龙接过话题，说道：

"洪添寿同志说得对。不过，这种消极怠工的形式不叫'耍滑偷懒'，它也有一个学名，叫作'磨洋工'。这种'磨洋工'的斗争方式可是我们劳苦大众发明反对帝国主义压榨剥削的一种好方式。'磨洋工'这三个字可是有来历的。"

"噢，咱们工人发明的斗争方式？"姚洪江好奇地问道。

"是的！"郑强龙肯定地问答。

郑强龙接着向大家讲述起了"磨洋工"的来历。

"磨洋工"原是建筑工程的一道程序。中国旧式建筑讲究"磨砖对缝"，即对砖墙的表面进行打磨，此工序称为"磨工"。但"磨工"前面加个"洋"字，这可就与外国人有关了。"磨洋工"这一词最早是在北京建造协和医学院时出现的。那是 1917 年至 1921 年间，美国人用清政府的"庚子赔款"在北京建造协和医学院。工程耗资 500 多万美元，占地 22 公顷，而且建筑质量要求甚高，外观上采取中国传统的磨砖对缝、琉璃瓦顶。由于这项工程是由外国人出资、设计的，中国工人就称它为"洋工"。所以，参加建筑工程的许多工人就把对砖墙的表面进行打磨这一工序称为

"磨洋工"。随后"磨洋工"这一词就在建筑业中传开了。"磨洋工"为何又与"耍滑偷懒"联系在一起呢？那是协和医学院共有主楼14座，又是高层建筑，"磨工"工序十分浩繁，施工人员行为动作必须缓慢进行，才能保证工程质量。本来这种施工现象和工作态度在协和医学院建设中是正常的行为，但这一行为后来却被人异化了，"磨洋工"就成了"磨蹭、怠工"的代称，这自然就和"耍滑偷懒"挂上了钩。

郑强龙讲述完"磨洋工"的来历后，指出：

"在中国人民反对帝国主义斗争中，特别是鸦片战争后期，帝国主义列强不断侵略中国，中国工人为了反抗帝国主义的剥削和压迫，面对如狼似虎的列强，在不能正面斗争的条件下，往往通过在工作过程中采取自行休息、减少作业量、消极怠工的方式对付洋人。这种'消极怠工、自行休息、减少作业量'与洋人斗争的方式常常被称作'磨洋工'斗争法。洪添寿同志提出的'上假工，出工不出力'就是'磨洋工'斗争法的一种！"

"'磨洋工'斗争法的一种！"姚洪江、范四平不约而同地脱口而出。

姚洪江、范四平他俩听得觉得很新奇，对郑强龙把洪添寿提出的"上假工"赋予了"磨洋工"斗争法，既感到新鲜又认为这是一个对付日本人的好办法。

最后，郑强龙提出要求，我们还是以救济会的名义通知矿民可以上工，但是我们与日本人的斗争不能停。我们可以用"磨洋工"来和敌人斗争，让日本的矿业所减少出矿量，保全我们中国人的资源，这是我们继续斗争的一种方式。我们县委游击队要组织好矿工们"磨洋工"，不被日本人识破。

同时，郑强龙还提出了想法，就是我们还要在"磨洋工"的过程中，采掘富矿把它藏在井下矿洞中，江北新四军兵站需要时，我们及时输送过去。

随后，郑强龙和大家商议着"磨洋工"的细节。

　　与会者明确了新的对敌斗争方式，大家撤离了洪家粥棚联络点。

　　死难矿工的家属们一个个擦干了泪水，矿民接到救济会通知，陆续上工了。

　　顺风口工区。

　　洪添寿和上工的矿民一道下到了井下，在巷道里就听到不少工友聚在一起议论。

　　一个工友说："日本人杀了我们矿民，我们不能就这样便宜了他们，我们应当坚持罢工。"

　　另一个工友说："我们矿民救济会太软弱了，不应该动员大家复工。这样一复工，我们大家前面的坚持就白做了，将来怎么和日本人干？"

　　……

　　洪添寿听在耳里，看着眼前的一切，他沿着巷道急速地来到火区掌子面。他来这里找到了受难者赵来弟的哥哥赵保来，此时赵保来正领着自己的徒弟小发子也在找他。昨天在"洪家粥棚"他与赵保来商定好今天上工后井下见，由他和赵保来召集大家在井下开展"磨洋工"斗争。由于赵保来是受难者家属又是这工区的老矿民，大家对他都熟，他来召集容易使大家响应。

　　不一会儿，下井的矿民都到了井下。这时赵保来领着洪添寿来到前面在一起议论的工友中，他向工友们介绍了洪添寿。大家一看是"洪家粥棚"的老板，也就热火起来。

　　这时洪添寿趁机对大家说：

　　"我和保来是拜把子兄弟，也和大家伙儿一样是这次救济会的成员。刚才大伙儿说的都有道理，我一开始也和大伙儿有一样的想法，坚持和小日本干到底，坚持不出工。但后来经'高人'的指点，一想，日本人手上有枪有炮，我们和他们硬拼，吃亏的是我们。但铜官山矿是我们中国人的，矿产是我们祖先留给子孙后代的。日本人占领铜官山矿的目的不就是要掠夺我们的矿产资源，运走我们的铜矿石嘛，我们就要在'上工、采铜'这个上面做文章，让他们得不到铜矿石，我们这样做不是也在报仇吗？也是在和日本人作斗争啊。"

"洪老板，你说的'高人'是谁啊？如何在'上工、采铜'上做文章？"一个工友提出了大家关心的问题。

洪添寿抓住这个工友的问题，对大家说："这'高人'嘛，工友们想想，能帮我们穷劳工出主意、想点子的，能帮我们杀日本人、杀侯麻子这些狗汉奸的，能给我们出气的不是共产党就是抗日游击队啊，我们只有跟着共产党、游击队才能干得过日本人。大家说是不是？"

工友们听后都点点头。

接着，洪添寿对如何在"上工、采铜"上做文章作了详细说明。

他说道："这里有两个办法，一是我们现在虽然上工了，那是为麻痹敌人，我们可以假上工，可以出工不出力，这叫'磨洋工'。二是我们可以在掌子面上找一些富矿采，将开采的富矿藏在矿洞里，将废矿运出去应付日本人，这叫'出废矿'。我们这样做同样能达到为死难的矿民报仇，同样起到了打击日本人的目的。"

工友们听了都点头表示赞同。

"那工头和日本人下矿检查，发现了怎么办？"

"对！""对！""要是被日本人发现了我们这样做，这是要掉脑袋的。"

一个工友提出的问题，引发了其他工友的担忧！

如何解除工友的担忧？洪添寿想，这是影响工友们行动的核心问题，他沉思了片刻，提出："这就要靠我们工友们想办法、出点子了。"

这时一个工友提出："我们可以派人在进井口的掌子面把风，发现来人就报告，工头和日本人来了我们就干活，工头和日本人走了我们就停工。"

"但井下巷道长，工人采矿的掌子面距离长，如何把工头和日本人来井下的消息传到后面的掌子面?"

另一个工友抢过话头，提出了这个问题。这个新的问题一下又把大伙儿难住了。

"是啊，巷道长如何传消息?"洪添寿重复着工友的提问。

这时，洪添寿想起了自己在"秘密物资运输线"上经常穿越敌人封锁线，发现敌人传递消息时而设置的递步哨。他向大伙儿讲述着"递步哨"。

"用'递步哨'方式来解决向后传递消息的难题，它不是用人来传递消息，而是靠声音来传递。也就是当第一个掌子面上的矿工发现来人，开始开采发出响声，第二个掌子面上的矿工听到响声开始开采发出响声……依次传递下去。"

洪添寿一面说，一面向大伙儿解释。

"这样好，这样好!"工友们都表示可行。

洪添寿解决了工友们的疑问。随后，他和赵保来作了分工，赵保来和他的徒弟小发子在巷道前端观察井口动静，他在巷道里指挥矿工行动。

工友们散去后，大家回到了自己的掌子面上，都停止了手中的活。整个巷里矿工们有的抱着工具打盹，有的聊天，有的耍起了小钱……只有在最前面的赵保来警惕地看守着巷道口，观察着巷道口上方的动向。

整个巷道里一片寂静。

"当!""当!""当!"

突然，井口的铃声响起。

"有人要下井了! 小发子，快去盯着井口去。"赵保来立即提醒徒弟小发子前去井口察看。

小发子一看下井的是工头王二疤等矿里来的人，他赶紧跑过来报信："王二疤领人进巷道来了。"

"快干活!"

赵保来和徒弟小发子挥舞着钢钎、铁铲。这时他们的掌子面上响起了

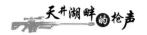

"突""突""突"的采矿声。

"突、突、突……"

这采矿声从最前面的掌子面向巷道深处传递着,后面掌子面上的矿工听到后马上干起了活,掌子面也跟着响起了采矿声……整个巷道顿时又回响着矿工们采矿时钢钎、铁铲与岩层撞击的声响。

下井的原来是工头王二疤和日本区长九保田,他们下到巷道里是进行日常的生产巡视。

九保田一看整个巷道里矿民们都在卖力地干活,把王二疤大大地夸奖了一番。

"王工头,你的,管理得非常好,他们干得如此用力,我要向矿业所提出嘉奖你!"

"效劳皇军应该的、效劳皇军应该的。"王二疤点头哈腰地应答着。

随后,王二疤兴奋地陪着九保田离开了。

但是工头王二疤和日本区长九保田刚一上井,采矿声就停止了。

……

巷道里又是一片寂静,不少早起的矿工已想好了,趁此空当在巷道里美美地睡上一觉。

"吭当!"——

突然,从巷道口传来一阵清脆的响声,打破了巷道的宁静。

"谁?"刚眯上眼睛准备在掌子面上躺下的小发子,被这一声响吓得大叫一声。小发子的这叫声把巷道里的人都惊醒了,大家都竖着耳朵往下听。

洪添寿、赵保来警觉地等待着对方的反应。

当小发子刚睁开眼睛,一个人影已走到了他的面前。他定神一看是一个穿制服的,他知道这是日本矿业所的人,因为只有矿业所的人才配有制服。

"你们这是在干吗?"对方一面在问小发子，一面转身，向巷道里头望去，分明是已发现矿工们手中都没拿工具干活。

"我、我们，在……"小发子被吓得语无伦次，不知所措地也跟着对方把头转向巷道里头望去。

"突、突、突……"

突然，采矿声在巷道的一角响了起来，随后整个巷道顿时又回响着钢钎、铁铲与岩层撞击的声响。

那个询问小发子的"矿业所的人"听见巷道响起了采矿声，也不再向小发子发问了，而是沿着巷道在岩层上比画着什么。

原来，这个"矿业所的人"确实是矿业所的人，他叫井泽俊，是日本人，矿业所事务科长。他是刚才和工头王二疤、日本区长九保田一起下的井，进巷道后他就在测算巷道支撑用料技术参数。没有跟随王二疤、九保田一道巡查，王二疤、九保田他俩上井时他还在巷道口附近测量数据并没有上井。当他发现王二疤、九保田一上井，巷道里的采矿声就停止了，他感到很奇怪，想一探究竟，原来巷道里的矿工们在和矿业所的人"捉迷藏"，出工不出力。

井泽俊的出现，让洪添寿、赵保来捏了一把汗。当洪添寿、赵保来听到有人在与小发子对话时，就感到出事了，他们赶紧干起活来了，随后巷道里的矿工明白过来了，也都纷纷拿起了工具。

姚洪江、范四平并不知道顺风口工区矿工们在巷道里"磨洋工"已被日本人发现，他俩分别在东瓜山工区、五松峰工区还是照着顺风口工区的样子动员矿工们"磨洋工"。

第十九章

日军急调专家组　企图开发来探矿
反战组织获情报　中共指示传铜官

铜官山矿业所。

夏井志雄坐在皮制宽背高大的所长椅上，脸色深沉，皱着眉头，一面翻阅采矿科送来的矿石产量报表，一面训斥着矿业所副所长兼总工程师小岛石刚。

小岛石刚站在所长桌前，只有抬头仰视才能看清夏井志雄的脸，对于夏井志雄的训斥只好无奈地听着，但心里颇感委屈。

"小岛君，你身为矿业所副所长兼总工程师，你没发现近日来我们的产量急剧下滑吗？军部经济科一天一次来电报催着我们加速开采，国内工厂急需铜材制造和生产军火武器，武英大佐也是一天几次来电话询问开采进展，你看有的工区竟然没有矿石产量！我们如何向军部交代？"

夏井志雄知道，按照陆军部经济科对铜官山矿开发的命令，矿业所必须严格执行"TCU29 掘宝计划"的开采量。陆军部经济科在制订计划时，预测铜官山铜矿床蕴藏量为 470 万吨，可采量 330 万吨。第一期计划，每月必须开采出铜矿石 4000 吨，才能保证日本国内的生产需求量。而现在的报表上出矿量不到 3000 吨。夏井志雄急得像热锅里的蚂蚁。

夏井志雄说着把报表簿扔向小岛石刚。

小岛石刚毕业于东京帝国大学矿冶系，一毕业就进入了三井公司，一直从事矿山技术管理工作。日本人占领铜官山矿区，夏井志雄担任矿业所所长后将他从三井公司调出参军并随自己一起来到中国，替他管理矿山。一是小岛石刚有丰富的矿山开采、冶炼方面的技术，二是他认为小岛石刚是自己的心腹之人，使用可靠。所以，夏井志雄对小岛石刚态度粗暴无所顾忌。

小岛石刚接过夏井志雄扔过来的报表簿，翻过几页，面色为难地解释道：“所长阁下，您是知道的，这铜官山矿是中国人开了几千年的老矿，在开采技术低下和设备有限的情况下，他们是哪里容易开采就在哪里开采。我们现在开采的都是过去中国人开采过的浅表矿层，有的工区还露天开采，矿石几乎开采尽了。现在必须进行地矿勘探，获得更多的地质资料，查明铜官山地区矿产分布才能进行有效开发，不然我们只能像瞎子摸象一样乱采。”

其实，小岛石刚只是从技术层面对产量低下进行了分析，他哪里知道造成“有的工区竟没有产量”的真正原因正是矿民们在井下巷道里“磨洋工”的杰作。

夏井志雄望着小岛石刚委屈的眼神，心里也在想：的确如小岛所说的这样。铜官山矿被中国人开采了近千年，表层矿源枯竭严重，现在方兴华的铜官山公司不肯合作，而且还藏匿了矿山资料，现在矿业所的开采只能是杀鸡取卵似的，无长远规划。要对更深和更广的地层进行开采需要进行地质勘探才能找到新的矿源，否则如此下去，铜官山矿区的开发计划将搁浅，他主宰的矿山，开采不出矿石运往日本国内，他要为“圣战”建立功勋的目标只能是难以实现的梦想。他决定火速从国内的三井公司调来探矿专家，对铜官山地区进行大规模的地质勘探找出矿源，绘制出完整的矿产分布图，这样既能做到精准开采提升进度，又能从根本上掌握和管控住铜官山地区整个矿产资源的数据资料，更好地为大日本帝国服务。

夏井志雄把自己的决定告诉小岛石刚后命令道："小岛君，你立即起草一份文件，你要从技术方面佐证我们策略的英明，争取司令部的支持，我要亲自向武英大佐报告我们的决定。"

"是!"小岛石刚作为矿区负责技术的总工程师，对于有这样一项决定当然是求之不得。

县城日军司令部。

一份份来自陆军部的电报雪片似的飞向司令部。

武英本吉面对这些日本国内急需铜材，要求铜官山矿加快开发的电报急得像热锅里的蚂蚁。

"夏井君，你的勘探矿源想法很有前瞻性，对我们长期统治这里，完成铜官山铜矿的开发目标，为帝国积聚财富是上上之策。还有'TCU29掘宝计划'中稀有矿产的开采，没有精确地质位置，那是巧妇难为无米之炊啊！要找到更多的帝国需要的矿产品种，查清铜官山地下的矿产分布十分必要。"

当夏井志雄向武英本吉送上调请探矿专家文件，报告自己的想法时，武英本吉十分赞赏夏井志雄的主张。

"从国内调集专家……"这时，武英本吉说着停顿了一下，想了想。

接着他开口说：

"不过，目前从国内调集人员时间太长，远水难解近渴。现在要的是立即见效，才能应对军部每天的催促电文。"

武英本吉不赞成他从日本国内邀请专家来中国。

"大佐阁下，那我们怎么解决专家？"夏井志雄小心翼翼地问道。

武英本吉思考了一下，想到了自己曾经的上级，日本关东军司令官植田谦吉，他手中有一支重要的部队——黄金部队。

他忽然眼珠一转，对夏井志雄说道：

"我要立即请求陆军部与日本驻北满的关东军联系，建议从关东军黄金部队抽调探矿人员直接到铜官山矿。"

"那太好了，太好了！还是大佐阁下足智多谋啊！"夏井志雄恭维地夸赞道。

上海虹口东江湾路 1 号。

"日本驻上海派遣军总司令部"的招牌就挂在巨大的石框钢门上，钢门四周重兵把守。

这是一座占地面积有 6100 多平方米的四层钢筋混凝土框架的建筑，从正面看造型像一艘航行在海上的军舰，侧面则是像一座城堡，这里就是日本侵略军在上海的大本营。这个造型怪异的"大本营"如同一部战争的机器，每天都从这里发出一条条罪恶的指令。而操纵这部战争机器的就是日本陆军部最高指挥官小野田井大将。侵华日军华东派遣军就是按他的意愿在上海选择了如此造型的建筑作为最高统帅部，目的是向世人宣示：大日本帝国不仅是海上霸主，也是陆地的主人。

日本陆军部经济科就坐落在其中的黄褐色城堡式建筑里。

武英本吉请求调集探矿专家的电报送到了经济科野藤将军手中。

此时，陆军部经济科正在督促各占领区加快执行日本内阁近期召开的"五相"紧急战备会议精神。

日本"五相"会议由首相兼外相东条英机主持，藏相马场瑛一、陆相寺内寿一、海相永野修身参加。会议根据 1938 年 6 月日本昭和研究会中国战时问题研究所提交的军事研究报告《关于处理中国事变的根本办法》所提出"开发中国经济满足战事需求，形成日、满、支经济共同体是解决国内资源问题根本出路"的结论，提出：战时经济战略是日本、满洲、支那三国要本着互通有无的原则进行开发，努力为形成三国经济圈互补的格局，促进战时日、满、支经济圈内的自给自足，以舒缓日本国内军备压力，保证战争稳步推进。日本首相兼外相东条英机特别强调，各军种在支那的占领区要以日本为中心，深度建立战时军事储备来确立日本国防经济之根基。

会上，东条英机还通报了日本军方和三菱重工株式会社等军工企业共同秘密研制的 A6MZERO 零式战机以及 P－51、F4U、F6F 等高性能作战武器的情况。他特别指出，这些高性能秘密武器一旦研发成功投入生产将需要大量的特殊材料，这些特殊材料的原材料就是各种稀有矿产。而日本国内目前含稀有矿产的矿山极少，获得这些稀有矿产急需从满洲、支那进口。

内阁"五相"的这次紧急战备会议，在陆军部经济科这些左手拿枪、右手握笔的武将们看来就是一句话：加快资源开发，让中国宝藏贴上大日本帝国的标签。

此时，野藤接到武英本吉的请求正可谓是白衣送酒，遂心所愿。因为武英本吉的请求不仅有利于铜官山矿的开发，特别是对精准发现稀有矿产有着重要作用。而且这个请求也正好体现了他主宰的陆军部经济科贯彻"五相"会议精神的具体措施，请求很快得到了陆军部的批准。

野藤指示，具体事务由"华中矿业股份公司"办理。

关东军黄金部队接到上海陆军部的请求后，立即在据守的吉林桦甸镇夹皮沟金矿选派出地质工程师岸吉雄郎、采矿工程师小泽增子、化验工程师谷日光 3 人组成赴铜官山探矿专家组，由岸吉雄郎担任探矿专家组组长。岸吉雄郎是最早征招入伍，第一批到中国参战的专业技术人员，现在是关东军黄金部队少佐又是日军大本营的决策专家，在 3 人中军衔最高。探矿专家组 3 个人接到命令后，立即携带仪器、设备，从吉林长春随日军进入关内的部队一起到达上海。在上海接受华中矿业股份公司占领区特殊任务专项培训，培训合格后前往铜陵铜官山矿区。

上海法租界方浜路 9 号乐爱诗书店。

共产国际远东情报部"格尔佐小组"上海联络点负责人冈西中，正在向中共上海地下党负责人通报他们近期获得的涉及中国方面的情报。

冈西中说："世界反法西斯斗争进入关键时期，日本国内经济已被战争拖进崩溃的边缘。日本内阁近期召开的'五相'会议再一次强调要加快占领区的资源开发，尽快形成自给自足格局，减少中国战场对国内资源和经济的依赖。会上特别提出日本研制的特殊战争武器即将投入生产，需要从中国占领区获取稀有矿产。据我们的情报，陆军部正在督促各战区要有具体行动，同时考虑从国内征召专家派往占领区协助各部队开展资源开发，可能还要派出高级军官赴重要的物资基地巡察督战。"

"是的，我们中共方面从各地区收集的情报也表明日军加紧了在各资源基地的开发进度，他们在一些矿山对富矿和稀有矿产采用破坏性挖掘。我党在领导武装抗日的同时也在动员矿民参与阻止日军掠夺！对日本人这些新的策略我们要有所准备。冈西中同志，你们的情报对我党很有帮助！"

中共负责人十分赞同和感谢冈西中的情报。

"你提到'破坏性挖掘'，还有一个我们刚刚得到的消息，日本陆军部已从东北关东军黄金部队调集了一个探矿专家组，现在正在华中矿业股份公司接受秘密培训，即日准备前往占领区铜陵铜官山矿区。"

冈西中说着。

"哦，日军要派探矿专家组去铜官山铜矿！这是日军要在铜官山矿区搞大动作！"

中共负责人听到这个情况后很吃惊。

"对，很有可能！日本人调集探矿专家组去铜官山，就是要查清地下矿产分布，精准开采各种矿产品，全面实施他们制定的目标。"冈西中表示同意对方的判断。

"我们决不能让日军得逞。这个消息我们要尽快传递给中共皖南特委和铜陵的抗日组织，让他们做好准备，消灭这个探矿专家组。冈西中同

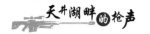

志，我们希望能获得探矿专家组更多更准确的情报，以阻止探矿专家组进入矿区。"

中共负责人思考了一下，急切地向冈西中提出了要求。

"好！我们让反战组织中在日方内部的成员想办法尽快摸清探矿专家组具体行程信息。"

冈西中接受了中共方面的请求，他立即让佩斯向潜伏在华中矿业股份公司的成员发出了任务暗号。

上海华中矿业股份公司总部。

公司特训科日籍教官恒原一郎就是"格尔佐小组"成员，他接到佩斯的暗号后，就在想办法完成任务。

岸吉雄郎、小泽增子、谷日光3人在华中矿业股份有限公司总部接受专项培训是严格保密的。恒原一郎作为他们的教官也只是负责培训的内容，如何获取探矿专家组的有效信息？他只能在教学环节上想点子。

培训由公司特训科负责，培训的内容主要是对"圣战"的认识、占领区社会情况、战时纪律等，目的是强化他们对天皇的效忠和斗争意识，增加对新生存环境的适应性。其实，这种培训对岸吉雄郎、小泽增子、谷日光3人有些多余，因为他们经历过多次此类培训。特别是在"斗争意识和对天皇的效忠"方面，他们不逊色于任何一名战场上端着刺刀的士兵。他们虽然是地质矿业方面的专家，但是他们来自专业部队，他们已在中国征战多年，也是在战场上与中国军队进行过血战的职业军人。正是因为他们对"圣战"充满着激情，他们才既拿枪又握笔，成了军中的"两栖人"。

虽然岸吉雄郎、小泽增子、谷日光希望早点结束培训，奔赴新战场，但是陆军部对培训是有严格规定的，每一节课、每一个环节都不可缺少。而恒原一郎更是以对学员严格要求而出名的培训教官，每一次制订教学计划时，在教学程序的安排上他总是会设计出一些新颖独特的"实战性问题"让学员解答，以检验培训效果。他的这些"实战性问题"既结合培训实际又符合战时需要，因此恒原一郎在公司也被称为"最佳培训官"。

其实，恒原一郎的"实战性问题"并非是用来检验学习培训效果的，而是为了完成自己接受的组织任务所想到的获取情报线索的方式。

在这次探矿专家组的培训中，恒原一郎在最后测试环节有意设计了一道培训计划中规定的必测题：根据本次培训的知识结合自己职业对某项活动作出选择和判断。恒原一郎决定让岸吉雄郎、小泽增子、谷日光 3 人"结合地质环境和气候条件对到达新工作地点的交通方式和时间作出最优选择"。这看似一道普通的"实战性问题"，但恒原一郎可以从他们的回答中得到自己所需的情报。

果然，岸吉雄郎、小泽增子、谷日光 3 人对如何前往目的地铜官山矿区分别从水、陆两路给出了这道必测题的答案。恒原一郎发现他们 3 人的选择几乎是一致的。

培训一结束，探矿专家组就奔赴铜官山矿区。

陆军部经济科随即电报告知武英本吉，关东军赴铜官山矿区探矿专家组 3 人从上海出发，要求他加强安全保护，做好接应服务工作。

就在岸吉雄郎、小泽增子、谷日光 3 人怀着为"圣战"贡献特殊才能的狂想离开华中矿业股份公司时，他们的行动轨迹早已被他们的教官——"格尔佐小组"成员恒原一郎牢牢记在了心中。

上海法租界方浜路 9 号乐爱诗书店。

几天后，就在日军陆军部经济科给驻铜陵日军发出电报的同时，一封信封上标有圆中带点符号的信被邮差送到了上海法租界方浜路 9 号乐爱诗书店。

书店经理佩斯接到这封带有特殊记号的信件，他立刻将这封信交给了冈西中。

信正是潜伏在华中矿业股份公司的"格尔佐小组"成员恒原一郎发来的，他在信中用密语报告的情报是：关东军赴铜官山探矿专家组离开上海的线路和时间。

"快，发给中共的同志！"冈西中指示佩斯。

随后，佩斯走进了藏有无线电台的暗室。

兴屋岭周村。

中共皖南特委从上海地下党组织发来的电报中获得了关东军探矿专家组来铜的情报。特委书记朱承农要求铜陵县委游击队一定要阻止日军行动，坚决消灭来铜探矿的日军专家，粉碎敌人的企图，打乱日本人加快开发铜官山矿产的步骤。

随后，特委的指示和日军专家组来铜的具体信息通过电台传到了铜陵。

第二十章

专家来铜敌设防　　大通旅馆摆战场
游击队员夜出击　　出其不意消灭光

天井湖井字滩。

郑强龙接到中共皖南特委的指示后立即行动，与游击队员们共同商议行动方案。

会上，郑强龙首先传达了特委的指示，他说："同志们，日军组织的赴铜官山探矿专家组，从东北进入铜陵肩负着特殊的使命，要对我们铜官山地区的矿产资源进行勘探供日本人开采，特委指示我们一定要消灭这些日军专家，不能让日本人目的得逞。"

如何消灭这些日军专家？

郑强龙认为决不能让日军专家进入矿区。他指出："专家组一旦进入矿区，日本人就会加强对他们的保护，我们游击队员很难有机会接近他们，这就很难消灭这些特殊的敌人，最有利的时机是在日军专家到达矿区的过程中将其消灭。"

"对！不能让专家组进入矿区。"郑强龙的话引发了大家的共鸣，大家也都顺着"在途中"消灭专家组这个思路思考办法。

"日军专家坐客轮从江上来铜陵，然后坐汽车上铜官山矿区，这两头我们都方便出手，最好是日军专家上岸时，趁现场人多混乱时出击。在这个过程中应该是消灭日军专家最好的时机！"洪添寿不仅同意郑强龙的建议，还提出了动手的具体时间节点。

"对！""就趁日军专家上岸的时候动手！"大家形成了一致意见。

日军专家专家从何处上岸？

是在南京、芜湖，还是铜陵大通？

大家分析日军专家组最终到达的目的地是铜陵，从铜陵大通上岸的可能性最大。

这是因为：一是大通驻有日军大队，日军大队可以保卫和接应专家组。二是从上海到铜陵有直达的客轮——泰昌号。这"泰昌号"的终点站是铜陵上游城市安庆梭湖港，轮船经达铜陵时，在大通码头停靠。从上海有直达的轮船，日军专家组不需要中转，可减少安全风险。

大家首先把动手的地点定在了大通码头。

如果在大通码头行动失败怎么办？有人提出了问题。

郑强龙认为这是一个应该考虑的问题。

这时，大通联络点的郝大勇抢过话头。他说："'泰昌号'客轮到达大通已是下午，有时候要接近傍晚，日军专家组必须在大通过夜。我们也可以在日军专家下榻的旅馆里动手。"

"日军会不会不在大通停留，而是连夜开车直接送到铜官山矿业所？"陶水根提出了一个新问题。

"不会，依照我在大通联络点接头人对日本人的观察，在大通下船的日军不会夜间开车走，因为到铜官山的道路是盘山小道，不仅崎岖危险，而且日本人最怕夜间遭遇新四军或游击队的埋伏。"郝大勇解答了陶水根的疑问。

大家听后感到很有道理。

　　随后，郑强龙和游击队研究了两套袭击日军探矿专家组的方案。一是在码头上解决；二是在入住的旅馆里解决。

　　在队员选择上，郑强龙和洪添寿商议：执行此次任务除他俩外，决定安排大通联络点的郝大勇和湖区联络点的陶水根以及县委交通员宋二柱参与，组成战斗小组。

　　大通是铜陵县的一个渔港，距离县城近百里。长江在此分叉，自然形成了一片港湾，由此也就成了长江南岸的天然码头。

　　大通也是长江中下游一个重要的水上交通枢纽。清朝晚期洋务运动中军机大臣李鸿章在此投资建立了长江到南京的航线，随后各家航运公司纷纷开辟了大通到下江的芜湖、南京、上海等地航线。如果船只往上江去，从安庆梭湖港驶出安徽，再往湖北、重庆方向，那泊位大一点的轮船都要到此换成小船。由于上下游的船只在此停泊，货物转运，人员换船，也自然形成了一个繁华的商业集镇。1876年9月，清政府被迫与英国签订了《中英烟台条约》，大通港开始对洋人开放，英、法等列强进驻大通，建税局、办银行、开船厂。列强的残酷压榨刺激着镇内经济的畸形发展，大通由此被外界称为安徽的"小香港"。一般到达此地的船只都愿在此停泊，趁机饱看一番大通的花花世界。

　　这里也是水上进入铜陵境内的重要登陆地，由此地上岸进入铜官山矿区，汽车盘山而行要花大半天时间，如遇雨水季节山路塌方那就很难进山。由于大通不仅是水上进入铜陵的第一关口，也是长江通往铜官山矿区北面金口岭工区的唯一一条通道。为守住这一水上关口，确保铜官山矿区安全，武英本吉特地安排日军一个大队驻扎在大通。

　　今天，大通码头早已戒备森严。

　　因为驻扎大通的日军大队长光熊郎，几天前就已接到了武英本吉电话，通知他关东军的3位探矿专家在此上岸，要他负责接待专家，并安全护送至铜官山矿。光熊郎深知铜陵的抗日组织活动十分猖獗，特别是井湖游击队诱杀侯麻子后，他更加小心谨慎。对于保护专家的安全他早早做了布置。今天他还将率小队亲自前往江边码头迎接专家。

光熊郎将两个小队的日军安排在通往码头的路口，进入码头的人员不仅要查看良民证，还要搜身检查是否携带枪支等违禁品。虽然从上海到大通的"泰昌号"客轮下午 5 点多才能到达，日军的检查活动从中午就开始了。

郑强龙、洪添寿、郝大勇、宋二柱本来准备分散着从陆路进入码头，当派去码头侦察的宋二柱将了解到日军的行动向大家汇报后，郑强龙感到从陆路进入码头十分危险，当即决定改从水路。他们绕到扫把沟，找到隐蔽在此准备接应郑强龙他们的陶水根。陶水根用事先准备的船只将郑强龙、洪添寿、郝大勇、宋二柱从江面的水路直接送到大通江边码头。

太阳快要落到江面的时分，呜！呜！呜！——

从远处的江面上传来一阵阵汽笛声。一艘客轮冒着浓浓黑烟从下游江面上缓缓驶来，此船正是从上海开往安庆的客轮——泰昌号。

不一会儿，客轮靠到了岸边。

码头上开始嘈杂起来，接客的、运货的、提篮小贩等各色人员向岸边客轮下船处涌去。很快，下船处就围拢了一群各色人员。

郑强龙等人也夹杂在人群中，等待客轮开闸下客。

按照在码头解决的方案：客轮靠岸后，郑强龙等游击队员装扮成挑夫赶在日军之前进入船舱，直接击毙 3 位专家。因为 3 位专家是日本军人，又携带机器，目标明显，而且他们不可能先出船舱，郑强龙等游击队员可在船舱动手。动手后跳江而逃脱。陶水根装扮成打鱼人，划船在江中接应郑强龙等人。

可是客轮靠岸后，船上的水手并没有像往日开放闸门。水手们像是在等待什么？闸门虽然未开，但船上的人从不同舱门鱼贯而出涌到船栏边等候下船。

此时，守候在岸上的郑强龙、洪添寿、郝大勇、宋二柱既上不了船，又无法辨认和准确判断谁是日军专家。因为拥挤在船栏边的乘客无一人身着军服，又没携带标志性的物品。其实岸吉雄郎、小泽增子、谷日光3位日军专家身着便装，也随乘客一起已挤到船栏边在等候。

"咔嚓！"——

郑强龙他们正在犯难之时，只见一辆日本军车急驶而来。

停车后，一队全副武装的日军跳下车，在一名少佐军官的指挥下，迅速跑向岸边下船处。这名少佐军官正是驻大通的日军大队长光熊郎。

日军小队迅速到达下船处排成一列，已经在岸边的人群见日本兵奔来，急忙躲让。这时船上的闸门才被打开，船上乘客才开始下船，光熊郎领着日本小队长伍田中下，上前对下船乘客逐个盘查。

这时，郑强龙等人想试着上船，却被一个日军用刺刀顶着胸膛逼下了跳板。郑强龙等人见状，意识到自己根本上不了船，码头解决的方案难以实施。

郑强龙在思忖着下一步是撤还是继续等机会……

就在这时，只见船舷围栏边，拥挤的人群中传出一阵日语的呼叫声。船下的人不约而同地抬起头来，只见3个身着西装的中年男子朝着船下的日军叽里哇啦地狂叫。挤在一起的乘客一听他们说的是日本话，纷纷躲让。船下正盘查乘客的日军大队长光熊郎抬头望去，一阵惊喜，兴奋地大声回应。双方一番日语对话后，3个身着西装的人已从众人让开的通道冲到了光熊郎面前，他们热情拥抱。随后光熊郎命令列队的日本士兵上船，去取出这3位身着西装的人的行李，也就是四五个箱包。日本士兵将箱包搬上了汽车。

日本小队将3个身着西装的人请上了车，汽车离开了码头。

郑强龙虽然听不懂日语，但从上级给出的人员描述，特别是行李箱包上的探矿器材符号判断，光熊郎接到的就是探矿专家，这3人正是岸吉雄

郎、小泽增子和谷日光。

第一套方案已无法实施了。

郑强龙和洪添寿商议，决定实施第二套方案，也就是要在大通旅馆消灭这些日军专家。

为什么要选择在大通旅馆呢？

这是因为：一是日军从上海来铜陵，已在船上航行了两天，需要休息调整，加上到大通时天色已渐晚，不可能走夜路进矿区。在大通过夜必然选择大通旅馆，因为大通旅馆是镇上最上等的旅馆。二是大通有独特的地质环境，也就是世人皆知的"红土层"地貌现象。所谓"红土层"，也就是大通长江岸边羊矶裸露的大片红色土层。这种红色土层是德国著名地质学家费迪南·冯·李希霍芬于 19 世纪末在中国考察首次发现的。费迪南·冯·李希霍芬通过研究向世人披露了铜陵地区地层蕴藏着丰富的铜、铁资源，从专业的角度论证了铜官山铜矿是长江流域铜矿资源的中心。"红土层"具有很高的学术研究价值，从费迪南·冯·李希霍芬向世人披露后，大通"红土层"成了地质探矿专家了解长江流域地质矿产情况的必到之处。日军专家既然已经到此，他们来铜的目的又是要弄清楚铜官矿山地区地质结构和矿产分布，这样好的机会是不会错过的，很可能会去长江岸边羊矶考察红色土层做矿物研究，那样他们必定要在此地停留。即使日军出于安全考虑，不去考察"红土层"，如果在大通过夜，也一定会选择"大通旅馆"。这是因为大通旅馆不仅是镇上最上等的旅馆，而且大通旅馆的建筑材料——土砖，正是用"红土层"的红土烧制而成的。当年，费迪南·冯·李希霍芬在大通考察时，陪同他的是一个本地的冯姓大盐商，也就是大通旅馆现任老板的爷爷，当费迪南·冯·李希霍芬告诉盐商"红土层"含有铜、铁金属时，他把"铜"误以为是"金"。费迪南·冯·李希霍芬走后，盐商就动起发横财的念头，为了囤积"金"石，就用"红土层"的土烧制砖块，在离红色土层最近的江岸建成了大通最大的三层大宅院，同时在房里挖了巨坑储存红土，这个宅院也就是现在改成的"大通旅馆"。后来费迪南·冯·李希霍芬向世人发布了自己的考察报告，用化学实验数据证实大通"红土层"里含的是铜、铁金属元素时，盐商怕众人笑话他贪财无度，他却脑瓜一转，自称：自己用"红土层"的铜铁土建立的宅院有"铜墙铁壁"之身，目的是对付江匪，防抢防盗。殊不知，他的这一辩白却产生了意想不到的广告效果，后来达官显贵们来大通都纷纷入住"大通旅馆"，以求旅途平安。现在日军专家到大通，住进"大通旅馆"，对地质探矿专家而言可以就地开展"红土层"研究，郑强龙他们判断，日军专家肯定会选择大通旅馆。

郑强龙和洪添寿、郝大勇、宋二柱迅速跳上陶水根停在江边的一条小渔船上，陶水根见郑强龙他们上船站稳，马上掉转船头向江对岸快速划去。大通旅馆就坐落在靠江湾的镇边。从水路只要跨过不到百米夹江，在此上岸就到了旅馆后门。当年盐商建楼时，可能是为了取"红土层"的土方便，并没有把房子建到镇中心，而是建在了江湾岸边上。但日本人开汽车却要拐一个大弯才能到旅馆。

郑强龙他们要抢在日本人前面赶到大通旅馆。

船快速向前——

不一会儿就划到了江湾岸边。

陶水根把小船拴好，郑强龙带领洪添寿、郝大勇、宋二柱下了船，陶水根留在船上，继续负责在江上接应。

郑强龙带领洪添寿、郝大勇从后门进入旅馆后，郝大勇迅速与旅馆里的"内线"联系上了。在"内线"的帮助下，郑强龙、洪添寿、郝大勇换上旅馆工作人员的服装，装扮成服务员，他们守候在旅馆内，等待日军的到来。郑强龙上了二楼，洪添寿和郝大勇留在一楼。

宋二柱并没有进入旅馆，他留在旅馆外负责与江上联系。

"咔嚓！"——

不一会儿，一阵汽车刹车声传来。

郑强龙在旅馆二楼，他撩起窗帘，朝楼外望下去，果然，日本人的两辆军车一前一后就到了。从后面大卡车上先跳下的日军，在小队长伍田中下的指挥下迅速将旅馆包围。随后，大队长光熊郎陪同3个专家从小车上下来，在小队长伍田中下和搬运行李的士兵簇拥下闯进了旅社内。

日军闯进了旅馆，旅馆里的人都恐慌起来。

日军大队长光熊郎要求伍田中下把旅馆整个二楼通通包围起来。3个专家住进了二楼最好的客房。上二楼的楼梯口有两个日军把守，所有闲杂人员一律不准进入。

光熊郎把3个专家安顿完毕，立即把旅馆老板传来，命他准备酒菜。老板面对光熊郎这个凶神恶煞的日军大队长，吓得瑟瑟发抖，不敢怠慢，吩咐厨房准备。

身穿服务生服装化装成旅馆服务员的郑强龙，在等候日军时就观察了二楼区位。二楼是长条形的结构，两头有窗户。日军进驻二楼后，他从客房里拿出水瓶佯装去打水，想试试日军的态度，两个日军把守见他是服务员，只盘问了一番，还是让他通过了。其实郑强龙根本听不懂日语，也不知把守盘问什么，只是用手比画自己，可能比画对了，日军明白了他是服务员，才让他通过的。

他来到一楼大厅，与在一楼化装成服务员的洪添寿和郝大勇接上了头，了解到日军大队长光熊郎要为3位专家"接风"。郑强龙得知这一情况后，认为这是一个下手的好机会。3人商议：晚上趁日本人喝醉酒后放松警戒，届时由他在二楼客房中执行刺杀。刺杀后从二楼走道头根靠江边的窗子跳下逃走，再上停在江边的小船离开。洪添寿和郝大勇在一楼策应，见机行事。

天色彻底暗了下来，大通的街市上只散发出零星的点点光亮。

晚上，大通旅馆的前门被日军包围，任何人都不得进出，住在旅馆里的客人更是躲在各自的房间里不敢弄出一点响声，生怕招惹了日军。只有旅馆内的服务员在进出忙碌着。洪添寿和郝大勇也在借帮忙传菜、倒水观察着情况。

旅馆饭堂小客厅里，光熊郎设宴，为岸吉雄郎、小泽增子、谷日光 3 个日军专家接风，伍田中下等几个日军陪同着。餐桌上，光熊郎望着桌子上堆满的菜肴，他首先端起酒杯兴奋地说道："诸位，皇军占领了铜陵这座闻名于世的铜都，那些埋藏在铜官山底下的宝藏就像我们眼前的美味菜肴，诸位专家的到来，如同烹饪大师，能告诉我们哪道菜是最有营养的佳品，能让我们清楚地知道哪些最适合皇军的胃口，哪里有大日本帝国需要的餐食，有了你们专家，皇军就能将帝国所需要的宝藏统统地掳进帝国的囊中。"光熊郎的一席开场白后，岸吉雄郎、小泽增子、谷日光一个一个地端着酒杯又说了一大串子话。随后他们就狂呼大叫地喝着酒，兴奋极致。

午夜时分，狂欢结束。

饭堂小客厅里酒气熏天，呕吐物一地，一片狼藉。

光熊郎、伍田中下还有岸吉雄郎、小泽增子、谷日光 3 个日军专家个个喝得酩酊大醉，神志不清，跌跌撞撞挪不动脚。光熊郎、伍田中下等本想送 3 个专家上楼，但他俩没挪动步子就醉得瘫软下来。

郑强龙见日军个个醉得不省人事，认为机会到了。郑强龙立即招来已在一楼厨房等候的洪添寿和郝大勇，他们 3 人一人架着一个日军专家往二楼去。郑强龙架着岸吉雄郎，洪添寿架着小泽增子，郝大勇架着谷日光，二楼楼梯口把守的日军士兵见是服务员架着日军专家也就让他们上楼了。上楼后，3 个日军专家分别被郑强龙、洪添寿、郝大勇架进了各自的房间里。

郑强龙架着的岸吉雄郎醉得两脚直叉在地上行进，刚一进房间就呕吐了一地。洪添寿架着的小泽增子虽能行走但醉得眼斜嘴歪，人没个正形，七扭八拐地左右摇晃。还有郝大勇架着的谷日光简直像死猪一般，硬是被

拖进了房间。3 个日军专家被架进房间，一个个地倒在床上像僵尸一般。

郑强龙、洪添寿、郝大勇他们在各自的房间里，按事先约定的方式迅速拿出绳子分别扣在岸吉雄郎、小泽增子、谷日光的脖子上，准备将其无声无息地解决掉。

洪添寿、郝大勇他俩分别在各自的房间里解决得很利索，小泽增子、谷日光不声不响地被他俩勒死。随后，洪添寿、郝大勇他俩按事先计划的路线从二楼窗子跳了下来。

可郑强龙这边并不顺利。

当郑强龙猛地把绳子扣在岸吉雄郎脖子上时，岸吉雄郎酒劲渐醒，突然睁大双眼。面对眼前这"服务员"的举动，他意识到遭遇了抗日分子，他一面挣扎一面大声呼叫。当郑强龙双手用力勒紧岸吉雄郎脖子时，岸吉雄郎先是双手抓住绳子拼命反抗，当郑强龙用双腿压紧他胸部时，岸吉雄郎又松开手去推郑强龙的腿，在推腿过程中，岸吉雄郎的手在乱抓，突然拔出了郑强龙别在腰间的枪。

"叭"，岸吉雄郎扣动了扳机。

一声枪响，子弹从郑强龙耳边穿过射向了墙壁。说时迟那时快，郑强龙用力一把夺回了岸吉雄郎手中的枪，用枪把重重地敲击岸吉雄郎的脑袋，顿时岸吉雄郎脑门上血流如注，失去知觉。

"什么人?""抓刺客"——

听到枪声的日军，开始冲向二楼。

郑强龙夺门冲出，这时已听得见二楼的楼梯上日本人的狂叫声了。郑强龙抬头一看，只见前方一个日军端着枪正从楼梯口冲出来，郑强龙举手一枪将其击毙。后面的日军立即退缩到楼梯下，郑强龙趁机转身飞奔到二楼走道头根，从二楼窗子跳下。

此时，蹲守在窗子下面的宋二柱接应他上了船。

陶水根快速划动小船，不久，小船便消失在江面的夜幕里。

第二十一章

专家未死吐信息　王贼查图到学堂
威逼昔日工程师　方知矿图何处藏

岸吉雄郎并没死，但已奄奄一息。

在县城日军医院，岸吉雄郎全身插满灌着药水的管子躺在病床上。

武英本吉获悉3位专家遭到共产党游击队袭击，且两人现场被杀，一时间大脑"轰"地蒙住了。望着病床上尚有知觉的岸吉雄郎，武英本吉急切地想从他嘴里了解共产党游击队袭击专家组的情况，还有就是目前铜官山矿区的矿产资源勘探将如何进行？

这些成了武英本吉眼前最为关心的问题，他希望能从岸吉雄郎嘴里得到答案。

但岸吉雄郎只是用微弱的声音在重复一个字："图、图、图……"

武英本吉和站在床边的池田介二、夏井志雄、渡边都无法理解其中的用意。

只有光熊郎似乎有一点领悟，他努力地回想着……

"对!"光熊郎想起昨夜他和专家组在大通旅馆小客厅里狂欢时的情景。

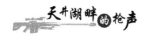

昨晚在酒桌上。

光熊郎、伍田中下等大队里的军官陪着岸吉雄郎、小泽增子、谷日光喝酒时，岸吉雄郎有一个提议：在喝酒前，他们3人每人要发表一段效忠天皇的誓言，以增加这次他们3人到铜官山为"圣战"探矿的仪式感！小泽增子、谷日光听后都感到这个提议好。小泽增子首先倒满一杯酒，端起酒杯说从他开始，他说道："自己是田中家族的后代，为'圣战'来到中国，这是自己的荣光，虽然不在战场上直接杀敌，但每找到一地矿产就是为'圣战'加油，如为'圣战'找矿献出生命就是为家族争光。"接着是谷日光，他说道："从富士山边来到中国长江之滨，是天皇的光芒照耀自己，天地有灵，时光可鉴，愿为大和民族统一大东亚贡献一切。"最后是岸吉雄郎表白，只见他举起酒杯，先是表情沉重地说道："自己抽调来铜官山之前正在参与昭和研究会中国战时问题研究所关于'七七支那事变'战备支持的研究，研究的结果让自己深感焦虑。因为'圣战'中，战备所需的铜、铁、铝、锡、煤等主要矿产资源，日本本土的自给率分别只有31%、23%、30%、29%、8%，根本不能满足战争的需求，'圣战'所急需的矿产资源只有从外部解决。这次自己作为专家组组长，被抽调到铜官山为皇军探矿感到责任重大。"说到这里，岸吉雄郎停顿了一会儿，然后激情饱满地对在座的说道："作为大和民族的军人，亲赴铜官山一定要探清宝藏为'圣战'的胜利而完成使命；作为岸吉家族的子孙一定要查清大清的贼民当年深藏的矿图，为父辈了却心愿！为'圣战'找矿节省时间。"岸吉雄郎说到这里将杯中酒一饮而尽。

这时，小泽增子和谷日光对"查清矿图"有所不解，而瞪大眼睛问岸吉雄郎。

岸吉雄郎讲述了一段他的父辈在中国，也就是铜官山矿探矿的往事。

那是清朝末年，1907年5月清朝政府农工部准备进行全国矿产普查。美国、英国、日本等多家公司参与竞争。其中，日本海格森公司从安徽抚台手中获得了普查安徽矿产的代理权，但是为了加快进度，能够参与中国更多省份的矿产普查，海格森公司在对铜官山地区勘探中发现铜陵矿务公所珍藏着历代完整的地质矿产资源分布图，作为海格森公司的主管也就是岸吉雄郎的祖父，决定花重金从矿务公所一个中间人手中买回这些资料，来冒充海格森公司勘探成果。当他们谈好价格交易时，中间人不仅没有提供图纸资料，却勾引土匪抢走了购买矿图的资金。由于岸吉雄郎的祖父知道购买矿图的行为是在欺骗安徽官府，资金被土匪所劫既不敢报官又不便张扬，只能是哑巴吃黄连。但海格森公司董事长土肥一郎根本不相信"土匪抢劫"这一说，认为是岸吉雄郎的祖父编造了购图行为而私吞了资金。岸吉雄郎的祖父从此背上了贪污的罪名，也给岸吉家族带来了污点。海格森公司董事长土肥一郎始终坚持，岸吉雄郎的祖父只有把图纸找回来才能证明自己是清白的，但这个图纸岸吉雄郎的祖父一直都无法得到，岸吉家族的污点也无法洗清。岸吉雄郎应征来中国参战，特别是这次从关东军黄金部队抽调到铜官山去探矿，岸吉家族掌门人岸吉菊刚要求他一定要记住前辈的嘱托，想方设法也要找到当年祖父在铜官山交易时的矿产分布图，以雪洗耻辱。所以"图"这个字，像影子一样在岸吉雄郎的脑子里挥之不去。

光熊郎一边回忆一边思考：岸吉雄郎嘴里所念叨的这个"图"字，莫非就是告诉我们在铜官山矿区的中国人手中有我们要的矿产资源分布图？

光熊郎忽然明白了这"图"的含义。

他对武英本吉说道：

"大佐阁下，岸吉组长是在告诉我们中国人手中有皇军要的矿产分布图！"

"噢？"

"有矿产分布图？"武英本吉把紧贴在岸吉雄郎嘴巴上的脸转向了光熊郎，惊讶地问道。

光熊郎把昨夜"酒桌上"的情形复述了一遍。

武英本吉听完光熊郎的话，脸上凶残阴沉的表情有所舒缓。特别是站在武英本吉身后的夏井志雄，一双焦急的眼睛忽然闪动起兴奋的光泽。因为他和武英本吉大佐的心情一样，都急需获得铜官山地区的矿产分布状况，而现在光熊郎的描述，可以说明有现成的矿产分布图存在。

当武英本吉再次将脸转向岸吉雄郎时，挂满药水的针管已从岸吉雄郎身上拔掉，岸吉雄郎僵硬地躺在病床上——死了。

面对岸吉雄郎的遗体，武英本吉从口袋里掏出一枚事先准备好的圆形徽章放在他遗体上。

这是一枚日军"从军纪念章"。纪念章正面是一只展翅的金黄色的鸥，上方有一个日本天皇家族的菊纹章，由光芒四射的底纹衬托着。背面为樱花丛中的一对陆军和海军头盔，以及由盔带构成的框内写着"昭和六年至九年事变"篆体汉字，排为三列。这枚"从军纪念章"是日本政府 1934 年 7 月 28 日根据《二二五号帝国令》颁布的，授予"昭和六年至九年支那事变从军人员"，以"奖励"参加上述侵华战争行动的日本军人。

武英本吉放好徽章后，向遗体行礼。

礼毕，武英本吉板着凝重的脸转过身，对池田介二、夏井志雄、渡边等身边的日军发话道：

"岸吉组长是大日本帝国军人的楷模，他从昭和六年踏上支那这片土地起就把大和民族的利益放在首位，他在生命的最后时刻，还牢记着自己肩负的使命，把家族秘密告诉我们，给我们提供了一条掌握铜官山地区矿产分布的途径，这是他用一种特殊方式完成对'圣战'的承诺，表明他对大日本帝国一片诚挚和忠心！"

武英本吉在赞美过岸吉雄郎的"事迹"后，突然，话锋一转，声调抬高，他用近似咆哮的声音，冲着池田介二、夏井志雄、渡边等人，发出了严厉的训令：

"诸位，3 位专家已为大日本帝国献身了，实现了他们效忠天皇的愿望。皇军对铜官山地区矿产状况已无法进行实地勘探了，但是岸吉组长吐露出的'秘密'告诉了我们，现成的铜官山矿产分布图就藏匿在矿区。拥有了矿产分布图，皇军才能真正主宰这块宝地！找到了矿产分布图，大日本皇军的血才没有白流！现在，找到这份矿产分布图的下落就是我们最急迫的任务！"

铜官山日军矿业所。

夏井志雄回到矿业所，脑子里一遍又一遍地回忆着光熊郎在医院的复述。

他在对光熊郎的复述进行梳理，他要从中找出岸吉雄郎提供的关键词，通过这些关键词来铺起找到矿产分布图下落的通道。

"清朝末年""海格森公司""矿务公所"……这些词和名称从他的脑子里一个一个滑过。

"矿务公所！"这四个字一下拨动了他的神经。

当年王小三的祖父就是领着三井公司的前辈为争夺矿石收购权曾和铜陵县矿务公所发生过重大纠纷，并引发了矿工暴动。岸吉雄郎在"酒桌上"的表白中，点到了矿产分布图深藏在当年的"矿务公所"，那么，王小三是否知晓铜陵县矿务公所深藏矿产分布图呢？

夏井志雄决定立即召见王小三。

在铜陵县城东门的山坡处，有一座标志性建筑——铜陵文庙。

铜陵文庙随东汉朝廷在该地区设铜官镇时而建，已有千年的历史了。文庙里供奉着中国老百姓心中的大圣人孔子的塑像，铜陵老百姓不仅把孔子奉为"神灵"供奉在心中，而且常到文庙里来朝拜，祈求孔圣人护佑子孙后代考取功名走上仕途，成为社会的栋梁。庄严的文庙不仅是传承铜陵文化根脉的地方，也是百姓心目中最神圣的殿堂。

但是，今天这里成了铜陵百姓最不愿前往和进去朝拜的地方，因为庙里多出了一尊日本神像"天照大神"。"天照大神"是日本天皇的化身，被奉为日本天皇的始祖，神像是一个女人像。而且这个女人的神像和中国的圣人孔子像并列摆放在神台上。文庙大门口上方曾挂过千年的"文曲星"门匾也摘掉了，换成了"铜陵维护社会治安和秩序委员会"的牌子。日本人委任王小三担任会长的"维持会"就设在这里。

王小三怎么能霸占文庙？怎么能让他的"维持会"在文庙里面办公呢？

县城的百姓虽然愤怒，但是大家却敢怒不敢言，因为王小三的背后有日本人在撑腰，百姓们只有无奈地选择远离，只能把孔圣人放在心中朝拜。

王小三本来是将"维持会"设在自己的宅院里，他也知道把"维持会"搬进文庙里会触犯众怒，但做了日本人的狗，只能听主人使唤。

武英本吉命令王小三，要将"维持会"建成日中亲善的典范。王小三就动起歪脑筋，想到了在文庙里动点子。因为日军宣抚班、政治报导班的宣抚官们在大街上演讲时，散发给老百姓的宣传纸片上写着日本和中国是"同文同种"，也就是文化同源、祖宗同根。如何表现这"同文同种"呢？他想：把日本人供奉的神灵放进文庙的供台上，与中国的孔圣人并坐，让中国人朝拜，这不就是"同文同种"的体现吗！王小三这一大逆不道、卖祖求荣的举措，得到了武英本吉大大地赞赏，称之为是"文化融合，共同共荣"的模范，并要求王小三进一步发扬光大，再出高招妙招。王小三这下实在"憋"不出新的招数了，索性就把"维持会"搬进了文庙，给武英本吉放了个绝招。"维持会"搬进文庙，王小三也就成了文庙的主人。

王小三接到夏井志雄的命令，立即从"维持会"赶到矿业所。

"王会长，我们已获知铜官山地区留存着历朝探得的矿产分布图，这对我们皇军开发这里的矿产资源十分重要，现在我们已查明与前清时期的矿务公所有关系。"

夏井志雄向王小三交了个底。

"哦，皇军怎么获得……"

王小三既好奇又想知晓。

"王会长，你只管完成你的任务。"夏井志雄翻着白眼，神秘而威严地训斥着王小三。

其实，夏井志雄是不想让这个中国人知道大日本帝国派遣的 3 名探矿专家还未进矿区就被共产党游击队全部消灭的惨象。他认为探矿专家被杀的消息要是传了出去将大大地有损皇军的军威和大日本帝国的尊严，他按照武英本吉的指令严密封锁消息，决不向中国人透露半个字。

夏井志雄向王小三传达了武英本吉大佐的命令：尽快查找矿务公所里深藏的矿产分布图。

王小三一听"矿务公所"这几个字，他立即想到了一个人。

王小三想到的这个人叫徐贵良。

王小三为什么想到徐贵良呢？

这还得要从王小三把"维持会"搬到文庙里说起。

在这座文庙旁边还有一些建筑，而且紧挨着文庙，它就是明朝洪武年间铜陵县城建起的第一座学堂，名叫"明伦堂"。

明伦堂本来是铜陵一个考取举人的京官，因热爱教育弃官回乡办的私塾，民国后改成了一所小学。日军占领铜陵后，老师和不少学生随家长逃难离开了学校。日军司令部军事科科长山田秋夫命令学校复课，必须要上日本课本，学堂老师们个个不愿，学堂一直停课。王小三把"维持会"搬到文庙，同时也霸占"明伦堂"一部分校舍。使用校舍的人正是徐贵良，他现在是"明伦堂"的私塾先生。

徐贵良并不是老师，他是原矿务公所的工程师，他的祖父当过清末矿务公所的总办。父亲也曾是民国初年矿务公所的工程师，后来在一次矿山事故中丧生。他熟悉矿务公所历史，了解公所内情。日本人占领铜官山矿后，他不愿为日本人服务。"明伦堂"停学后，也有一些孩子无学可上，他就借"明伦堂"校舍，做起了私塾先生。因为不是正规学校，只是传授一些中国传统的诗书礼仪方面的知识，因此未被日本人查禁。他本想安心施教以此为生，但王小三借用"维持会"的名义征用房产，霸占了"明伦堂"部分校舍后还嫌不够，想继续扩大区域，正准备把他"挤"走，徐贵良也无处可去，正为"去处"发愁。

王小三想，徐贵良正在为"去处"发愁，这是个"拿捏"他的契机，可让徐贵良开口提供矿图的线索。

县城明伦堂。

王小三在明伦堂一间不大的厢房里，找到了正在给孩子们上课的徐贵良。

徐贵良原以为王小三又是要来赶他走。

"王会长，你我都是中国人，你为了日本人，强占了文庙又要赶我们走，这些孩子都是我们的后代，你对得起我们的祖先吗？你连孩子们读书认字的地方都要占为己有，去服务日本人，你将来怎么向这些孩子交代？"徐贵良气愤地指责着王小三。

"徐先生，你可错怪我了，我这次不是逼你让出学堂的，而是让你可以安心教书。"王小三眯着眼，脸上透着阴笑，嘴里卖着关子说着。

"可以安心教书？"

徐贵良将信将疑地问道，他不知王小三葫芦里卖的是什么药。

"徐先生，日本人来铜陵的目的是开矿取铜，正在四处寻找矿源，如果我们把所知道的铜官山矿产分布图交给日本人，日本人就会安心开矿，也不会天天逼着'维持会'去四处打探，我这个会长也就不打扰你教书解惑了。"

王小三话中终于露出了马脚。

"这……"徐贵良的话停了。

王小三见徐贵良的话没有下文，脸色陡变，直接提出要求。

他威胁道："你只要告诉我矿务公所收藏的矿产分布图下落，你就可以在此继续施教。否则，明天这里可就成了祭祀日本'天照大神'的供台了，你好好想想吧！"

"王小三，你……"

徐贵良没想到王小三真是日本人豢养的一条恶狗。他一面谴责王小三，一面望着天真无邪的孩子。

他心软了。

其实，徐贵良并不知道矿产分布图的具体下落。他只是听父辈们曾经说过，铜官们组织每次矿师在勘探中获得的矿石开采点绘成图后交由铜官府收藏。

"交由铜官府收藏！"

徐贵良的话提醒着王小三，他脑袋一转，思考起来……

他对铜官府很清楚。

铜官府是朝廷委派的铜官在此办理涉矿公务的府邸。朝廷给予铜官们有一项恩赐，就是每任铜官可塑一尊铜像立于府中。到清朝结束，共有36位铜官来此任职，管理矿山。铜官府将这些铜官像按照铜官任职时间和生肖属性不同，陈列在祭祀堂里供矿民们朝拜，现在铜官府里的每一座铜官像都已成了矿民们心中的神灵了。

"矿产图可是矿民心中的宝物，一定要永久存放，交由铜官府收藏，放在哪会永久呢？"

王小三大脑里出现一个个问号。

王小三按照"矿民宝物""永久收藏"这个思路在铜官府里寻找矿产图的藏身之处。

"对！刻在铜官像身上。"王小三终于想到了铜官像。

矿产图也只有刻在铜官像身上，才既能让矿民朝拜又能永久保存。怪不得铜官像按生肖逐年在增加，怪不得方兴华每年都要领着铜官山公司的员工来祭奠铜官像。

原来……

王小三对于自己的这一判断异常兴奋。

他急忙赶到铜官山矿业所，向夏井志雄报告自己的发现。

夏井志雄一听矿产分布图有下落，他喜出望外，立即通知渡边集合队伍，在王小三的带领下向铜官府进发。

第二十二章

日共党员泄消息　藏图铜像免遭殃
管家怒斥狗畜生　日寇行凶烧铜官

王小三的判断是准确的。

在铜官府里供奉的铜官像身上确实刻有自铜官府设立以来勘探出的铜官山矿产开采点，也就是矿产分布图。

西汉朝廷册封"铜官"设立铜官府，汉高祖刘邦为鼓励铜官多为朝廷开采矿产造福天下，曾下旨到铜陵县府：为所有册封的"铜官"塑像供奉于铜官府中，将所有勘探所获得的铜官山矿产点镌刻在当年上任的铜官像上，两项旨令以此表彰铜官"为天下聚财之功德"。其实，朝廷给予铜官们如此高的荣誉不仅是开矿能增加财政收入，还有另外一番考虑，为了江山社稷的稳定。因为中国历代王朝都十分担心身居荒野的矿民受到异教的蛊惑，人心不稳，有结社造反之事，给铜官塑像，供奉于铜官府可树立铜官的威信，借神灵之身可以统一矿民思想，约束异端行为，使他们服从铜官府的管理。同时，提升铜官的自豪感，激励铜官尽忠职守为国家寻宝、为朝廷效力。

那么，汉高祖刘邦下旨，为什么要选择将寻找到的矿产点镌刻于铜官像上来褒奖铜官呢?

这是因为发现矿产点不仅是件极其不易之事,而且能体现铜官对朝廷的忠诚。

矿产的开采首先要确定地下是否有矿产,但如何发现地下的矿产?这既需要铜官们为朝廷当差的忠心耿耿,又需要智慧和勇气。古代寻找矿产是一件极其艰难的工作。采矿人先要在荒野之中寻觅矿物标志物,然后根据矿物标志物再进行开采挖掘。而发现矿物标志物不仅要有丰富的经验,而且在寻找中有可能要丢掉自己的性命。

矿物标志物是地面上能直接或间接指示出该处地下可能有矿床存在的各种实物。矿物标志物一般分为两类,有直接矿物标志物和间接矿物标志物。直接矿物标志物,如山野中的矿体露头、铁帽、矿砾、采矿遗迹、煤层露头、煤屑、煤泥、油苗、气苗、地蜡、地沥青、石沥青、炭沥青等,它能够让人们用肉眼从这些矿物标志物中直接看出矿产的存在和种类。而间接矿物标志物则需要采矿人凭经验作出判断。它又被分为两类。一类是地质状况呈现的间接矿物标志物,如蚀变围岩、特殊颜色的岩石以及特殊地形等异常地质物理现象。一类是地表植物发生变异所形成矿物标志物,如有些植物因吸收了地下矿产元素而呈现特殊的颜色或发生形态上的变化。人们可根据这些特殊的地质现象和植物颜色、形态的改变来判断出地下可能存在的矿产情况。中国古人在找矿时还凭借自己的经验总结出了一些间接矿物标志物赋存矿产的规律。例如春秋时期的齐国人管仲,在《管子·地数篇》中就记载:"上有丹砂者,下有黄金;上有慈石者,下有铜金;上有陵石者,下有铅锡、赤铜;上有赭石者,下有铁。"也就是说人们可根据地表上有"丹砂""慈石""陵石""赭石"来判断地下可能存在"黄金""铜金""铅锡""赤铜""铁"等矿产。又如明朝药学家李时珍在《本草纲目》中以及与他同时代的科学家宋应星在《天工开物》中,都曾记载:地表上植物颜色异样和形态发生改变,地下可能存在某种矿产的情况。《本草纲目》中记述："草茎赤秀，下有铅。""草茎黄秀，下有铜器。""山上有葱，其下有银。""山上有薤，其下有金。""山上有姜，下有铜锡。"《天工开物》中有："山中有玉者，木旁枝下垂。"他们的记载，表明"植物茎的颜色发红地下可能有铅矿，发黄地下可能有铜矿，发青地下可能有金矿、银矿，还有树枝下垂地下可能藏有玉石等"。书中的这些论述虽不能做到百分之百的准确，但是在采矿技术落后的远古时代还是为人们提供了找到地下矿产的路径。这些存有特殊现象的植物又被采矿人们称作寻找矿产的"指示植物"。

在"指示植物"中，铜矿的指示植物最为明显。《本草纲目》和《天工开物》中记载的"铜草花"这种植物就是一种能够准确地显示地下存有铜矿产的"指示植物"，也就是说有此花生长的地方，地下一定有铜元素的存在。铜草花，学名香薷，在植物分类中属唇形科，香薷属。直立草本，密集的根须，茎通常自中部以上分枝，钝四棱形，叶卵形或长条披针形，穗状花序似牙刷状，花冠淡紫色或紫红色，花萼钟形。铜草花多生长于海拔 2000 米以下贫瘠的山坡或乱石窝等处。只要找到这种铜草花，就不难找到铜矿了。

铜官山的先民们就是通过寻找铜草花的方式来发现地下的矿产情况的，但是要在崇山峻岭之中找到铜草花这种植物并非易事，不仅艰难而且危险，搭上性命也是常有之事。那些为采矿而寻找铜草花送命的人不是坠落悬崖就是葬送在豺狼虎豹等野兽之口。西汉朝廷册封的第一位铜官叫何忠，就是因为带领矿民们在原始森林中寻找铜草花这种植物而被老虎吃掉。何忠死后，他的儿子何雄继承父志依然带领矿民们在山中寻矿，却不慎跌下悬崖……朝廷获知何忠父子事迹后极为感动，深感开矿不易、寻矿艰难，何忠父子忠于朝廷恪尽职守，理应加以褒奖，遂下旨为何忠塑像并将所找到的矿产点镌刻在他的铜官像上。这就是汉高祖刘邦下旨为铜官塑像供奉的起因。

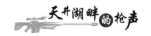

从西汉到清朝末年，在中国不同的历史朝代，中央政府在管理铜官山矿的过程中被册封为"铜官"并获得"塑像"殊荣的共有36位，其中有12尊铜官像的背面镌刻着铜官山矿的矿产点。这些矿产点虽然分布在单尊铜官像上，但组合起来就绘成了整个铜官山地区矿产分布图。

铜官府发现12尊刻有矿产点的铜官像所对应的铜官，他们的属相恰巧又能组合成十二生肖，因此又叫"十二生肖铜官像"。这十二生肖铜官像在开矿者眼里，那可是打开铜官山地下宝藏的钥匙，从铜官府设立到清王朝结束，一直是铜陵矿主们暗地里争夺的宝物，因为谁获得了十二生肖铜官像谁就掌握了铜官山地区乃至整个安徽皖南地区的矿产分布情况。

铜官府将这12尊含图生肖铜官像和众多的铜官像混合在一起按铜官上任的时间排序，放置在府内祭祀堂里的供奉台上供矿民们朝拜。

孙中山推翻帝制建立民国，铜官府由铜陵矿务公所接管。铜官山公司从英国人手中收回矿山开采权并经营该矿时，铜官府由矿务公所和铜官山公司共同管理。随着时光的流逝和朝代的更迭，十二生肖铜官像里珍藏着矿产图成了鲜为人知的秘密，只有铜官府老管家和铜官山公司老董事长等方家人知道。

王小三带路，夏井志雄跟在后边，渡边领着一条吐着长舌条的军犬，指挥着一个小队的日军直接奔向了铜官府。

铜官府红漆大门紧闭。

王小三和日本人一到此，日军就直接把门撞开了。王小三、夏井志雄、渡边和端着长枪的日军士兵一起冲了进来。

铜官府大堂庄严肃穆，堂内一片寂静。

大堂内已无朝拜的矿民，但供奉铜官像的祭祀堂里烟火缭绕，供奉台下，只有一个老者跪在布垫上，面朝供奉台，眼望上方的铜官像，双手合十在虔诚地祈祷。老者嘴里不停地念叨："大人们啊，日本小鬼子抢占了祖宗的宝地，惊扰了各位神灵，老身无法阻止，对不住诸位官爷、对不住诸位官爷……"

老者神情专注，虽然日本人闯进府中的声音已传进了祭祀堂里，但他并没有理会周边发生的一切。

老者正是铜官府的老管家——丁伯。

老管家丁伯祖籍并不在铜陵县铜官山，而是在与铜陵县隔江相望的长江北岸枞阳县周潭。他出身于周潭镇东乡村的武术世家。说到老管家丁伯的前辈们，在兴隆镇那可是响当当的人物。因为他和他的父辈们一直是铜官山矿"金龙"镖局的总镖头。丁家祖先创造的"金龙拳"是乾隆皇帝赐名的，"金龙"镖局的名号是朝廷册封的，"金龙"镖局自然是官家机构。镖局不仅承担向京城押运钱币、铜器的任务，还负责铜官山的社会治安。丁家在护卫铜官山矿时，不负铜官们的重托，尽职尽责，有镖押送时押镖，无镖可押时就巡视矿场，或组织打猎，防止野兽袭击矿工。丁家给子孙留下的祖训是"保矿山财物就是保国家祖产，生为矿上的人死为矿里的鬼"，护卫铜官山矿不仅是丁氏家族的责任，也是一条家规，丁家一代代地传承。

日军冲进祭祀堂里的嘈杂声越来越响，依然没有打断老管家的祈祷。

其实老管家心如明镜，深知日军的铁蹄踏入祭祀堂，铜官府难逃厄运，他无须再理会这帮禽兽。

此时，老管家只有一个念想：决不能给祖宗丢脸。他知道，闹太平天国时，一大批残兵游勇来矿里抢劫，祖父领着镖局的好汉将其赶跑；英国无赖商人霸矿时，被父亲组织的猎户队吓走。今天日本入侵中国，来矿里盗取矿图，他已抱定决心，舍命相拼，再续丁家保矿英名。

"丁老头，矿产分布图藏在哪尊铜官像里?"王小三迫不及待地向老者发问。

就在王小三问话时，渡边松开手，手中牵着的长舌条军犬"呼"地一下，跳到了供奉台上，钻进了众多铜官像的缝隙中东嗅西舔。

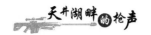

"畜生，滚开！"

老管家见狗跳上了供台，顿时怒火冲天，使出了全身的力气一跃而起，抄起身边的拐杖就朝狗打去。

这时，王小三上前一步，一把将老管家揪住，挡住了拐杖，嘴里喊道："老东西，问你话呢！矿产的分布图藏在哪尊铜像里？"

"你，你这个王八蛋，你去问那个畜生，你们都是一类的东西，好生生的中国人不当非要当东洋人的狗。"老管家抬起手中的拐杖指着那供台上的狗回答着，眼睛愤怒地瞪着王小三。

王小三一听，这是把自己骂成了狗，火冒三丈，凶狠地一把将老管家向地上推去，老管家一个趔趄，额头撞在供奉台的桌子角上，顿时鲜血直流。

供奉台上的那条长舌条军犬可能是闻到了血腥味，一声大叫，直接从供奉台上扑向了老管家。

军犬疯狂地撕咬着老管家……

王小三跨过老管家满身是血的身体爬上了供奉台，迫不及待地翻转着摆放在供奉台上的每一尊铜官像，在寻找他所需要的。

王小三对照着贴在祭祀堂里墙上的铜官画像，一共有 36 位，应当有 36 尊铜官像。

王小三在寻找中发现供台上只有 24 尊铜官像立在牌位上，有 12 尊铜官像已被运走。他还发现在被运走的铜官像空位子边上，还有运走铜官像的人留下的许多新鲜印迹，这说明铜官像是刚刚被人运走的。这也证实了自己的猜想：铜官山矿产分布图就藏匿在这些被运走的铜官像上。

夏井志雄在供奉台的下面急切地等待消息，瞪大布满血丝的眼睛直盯着王小三，当得知藏图的 12 尊铜官像已被运走，瞬间气得身体痉挛歪斜，两手狂抓乱舞，歇斯底里地号叫着：

"中国人统统死拉、统统死拉！火烧铜官府！火烧铜官府！"

"我要烧死这些铜官！烧死这些铜官！"夏井志雄的眼睛转向未运走的铜官像上。

随后，渡边指挥日军点燃了火把，一把大火在铜官府里熊熊燃起……

"哈——""哈——""哈——"

面对冲天的火光，夏井志雄极其变态地展露出复仇的狂笑。

但王小三面对燃烧的火焰，脑海里却还在复原刚才查找过的每一尊铜官像。12 尊铜官像在皇军到来之前被秘密地运走，他十分不解：因为搜查铜官府是他亲自到矿业所向所长夏井志雄汇报的。"是谁泄露了消息？难道矿业所里也有共产党游击队的奸细？"一个大大的问号在他脑子里徘徊着。

是的，在铜官山矿业所里确实有共产党员。

但这个共产党员不是中国的共产党员，而是日本的共产党员。他叫井泽俊——矿业所事务科长。也就是在顺风口工区井下巷道发现矿工"磨洋工"而并未去揭发报告的那个"矿业所里人"。

井泽俊是日本共产党员，为何来到铜官山矿业所呢？

井泽俊出生于日本长库县一个矿工家庭，通过上银座工读学校完成了大学学习生涯，获得矿业工程专业证书，并在北海道一座叫金钢川的矿山担任技术员。由于日本政府为了实现对外扩张的战略，逐年向中国东北地区移民，后由日本特务机关出面挟持清朝退位皇帝溥仪，在中国东北建立起伪满洲国。井泽俊所在的金钢川矿里的工程技术人员也被列在迁移之中，他随该矿员工一起来到中国哈尔滨。1937 年 7 月日本发动全面侵华战争后，他被征调入关派遣到铜官山矿。他在学校学习的是矿山管理专业，本想做一个优秀的矿业管理工程师好为社会做点有益的工作，由于日本政府发动战争，所占领的矿山都是采用军事化管理、生产经营都呈现畸形现象和自己在书本上所学到的理论与知识完全不同。到铜陵后他感到铜官山矿的开采历史悠久，国家对矿山管理有许多独到之处。特别是中央政府设

立"铜官"一职进行职业化管理模式让他十分感兴趣，为收集这方面的资料深入研究这一管理模式他多次来到铜官府调查。他在调查中与老管家结成了朋友。

其实，井泽俊还有一个秘密身份，他在校期间加入了日本共产党，是日本共产党劳动产业部的基层通讯员。日本共产党成立于 1922 年 7 月 15 日。该党的目标是废除天皇制度，实现国民民主权利，致力将日本建成独立、民主、和平的自由国家。由于日本共产党组织纲领、目标与天皇制度对立，因而受到日本政府的取缔，日共党员只能转入地下活动，党员的身份也不能公开。井泽俊只能秘密从事党的活动，他在本国读书期间就与流浪到中国上海的同学，在上海东亚同文书院读书的冈西中、安斋库治、西里龙夫、手岛博俊、白井行幸等一批热血青年一起建立了反对日本政府对外侵略扩张的进步组织"日支战斗同盟"。虽然他人在国内但是经常与该组织成员进行通信联系，反映日本国内的国民思想状况和日本政府的对外战略。到中国后经冈西中介绍在哈尔滨与日本共产党著名情报专家尾崎秀实相识并由他介绍加入了苏联间谍理查德·格尔佐领导的共产国际远东情报局"格尔佐小组"，并成为该小组的成员。井泽俊在中国东北哈尔滨一面以矿山工程师的身份作掩护，一面从事地下谍报工作，为"格尔佐小组"提供日本对东北经济侵略的情报。他被征调到铜官山矿后，尾崎秀实指示他秘密收集日本发动全面侵华战争后日本陆军部经济科在华东地区经济掠夺的情报，提供给远东国际局上海小组，所以他十分注意日军的动向。他在收集情报中发现矿业所十分重视稀有金属矿产的开采，稀有金属矿产中开采出的矿石可提炼出各种金属材料，这些金属材料主要是用于制造尖端武器设备。现在这些矿石都被矿业所储存在防守严密的二号矿石堆场里。他曾有意去二号堆场探视过，发现矿石并没有运出。这些稀有金属矿石一旦开始运走，就说明日本政府开始制造特殊战争武器，战争将会升级。这是一条很有战略价值的情报，这份情报关系着中日战争走向。他想必须找机会把情报及时送出去。由于日本共产党坚持反对日本政府发动侵华战争的立场，自己又是反战人士，所以井泽俊在铜官山矿只把自己定位在一个工程技术人员的位置上，从不参与夏井志雄、渡边等日本军人的战争活动。这次王小三向夏井志雄报告矿产图藏在铜官府，夏井志雄决定带人去搜查，他恰巧在矿业所走廊里听到王小三的报告才知晓此事。他认为这矿产图是中国人民的宝物，不应被日本军人所掠夺，作为一个反对战争的日本共产党员向中国人报告此事是他的职责所在，所以他才抄近路赶到了铜官府，向老管家丁伯报了信。

铜官府老管家从井泽俊这里得知日本人要抢夺矿产图的消息，先是震惊，因为铜官像藏图的秘密知道的人极少，当井泽俊把王小三来矿业所向夏井志雄报告的情况述说了一遍，老管家感到铜官府要遭大难了。他立即找来府里的两个伙计永保和根柱，让他俩找来一辆牛车，把 12 尊藏有矿产图的铜官像从供台上搬下装上牛车。他嘱咐两个伙计一个到兴隆镇方宅去通知铜官山公司总经理方兴华，一个把牛车上的铜官像拉往离兴隆镇两里外的关帝庙先藏起来，暂时避开日本人的搜查，等方兴华拿定主意后再转移出去。他自己留在铜官府里好拖住日本人。

老管家交代完一切，目送着两个伙计赶着牛车离开了铜官府。随后，他老泪纵横地关上了铜官府的大门。

所以，日本人毫无收获！当王小三领着日本人赶到时，12 尊铜像已被老管家安排伙计用牛车运走了。

装有 12 尊铜官像的牛车，在山路上飞快地奔跑……

铜官府的大火还在燃烧着……

日本人扑了空，藏有矿产分布图的铜官像不知去向。

夏井志雄和渡边从丧心病狂的举动中清醒过来后决定立即在铜官山矿区进行全面搜查。

第二十三章

游击队员运铜像　借助出殡运下山
半道敌追藏坟场　日军抓人方董挡

　　日本人一把火将千年铜官府付之一炬，矿民们心痛不已。而铜官府里铜官像上藏有矿图的消息不宣而泄，却让武英本吉喜出望外。

　　因为军部刚刚发来电文，指责他："保护工作不力，造成大日本帝国损失了3位优秀的专家，使得铜官山地区矿产资源无法查清，这将导致'TCU29掘宝计划'受阻。"武英本吉面对军部的电文正不知所措，专家遇袭，他深感自责，查不清矿源，矿山开发就如同瞎子摸象。此时，夏井志雄向他报告，皇军根据岸吉雄郎的线索，在搜查中证实铜官府里的铜官像上确实藏有矿产分布图，这个消息对他来说像是及时雨和雪中炭，让他阴沉沮丧的心立刻兴奋高涨起来。虽然3位专家不幸遇难，已无法实地勘探，但是只要找到了藏有矿产的分布图，铜官山矿的开发就有了方向，自己的过失就能得到弥补。遗憾的是皇军在铜官府扑了空，没有及时搜到铜官像，但矿产分布图确实存在的消息让他心中完成铜官山矿开发计划的信心倍增，瞬间像铜官府燃烧的大火一样越烧越旺。

　　他知道，让他获得矿产分布图确实存在的消息，最大的功劳还是应归功于军部派遣的专家组，是岸吉雄郎在临终之际提供了可靠的信息，夏井志雄和渡边才查实了矿产分布图藏在铜官府的 12 尊铜官像上。

现在面对军部的电文，如何回复军部的将军们才能消除他们心中的担忧和对自己的不满呢？

武英本吉想，就是要"尽快从中国人手里拿到矿产分布图，早日实施铜官山矿产开发计划"。这不仅是军部最需要的结果，也是告慰 3 位遇害专家在天之灵的最好方式。

于是，他一边吩咐部下向军部上报岸吉雄郎和专家组成员的"事迹"，为其请功，一面命令夏井志雄和渡边一定要找到 12 尊铜官像的下落，尽快得到矿产分布图。

铜官府的熊熊大火燃烧了一天一夜才熄灭，飘浮的烟尘笼罩着整个矿区。

矿民们望着自己朝拜的圣地被侵略者无情地摧毁，每个人的心中都涌动着无比的愤怒。但他们能做的就是顶着燃烧的火焰抢出了老管家的尸体。大家都知道老管家一定是为了保护刻有矿图的十二生肖铜官像而遭日本人残害致死的，至于十二生肖铜官像现在藏在何处人们并不知晓。

当然，知道铜官像下落的只有铜官山公司总经理方兴华和铜官府的两个伙计永保和根柱。

日本人杀向铜官府时，伙计永保和根柱按照老管家的交代找到了方兴华。方兴华知道，日本人正在矿区疯狂搜查铜官像的下落，必须找一个安全的地方藏起铜官像。

关帝庙。

永保和根柱领着方兴华来到关帝庙的一间侧屋，面对 12 尊熠熠生辉而又历尽沧桑的铜官像，方兴华深知它的分量。

当年自己的父亲把铜官山公司交到他手上时，特别叮嘱过要保护好铜官像。这些铜官像里珍藏的矿图就是矿民们的命根子，保护好这些铜官像就是保住铜官山的千年宝藏。不久前，父亲拒绝日本人要求，坚决不当维持会会长，被池田介二这个禽兽杀害了，父亲不惜性命就是为了保护中国的矿产不被日本人掠夺。如今日本人又想从铜官像上盗得矿产图，他们真是贼心不死。面对这些铜官像，他仿佛感到父亲就在眼前看着自己，父亲的话就在耳边回荡。现在只有保护好铜官像，不被日本人占有，才能对得起父亲的在天之灵。

"铜官像藏在哪里安全呢？"

众多的地方在方兴华的大脑中一一闪过，眼前的这12尊铜官像就像12位考官一样在等待他的答案。

他想起了东瓜山老岩岭上有一个秘密矿洞。

老岩岭上的矿洞，是当年郑强龙组织秘密物资运输线时的一个备用点。方兴华虽然自己不是郑强龙组织里的人，但他对郑强龙及他的组织是十分敬佩的。这些人有正义感、办事公道，做生意平等。所以郑强龙他们需要的物资只要自己公司有他都积极支持，双方在公平、自愿的原则下进行交易。交易完后，有时郑强龙组织的物资运输线一时受阻，交易的物资就储存在这里，那时这个矿洞他多次到过。这是一个废弃的采矿洞，位置偏，地形复杂，知道的人很少，日本人应该难以找到。

方兴华选定这里后，就领着两个伙计，从关帝庙里运出铜官像，他们赶着牛车一路奔波赶到老岩岭，将12尊铜官像藏匿在洞中。

夏井志雄和渡边接到武英本吉的命令后，在矿区疯狂地寻找铜官像的下落。

渡边在矿区原有哨位的基础上，又在矿区各出入路口增加了岗哨，出入矿区的人员一定要查验良民证，对于持不是矿区良民证的人员一律先扣留，查明身份后才能进出。在矿区内，日本人带着矿警四处张贴公告，悬赏举报藏匿铜官像的人。渡边还调集了几个小队人马，将搜查的范围扩大到铜官山矿区周边的村庄里。

日本人的搜查遍地开花，从矿区到矿外，不放过任何一处，荒山野地、犄角旮旯、矿民房前屋后，处处都见日本人搜查的身影。日军甚至还踹门入户，翻箱倒柜。矿民稍有不从，不是抓人就是遭毒打，有的还关进了日军的地牢，弄得整个矿区及周边鸡犬不宁，人心惶惶。

日本人火烧铜官府，洪添寿就判断日本人在铜官府里没有得到所需要的宝物，现在日军在矿区四处寻找"宝物"——十二生肖铜官像。他们的野蛮行径让矿民们苦不堪言。作为矿区党组织的负责人和县委游击队的副队长，面对铜官像的安全、矿民们的遭遇，他心急如焚。

他将范四平、赵保来，还有姚新江召集到洪家粥棚。

范四平、赵保来，还有姚新江和洪添寿一样，他们都十分关注日军的行动，大家虽然不知道铜官像现在藏在何处？是否安全？但是，都担心随着日本人搜查的不断深入，铜官像很快会落入日军之手。

"动员矿民组织起来，阻止日军的搜查，保护铜官像的安全！"范四平、赵保来、姚新江一致提出这个建议。

洪添寿却不同意，他认为现在日军搜查铜官像的势头正猛，像一只输急了眼的屠夫，只要有矿民阻拦就会遭到毒手，大规模地组织矿民活动只能是让手无寸铁的矿民惨遭更大的伤害。同时我们自己也不清楚铜官像流落何方。

他提出请示县委，等上级指示。

洪添寿及时将日本人在矿区的这一举动，通过联络点反映到了县委。

郑强龙得知了日本人为了获得矿产图，在矿区疯狂寻找铜官像这一情况，立即通过县委设在顺风口的电台将日本人的动向和安置铜官像的建议发往了皖南特委。特委书记朱承农指示，决不能让日本人得到铜官像、拿到矿产图，这些矿产图是我们中国人的宝贝，是打开铜官山地下宝库的钥匙。特委要求铜陵县委和游击队要将这些铜官像掌握在自己手中，运往江北交给新四军。

矿区兴隆镇。

郑强龙接到指示后，带着通讯员宋二柱赶到矿区。

对于十二生肖铜官像里藏有矿产图的秘密郑强龙是知道的，当年自己的父亲和方兴华的父亲在创办铜官山公司时曾告诉过他与方兴华，但作为秘密他一直保守于心。他认为藏有矿图的铜官像安放在铜官府里是最好的选择，既能让矿民供奉也是最安全的地方。这些铜官像有的已在祭祀堂度过了几个朝代，没有一尊受到损坏。因为这些铜官像已成了矿工心目中的神灵，谁也不敢玷污。没想到日本人不仅屠杀我同胞，而且连神像也不放过，侵略者的本性真是暴露无遗。他知道这次能将十二生肖铜官像藏匿起来，一定是方兴华所为，因为在矿区知道铜官像里藏矿图秘密的只有他了。

郑强龙和宋二柱直接赶到了方宅。

方兴华此时也焦急万分，日本人疯狂搜查，铜官像藏匿在老岩岭矿洞也不安全，现在要尽快将铜像运出矿区，才能保证不落入日本人之手。

在这个节骨眼上，郑强龙赶到方宅，方兴华兴奋不已，急切地想听听他的主意。

"强龙！你们来得太好了，铜官像绝不能落在日本人手里，鬼子正在搜山，下一步该怎么办？

郑强龙首先向方兴华阐明了中共皖南特委的意见：铜官像及收藏的矿产图是历史的遗产，归人民所有。现在日本人千方百计地要找到铜官像，我们决不能让这帮强盗的目的得逞，放置在江北交新四军保存最安全。

方兴华听后连连点头，表示理解。

郑强龙接着向方兴华提议：可以借老管家丁伯出殡送葬的机会，将铜官像和老人家棺材随送葬的队伍一起抬出去。

"和棺材一起抬出去？"方兴华有些疑虑。

"兴华，你想想，一来老管家祖籍是江北枞阳县周潭大山村丁家。中国人讲究入土为安，叶落归根，老管家丁伯的棺材要运回江北，正好进入新四军防区。二来老管家丁伯只身一人，以铜官府为家，他的丧事由铜官山公司操办在情理之中。我们可以安排好出殡送葬的时间、线路，避开日军搜查的时间段和哨口，县委游击队员混入送葬人群之中，负责运送铜官像。不过，铜官山公司操办丧事，日本人可能会找你麻烦，方家可是要承担风险的。"

方兴华听了郑强龙的分析，认为这是个好办法，至于日本人这边他会想办法对付。

他说："强龙，虽然我不是你们组织的人，但我们都是中国人，抗日和保卫自己家园人人有份，我按你们组织的要求去做。老管家一辈子守着铜官山矿，为铜官像而死，我们这样做保全铜官像，才能对得起他的在天之灵。日本人那里，我就管不了那么多了！"

"好，谢谢兴华！"方兴华的一番肺腑之言，让郑强龙非常感动。

随后，郑强龙和方兴华将老管家丁伯的出殡送葬整个程序、线路以及铜官像藏匿地方进行了商议。当晚，方兴华安排铜官府的两个伙计永保和根柱，趁夜深人静日军换岗之时将铜官像从老岩岭矿洞转移到方宅，准备第二天和老管家的棺材一起抬出铜官山矿区。

第二天，铜官山公司为老管家出殡。

天上飘着细雨……

天刚蒙蒙亮，矿民们就早早来到了方宅门前等待，为老管家丁伯送行。

方家按事先的商议，老管家丁伯的棺材卯时起棺。

卯时，出殡时间一到，司仪立即高声喊道："起棺——"

紧接着，请来的白喜班子奏起送葬的乐曲，送葬的队伍开始排开。

两个伙计披麻戴孝在前引路，4 个工友抬着一口朱红色的桦木棺材，另有 8 个工友抬着四个寿箱走在中间，铜官像就藏在寿箱中。郑强龙和游

击队员举着引魂幡混在送葬的人群中。后面跟着的是一些自发前来的矿民。

送葬的队伍缓慢前行，经过的道路两边，送行的人群中不时地传出哭泣声。

就在老管家丁伯出殡的同时，渡边带领的日本小队也查到了老岩岭矿洞。

渡边带去的长舌条军犬在矿洞里嗅到了铜官像留下的气息，把日军引到了洞中的里层，渡边进入里层后发现铜像已被运走。长舌条军犬又嗅着铜官像的气息把渡边带领的日本小队引向方宅。到达方宅时渡边发现出殡的队伍早已离开，他跨上摩托车指挥着日军小队去追赶。

送葬的队伍走到了被称为白家涝的无人区，绕过一个回字形山口时，郑强龙发现日本人的摩托车队向他们追来。

郑强龙知道日本人的摩托车队只要绕过一个山弯，很快就要追上来，他急忙和方兴华商量对策。

"兴华，日本人车队快要追上来了，他们追上后必定要进行检查，我们不能和送葬的队伍到江北了，必须先将铜官像藏起来，以后再找机会过江。"

"藏哪?"方兴华关切地问。

"先把铜官像藏在乱坟场，现在我们分两路走!"郑强龙答道。

"乱坟场?"方兴华记得这是三年前矿民害拉肚子病被县政府以传染病名义强行拉去集中隔离的地方。

"对，现在只有那里最安全!"郑强龙答道。

"好，我带送葬的人继续向前走，这样好吸引住日本人的车队。"

方兴华也认为现在只有把铜官像藏在那里，大家分开走，这是保全铜官像安全的唯一办法了。

岔路口。

方兴华带着送葬的队伍继续向前走。

送葬的队伍分成了两路。

郑强龙领着游击队员，抬着装有铜官像的寿箱停住了脚，随即拐进了一条小岔道，不一会儿，来到了一片阴森可怕的坟地里。

这片坟地叫白家涝乱坟场。

白家涝乱坟场紧挨着天井湖，这里原先是一片荒野之地，后来埋葬的死人多了就形成了坟场。这里埋葬的死人，有的是来矿上做工的，死后没钱送回老家就草草埋在这里；有的是死后准备从天井湖过江运回江北安葬，但船运费太高无钱支付，人就就地埋了。还有，就是三年前矿民们害拉肚子病，县政府选择了这里做隔离区，强行将矿民拉来集中隔离，虽然洪添寿组织了矿民抵抗，但还是有矿民被拉来，病死在这里。由于县政府宣称他们得的是传染病，不允许把尸体拉回矿区，死了的矿民就葬在了这里，所以矿区的人对这里有刻骨铭心的记忆。

因这片山地是无主荒地，人们也就习惯称作乱坟场。这乱坟场地下是矿岩层，岩层空穴很多且很大。坟堆都是沙石土垒成的，时间一长，风吹雨打，经山洪、湖水的冲刷，残留许多大坟洞。

郑强龙和游击队员将铜官像包裹起来藏进了洞内，然后迅速在山中隐蔽了起来。

渡边带领的日军小队很快追赶到了岔路口。这时一个日军发现小岔道上有一片送葬时撒出的白纸钱在空中飞着，渡边指挥车队朝郑强龙他们的方向追了过来。追到乱坟场，日军的摩托车队停住了，乱坟场里野狗狂叫，白骨一片。由于长舌条军犬锁在摩托车上，渡边未见其有什么异样举动。他只得举起望远镜，扫视了四周，镜头里看见送葬的队伍就在前头，他立即指挥车队掉转车头，朝方兴华他们去的方向追了过去。

郑强龙等游击队员摆脱了险情，但方兴华领着的送葬队伍遇到了麻烦。

渡边带领的日军小队追赶上送葬的队伍,众人停下脚步。

日军把送葬的人员左查右查,没有发现可疑人员。最后强行打开了棺材,并没有查到铜官像。

就在渡边疑惑不解时,"汪、汪、汪",一阵狗叫声引起了他的注意。

当渡边把锁在摩托车上的长舌条军犬放了出来,长舌条军犬一下就冲到了人群中,扑向伙计永保和根柱,先是吐出血红的长舌条在他俩身边嗅了嗅,然后围着他俩,一面"汪、汪"狂叫,一面向他俩乱咬起来。

顿时,送葬的人群乱成一团。

渡边望着军犬的撕咬场面,他明白了。他立即命令日军将永保和根柱两人从慌乱的送葬人群中拉了出来。

永保和根柱惊恐地站在渡边面前。

渡边一面让日军士兵押着永保,一面让日军小队长示意长舌条军犬去攻击根柱。

长舌条军犬看见日军小队长的手势立刻向根柱扑了上去疯咬,根柱瞬间被长舌条军犬咬得满身是血,痛得撕心裂肺地惨叫。那血腥的场面令在场的人不敢睁眼看。

"八嘎牙路,铜官像在哪里?游击队去哪里了?你说不说?你不说,他就是你的下场!"渡边手指着根柱,逼着永保交代。

永保望着满身血痕的根柱,眼睛怒视着渡边,但嘴巴却咬得铁紧,只是不停地摇头,表示不知道。

"八嘎牙路,八嘎牙路,看看你的皮肉硬还是军犬牙齿厉害!"

"来,让我的'秋巴'撬开他的嘴巴!"

气红了眼的渡边见永保不开口,他指挥着日军小队长把长舌条军犬引向永保。

送葬的人群顿时紧张起来。

"住手!今天是我们方家为丁伯出殡的日子,你们又查人又拦路,还放出恶狗伤人，真是灭绝人性！不要再折磨他俩了，放了他俩我跟你去！"

正当那个日军小队长准备放长舌条军犬去撕咬永保时，方兴华冲到了渡边的前面，他挡住了那个领着狗的日军小队长，并用日语指责着渡边。

"停！"

渡边一看，方兴华从人群里站了出来，瞪大眼睛盯着方兴华片刻，立刻用手势制止了日军小队长。

渡边冲到方兴华面前，责问道：

"方经理，你护佑他俩，方经理一定清楚铜官像的下落，那就随皇军去司令部解释吧！"

随后，渡边放开了永保和根柱，将方兴华押上摩托车带走了。

第二十四章

日军扣船封湖面　书记点拨老板明
铜像混成鬼子货　妙计骗过日本兵

撕咬根柱的长舌条军犬，名字叫作秋巴，属日本狼青犬类，中国人叫它大狼狗。它是渡边专门从日本横滨军犬学校挑选来的。

当年渡边在军校学习时就是个"军犬迷"，特别喜欢研究犬类习性。因他在训练军犬科目比赛中获得优胜等次，上战场前作为奖励品可以自选一条军犬，他看中了这条长舌条日本狼青犬。这条大狼狗体格健壮，服从性强，警惕性高，对气味的辨别能力比人高出几万倍，是专门用来检查、搜索人群和物品的，只要人体和物品留有被检查人或物品的一点气息就能被锁定。而且它还被渡边训练得能听懂固定简单的日语。所以一放出长舌条军犬，它就嗅到了永保和根柱身上留存着与铜官像一致的气息。

渡边从长舌条军犬扑向永保和根柱那一刻起就判定铜官像同他俩有关系。同时，他认定铜官像离开送葬的队伍时间不长，而且最终送到的目的地是江北新四军根据地。因为送葬的目标是江北，铜官像跟着送葬的队伍一起走是最好的障眼法。但在送葬的物品中确实没有查到铜官像。他想这铜官像一定是在半路上撤出了送葬队伍，也就是说铜官像还没有过江。他之所以不在送葬的人群中再追查拷问，一是因为他的手中已有方兴华这张底牌，二是他要向司令部报告尽早采取措施防止共产党游击队把铜官像送过江去。

县城日军司令部。

渡边向武英本吉建议即日起封锁通江口岸，起用新的通行证件，加强对出湖船只的检查。

武英本吉同意了他的建议，下令：封锁天井湖湖面，在水上增加巡逻次数，对可疑船只一律扣押禁止出湖。

池田介二听到渡边扣押着方兴华非常高兴。而且方兴华是自投罗网，这更让池田介二感兴趣，他想从方兴华身上挖出铜陵地区共产党游击队。所以他向渡边提出方兴华交由司令部处理，他要亲自出面审方兴华。

天井湖井字滩。

渡边的追杀打乱了郑强龙游击队把铜官像送过长江的计划，他们只好把铜官像藏在乱坟场里。

日本人已经封湖，来往的船只必须要有日军司令部颁发的新通行证，这给铜官像的转移带来了困难。

铜官像如何运出去？

郑强龙和游击队员们商议着。

这时，郑强龙提到了一个人，这个人就是广通船运公司老板赵九。

"赵九？他现在可是在给日本人干事！"范四平一听赵九就担心地提醒道。

"对，我就是看中了这一点。"郑强龙特别强调地说。

郑强龙为什么想到赵九呢？因为广通船运公司过去一直是地下党运送矿物品到中央苏区的一条重要通道。现在日本人征用了赵九的公司运送矿产品出湖到长江口扫把沟码头。

郑强龙说："赵九的船运公司过去为我们地下运输线做过有益的工作，

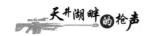

现在虽然在为日本人做事，但我们可以利用他为我们服务。"

"现在日本人封锁湖面，所有民船无法通行，只有日本人征用的官船才能在湖上跑，赵九在给日本人运矿石，肯定能通行。"洪添寿也想到了他。

大伙儿听郑强龙和洪添寿这样一说，认为可以找赵九试试。

郑强龙带着洪添寿打扮成老板和伙计模样，佯装来到广通船运公司谈生意。

广通船运公司坐落在天井湖边，公司主要是把铜官山地区矿产品等通过天井湖运到长江各码头港口。

走进公司经理室，郑强龙和洪添寿见到了赵九。

"赵老板，多日不见，现在发大财了。我们有批货想从你这走。"郑强龙主动招呼着，说明了来意让赵九想办法。

赵九一看是郑强龙和洪添寿，先是一愣，然后迅速把门关上，好似怕被人看见。

"走货欢迎，可不比从前了，现在日本人查得紧，每船货都有日本人跟班押运。"

赵九知道郑强龙他们要运的货肯定是违禁品，私运违禁品被日本人查出是要杀头的，他有些害怕。

"你们看看，这些都是日本人跟班押运的记录。"赵九说着从抽屉里拿出一个记录本子递到郑强龙手上。

郑强龙翻了翻赵九递过来的本子。

不过，赵九没有讲假话，每次替日本人运送矿石，的确都有日本宪兵跟船押运。

郑强龙望着赵九为难的脸色，能理解赵九的苦衷。郑强龙正要起身离开，从眼角的余光中，发现四只木箱整齐地排放在墙角，显然不是矿石。

"那是何物？"郑强龙指着墙角的一排木箱问道。

"哦，那是矿业所夏井的私人物品，等着装船的。"赵九神秘地告诉郑强龙。

原来这四只木箱是夏井志雄的私人物品，里面装的是在铜官山各井口采集的矿石标本。夏井志雄要将这些标本偷运出去，提供给三井公司做矿物研究用。

郑强龙望着这些木箱若有所思……

这时，一个大胆的想法在郑强龙的大脑里油然而生，他想在夏井志雄私运物品上做文章，利用此机会来个调包计，把铜官像运出去。

郑强龙把自己的想法全盘托出，告诉了赵九。赵九一听就慌张起来：

"不行、不行，这样做很难做到天衣无缝，日本人很狡猾！查得非常严。"赵九担心出现破绽被日本人发现，并以此为借口想推托。

这时，郑强龙的脸色由温润平和转向严肃认真，双眼直视赵九，坚定而有力地对他说：

"赵老板，抗日是全民族的事，我们每一个有血性的中国人都有责任和义务为赶走日本侵略者出一份力。过去我们请你为共产党运输线向红军运送物资，我们共产党都记着你这份情。你现在替日本人运送矿石矿民们对你都有误解，但我们共产党游击队知道，你虽然替日本人做事，但挣的是生意应得的干净钱。你不想被别人把自己看成了和日本人穿一条裤子的汉奸，就应该多为抗日出点力。这次我们要运送的东西关系着铜官山矿的命运，我们共产党游击队借你的船用，会在抗日功劳簿上为你记上一功的，希望你能想办法支持！"

郑强龙把抗日政策和帮助共产党游击队做抗日工作记功的事告诉他。

赵九对郑强龙讲的这些道理听得虽似懂非懂，但郑强龙提出矿民们的"误解"点到了他的痛处。自从他的公司被日本人征用，替夏井志雄的铜业所运送矿石，他在矿民们的眼中好像成了另一种人。往日与他公司常打交道的客户都不再找他的公司做业务，还有一些江湖上的朋友也不敢与他

接近，他正为此事感到苦恼。同时他也感到委屈：在天井湖上货运能力较大一点的运输船只，一是方兴华铜官山公司的船队，二是他的广通船运公司。他本不愿意给日本人运货，但日本人却强制征用，日军司令部发下话来，不给日本人运送货物，公司就要被日本宪兵查封。自己的公司有几十号人，公司如不运送货物，这几十号人家里的日子就没法过。但他心中还是有一杆秤，决不和日本人同流合污，做被人指着脊梁骨骂的事。听了郑强龙的一席话，他的心里敞亮了许多，也得到了提醒，多做有益抗日的事才能消除矿民们对自己的误解。刚才郑强龙提到的运货之事虽然比较危险，但能在共产党游击队的抗日记功簿上记上一笔也是值得的。

赵九的思想很快得到了转变，表示愿意配合。

在广通船运公司仓库。

4只与夏井志雄私人物品一样的箱子被郑强龙他们放到了夏井志雄箱子一起，并做了记号。郑强龙他们箱子里装的正是要运送到江北的铜官像。这样一共8只箱子整齐排放在墙角，而这8只箱子大小尺寸一样，造型一致，不做记号很难判定出哪个箱子是夏井志雄的，哪个箱子是郑强龙他们的。

在天井湖南门码头矿石堆场。

日本宪兵一面在矿石堆场四周巡视，一面在监视搬运工干活。

赵九今天特地赶到堆场，他不仅要亲自指挥搬运工装船，而且还要跟船押运。往日像矿石装船、押运这类常规的活计一般都由公司的船运调度员安排人员验关，跟船就行了，但赵九接受了郑强龙的"任务"后，感到自己不亲自将货送交对方，心里总是忐忑不安。还有货的交接方式是郑强龙和他商量的，他不去会出现差池的。

广通船运公司的"广通一号"运矿船停泊在码头上。

日本人在码头上设有专门的检查点，检查点由日军宪兵值守。检查所有出湖的货物，目的是防止商船夹带违禁物品偷运给江北新四军。

赵九在矿石堆场发货处看着搬运工把一筐一筐矿石往船上运，在矿石装满船后，赵九让搬运工把郑强龙要运的箱子与夏井志雄的私人物品混在一起，也就是和夏井志雄装矿石标本的箱子放在一起，抬往船边检查点去接受日本人的检查。

"喂，这里有问题！"

突然，检查点上一个检查的日本宪兵高喊了一声。

赵九听到这喊声，心"咯噔"一下跳了起来，不知发生了什么？他急忙赶到检查点。原来检查的日本宪兵看搬运工抬来了 8 只箱子感到可疑，要开箱检查里面的货物，正在喊领班的管理员过来看看。

这时一个领班的日军管理员赶了过来，他向搬运工做了一个停下的手势，并责问道："怎么会有这么多箱子，里面装的是什么？平日里长官们也没有这么多私货要带啊？"

"这，这……"领班的日军管理员这一问，一下把几个搬运工问住了。

搬运工只好停住脚步，8 只箱子放到了地上。

赵九一看撂在地上的箱子一下子蒙了，心跳得特别快。

当他抬起头，原来是领班的日军管理员恒刚二郎在盘问搬运工，这时他脑子一转，把手伸进口袋摸了一下又拿了出来，一把握住恒刚二郎的手，另一只手指着地上的箱子。

"恒刚太君，这些都是夏井所长的私人货物，你看这箱子上都是有符号封签的！我的是小小的经理，可不敢撬开他的箱子，他是大大的太君！"

领班的日军管理员一看是赵九，再看看地上的 8 只箱子上都贴上了矿业所的标志，当他把自己的手从赵九的手中缩回时一沓钞票传到了自己的手中，日军管理员恒刚二郎心领神会，用捏紧的拳头拍了拍赵九的肩膀。

"赵老板，你的皇军大大的朋友，哟西！"

随后，领班的日军管理员恒刚二郎转身对着检查的日军大声说道："统统地上船，这些都是夏井所长的货物！"

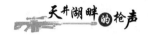

8 只箱子全部放行通过了。

郑强龙他们的箱子运到了船上，还是和夏井志雄装矿石标本的箱子一起放在船舱后面。

随后，赵九陪着领班的日军管理员恒刚二郎上船再检查了一圈，看到船上装的都是矿石，恒刚二郎向赵九发放了一张"广通一号"船的通行证。

船在 4 个日本宪兵的押运下，从天井湖南门码头起锚了。

船起锚了，赵九的心才放了下来。

他刚才塞钱可谓是急中生智，好在他知道日军管理员恒刚二郎是个贪婪之徒，要是遇到个不吃贪食的硬茬子硬要开箱，那可就是个大麻烦了。想到这里，赵九的脊梁骨又开始发凉了，他不知后面会发生什么……

船在湖面上行驶着，湖面上看不到什么过往船只，只有日本人的巡逻艇在来回穿梭。

快出湖时，一艘日本人的巡逻艇挡在航线上。

赵九知道这是日本人检查出湖证，押船的日本宪兵让赵九扬了扬通行证，示意让道。但是对方并没有理会，而是直接将巡逻艇靠向赵九的船"广通一号"。

这时，一个日军军官带着几个日本宪兵从巡逻艇上跳到赵九的船上。原来上船的是日军驻铜陵县城大队长伍平措三，他正带领驻县大队的日军按照武英本吉大佐"两个一律"的命令，对所有出湖船只进行严格检查。所谓"两个一律"，也就是对所有出湖的船只一律进行登船验证，对可疑货物一律拆箱检查。这是武英本吉接受渡边建议实施"铁桶防卫"措施后发出的最新指令，决不能让铜官像运送到江北新四军手里。

伍平措三一上赵九的船，负责押运的日本宪兵和赵九就把通行证递给了他。伍平措三的眼睛根本就没有看证件，而是用目光搜索着船上的货物。满船的矿石在阳光的折射下闪闪发光，五彩斑斓，这些并没有引起伍平措三的兴趣，而是放在船舱后面的 8 只箱子引起了他的注意。

"这是什么?"伍平措三指着箱子问负责押运的日本宪兵。

"这、这，这是夏井所长的私人物品。"日本宪兵小心地回答着。

"私人物品，什么私人物品，统统打开!"伍平措三严厉地训斥日本宪兵。日本宪兵转身去取工具去了。

"太君啊，不能打开啊! 那是夏井所长的货。"

赵九一听要打开箱子顿时吓傻了，他知道郑强龙他们的箱子里的东西就是日本人要找的东西，一旦打开箱子，自己就脑袋落地。所以他急得一头扑向箱子上去，嘴里大叫着。

"这是什么人?"伍平措三并没有听懂赵九的话，而是被他的举动弄蒙了。

"报告少佐，他是这艘船的老板——赵九。"取回工具的日本宪兵看到此情景，回答伍平措三。

"不管是谁的货，统统拆箱检查，这是大佐的命令!"伍平措三命令日本宪兵。

日本宪兵拉开扑在箱子上的赵九，将拆箱工具——一把钢刀，插进了箱子盖板。

"咔嚓""咔嚓""咔嚓"……

箱子一箱一箱地被拆开，吓傻了的赵九，每听到这一"咔嚓"声，就下意识地闭上眼睛，幻觉子弹正向他脑袋射来。

"报告少佐，这些箱子里面都是小小矿石，没有发现可疑物品。"拆开箱子的日本宪兵报告着检查的结果。

"小小矿石?"伍平措三眉头皱了一下，重复地追问道。

"是的。"日本宪兵再一次报告着检查的结果。

伍平措三并不放心，亲自走近箱子，一个箱子一个箱子查看了一遍，箱子里面放着的物品确实是做实验用的小小矿石，也就是矿石标本。

"好，放行。"伍平措三扬扬手，示意日本宪兵们返回巡逻艇。

赵九傻傻地望着这一切，悬着的心这才放了下来。但感到不解，郑强龙明明告诉他箱子里装的就是铜官像，怎么是"小小的矿石"呢？

原来郑强龙他们的箱子虽然和夏井志雄的箱子大小一样，但是郑强龙把箱里做了两层，下层放铜官像，上层也放了小小矿石。所以伍平措三检查时 8 只箱子都是矿石标本。郑强龙他们这样做就是为了预防日军拆箱检查。这次还真是起到了作用。

箱子放回了原处，赵九仔细察看才发现箱子"两层"这一玄机，他的心才彻底平静下来了。

船，向长江方向驶去，渐渐地离开了日本人的封锁线。

船驶过封锁线后，赵九走上甲板不停地向江面眺望。这时，他发现不远处有一只船在行驶，而且船帆上挂着一片蓝色棉布。

赵九站在甲板上，用毛巾向挂着蓝棉布的船挥动着，他看见对面的船上收起了那片挂着的蓝棉布，他迅速走下了船舱。

不一会儿，船下突然传来"轰"的一声响，船停了下来。

赵九从船舱走了出来。

"赵老板，怎么回事？"这时，船上押运的 4 个日本宪兵乱作一团，冲过来围着赵九查问原因。

赵九急忙解释："船底出了问题，不能行驶了，必须停下修理，需要请对面的那只船上的人来帮忙。"赵九说着用手指着对面的那条船。

"为什么请对面船上的人，你呢？"一个押运的日本宪兵质疑地问道。

"太君，我的不行、不行。"赵九两手一摊，做出一副为难的样子。

押运的日本宪兵望着赵九无奈的表情，又望望船两边的滔滔江水，只好按赵九的意见做。这时，赵九双手握成一个喇叭形状放在嘴上，大声向对面的船喊话：

"喂——！对面的船老大来帮个忙哟！"

"好嘞——！"对面的船回应着。这对面的船正是郑强龙游击队事先安排好的。

郑强龙听到赵九喊话声后，把船迅速划向广通船运公司的船跟前。

两只船靠拢后，郑强龙带着化装成船工的游击队员跳上了赵九的船。

其实，船压根儿就没有坏，这一切都是郑强龙事先和赵九设计好的。

郑强龙他们在"修船"过程中，为了拖住敌人，特地让赵九把押船的日本宪兵集中到船甲板上，并安排他们做拉升风帆的差事。4 个日本宪兵手握绳子，在赵九的指挥下不停地调整风帆方向，这样他们握着绳子就不能松手，人也就离不开前甲板。

这时，郑强龙他们趁日本宪兵在船头看不见船尾的情况，迅速将装有铜官像的 4 只箱子从赵九的船上搬到郑强龙的船上，然后将郑强龙船上事先准备好的另外 4 只模样一致的箱子搬到赵九的船上。调包后，一切恢复了原状，8 只箱子一只不少地还是放在船舱后面。

不一会儿，赵九的船"修好了"。

郑强龙他们划着装有铜官像箱子的船迅速离开了。江面的不远处，江北新四军兵站的船早已在此等候。

第二十五章

矿业所长怕追责　抗日老板遭残害
暗中营救巧安排　欲挖共党阴谋败

县城日军司令部。

武英本吉急切地等待着铜官像的消息。

但几天过去了，铜官像毫无线索，他心急如焚。陆军部又在催问《铜官山矿开发计划》的进展，没有矿产分布图，开发计划难以实施。这次在追查铜官像的过程中，各大队全体出动封锁湖面，扣押船只，更换通行证件，他实施的"铁桶防卫"措施如此严密，但是共产党游击队总能破防，情报处刚刚获悉铜官像已出现在江北新四军手中。

武英本吉得知消息后，脑子一片空白。

于是，他召集驻扎铜陵各地的日军大队长商议对策。

"大佐阁下，我们占领铜陵后虽然接管了铜官山矿区，但我们的主要对手共产党领导的游击队一直在保卫着他们的矿山，如果我们不把共产党游击队彻底消灭，我们的矿山开发将处处受阻，寸步难行。这次铜官像在皇军严密封锁陆路和水路交通道路的情况下还漏网，这说明共产党游击队太诡秘狡猾，也说明皇军对共产党游击队的防范和打击还存有漏洞！各大队要严查身边的可疑分子，不放过任何蛛丝马迹，让共产党游击队没有可乘之机。"

池田介二说着，眼睛把在座各位大队长扫了一遍。

在座的各位大队长在与他的目光交汇过程中，分明感到池田介二是在审视自己，目光中透露出不信任感。

一筹莫展的武英本吉听了池田介二的发言，很受启发。

"池田君说得对，我们要清除掉每一个为共产党游击队提供帮助的人，让铜官山地区成为皇军的净土。各大队要把消灭游击队作为重点目标，这样才能保障铜官山矿的开发正常进行。"

武英本吉接着指着渡边说："渡边大队长，这次铜官像在你的眼皮底下消失了，说明游击队就在你身边活动，而且十分猖獗。'铁桶防卫'措施在你的防区形同虚设，你的责任重大！"

渡边听了武英本吉训斥吓得满头大汗。

其实，在场的还有一个人比渡边更加紧张和害怕，他就是夏井志雄。

为什么呢？

原来驻扎在铜陵地区各大队都向武英本吉汇报了搜查情况，但结果都一样，铜官像影子都没有搜到。汇报中，渡边还有驻大通大队长光熊郎、驻扫把沟大队长田口一首、驻顺安大队长安日九峻都没有提到什么特别之处。只有驻铜陵县城的大队长伍平措三在汇报时提到了一个情况：他们在搜查赵九的广通船运公司运送矿石出湖的船只时，船上夹运着夏井志雄的"八箱矿物标本"。伍平措三发现武英本吉听后并没有表现出对夏井志雄的不满，他虽然感到有些不解，认为武英本吉没有深究的原因，其一可能是自己一再强调那 8 只箱子是自己亲自拆箱进行了逐一检查，箱中确实只是矿石标本。二是夏井志雄是三井家族成员，三井公司需要矿石标本也属正常。但夏井志雄的心却"咯噔"一下，因为指责他"私带标本"，夏井志雄并不害怕，这其中的缘由是个秘密，只有他和武英本吉知道。但问题是自己明明只有 4 只箱子，怎么会多出了"4 只箱子"？难道多出的"4 只箱子"里是偷运的铜官像？夏井志雄不敢多想，但也不敢吱声，因为此时如果提出自己只有 4 只箱子，那后果不堪设想。他决定秘密查清此事，如果是赵九所为，他将借此彻底查清在矿区活动的共产党游击队，届时也是为帝国立一大功。在怕追责又想立功的心理驱动下，夏井志雄保持了沉默。

赵九失踪了。

一连几天，广通船运公司的人都找不到自己的老板。此时的赵九正遍体鳞伤地躺在矿警所的牢房里。

原来赵九被夏井志雄秘密抓捕了。他没有让渡边大队的宪兵来参与，而是交给了矿警所秘密看管。因为私运矿石标本的事渡边虽然知道，但他并不知道多出了 4 只箱子。共产党游击队很可能就是利用自己私运矿石标本的机会转移出了铜官像，多出 4 只箱子的事是不能让任何人知道的，这不仅是要承担铜官像被共产党游击队所获的责任，而且会被看成是对帝国不忠诚的表现。所以，他一回到矿区立即让矿警所将赵九秘密抓捕。

在矿警所夏井志雄要赵九交代多出的 4 只箱子的事。赵九一口咬定是生意上的朋友，要一点特殊的矿石做丹药托他运的。因为赵九被抓捕事发突然，他没有任何心理准备，所以虽咬定特殊的矿石是朋友要的，但却说不出具体人员对证，只好随意瞎编了一家商号，他称是芜湖"百草堂"大药房的老板所托。赵九为什么要编出芜湖的药店呢？因为赵九的货船只是在芜湖码头停泊过，在这里办理出关手续，他只好扯上了地址在芜湖的"百草堂"大药房。夏井志雄为了证实此事，秘密派出医务处军医秋田以为矿业所采购药品为名前往芜湖"百草堂"核实。秋田到芜湖后找到了"百草堂"大药房，药房老板听了秋田的质问，一口回绝了此事。

秋田到芜湖"百草堂"核实，不仅证实了赵九在说谎，而且他还有了一个意外的"收获"。不过这个意外的"收获"，他准备直接报告给司令部。

赵九在说谎！夏井志雄由此认定4只箱子里藏匿着铜官像，赵九肯定是个与共产党游击队有来往的人物。他大喜过望，现在赵九在自己手里，只要撬开他的嘴，抓到共产党游击队只是时间问题了。可是赵九却是死硬货，就是不开口。审讯时赵九不是装糊涂答非所问就是闭口不谈，用尽了各种刑具，始终没有开口，夏井志雄只得将伤痕累累的他关在牢里。

在审讯赵九的同时，夏井志雄安排矿警所以例行检查违禁物品为名，查抄了广通船运公司。在搜查中发现了赵九存放的一个运货记录本，矿警所将记录本交给了夏井志雄。从这个记录本上，夏井志雄发现了广通船运公司曾运送了一些可疑物品，而这些可疑货物的发货人都是以一个代号叫"金子"的记录在运货记录本上，而这些可疑货物都是发往同一个地点，这个地点以前是共产党红军的管辖区。夏井志雄发现这个秘密后，更加坚定了赵九一直在为共产党游击队做事。夏井志雄认为发货的代号"金子"一定就是共产党游击队中某人或某个组织的化名。

夏井志雄决定再一次审讯赵九。

矿警所离矿业所不远，是一个独立院子，前院后房。后房是一排5间平房。其中1间是办公室，1间是审讯室，3间是牢房。

满身是伤的赵九再次被拖进了审讯室。矿警把他安置在墙角靠着墙壁，一根木杆卡住腰部，目的是不能让人动弹。

"赵老板，你不要抵抗了，我们早就知道你与共产党游击队有来往。我有证据表明，你早些年就在共产党的运输线上往中央苏区送违禁品。"夏井志雄眼睛直勾勾地瞪着赵九发问道。

赵九睁开带伤的眼睛，怒视着夏井志雄回答道："我们广通船运公司做的是天下人的生意，我在中国与谁做生意是我的自由，与你们日本人有何关系，用不着你来评判。"说完，赵九的身体一阵剧痛，又闭上了眼睛。

"不、不、不，赵老板你错了，这里现在属于大日本帝国管理，你做一切生意必须符合大日本帝国的利益和皇军的要求，你只要告诉我这个运货记录本上记录的代号为"金子"的发货人是谁，我们还是朋友，运送矿石的生意还是让你们船运公司做。"

夏井志雄说完，扬了扬手中的运货记录本。

赵九没有理会夏井志雄的追问，继续闭着眼睛。

夏井志雄见赵九根本不搭理自己，闭目不语，一副软硬不吃的表情，他仿佛感到眼前这个顽固的中国人对自己极大的蔑视。

"打！狠狠地打！看看是我的鞭子厉害，还是他的皮肉硬。"此时夏井志雄已丧心病狂，他命令着矿警用鞭子抽打赵九。

鞭子像雨点一样落在赵九身上，他一声不吭，只是身上不断地增添新的血痕。

夏井志雄没想到赵九——一个船老板的骨头如此之硬，他对赵九已失去了耐心。不过，自从秘密抓捕赵九，第一次审讯中他就感到赵九骨子里虽没有共产党游击队所崇尚的信仰支撑着大脑，但他身上充满着中国男人的豪侠之气，而这种豪侠之气是难以被征服的。夏井志雄想，虽然不能征服赵九，但决不能让赵九活着走出这牢房，因为多出的"4 只箱子"事只有他知道，一旦泄露消息，传到司令部，让武英本吉大佐知道了铜官像"漏网"的秘密，那自己只有向天皇剖腹谢罪了。

面对死不开口的赵九，夏井志雄一面"欣赏"着矿警鞭打他，一面思考着如何从这个运货记录本上寻找新的突破口。

夏井志雄仔细研究着这个记录本，他发现标代号"金子"的货都发向江西彭泽地区一家叫"红都"的商行。而"红都"商行的所在地彭泽地区以前正是共产党红军管辖的中央苏区，现在这里已被皇军占领。他想，如果请江西彭泽方面的皇军协助查清红都商行的底细，便可知道铜陵的发货人代号"金子"的真实情况。这将为消灭铜陵地区共产党游击队起到重要作用。

夏井志雄为自己找到了一条掌握共产党游击队线索的新途径感到欣

慰，此时心中对铜官像"漏网"追责的恐惧荡然无存。但是请江西彭泽方面的皇军协助，他只能秘密进行。夏井志雄决定让自己的心腹之人副所长兼总工程师小岛石刚以矿业所的名义与江西方面联系。至于眼前奄奄一息的赵九，夏井志雄想只有让他彻底消失，才能除去心头之患。

　　洪家粥棚联络点。

　　郑强龙正在听取赵九失踪的情况汇报。

　　郑强龙从洪添寿那儿得知赵九失踪的消息，就感到是与这铜官像运送到江北有关，他就指示洪添寿尽快查清赵九下落。洪添寿已经查清赵九关押在矿警所的大牢里。

　　郑强龙首先带来了县委的意见。

　　他说："同志们，赵九虽然不是我们组织成员，但他这次是因抗日为我们运送铜官像而被夏井志雄扣押，而且已被折磨得生命垂危。我们对这样的抗日群众应该加以保护，要积极组织营救，这样才能有更多的爱国人士和抗日群众投身到我们党领导的抗日队伍中来。"

　　"从矿警所里递出话来，赵九很硬气，没有说出半句对我们不利的话。我们要尽快地把他从矿警所黑牢里解救出来。"洪添寿补充道。

　　如何救出赵九？

　　大家提出了几种办法，有的说强攻，冲进矿警所；有的说交换，抓一个巡逻的日本鬼子……这些办法经大伙儿认真研究后，都不太合适。

　　最后郑强龙提出，我们只能通过"智救"。在目前敌强我弱的前提下，强攻、抓敌人这些方法都会使我们暴露在敌人的眼皮底下，这对我们在隐蔽战线开展斗争、保卫矿山资源是不利的。

　　"智救？如何智救？"大家对郑强龙提出的办法感到不解。

　　郑强龙向大家讲述了自己的想法：让矿警所这边向夏井志雄密报赵九已被打死，矿警所把受伤的赵九抬出去埋到乱坟场。这样我们游击队在乱坟场把赵九接走，送到江北根据地。郑强龙提出这个设想，是从洪添寿汇

报的内容中理出了三个关键点：一是赵九是被夏井志雄秘密扣押；二是夏井志雄已发话让赵九死在黑牢；三是赵九出来后也不可能再回广通船运公司。

　　大家听了郑强龙的分析，明白了其中奥秘，但是这需要矿警所有我们可靠的内线接应才能完成。

　　这个内线就是被矿民们称为"汉奸"的矿警所副所长乔志远。

　　乔志远是县委安插在矿区矿警所的秘密党员。他曾是方志敏领导的红军北上抗日先遣队情报处的侦察员，当年抗日先遣队情报处奉中央红军机要三局的命令帮助铜陵县委建立运输线上的情报传递系统，就是他组织实施的。运输线情报传递系统建立后，应皖南地委和铜陵县委的请求，先遣队情报处将他留在了铜陵指导情报工作。县委考虑到铜官山矿区是运输线的最核心地区，就通过中共打入国民党内部高层的特殊关系将他安排进了矿警所。日军占领铜官山矿后，他遵照县委的要求继续潜伏在矿警所，并取得了日本人的信任。为保护无辜矿区警察，他顶着汉奸的骂名将矿警们请到了警所，才躲过日军的追查而不被枪杀。日本人强购矿石，他有意建议收高品位矿石，就是给坑口的小矿主创造机会，将含铜的矿石卖给铜官山公司，将废石卖给日本人的矿业所，没想到日本人有所察觉转而统收矿石，为了不暴露，他只好伪装服从日本人的要求。

　　池田介二破获县委山神庙联络点时，乔志远就是那个向"通江公司"送密件的"草帽人"。当时，夏井志雄命乔志远去送矿砂砂样品到日军司令部情报科，他就感到奇怪。一般情况矿警所是送人犯之类的事，像送矿石样品这类技术活是不会交到矿警所来，而是由矿业所的采矿业务人员去送，而且这次样品还是要送到司令部情报科，乔志远心里就琢磨着日本人在干什么呢？但夏井志雄并没有告诉他日本人要矿砂砂的目的。原来池田介二特别关照夏井志雄此事不能向任何人透露。乔志远将样品送达后，才从一个给日本人当翻译的中国人那里打听到池田介二在天井湖抓来了山神庙的和尚，乔志远听后顿时心里"咯噔"了一下，知道这是日本人可能破获了县委在山神庙的联络点。他离开日军司令部情报科就急匆匆地赶往天井湖北门码头，去通知县委。

洪添寿所指的矿警所里递出话来的人也就是指乔志远。夏井志雄抓捕赵九，乔志远起初以为是广通船运公司与矿业所发生经济纠纷，夏井志雄倚仗武力欺凌赵九。后来发现夏井志雄在审讯时要赵九交代"金子"的情况，他暗中吃惊，因为他知道"金子"是县委组织内部的代号。他感到夏井志雄是在通过赵九追查共产党游击队的下落，于是他就把这消息传递出来了，现在他正等候组织的指示，好开展下一步行动。

郑强龙让洪添寿把研究的营救方案传给乔志远。

铜官山日军矿业所。

几天后，夏井志雄正在矿业所里听取副所长兼总工程师小岛石刚的汇报。

"江西方面发来消息，皇军驻彭泽地区的125联队感谢夏井君为他们提供了打击抵抗组织的信息，他们查清'红都商行'底细是一个共产党的秘密物资收购点。铜陵的'金子'是一家商贸行，名字叫鸿运商贸公司。"

"噢，鸿运商贸公司！这家公司现在在哪？"夏井志雄既兴奋又急切地想知道详情。

小岛石刚无奈地摇着头。

"所长，再审审赵九？要是能让他开口就能省去很多麻烦。"小岛石刚望着夏井志雄建议道。

小岛石刚虽然从江西方面获得了铜陵代号"金子"是"鸿运商贸公司"这条情报，但在与对方的对接中并不顺畅，因为对方是驻军，矿业所只是军方经济部门的一个生产单位，一个生产单位去查找共产党游击队的活动线索，对方总感到有些蹊跷。如果赵九开口那就可以直接获得结果，可一举将共产党游击队铲除。

小岛石刚正说着，一个身穿黑色警服的人推开了矿业所所长室的门。

"报告夏井所长，赵九昨夜里死在牢里了。"

进来报告的正是乔志远。

"死了?"夏井志雄还未来得及思考是否再审赵九，就听到这一消息，他有些惊讶。

"乔所长，昨天我还去矿警所牢里询问过赵九，今天怎么就突然死了呢?"小岛石刚疑惑地责问乔志远。

"小岛太君，可能是手下的兄弟们下手重了些，本来是想替皇军从他嘴里掏出点东西来替所长解忧!不想这家伙不经打，几下子下去就一命呜呼了。"乔志远用讨好的语调向小岛石刚解释着。

小岛石刚不再言语，但夏井志雄则凝神在思考着什么。

"夏井所长，那我们就把赵九的'尸体'运送到乱坟场埋掉吧，不然会发臭的。"乔志远望着夏井志雄提醒道。

夏井志雄突然抬起头，翻着白眼珠对乔志远说:

"不、不、不，乔所长，赵九的尸体我要送给我的朋友医务处军医秋田太君秘密解剖，看看赵九倔强的脑袋是什么材料长成的!"说着抬手就准备去拿电话，打给军医处。

"送去解剖?"夏井志雄提出要把赵九的尸体送给军医处，乔志远听了心里一惊。

原来郑强龙他们的营救计划是:由乔志远向夏井志雄谎报赵九被警察打死在牢里，然后由乔志远等警察开车把赵九的"尸体"扔到乱坟场，郑强龙他们埋伏在乱坟场周边，将赵九接送至可靠地方养好伤再送江北。

夏井志雄的这一举动，完全打乱了郑强龙他们的营救计划。乔志远心中一阵慌乱，但他迅速平静下来。他想，只要"尸体"在自己的手里一切就好办。

"夏井所长，那我们就把'尸体'送军医处。"乔志远说。

乔志远清楚日军军医处是在铜官山脚下的天井湖边，去军医处是要路过乱坟场的。郑强龙他们埋伏在那，届时可见机行事。

"好！乔所长，你一定要把'尸体'悄悄地送到军医处。"

夏井志雄听见乔志远提出送尸体，拿起的电话放了下去。他本想让军医处来车接，但又一想，来车可能暴露自己的秘密，让矿警所去送可以保密一些。他同意了乔志远的请求，让矿警所派车将"尸体"送去。

矿警所的车在盘山道上颠簸着……

满身伤痕的赵九躺在车厢里，双眼紧闭。

乔志远坐在驾驶室里，一边望着窗外，一边思考着如何把这里新的情况传递给郑强龙和游击队。他知道车虽然要经过乱坟场，但车在乱坟场是不能停的，那郑强龙和游击队如何知道他这里的情况呢？他的大脑一片空白，眼看过了碎石岭就要到天井湖边的白家涝乱坟场了，他越来越焦急……

这时乔志远的手习惯性地伸进口袋，摸出口袋里的香烟，就是这习惯性的动作触动了他的神经，他有主意了。

车过乱坟场时，乔志远发现前方的草丛中已有人影在闪动，他知道那一定是郑强龙和游击队的人。在车经过的那一刻，他向窗外扔下一个烟盒。车颠簸着离开了乱坟场，继续向前开去……

乱坟场草丛中闪动的人影确实是郑强龙和游击队的人，当郑强龙看见车开过了乱坟场，他知道乔志远那里一定是出现了新情况。

"郑书记，你看！"洪添寿将在路边捡到的烟盒交给郑强龙。

郑强龙接过烟盒一看，里面写着4个字"土匪劫车"，他立刻就明白了：乔志远是让他们化装成土匪去劫住警车。

"快，大家抄小路下山，直接拦在前方的路上，劫住矿警所的车子！"郑强龙带着游击队员直接从山上冲向下山道边。因为车子走的是盘山路，要绕一个大弯才能到，而郑强龙带着游击队员在原位置直接下山，人就到

达了车的前方。

不一会儿就听见了警车声，车向着他们开来了。

这时，郑强龙冲向山道中间，瞄准警车，他抬手一枪，"叭！"一声枪响，子弹飞出就将车子前轮轮胎打爆了。

"咔嚓"一声，车停了。

"留下买路钱，没钱就留命。"一阵吆喝声从远处传来，在山谷中回荡。

随车的两个警察一听这叫喊声，推开车门，跳下警车，抬头往前一看，是一群戴着黑色面罩的蒙面汉向车子杀来，立即意识到是土匪抢劫。

两个警察正准备举枪还击，乔志远见状，知道杀过来的是郑强龙和游击队的队员，他有意对着两个随车警察一声高叫。

"土匪抢劫！活命要紧，快跑！"

两个随车警察一听所长发话了，没开一枪，起身就随乔志远一起弃车逃向了山林中。

郑强龙和游击队员赶到警车上，他们拉下面罩，将赵九背起离开了警车。

赵九在天井湖井字滩联络点的矿洞里养了几天伤，随后被游击队送到了江北新四军根据地。

第二十六章

敌报记者查共党　南门寻找旧商行
县委线人眼睛亮　提前报信宋家滩

赵九的"死"，断了寻找共产党游击队的线索。

夏井志雄在矿业所里踱着步子思考着，如何找到"金子"，如何查清隐藏在铜陵的共产党游击队。在铜陵的线索已断，能不能再从江西方面突破？夏井志雄想这应该是最有效的办法，不过矿业所去江西调查显然不太合适，最合适的应该是池田介二的情报科。但是如果池田介二追踪情报的来源，就会暴露铜官像的失落问题，他不敢冒这个险。

在一旁的小岛石刚观察了夏井志雄很久，他知道夏井志雄左右为难，他向夏井志雄推荐一个人去江西。

"所长阁下，我们可请陆军部《太阳花》报的芳草秀子记者替我们去江西调查。芳草秀子小姐是军部的记者，她可以去任何部队和地方调查，这对她是很方便的事。不久前，芳草秀子小姐来本所采访，对您工作可是大大地赞赏。"

小岛石刚提议让芳草秀子去江西调查，倒是让夏井志雄十分意外。但这份意外却让他十分赞同。

"哦，小岛君你的提议是个好招。芳草秀子小姐可以用记者身份让江西的皇军彻底查清'金子'的真实身份。"

"是的，这样江西方面一定会配合的，不过……芳草秀子小姐愿不愿意前往江西？"小岛石刚对自己的提议又提出了担心。

夏井志雄望着多虑的小岛石刚，说道：

"小岛君不必担心，这次我们请她前往江西调查抵抗组织，不仅是让她协助我们破坏共产党游击队，也是给她在大日本帝国的'圣战'中荣立战功的机会。"

其实，小岛石刚的担心的确是多余的。

原来芳草秀子也是陆军部"黑鹰"特工组成员，她的公开身份虽然是随军记者，但她暗中却在执行着军部交办的秘密任务，她那记者身份只是为了执行任务或收集情报时更加方便。因为"黑鹰"特工组成员都是只和上级单线联系，横向之间既不联系也无交集，所以外界一直以为她只是个记者。正因为她有记者身份，她的活动范围可以触及整个陆军部所属辖区。这次她来铜陵名义上是采访皇军在占领区的工作，其实她肩负着多项使命。她的任务之一，就是受陆军部指派协助武英本吉铲除共产党游击队，加快铜官山矿开发，保证"TCU29 掘宝计划"实施。她带着陆军部使命到铜陵后，发现池田介二对情报工作过于自信，很难分享情报成果，致使她工作成效不够显著。近期她将回军部复命，在回军部前她一直想多获取战果。她在矿业所采访时发现所长夏井志雄不仅对铜官山矿区管控得很有成效，而且采访中也能让她嗅出他嘴里不时冒出的情报线索。如果能在矿业所里再深挖一下，能在所长夏井志雄身上多下点功夫，说不定能抓住一些自己想要的大鱼，她正愁着找不到机会。

当夏井志雄把自己从赵九那儿获得的共产党游击队秘密运输线上的情报提供给芳草秀子时，芳草秀子喜出望外，对她而言真是雪中送炭。对夏井志雄提出请她去江西红都调查中共的抗日组织，正中下怀，她满口答应夏井志雄的请求。夏井志雄决定安排自己的翻译官野村陪同芳草秀子一同前往江西。

芳草秀子以日本陆军部《太阳花》报随军记者的身份在江西调查，很快有了收获。

夏井志雄得知她有新的调查结果，倍感兴奋。

原来日军占领江西彭泽地区后，日军125联队就疯狂打击抗日组织。日军在一次大搜捕中，将红都商行一名职员抓获。日本人打击的是抗日分子，对共产党和国民党之间恩怨、纠葛并不感兴趣，对秘密物资运输线方面的情报并未深挖。当铜陵方面的铜官山矿业所要求提供运输线上红都商行情报时，日军125联队情报科这才对这名职员重新进行了提审。这名职员并不是物资运输线上的核心成员，只是知道一些运输线外围的情况。由于运输线上的行动按秘密工作纪律执行，程序严格保密，这名职员能交代的口供极其有限。

芳草秀子来到江西，亮出军部的指令，驻彭泽地区的日军125联队长武郎一雄高度重视，命令情报科积极配合芳草秀子的调查。芳草秀子和联队情报科联合对这名职员进行了再审。芳草秀子作为职业特工，她通过调查红都商行的商业背景以及带着这名职员到交验货物的现场进行情景模拟，从中获得了不少有价值的线索。其中有两条线索让芳草秀子感到最有价值：第一条，她从这名职员口中了解到鸿运商行可能藏匿在铜陵城南街市一带；第二条，她查清了江西红都商行代号叫"银子"与铜陵"金子"的联络方式。

有了这两条线索，芳草秀子想一定能挖出铜陵地区隐藏的共产党组织。

芳草秀子回铜陵后，立即展开行动。

对于第一条线索，她判断"城南"街市应该就是小南门这片地方。如果在小南门这里能寻找到鸿运商行的蛛丝马迹，就能顺藤摸瓜，抓到现在的共党分子。当她把这条线索提供给夏井志雄时，夏井志雄却认为小南门已被帝国的军机夷为平地了，根本就查寻不到鸿运商行的踪影。

但芳草秀子却以特工的思维，感到每一条线索都不能放过，要深入实地侦察，像抽丝剥茧一样不断深入挖掘，才能有所获得。她决定自己亲自去小南门查寻"鸿运商行"的底细。

县城小南门。

这天，芳草秀子一身破衣，手挽着一个陈旧的花布袋子，将小号手枪藏在花布袋里，化装成一个乡下讨饭的穷丫头来到小南门。

小南门整条街基本上都被炸了，两边不是房塌屋斜就是墙基翻起。她站在街头，面对被炸的废墟，机警地观察着四周，街面冷清，人员稀少，偶见三三两两行人从身边匆匆而过，依她的判断，这些行人，根本无心搭理她，更不会停下脚步与她搭讪。正当她挪动脚步向前走，继续寻觅目标时，前方闪现出几个年龄不大，油头粉面的人，正向她这面晃来。快接近时，她看到这伙人中有个"二分头"叼着烟卷、叉着腰被左右簇拥着，那架势一看就知道这"二分头"是这伙人中的大哥。芳草秀子见状，心中暗喜，这些人就是中国老百姓眼里的街头混混，也是本地的"地保"，无所不知。芳草秀子想，这伙人正是自己要找的对象。

这伙"混混"们走近她时。

"大哥哥，向你打听个人，你可认识我老舅？"

芳草秀子从旁边窜了过去，拦住了其中的"二分头"，她一面用手拽住"二分头"衣角，一面用中文问道。但她并没有说要找"鸿运商行"。

"老舅？谁是你老舅啊？"

"哈哈，我就是你老舅啊！兄弟们是不？哈哈哈……"

"二分头"先是被芳草秀子这突如其来的一问弄蒙了，后定神一看是一个年轻穷女人，再仔细一看虽衣着破旧，却是个脸形标致的漂亮女子，顿时来了兴致，就戏谑起她来。

"大哥哥，你要是我老舅，我就不用从河南大老远地跑来找他了。他在这南门一个什么商行里做事，你看这里让飞机炸成这样，我真不知去何处找。"芳草秀子有意吐出半句真言。

"你是河南来的妹子？"

"二分头"一听是河南来的，沉思了一会儿，眼珠子转了一下，随后向身边几个人使了使眼色，这几个混混也会意地回他一笑。

"小老妹，你遇到我们哥几个可是见到真神了，我们可是这小南门的'地保'，什么这商行、那公司的，还有那老舅啊、小姨子什么的可都在我们脑袋瓜里装着呢。这兵荒马乱的，大哥看你大老远来这里也不容易，我们帮你找吧。不过你看这里被炸成了一片废地，也不是说话的地方，哥哥带你去个地方先歇个脚吧，再好好告诉你如何找老舅。"

"二分头"说着就要领着芳草秀子走，几个混混也都围到了芳草秀子身边簇拥她向前走。

芳草秀子有意装着畏惧的样子走着。

混混们领着芳草秀子走大街拐小巷，来到一座门楣上写着"风月楼"三个字的宅院。

芳草秀子意识到了这些混混的用意，可能是要将自己卖到这妓院去，她下意识摸了摸花布袋里的枪。

这群混混拥着芳草秀子一跨进大门，"二分头"就向门内高喊："老板娘，兄弟给楼子里送鲜货来了！"

这时，一个中年妇女迎了上去。"龙大兄弟来了，辛苦了。"这个中年妇女是这楼里的老板娘。

"真作孽，又是哪家的姑娘要遭罪了。"

就在"二分头"把芳草秀子推到中年妇女跟前时，一个老者刚好从楼内大堂出来路过门口，这个老者是风月楼的门房肖大爷，他一面低声念叨，一面抬头扫了一眼芳草秀子。

"老东西，又多管闲事。""二分头"向肖大爷扔过一句来，就推着芳草秀子与肖大爷擦身而过。

肖大爷看见芳草秀子时一怔，他总感觉见过此人，脑子在回忆着，他终于想起不久前王小三接受武英本吉委任状场面。他正是那天藏在对面宅院二楼花窗后的老者，那有些"讲究"的宅院正是风月楼。他从风月楼花窗里看到的给王小三照相的那个女记者与眼前之人如此之像。难道是她？这可是个日本人，她怎么来这里……一个问号在他心中晃动。

"老板娘，我们可要先用一用，尝个鲜呐！"说着"二分头"等人就把芳草秀子推进了一间房子内。

这时"二分头"对众人使了个眼色，其他人淫笑着退出房间。

芳草秀子感到：是时候了。

她对着"二分头"脱口说道："大哥，鸿运商行在哪？"她的手也伸进了花布袋。

"别急，妹子，先玩……玩……""二分头"正在兴头上，话还没说完，一支乌黑的枪口正顶在了"二分头"的脑门上。

"你……你……"

"二分头"本想在风月楼里与芳草秀子来个翻云覆雨，鸳鸯戏水，却见芳草秀子不是笑脸却是枪口，吓得脑门汗粒如豆。但心里清楚这回可是捅大娄子了。原来"二分头"领着的这伙混混正是小南门这片地方"飞龙会"胡三霸的人，专干一些残害百姓的勾当。今天出门却遇到了芳草秀子，听她说是外地人就起了歹心，想将她卖到"风月楼"里。不想这一个女人家身上却有枪，看来这女人绝不是来寻昔日旧仇家的，她不是共产党……就是……这时"二分头"越想越害怕。他结结巴巴地回答道：

"鸿运商行、鸿运商行……过去这小南门街面里是有一家，不过日本人的飞机炸毁后就再也没回来了，现在也不知在何处……"

"鸿运商行的人员在哪？"芳草秀子进一步逼问道。

"人……人不知道……哦，轰炸后，我在小南门见过一次鸿运商行的一个伙计，后来就不知道了。"

"你再仔细想想，还知道什么……"

芳草秀子的枪管向"二分头"的头抵得更近了。

"哦，我想起来了，我们'飞龙会'在帮助保长登记和发放良民证时，那个伙计，他有个老娘住在天井湖南边宋家滩村。那个伙计很狡猾，先说他家里没人了，后来我们'飞龙会'的一兄弟出来揭发，看见过一个老妇人夜里来找过他，才知道他老娘的住处。"

"二分头"告诉芳草秀子的话不假，他看到的伙计正是宋二柱。轰炸后宋二柱确实来过小南门，那是在等待郑强龙书记从皖南特委回来。"飞龙会"的人指认宋二柱娘的事，那是日本人发放良民证时按连坐法登记，即每一张良民证必须记录全家人员情况，这是维持会按池田介二命令要求的，目的是为甄别谁是抗日分子。老妇人真是宋二柱的娘，来找宋二柱确有此事，那是宋二柱父亲病故，他娘让他回去送父亲上山。

芳草秀子一听是"飞龙会"的人，"飞龙会"这街面上的帮会倒是帮皇军做过几件事，她听到了这些才缩回了枪管，命令着"二分头"。

"好，你带路去，带上你的这些兄弟去宋家滩村。"

"你是……?""二分头"怯生生地问道。

"不要多问，走！否则，死拉死拉的！"

芳草秀子的回话中透出不可抗拒的霸气，但却暴露出了自己是日本人。

"你是日……本人，皇军，我们可是跟着'飞龙会'三当家胡三爷给皇军做事的……""二分头"望着眼前黑乌乌的枪口，鼓足勇气说完这番话。

"少啰嗦，去宋家滩村！"芳草秀子并没理会"二分头"的话，此时她心里只是想早点抓到共产党游击队。

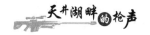

"二分头"见芳草秀子没有反应，枪口依然顶着后背，还是凶相逼人，更加害怕了，只好带她去宋家滩村。

就在芳草秀子逼着"二分头"去宋家滩村时，"风月楼"里的门房肖大爷驾着牛拉的花轿车已出门了。

原来肖大爷是去宋家滩村报信去了。

谁也没想到，肖大爷是宋二柱的远房表伯，早年也在鸿运商行的前身南门杂货店里当过伙计。虽不是党员，但知道大外侄子二柱他们这帮人干的事是正事，干的是为穷苦人着想的事。县委收购"南门杂货店"设立鸿运商行时，重新安排人员，需要一位可靠的人员在小南门做外围工作，及时地为县委提供这片地方的情况。宋二柱就提出将远房表伯留在此地，一面在风月楼做门房，一面将探听到的情报提供给县委。郑强龙从特委回铜陵来到小南门，用花轿车接应他的驾车老者就是肖大爷，当他发现日本人进户抓人时，他将花轿车赶进的宅院正是风月楼。为了不引起日军怀疑，他有意将花轿车赶进风月楼，因为他知道风月楼里的房间内有暗门。"二分头"把芳草秀子带进风月楼时，他就发现此人与日本女记者很像，他就警惕起来。"二分头"与芳草秀子在房间纠缠时，肖大爷悄悄转到后窗。他俩的对话全听在耳里，知道了芳草秀子真是日本人，本想找机会除掉她，但听到芳草秀子要去宋家滩村抓人，就赶紧去给宋二柱他娘报信去了。

不久，芳草秀子逼着"二分头"领着这伙混混赶到宋家滩村。

可眼前的一切，让芳草秀子大失所望：芳草秀子向村里的百姓发问，回答都是本村并无此人在鸿运商行做伙计。"二分头"情急之下，指着一处破房说是伙计家。芳草秀子望去，那家已是大门敞开，房内破败，空无一人，呈现早已无人居住的景象。

芳草秀子转过头，望着"二分头"狼狈不堪的样子，心中暗想：自己一个大日本帝国的高级特工，被这个街面上的帮会小混混所欺骗，气急败坏，拔出手枪对准"二分头"，抬手一枪，"叭！""二分头"应声倒地，顿时血溅一地。其他混混见"二分头"人头落地，吓得逃之夭夭。

宋家滩村的这一切，都是肖大爷提前安排好的。

芳草秀子虽然在小南门落得两手空空，未查到铜陵"金子"这个鸿运商行的人员情况、藏匿地点。但她依然坚信共产党逃不出她的手心，因为她手中还握有一张未打出的牌。那就是第二条线索：她在江西查清了江西红都商行代号叫"银子"与铜陵"金子"的联络方式。

的确，这条线索从谍报专业的角度看，它的情报的实用价值对破获铜陵的共产党游击队提供了极大的方便。

江西红都商行与铜陵的鸿运商行在物资交易时，都是遵照约定的秘密方式联系。每次交易货物，都由江西红都商行来铜人员也就是"银子"在《铜都日报》刊登广告，也就是购货广告。通过约定的暗语确定联系地址，然后接头。交谈具体物资品种、数量以及价格。然后"金子"也就是铜陵的"鸿运商行"筹备货物，交船运公司运输发货。

双方的接头有正常接头和紧急接头之分，紧急接头在广告刊登天数和接头暗语上都有特别规定。紧急接头的暗号只有重要联系人才清楚。

当芳草秀子将共产党运输线上秘密联络方式报告给夏井志雄时，夏井志雄如获至宝，并在心里酝酿着诱捕共产党游击队的计划。

夏井志雄的诱捕计划是：由矿业所向中共方面发出接头信号，然后派出人员化装成江西红都商行接头人"银子"。在双方接头中，将中共分子缉捕。

芳草秀子听了夏井志雄的"诱捕计划"，她感到应当把在江西获得情报和夏井志雄的"诱捕计划"向武英本吉和司令部报告。这对诱捕共产党游击队更有把握。

但夏井志雄并不赞同芳草秀子的想法。

他说："如果报告给了武英本吉和司令部，那司令部就会让池田介二去执行'诱捕计划'，抓住了共产党游击队，那只能是给池田介二的军衔上增添新的光彩。你、我就很难分享那份战功的荣耀了。"其实，夏井志雄还是担心暴露铜官像失落的问题，怕被司令部追究责任。

芳草秀子并不了解夏井志雄隐瞒不报的真实目的，她听后迟疑不定。

夏井志雄见芳草秀子态度暧昧，他决定由矿业所独自实施"诱捕计划"，冒用江西红都商行名义，诱骗铜陵的共产党游击队上钩。

随后，夏井志雄模仿江西红都商行与铜陵鸿运商行的接头方式，用暗语在《铜都日报》上刊登出购物广告，等待着共产党游击队来人接头。

广告刊发后，夏井志雄每天都安排矿业所人员守候在接头地点。

第二十七章

矿业所长登广告　诱捕计划实在糟
错对暗号露马脚　书记识破免中招

郑强龙带领游击队把赵九营救出来后安全送到了江北根据地，他的心才放了下来。但赵九的广通船运公司已被夏井志雄矿业所霸占了，现在由矿业所港务科经营。夏井志雄要求港务科利用广通船运公司的运输资源多多承揽业务，以捞取不义之财。矿业所港务科每天都以广通船运公司名义在《铜都日报》刊登征运货物的广告，招揽业务。

这天，在通江公司的经理室。

郑强龙又在《铜都日报》上看到了铜官山矿业所港务科刊登的运货广告，当他非常愤怒地推开报纸时，报纸左下角刊登的一则豆腐块大小、四方形状的购物广告，吸引了他的目光。

郑强龙看到的广告语是：公司急需生姜和丹皮数斤，价格优惠。有供应者前来"荷叶香"茶楼洽谈。联系人：银子。

这则购物广告让郑强龙既熟悉又惊讶，它是铜陵县委与中央苏区红都商行约定的，专门用在"秘密物资运输线"上双方接头的联络方式。

原来，夏井志雄要查的"鸿运商行"就是现在的通江公司，"金子"

是"鸿运商行"的代号。当年铜陵这条秘密物资运输线在为中央苏区筹集和运送物资时为了不暴露，在与苏区这家商行交易时都用"金子"这个代称。对方"银子"也是苏区红都商行的代号。全面抗战爆发后，中国共产党与国民党联合抗日，中共铜陵县委接受了新任务，按照皖南特委的指示，停止了"秘密物资运输线"工作，注销了"鸿运商行"。因新的抗战任务需要，铜陵县委重新选址注册了新的公司，也就是现在坐落在天井湖北门码头的"通江公司"。

当年，郑强龙和县委的同志们就靠这则广告和中央苏区的购货人员进行秘密接洽，为中央苏区提供了大量紧缺物资。但这条秘密物资运输线在红军游击队改编成新四军后红都的兵工厂也随主力编入了新四军供给部，"秘密物资运输线"工作暂告结束。"秘密物资运输线"工作的结束，按照皖南特委制定的地下工作的原则，"这个接头方式"已进入休眠状态，如果双方需要重新启用，何时唤醒，必须接到上级组织通知。今天这个已进入休眠状态、停止使用的联系方式怎么又"复活"了？

他迟疑了……

郑强龙决定立即与皖南特委联系，同时继续观察报纸上的广告。他写好发给特委的密件，派宋二柱前往顺风口工区。

宋二柱接受任务后就离开了通江公司。

矿区顺风口工区。

在顺风口工区东头，有一家叫"李瘸子"的杂货店。

这个杂货店是县委专门为机要员设立的联络点，县委电台和机要员蒯亚男就在这里。

"李瘸子"杂货店没有挂字号，不过，这一片的人都叫它李瘸子店，是因为店老板走路瘸腿。杂货店的老板姓李，叫李洪青，真实身份是县委情报员，也是一位老党员。他原来是皖南特委游击队一小队的副队长，在一次协助县委完成运输物资的战斗中受了伤。子弹穿过他的大腿骨，造成流血过多昏迷在船上，未能跟小队突围就留在了铜陵养伤。伤好后，腿落下了残疾不便上前线作战，特委指示就留在铜陵做地下工作。铜陵县委就将他安排在顺风口工区，对外称他是矿外一个山货店的伙计，因山货店歇业，逃难来矿区讨生活的，让他开了个杂货店作掩护。他一面经营杂货店，一面收集敌人情报。当年蒯亚男从皖南特委调到铜陵做报务员工作时，县委就将电台和蒯亚男也安排到这里。侯麻子被游击队锄奸后，为了使联络点不被日本人怀疑，县委决定他俩假扮成夫妻，共同经营杂货店。由于李洪青腿残疾，杂货店又没有字号，当地人也就称这个店为"李瘸子"店。

县委在顺风口工区为机要员设立专门的联络点，主要是从两个方面考虑的。一是安全的角度。顺风口工区在铜官山西南方，地理位置特别，它距离天井湖井字滩较近，便于与县委在湖中与联络点联系；还有就是顺风口工区远离其他矿区，从渡边的大碉堡到顺风口要过两个山口，日军的监管相对较弱。因工区比较偏，从矿警所到顺风口工区路太远，矿警们一般也不情愿主动来此执勤。这一切对联络点、对电台都较为安全。二是电台使用电源的方便。因为电台的使用需要用电，电台设在城里，不论是通过常规的电线电路供电还是使用干电池供电，对县委来说，都是十分不方便和困难的事。在领导"秘密物资运输线"工作时，设在城里的电台，常常遇到国民党军警用切断电源的方式搜寻电台讯号，这样使用的电线电路就无法正常使用。遇到需要立即发出的紧急情报，就需要矿区的同志从矿里弄出干电池来解决断电问题。为了弄出干电池，矿区的同志常常要想出很多办法，冒很大的风险。有一次，矿区的同志接到县委指示，从工区库房冒领了 5 节矿用干电池，矿主发现后，让矿警追查丢失的干电池，矿区的同志差一点就暴露了身份。但现在电台设在顺风口，电台用电这个难题被矿区的同志解决了。因为在"李瘸子"店后门不远处有日本人架设的一条供电线路，这条线路是矿业所配电房通向工区坑口的，正好从"李瘸子"

店后门穿过。县委了解到这一情况，认为这是个有利的条件，可以充分利用起来为我所用，解决电台用电问题，郑强龙指示洪添寿来实施。洪添寿接到指示，就找到了东瓜山工区电工姚洪江，姚洪江悄悄观察了"李瘸子"店后门的地形后，他从日军的线路上接下了两根电线，经过伪装挂到了"李瘸子"店里，从此县委电台的用电解决了。

宋二柱将郑强龙给特委的密件藏在衣服夹层里，他将自己打扮成一个逃荒的。在遇到敌人检查时，他就谎称自己是去矿区找活干的苦力，绕过了日军的层层哨卡后，直到傍晚时分才赶到顺风口工区。

他匆匆来到工区的东头"李瘸子"杂货店附近。

杂货店的门半掩着，他本想走进杂货店，可快到门口时，他突然发现杂货店门口左侧墙壁上挂着一只大斗笠。宋二柱心里"咯噔"一下，立即停下了脚步，他知道这是对方发出的暗号，表示接头有危险。按照县委地下工作的规定，必须停止接头，宋二柱立即警惕起来，他望了望四周，不远处，确实有穿黑制服的矿警领着日军在矿民的居住区搜查。

怎么办？他迅速离开了杂货店。

宋二柱佯装解手，躲在不远处的一棵大槐树旁，望着穿梭在居住区的矿警和日军，心想：看来白天是无法接头了，只有晚上等敌人撤回后再去。

黑夜来临。

白天的喧嚣很快退去，整个工区一片寂静。夜色里，只有零星的光点在远处的工房里闪动。

宋二柱悄悄来到杂货店附近，准备再次敲门进店接头。

"嘟——""嘟——"

突然，一阵汽车的喇叭声传来。

宋二柱抬头一看，发现一辆日军军车，车顶悬挂天线，在不远处向他所在的方向驶来，车灯射出的两束光柱在黑夜里游动着。车辆所到的地方，周围的光亮忽明忽暗，有时整个一片地方突然失去亮光，一片黑暗。一会儿亮光又恢复了。这是日本人的监测车，通过断电的方式寻找共产党游击队隐藏的电台。

宋二柱立即止住脚步，迅速返回到了傍晚躲的那棵大槐树旁。

"县委的密件一定要送到联络点，怎么送到呢？"

宋二柱想：等日军的车开走后再去！他一面盯着监测车，一面在思考着。

这时，日军的监测车越开越近，车灯雪亮，光柱在黑夜中晃动着，把"李瘸子"店及四周房屋照得清清楚楚。

宋二柱屏住呼吸，眼睛盯着光柱，当他看到日军的监测车开始转弯，眼看光柱就要向大槐树方向射来，他急中生智，一溜烟地爬上了大槐树，躲过了光柱。

在树上枝叶的遮挡下，日军的监测车从树旁驶过。

宋二柱看到日军的监测车驶向了别处，他迅速从树上跳下，趁着夜色悄悄地敲开了"李瘸子"店门。

宋二柱将密件送了出去，但是郑强龙并没有接到特委的回电。

原来，池田介二的侦听小队一直在矿区监听电台。池田介二要求侦听小队对矿区进行全方位、地毯式监测，决不放过任何地方。他特别调用了3台高频率的监测车，采用按区域、分地块轮流断电的方式捕捉无线电信号。同时安排了日军宪兵小队随车抓捕，对发现的可疑地点随时进行搜索。

日本人不间断地监测，蒯亚男在联络点里无法发报，县委给特委的密件始终没有发出去。

郑强龙从宋二柱的汇报中了解了顺风口的情况，他心急如焚。

"没有特委的指示能接头吗？"他的心里矛盾起来。

因为《铜都日报》上那则购物广告连发了3天。郑强龙知道"三次连发"这是紧急联络信号。郑强龙面对三次连发"购物广告"作了各种猜想：是不是我党在江西的留守机构急需某种物资，还是上级组织有新的任务临时派出……

现在，特委又联系不上……如果耽误了党的任务，那就……

郑强龙决定冒险前往。

县城荷叶香茶楼。

上午 10 点多钟，正是茶楼一天最兴旺的时候。茶楼里熙熙攘攘，人来人往，吃茶谈天，非常热闹，看得出茶楼生意十分兴隆。郑强龙和宋二柱打扮成老板和随从，一前一后进入大堂。

郑强龙观察了大堂四周并无异样，在大堂左边拐角靠窗子的一张八仙桌子的一方坐着一位戴礼帽的中年人。桌上摆好了一壶茶，两个杯子，还有一份登有购物广告的报纸。郑强龙知道这个位子和桌上的摆设是按往日接头样子专门摆放的。

郑强龙照直走过去。

对方用手提了提头上的礼帽，仰了一下脖子，郑强龙扫了一眼见是生面孔。

"老板，报上说您想收些货？"郑强龙说着在八仙桌对面一方坐下。宋二柱在隔壁对面桌子坐下。

"是的，我想收一些当地的特产，像生姜和丹皮，你有吗？"对方抬起头望着郑强龙说道。

郑强龙不紧不慢地说道：

"今年雨水多，生姜是有价无市比金子贵啊。"

对方紧接着答道："不管年份好不好，好姜难种，收姜自然要抢早。"

郑强龙又说道："丹皮是有市无价比铜渣贱。"

对方脱口而出："对、对，今年丹皮收成好、产量大、价格低。"

郑强龙心头一惊，这一句的接头暗号显然是错的。如果是正常情况下，只用一句生姜接头。对方启用的是紧急接头方式，应该是生姜和丹皮两句。而丹皮的应答暗语应该是："丹皮虽然价格不如金，药材治病价千斤。"

郑强龙迅速作出判断：江西红都方面出了问题，这个"银子"是个假的。敌人一定在这里设有埋伏。他的眼睛迅速向四周扫了一圈，并未发现有什么异样，只是在茶楼门口有个把人形迹可疑。

他立刻冷静下来，现在重要的是脱身。他给坐在对面桌子上的宋二柱使了个眼色，示意离开。

"老板说得对，丹皮市场好、市场好，价格虽低能治病，应多收些。我们去取点样品拿来给老板看看。"郑强龙说着就起身。

这时对方立刻站起来拉住郑强龙，一面拉，一面说："不必了，我们知道你们的货一定会很好的。"

这时坐在另一张桌子上的宋二柱立刻跨了过来，一把拉开对方的手，让郑强龙脱了身。他转身对对方说：

"唉，老板，我在这里陪你聊聊货色，让我们老板去取些货来。"宋二柱说着把郑强龙推开了。

对方一看，郑强龙要离开，甩开宋二柱的手，立刻拔出手枪。枪口抵住郑强龙的腰说道："你们是共产党游击队，不许动！"

郑强龙转过头来，对方的枪口正对准他的腰部。

这时，在对方身后的宋二柱一看，立刻拔出枪，对准对方脑袋就是一枪。

"叭"，对方应声倒下。

"有人杀人啦！有人杀人啦！……"

大堂内响起了枪，有茶客吓得尖叫，有茶客惊慌地站起，他们纷纷向外跑。

"抓住共产党游击队，抓住共产党游击队！"

这时，一个女日军军官领着一群日军和便衣一面大声叫喊，一面从大门外往门里冲。此时茶馆内一片混乱，向外跑的人群恰好把向里冲的日军和便衣堵在门口。

郑强龙和宋二柱一看，大门是出不去了。

宋二柱转身跨上八仙桌，推开花窗，"郑书记，快！从这走！"

此时，郑强龙也拔出了腰间的手枪，他一面向门口的日军开枪射击，一面跨上八仙桌，他和宋二柱交换了一下眼神，就从花窗跳了出去。宋二柱随后也跟着跳了出去。

"叭""叭"……

就在郑强龙和宋二柱跳下的同时，日军从门口射向他们的子弹也"嗖——""嗖——"地从他俩的耳边穿过。

郑强龙和宋二柱他俩跳下落脚的地方是茶楼的后院外面，后院外面是一片空旷地，不远处就是杨树林，杨树林背后就是天井湖。幸好这后院外面没有日军和便衣把守，郑强龙和宋二柱快速穿过院外空旷地钻进了杨树林，随后进入了天井湖畔的芦苇荡。

冲进来的日军女军官正是芳草秀子，她领着的是日军司令部宪兵和小岛石刚带来的矿业所便衣警察。其实，芳草秀子领着的宪兵并不是夏井志雄设下的埋伏，而是她接到武英本吉的命令，带着司令部的宪兵前来增援的。

芳草秀子并没把在江西获得的情报和夏井志雄的"诱捕计划"向武英本吉和司令部情报科报告，而是矿业所副所长小岛石刚向武英本吉密报了夏井志雄的"诱捕计划"。但是还没等武英本吉命令，夏井志雄就实施了"诱捕计划"。他的计划安排不周，让一个毫无谍报技能的翻译官野村化装成江西来客，仅派出小岛石刚领着便衣矿警在茶楼门口守候，茶楼四周都没有埋伏，武装力量明显不足。夏井志雄行动后，武英本吉命令芳草秀子带兵增援。芳草秀子刚到"荷叶香"茶楼门口，听到里面的枪声，她就领着宪兵与小岛石刚的矿警一起往门里冲，但是她要抓的共产党游击队已经脱身了。

小岛石刚为什么将夏井志雄的"诱捕计划"向武英本吉密报呢？

原来小岛石刚虽然是一个矿业方面的专家，但他的内心具有极强的权力欲望。他对现在职务并不满意，也一直在寻找施展自己才能的机会。他担任矿业所副所长兼总工程师，发现所长夏井志雄把个人、家族利益放在大和民族利益之上，这让他看到了前景。他认为：夏井志雄私运矿石标本、秘捕船运老板、暗派记者调查、隐瞒情报线索等，这一切都是为了自己和三井家族，夏井志雄的所作所为严重地阻碍着皇军消灭共产党游击队。这些信息只要报告到司令部，夏井志雄这些对圣战"不忠"的行为将会受到军法的处置，他就能取代夏井志雄，坐上所长的宝座。

然而，武英本吉虽然对小岛石刚密报的内容大为震怒，他也表示决不容忍在自己的联队有任何高于大日本帝国的利益，但他并未遂小岛石刚的心愿撤换夏井志雄所长的职务，更没有考虑将夏井志雄交陆军部处置。因为他心里清楚，夏井志雄掌握着"TCU29 掘宝计划"的全部内容，夏井志雄私运矿石标本那是完成该计划的秘密任务，这个任务目前只有夏井志雄的家族"三井公司"能够承担。他不愿因撤换所长而使《铜官山矿开发计划》实施受阻。所以得到小岛石刚的密报后，为了补救夏井志雄"诱捕计划"的过失，他命令芳草秀子带人前去增援。

夏井志雄得知"诱捕计划"失败，小岛石刚密报了自己的行为，他本以为自己将难逃追责，但没想到武英本吉却放了他一马。他从内心感激武英本吉对他"立功心切"的理解和"隐瞒情报"的宽恕。

郑强龙和宋二柱进入天井湖畔的芦苇荡后，躲过了日军的追捕悄悄潜回了天井湖北门码头通江公司。

第二十八章

情报科长指路径　　目标换成税务所
矿警所长借办案　　除掉毒瘤断线索

天井湖北门码头上，日军搜查的车辆明显增多。

郑强龙站在阁楼的窗前，望着窗外日军穿梭的车辆，脑子在思考着：从日军的两次行动"宋家滩枪杀飞龙帮混子"到"冒充红都接头人"说明日军一定是掌握了当年物资运输线上的一些机密，他们正在顺着"鸿运商行"这条线索在查找我们共产党游击队。但是这两次日军行动的失败并不意味着他们会收手，虽然"红都接头人"这条线索已被堵死，但"鸿运商行"这条线索依然在他们手上，他们一定会寻求新方式和路径去追查。

下一步日本人会从哪里去查？

郑强龙把建立物资运输线整个过程中有关"鸿运商行"的相关信息在脑子里一遍遍地梳理。并没有发现在哪个环节上出现问题，在哪里有疏忽的地方。那问题出在哪里？郑强龙心中一时也没有答案。但是郑强龙发现这两次敌人都是在"活"的现场行动，都与人有关，说明敌人在查的是人。

还有哪些地方能查到人？能查到人的地方也一定是日本人下一步要重

点追查的方向！郑强龙顺着这个思路在思考。

对！档案！郑强龙顿时想到了鸿运商行的商业底根，这一"死"的资料信息。

敌人很可能通过旧档案去查鸿运商行的商业底根里注册时登记记录的人。如果查到了鸿运商行注册时登记记录的人，那就可以顺藤摸瓜找到地下党人。郑强龙想到这里，心中不禁紧张起来，查找"注册登记记录"是一条重要的渠道，他想必须赶在日军动手之前掐断这条线索。

他迅速将自己的想法写成了密件，让宋二柱立即通过联络点将情报送进矿警所。

县城日军司令部。

的确，郑强龙的判断是正确的，日本人确实是按照查鸿运商行的商业底根的思路去追查共产党的地下组织。

芳草秀子眼睁睁地看着游击队在自己眼前逃脱，如同煮熟的鸭子从锅里飞了，她并不罢休。她虽然没有抓到游击队的人，但是共产党的地下组织确实被她的两次行动激活了，这让她看到了希望。她在日军司令部向军官们汇报时强调要紧紧抓住"鸿运商行"这条线索不放，追查到底就能破获共产党游击队这个地下组织。

"大佐阁下，这次共产党游击队虽然在接头中逃脱，还有上次去'宋家滩'虽被共党抢先一步，但是可以说明共产党游击队就在我们身边，我们调查的线索是有价值的，我们还应该朝着这个方向去努力，早日将共产党游击队缉拿归案。"

芳草秀子向武英本吉汇报着抓捕战况。

"对！秀子小姐，你的工作很有成效，你的两次活动，如同中国的一句成语'打草惊蛇'。这个蛇惊得好！共产党游击队这些蛰伏在暗处的蛇，只有把他们捅到亮处，皇军才好消灭他们。情报科要协助秀子小姐继续追查共产党游击队的下落。"

武英本吉赞赏着芳草秀子的举动，他说完后瞟了一眼池田介二，池田介二心领神会。因为芳草秀子是军部特工，如果独立完成了抓捕共产党游击队，那功劳将记在她个人的名下，情报科此时参与其中将可与其共享殊荣。

"是！大佐阁下，情报科将全力配合秀子小姐！"

池田介二虽然对夏井志雄隐瞒真相，与芳草秀子共谋，撇开情报科直接追查共产党游击队十分不满，但大佐阁下没有追究他们，所以他听了武英本吉的要求后立即表了态。

接着，池田介二向芳草秀子说出了自己下一步的侦查建议。

他说道："秀子小姐，我们现在断了线索，抓不到活人，是因为我们对活人的底细还没有完全掌握。现在我们还有一条线索可用，那就是我们可以在'鸿运商行'注册登记时的记录中去发现共产党游击队的踪影。那些沉睡在档案室里的死资料就是'鸿运商行'的家。中国有句古话，叫作'跑得了和尚跑不了庙'。那档案室就是'鸿运商行'的庙。我们就要锁紧档案室这个庙，在'鸿运商行'的家中——注册登记底根里的记录中下足功夫，查清'鸿运商行'的股东、合伙人等人的真实身份，顺着这条线索一定能将共产党游击队挖出来！"

"档案室，注册登记底根，对！"

芳草秀子眼睛一亮，这的确是一条寻找的捷径。她望着池田介二阴森的脸，面对他傲睨一切的神情心中虽有不悦，但不得不佩服他给出的谋略，"黑鹰先生"不愧是军部情报界的高参。

芳草秀子立即带人去了县城原税务所。

税务所离日军司令部不远，坐落在城西小街边。和原国民党警察局、监狱在一起。它是原国民党县政府的一个重要机构，负责办理和收缴政府各种税收。全县工贸商行，小商小贩他们成立公司、设立商号都必须在这里先注册登记再开张营业，各商家资料在这里应该是最齐全的。

谁知芳草秀子带着情报科的便衣赶到税务所，在这里并未找到她想要的东西，资料柜里"鸿运商行"的注册登记资料早已不翼而飞，被人取走了。

谁取走了"鸿运商行"的登记资料？

芳草秀子望着资料柜里一捆捆发霉陈旧的纸片，脑子里一片茫然。

"八嘎——"

芳草秀子气得怒目切齿，一声长叫，脸变得狰狞可怕。她知道攥在自己手心里的线索断了。

取走"鸿运商行"注册登记资料、掐断芳草秀子调查线索的人，不是别人，正是乔志远。

原来乔志远接到县委送来的密件指示，感到情况紧急，他决定必须抢在日军前面拿到"鸿运商行"的注册登记资料。

乔志远一接到县委送来的密件，就开始了行动。

乔志远的这次行动不仅取走了"鸿运商行"的登记资料，而且还像"搂草打兔子"那样，趁机拔掉了威胁县委游击队和地下联络点安全的"毒瘤"。

事情是这样的。

乔志远知道"鸿运商行"注册登记资料都存放在税务所。但现在日本人控制着税务所，首先是要想办法进入税务所。

日军占领铜陵后，日军司令部根据1937年12月24日日本内阁会议制定的《处理中国事变纲要》要求，对原国民党县政府机构全部当成"胜利品"进行查封、冻结、没收。税务所自然名列其中。税务所被"没收"后由日军司令部事务科接管。日军司令部事务科科长山田秋夫对税务所进行严格的"保护"，人员进出必须检查，资料室等重要房间都有日军看守，没有特殊的理由很难进入。

就在乔志远思考如何才能进入税务所时他想起几天前一个摆在他面前

的"案子"。

想到这个案子，乔志远的眼里充满着愤怒。

那是不久前，矿业所日军弹药库"爆炸案"发生后，日军驻矿区大队长渡边，在执行武英本吉"进一步扩大'铁桶防卫'范围，对矿区周边进行清剿"命令的过程中，感到兵力有限。这个狂热的"军犬迷"，他发现矿区有不少野狗，这引发了他的歧想：如果能将这些野狗训练成他的"长舌条军犬"秋巴那样，跟随皇军守门查岗、搜索巡逻，这将大大地弥补皇军兵力的不足。于是他命令士兵四处捕捉，将捕捉到的野狗圈养在一处矿洞里，然后开始暗中进行他的犬类"变性"试验。他先是将矿区违抗日本人意志的矿民抓来，将他们和野狗关在一起，让野狗撕咬以增加血性；然后给野狗注入从日本关东军驻满洲石井防疫给水部队弄来的特效致幻剂，麻痹野狗神经，便于驯服。但是狗身上的沙门氏细菌产生抗体，使这种特效致幻剂失去效果。渡边望着野狗疯狂地撕咬矿洞中的中国人，虽然心中产生着无尽的快感，但这些野狗不服他调遣的口令，让他毫无对策。这时，他听取了矿业所军医处军医秋田的建议：必须对野狗进行消毒，杀死沙门氏细菌。渡边又向石井防疫给水部队申请了一批消毒液用于消杀野狗身上的细菌。

夏井志雄也参与试验之中，此时他正在为矿区频发流行病，导致劳工病倒，下井人员骤减而苦恼。受到渡边试验的启发，他感到出现流行病的原因是中国人身上带有病菌造成的。为了不影响矿区正常生产，防止中国人身上的病菌相互传染，他命令矿业所防疫室使用渡边从日本关东军防疫部队申请来的那批消毒液给矿民们消毒。这批消毒液分明是给动物消毒用的，但夏井志雄却命令防疫室的室长小九君直接用于矿上的劳工。防疫室将消毒液用于矿民后，大批矿民身上皮肤红肿、发黑，头发脱落，严重者当场晕厥死亡，消毒液对人体造成了极大的伤害。乔志远从矿业所一个日本人事务科长那里获得了给矿民消毒的内幕，他立即将这一"内幕"通过秘密联络点报告给了县委。郑强龙指示矿区支部要想办法制止日本人对矿民的伤害。洪添寿接到指示后和支部成员走家串户，揭露日本人的罪恶行径，矿民们弄清了消毒的真相后强烈抵制，矿业所防疫室不得不停止给矿民消毒。

这批消毒液存在防疫室无法使用，防疫室的室长小九君想将其送到黑市上倒卖掉。不料，装有这批消毒液的船在过天井湖口验货关卡时被关卡的税务检验人员认定是违禁物品，将船只上的货物没收了。由于关卡是日军司令部事务科管辖。矿业所防疫室室长小九君是私自倒卖矿山物品，又不能公开去和关卡检验人员争辩。只能将此事交给矿警所，以货物被抢的由头让矿警所出面与关卡的税务检验人员去交涉。

矿警所接到"案子"后，手下人员将案子报给乔志远时，他并没有多重视，像这种日本人私底下"黑吃黑"的事，本身就是无厘头的案子。再者，他想将此案子拖一拖，等到关卡检验人员将没收的这批消毒液药水在黑市出售时，他再与县委联系，想办法低价卖到江北，提供给新四军。现在，县委指示要尽快拿到"鸿运商行"注册登记资料。乔志远想利用这个"案子"进入税务所，他不得不关注起这个"案子"。

还有一事，就是县委一直担忧的，飞龙会的三当家带着自己帮会弟子被日军情报科招募成线人，成了日军特务的帮凶，这些线人为了讨得特务们的赏金，整日替日军"黑鹰"们寻找线索，直接威胁着县委游击队和地下联络点的安全。县委书记郑强龙指示要找机会对飞龙会这个亲日头目"敲打敲打"，震慑帮会那些甘为日军效力者。而飞龙会这个亲日头目，近日正在替日本人把持着税务所的关卡，指挥帮会弟子验收过关的货物。

乔志远心里装着这两件事，他必须要去税务所。

看来要进入税务所只有利用这个"案子"做文章了。

乔志远来到天井湖口水上验货关卡。

日军虽然"没收"了税务所，但并没有将其"冻结"，而是将它作为搜刮中国人财富的工具。日军司令部事务科在天井湖出湖口设立了验货关卡，对所有进出湖的货物都强行征税。由于关卡上替日军收税的多是些地方混混，他们仗着日本人的势力随意没收进湖和出湖船只上的货物，船上的货主时常与收税的混混发生冲突。由于矿区的物资进出频繁而且数量较大，时常发生纠纷，凡是与矿业所有牵扯的最后都由矿警所出面处理。乔志远到这个验货关卡也不是一次两次了，往日处理此类纠纷他只是应付一下，人到为止。今天他却要认真对待，因为他是带着"任务"来的。

"乔警长，今天有何贵干？又收了谁家的钱，替哪家来消灾的噢？"

只见关卡上一个头发梳得油光锃亮，左右腰间别着两把短匕首的"大背头"见乔志远跨到了关卡的台子上，冲着乔志远喊道。

乔志远见此人正是自己要找的关卡头目胡三霸。

这胡三霸，可真是天井湖的一霸，他是"飞龙会"的三当家，会里人称他"胡三爷"，而湖区人称他"活阎王"。湖区的人对他又怕又恨。他自己经营着一家渔品公司，仗着他的哥哥是县保安大队副队长这棵大树，自己又是"飞龙会"的头目，常年带着帮会的小兄弟们在天井湖一片欺行霸市，胡作非为。有一年他嫌一个渔民卖给他的鱼是死鱼，价格压得很低，这个渔民只是说了一句"不卖了"，谁知惹怒了胡三霸。胡三霸竟然让家丁用渔网将这个渔民捆住扔进天井湖里活活淹死。随后放出话来，谁再跟他作对就把他扔进湖里喂鱼。自那以后，在天井湖这一片没有一个人敢跟他说个"不"字。日本人占领铜陵后，他哥哥跟着国民党县长逃走了，池田介二情报科秘密招募线人，他就跟日本人勾搭上了线，把日本人当成了靠山。在日本人的鼓动下，他把"飞龙会"的一帮亲信都领进了日本人的笼子里。为此"飞龙会"的大当家、二当家与他闹崩了，他就带着自己的亲信做起了日军的"耳目"。日本人在天井湖设关卡检货收税，他就让飞龙会自己的亲信找来一伙地痞流氓作帮衬，替日本人充当打手。查货中只要他看得不顺眼或市面紧俏的货，不管这种货上没上日本人的管制名单，他都统统指斥是禁货没收。然后私下里就和管税务的日军小队长秋山和夫合伙去倒卖。胡三霸不仅替日本人管着关卡上查货的事，还卖力地替日军四处打探哪里有共产党游击队的下落。"醉仙楼"县委联络点的线索就是他向日本人提供的。他不仅得到了一大笔赏钱，日本人为了让他活动方便，近日还给他发了一张特别通行证。

乔志远走近胡三霸，接着他的喊话高声应答道：

"三爷，我一个堂堂矿警所副所长岂能昧着良心收钱办事？分明是你们想捞个黑钱吧，把我们矿上正经的货硬往禁货筐子里装。我这不是来讨说法嘛！"

"正经货？那可是皇军禁运货物小册上标注的哟！"胡三霸辩解道。

"三爷，你可知道你扣的那批药水可是日本人的货，扣压错了皇军同样要让你掉脑袋的。"乔志远把嘴贴到胡三霸的耳根子边上说着。

"什么？日本人的货？"胡三霸一惊一乍起来。

"对，日本人的货。"乔志远肯定地回答道。

"那要弄清楚，那要弄清楚！"胡三霸明显紧张起来。

乔志远见胡三霸吓得不知所措，直接点出了主题。

"那我们到税务所去，请皇军确认一下，如果是皇军册子上标明的禁货，你扣住可就有了理由，我回去也好有个说法，矿业所的日本人也不敢对你怎样。要是弄错了，把货放行不就完事了，我会在矿业所的皇军那给你说个情，也保你没事。但你这样扣着那可是不清不白，日本人找上门来你能扛得住吗？"

"乔所长，说得有理，说得有理！"胡三霸听后，眼睛眨了一下，皱了皱眉毛。

"那我们现在就去税务所核实清楚吧！"乔志远趁机提出了要求，因为进税务所尽快拿到"鸿运商行"注册登记资料是当务之急。

"好，好！"胡三霸答应了乔志远。

乔志远跟着胡三霸来到税务所。

走到税务所门口，胡三霸弯着腰向守门的日军点点画画说明着什么，然后拿出一个小本本给守门的日军看。守门的日军可能认识胡三霸，并没有认真地去看胡三霸递上的本子，只是扫了一眼，就招了招手示意胡三霸进去。乔志远跟着胡三霸走进了税务所大堂。

税务所大堂并没有人，办差的人员在后院。

乔志远要去的是资料室，他必须支开胡三霸。

这时乔志远对胡三霸说："三爷，您休息，我是警察，我去找皇军核对，您在这等我的消息。"

胡三霸一听，也是，这里是税务所办公差的地方，乔志远穿着一身警服，这税务所里人一看就知道他是吃官家饭的。他又会讲日语，找皇军也方便。自己又不会讲日本话，再说自己本来也不想去见管关卡的日军军官——那个叫秋山和夫的小队长。这个秋山和夫小队长只要见了他不是训斥他查货不力，就是查问他倒卖扣压货物的账目。自己要是回答迟疑了或不是日本人想要的答案，这个秋山和夫立刻眉头紧锁，凶相毕露，鼓起那一双突出的金鱼眼恶狠狠地盯着他，眼光寒气逼人，有时还拔出手枪顶在他脑门上发问，让他感到十分害怕。

"乔所长，那就辛苦你跑一趟了！"胡三霸冲着乔志远回应着。

乔志远进入了中厅。

胡三霸见乔志远走了，就缩在大堂一角想找个火抽支烟。

乔志远甩掉胡三霸后直接穿过中厅来到后院，他站在后院门口，向一排平房望去，他发现平房走廊里有一个日军哨兵端着枪在站岗。税务所的房屋结构乔志远是清楚的，日本人没有占领前他常进税务所办事。他知道第二间房子就是资料室。

可日军哨兵站在走廊里，自己无法进入资料室。

他想必须引开日军的哨兵，他望了望平房两边，四处空旷，就这一个哨兵。

这时他急中生智，一个两全其美的想法涌入他的大脑：引开哨兵，让哨兵去"教训"胡三霸。

主意拿定后，乔志远朝资料室方向抬起了脚步。

只见他向日军哨兵跑去……嘴里夹着日语高喊着。

"太君不好了，不好了……大堂里有个暴匪要放火烧掉税务所，我的来向你报告。"

乔志远装着急匆匆地赶来的样子，用生硬且夹杂中国字的日本话对哨兵喊道。

"你的，什么的干活?"日军哨兵看着眼前"慌张"的乔志远惊讶地问道。

"我警察，但我没有枪，他是暴匪，我没有……太君有枪，快……"

乔志远有意装得很害怕、很畏惧的样子。

"暴匪要放火烧……支那的警察真是胆小鬼，哈哈……"

日军哨兵明白了一切，边说边端着枪冲向了大堂。

日军哨兵离开了后院。

这时乔志远掏出矿警所特制的开锁工具，打开了资料室的门，他迅速找到了装有鸿运商行登记资料的柜子，拿走了资料。随后将资料室的门重新锁好，离开了平房。

"叭!"一声枪响传到了后院。

乔志远听到枪声，知道前厅"有戏"了。

"大堂杀人啦、杀人啦……"这时，一阵阵呼喊声从税务所中厅里传来。

他赶到了大堂。

眼前的场景让他惊住了，完全超出了他的预期。他本想借日军之手杀掉这个恶贯满盈已投靠日本人的飞龙会头目胡三霸，而现在的场景是胡三

霸和日军哨兵都倒在血泊中。

原来日军哨兵端着枪冲到大堂时，恰巧胡三霸正在划火柴准备点烟，日军哨兵见到火光，脑子里回荡着乔志远的那句"暴匪要火烧税务所"的话，持刀就直接冲向了胡三霸。那胡三霸见此情景，张嘴辩解已来不及了，他也是江湖中人，一看日军哨兵明晃晃的刺刀向他刺来，他眼疾手快拔出腰间的匕首，投向日军哨兵。

胡三霸投出去的匕首不偏不斜地正好扎进了日军哨兵的胸口。

日军哨兵"啊！"的一声惨叫，应声倒地。哨兵的叫声引来了门外站岗的日军，日军冲进门来见一名日军哨兵身上插着两把匕首倒在血泊中，举起枪就向胡三霸射击，子弹飞出，吴三霸当场被击毙。

日军的枪声引起了税务所内的混乱，乔志远混在慌张的人群中悄悄离开了税务所。

第二十九章

日军军医供情报　百草堂里抓共党
葛仙洞里一声响　有去无回日军亡

税务所里的线索断了，芳草秀子的调查走进了死胡同。

但池田介二却获得了新的线索。这个新线索就是铜官山矿业所医务处军医秋田在芜湖调查赵九时得到的意外"收获"。

赵九被抓后，编出了芜湖百草堂大药房，夏井志雄为了证实此事，秘密派出医务处军医秋田前往芜湖"百草堂"核实。秋田到芜湖，从百草堂大药房经理嘴里得知：铜官山矿区时常有人将生砒砂粉当成药材送到芜湖卖给药房，药房用它加工成药用砒霜。秋田听到这个消息立刻联想起小西秋木在铜官山矿区砒霜中毒的事。当时池田介二科长把小西秋木尸体留在医务处，给他作医学解剖，特地命令他查清此事。秋田身为军医查清死因没问题，但要查清小西秋木被害是谁人所为那就十分困难了。但秋田一直把长官的话记在心中，当获知铜官山矿区有人把"生砒砂粉"卖到芜湖，他认为这可能对池田介二科长有用，就把这一"收获"报告给了皇军司令部情报科。

池田介二研究了秋田的报告后，感到他的"收获"很有价值，对他提

供的信息产生了极大的兴趣。他认为可以顺着这条线索查到卖药材人，抓住了卖药材的人就能知道谁藏有砒砂粉，这样抽丝剥茧，一层层地查下去，毒死小西秋木的人一定会水落石出。这样共产党游击队隐藏得再深，也能被他们挖出来。

还有，税务所发生的一切，池田介二判断一定也是共产党的地下分子所为。他既为芳草秀子感到可惜，可惜的是如果她破获了抗日组织，抓住了共产党游击队，她回到军部可以受到大大的奖励。但池田介二也感到不解，共产党游击队总是赶在她前面动手，从"宋家滩"到"税务所"几次行动都是"煮熟的鸭子飞掉了"，最后让芳草秀子落得竹篮打水一场空的结局。他想，这一切都说明共产党游击队不仅情报系统运转有序，情报传递准确无误，而且幕后的操控者一定是精通战略、经验丰富的实战家，这样才能将皇军的行动步骤一一破解。池田介二想到这里，不禁倒吸了一口凉气，自己遇到了强劲的对手，共产党游击队活动猖獗，如此厉害。不将其消灭，皇军在铜官山矿的开发计划将处处受阻。

有了秋田提供的线索，他如获至宝。现在该自己出手了。

芜湖长街。

芜湖是长江南岸一座有名的商业城市。在芜湖，有一片最热闹的街区，街区里商贾云集，店铺鳞次栉比，当地人都叫它长街。长街的东头坐落着一幢明清时期建成的两层店铺小楼，小楼是典型的徽派建筑，青砖小瓦马头墙。店招悬挂在二楼的正面房顶上，镌刻在大牌匾上"百草堂大药房"几个字，书写的功力很深。两边石柱上的对联也十分考究：左联写"凤擅轩岐术全凭药石灵"，右联写"妙手好回春只开逐疾方"，从店招和石柱的成色上看这是一家开了有年头的老药店。

今天，店内的生意像往常一样，有问诊抓药的，也有向店家售卖药材的，人来人往，与往常没有什么两样。只是有几个头戴黑礼帽的人坐在店堂内，他们既不抓药，也不问诊。他们是在等人，准确地讲是来抓人的。

他们是驻铜陵日军司令部情报科的特务，按照池田介二的安排，秘密前往芜湖，来百草堂大药房抓捕卖砒砂粉的人。这次抓捕行动由情报科电讯小队长山本负责，在此之前，山本带两名队员已在驻芜湖日军的配合下，从药店老板嘴里获得口供：卖砒砂粉的人每个月的月头来。双方买卖的方式是：卖砒砂粉的人送货来时，药房收下砒砂粉，当天不付货款，而是将砒砂粉交给制药工制药，如果送来的砒砂粉能制成砒霜，药房就将这货款在下个月卖货人送货来时付给卖货人。药店老板这种先收货后付钱的做法，目的是怕送来的生砒砂粉有假，通过制成真药来检验，这种检验，按行规叫"验真"。因有了"验真"这一关，这就形成了"砒砂粉"买卖中，一个月押一个月付款的行规。据药店老板介绍，铜官山矿区送来的砒砂粉每次"验真"都能过关，送货人每个月头准会来店里，送新货来，同时把上次的货款结清。

今天，是铜官山矿区卖砒砂粉的人该来的日子。

晌午时分，长街上的商铺开始闲了下来，百草堂大药房里的人也少了些。药店老板今天特意守在柜台，眼睛一直盯着来往的顾客。

"齐老板。"一个挑着担子，身穿道服的年轻人，跨进大门，一眼就认出了店家老板。

"哟，静觉师傅来了！货送到后面去吧！"柜台里的齐老板慌张地应着声。

送货人进了后房。

齐老板向几个戴黑礼帽的人使了个眼色。

不一会儿，送货人从后房出来。

"不许动，静觉师傅跟我们走一趟！"

送砒砂粉的年轻道士不是别人，正是县委机关的工作人员小顺子。

县城日军司令部。

"道士？"

池田介二得知山本抓回来的人是个道士，他先是一愣，这出乎他的意料，然后他眉头一皱，想了想。

池田介二并没有向站在身旁的山本追问审讯的结果，而是抓起电话接通了日军驻大通的小队长伍田中下，池田介二命令他将驻地的一个和尚抓起来送到司令部。

这让山本纳闷，摸不着头脑。

"山本君，情报线上的较量如同战场决战，'知己知彼，百战不殆'，中国的《孙子兵法》永远是我们的必修课，懂吗？"

"是，是！科长高见！"山本似乎明白了池田介二的用意。

不久，伍田中下将抓来的和尚送到。

池田介二在与被抓的和尚对话后，才对山本说：

"让我去会一会这个所谓的道士！"

在司令部的审讯室里，小顺子被打得遍体鳞伤。

池田介二用阴冷的目光打量着小顺子，责问道：

"铜陵长龙山葛仙洞的道观，早在十几年前遭打劫，就已经油干灯灭了，被九华山头天门大通大士阁的佛教所淹灭，铜陵现在哪来的道士？你分明是共产党游击队的人！"

"我就是长龙山葛仙洞道观道士，法号静觉，你们别费劲审了！"小顺子忍着伤痛，坚毅地回答着。

池田介二是有备而来的，他得知山本从芜湖抓来的是个道士，就感到蹊跷，所以专门把铜陵佛教第一寺——大通大士阁的住持释大定抓来问话。从而获知铜陵道教现状：长龙山葛仙洞道观遭打劫后，大批道徒在大士阁住持的规劝和教化下弃旧图新，转向信奉佛教，皈依佛门。此后，铜陵的道教几乎败落无存，现在怎么会冒出一个修行的道士！

"葛仙洞道观都已毁坏，你在何处修炼？"池田介二进一步逼问。

"我们道教修炼重在守一、存思，守思想之道，存意念于体内，虽道观不能安身，但大道藏于胸。道观遭毁坏，正需要我们坚守道义的子弟集腋成裘，筹款修缮，重振教门。"

小顺子一口咬定自己就是长龙山葛仙洞道观的道士，自己收购砒砂粉卖给药店就是为维修道观筹集善款。

小顺子为什么会自称是道士呢？

这还得从小顺子的身世说起。

小顺子是他的养母从与铜官山相连的顺安长龙山上捡来的，捡来时瘦小的身体，奄奄一息，养母信奉道教，就将他抱进了长龙山上的葛仙洞道观，求老道长施法求救，并表示长大后认师为父。老道长大发慈悲，亲自采药调理，他才得以康复。老道长还将"静觉"这一法号送给了他。随后养母将他带回家中抚养，并起名"长顺"，意在"长久顺利"、稳稳当当地长大。长顺养父姓查，他随养父的姓，大名就叫查长顺。但平日里大伙儿都叫他小顺子。小顺子成长中，常去道观看望师傅，师傅常教他诵经求道，日子久了，自然成了道观里的一员。后来葛仙洞道观遭到侯麻子的土匪抢劫，老道长在与土匪搏斗中被杀，道观里的财物被土匪洗劫一空，道观也遭毁坏，葛仙洞道观从此一蹶不振。加上本地道教与佛教为争香火和地盘暗中较劲，本来就誓不两立，不少道教信徒在本地佛教老大——大通大士阁掌门的煽动下转换了门庭。葛仙洞道观，就很少有人去了。小顺子成人后，虽然进到了商行做学徒，后来在郑强龙教育下走上革命的道路，但与道家的情缘一直埋在心中。

葛仙洞道观虽然衰败不堪，香火稀少，但坚信道教的弟子和附近的村民确实想重建道观，复兴玄门。但小顺子用砒砂粉换钱却不是为此筹资，而是为自己的组织——中共铜陵县委筹措党的活动经费。

县委成立时，党的活动经费十分短缺，上级拨付和个人支助，常常是捉襟见肘，入不敷出。随着物资运输线建立，经费缺口增大，因资金不足，开展工作困难重重。为了不给上级组织增加负担，县委决定自筹资

275

金。郑强龙接受了矿区同志提议：利用有些矿石表层上含有砒砂这一药用原料，刮下矿石表面上的砒砂粉，将其卖给药房换取经费。小顺子在葛仙洞道观有道士身份，而葛仙洞道观自古就是道家葛洪大师在此修身炼丹、饮药成仙的地方。县委决定收购和向药房出售砒砂粉的工作就由小顺子承担，矿区支部的同志负责从矿石上刮出砒砂粉。为了做到安全、保密，县委选择了芜湖百草堂大药房，因为这家药房的老板与葛仙洞道观老道长在药材生意方面一直有来往。小顺子以道士的名义卖药材给百草堂大药房就不会引起敌特的注意和怀疑。

这次小顺子的暴露，是因为夏井志雄让矿业所军医秋田以采购药品的名义调查赵九所导致的。秋田到百草堂大药房后，发现药房里有砒霜，问起砒霜的来源，才知道是用铜官山矿的砒砂粉制作的。老板的这句话触动了秋田的神经：小西秋木被砒霜毒死的惨景又浮现在他眼前，还有池田介二给他的"任务"又提醒着他。随后，秋田亮出身份，自己是日本军医。随行的驻芜湖日军同行，用枪顶着老板的脑袋，才从老板嘴里套出话来：药房的砒砂粉是铜陵葛仙洞道观一位叫静觉的道士每个月头送过来的。

池田介二被小顺子一席话反驳得无言以答，他对小顺子为"道观筹资"半信半疑。

"你真是道士吗？你的砒砂粉从什么地方弄来的？"池田介二一把抓住小顺子带血的衣领，恶狠狠地再次责问他。

"我的道士身份从未隐瞒过，砒砂粉是从铜官山矿的矿石上刮下来的！"

小顺子头上、身上落下一道道血印，鲜血顺着额头往下直流。他艰难地睁开眼睛，面对恶魔一般的池田介二从容地回答。

虽然伤口痛如刀绞，小顺子心里清楚：目前日本人还不知道自己的身份，他还有时间和日军周旋。

池田介二在和小顺子的较量中，没有获得想要的答案，他皱着眉，扶了一下眼镜，对山本说道：

"把他带到矿区去，让他指认生砒砂粉从何处收购的！"池田介二向山本命令道。

池田介二此举的目的，是要找到矿区藏有砒砂粉的人，这样就能找出毒死小西秋木的共产党游击队的人。

"是！"山本答道。

同时，池田介二指示潜伏的"黑鹰"调查葛仙洞这个静觉道士的真实身份。

矿区兴隆镇。

山本带着情报科的日军小队，押着小顺子来到矿区。

其实每次生砒砂粉都是由矿区负责人洪添寿收集好存放在洪家粥棚联络点，由小顺子来取走。

小顺子被两个日军押着，拖着沉重的步子向前走，一路上洒着血迹……

在路过洪家粥棚时，小顺子有意朝粥棚门口望了望。随后，他的脚步挪动得快了起来，领着日军离开洪家粥棚，朝别的方向走去。

他知道不能靠近洪家粥棚，否则日本人会联想到吃的上去，因为小西秋木是"吃"了砒霜中毒而死的。

他有意远离洪家粥棚。

此后，小顺子被日军押着，他领着日军在矿区绕着圈子转。

"你的生砒砂粉在哪家收的！快快地说出，否则死拉死拉……"山本跟着小顺子在矿区转了几大圈，小顺子没指认出一家，他不耐烦了。

小顺子知道，这次日本人不从他身上捞到点什么是不会放过自己的，他已做好了牺牲的准备。他来矿区的目的是要让矿区的同志知道，县委筹资渠道已经暴露。当他经过洪家粥棚时，他的目光已与站在门口的老板娘秦二姑交会过，他知道秦二姑肯定会将自己被捕、日军押着他来矿区指认

的一幕告诉洪添寿。

"山本队长，这个支那道士，昏死了！"

两个押着小顺子的日军，见小顺子瘫软下去，尖叫起来。

小顺子失血过多昏迷了。

"快送到矿业所医务处！这个支那人不能死，我们还要从他嘴里挖共产党游击队的下落！"山本惊慌失措地吩咐着小队日军。

矿业所医务处坐落在铜官山脚下的天井湖边。

医务处是一个带院子的建筑，由一个大院子加三幢平房组成。前面两幢，后面一幢，前后房子由走廊连接。医务处大门由日军把守，一条大狼狗在院子里乱窜。

秋田既是军医又是这里的负责人。

小顺子被山本拖到了这里。

"秋田医生，这是司令部的要犯，你要让他快快醒来，我们要他交代问题！"山本急切地催促着秋田。

秋田用听诊器听着小顺子的胸口，胸中只传出微弱的跳动。秋田知道眼前这个奄奄一息的支那人，就是自己向池田介二报告的那个向药房卖生砒砂粉的道士。

他冲着山本诡秘地一笑，对山本说：

"把这个支那人拖到后面屋里来，我让他起死回生。"

山本命令队员把小顺子拖进了后面的一间挂着"抢救室"牌子的房子里。

后面这间所谓的抢救室，外表看不出特别，但屋里却让人惊讶。工作台面上的空间被装有五颜六色液体的玻璃试管和器皿占满；四周墙壁上挂满了不同大小的动物标本，其中还有一个是人骨骷髅头。地上分类堆放着多种破碎的矿石，当然也摆放着一些医疗器械等。与其说它是"抢救室"不如说是实验室。

在"抢救室"。

秋田用针管从一个瓶子里抽出一种红色液体，然后注入了小顺子的身体里。

不一会儿，小顺子的身体出现了微微地蠕动……

"动了，动了！秋田医生！哟西！哟西！"山本望望蠕动的小顺子惊奇地叫了起来。

"我成功了！我成功了！"秋田兴奋地高叫着。

原来，秋田一直在做人体试验。

秋田，北海道人，毕业于日本东京大学，他是个医药学博士，原先在日本帝国医学研究所做研究员，日本全面侵华后，被征招到陆军部医院。医院将其派遣到铜官山矿业所医务处。他认为自己是一个研究医药学的博士，在异国他乡这个山野之地难有作为，就在他陷入苦恼之际，池田介二给他提供了用武之地，要求他用所学的医药学知识为情报工作做研究。池田介二所要求做的"研究"，就是针对审讯中，通过药物赋能来控制濒临死亡犯人而获得情报。这一"研究"使秋田投入了极大的热情。

从此，秋田在池田介二的特别授权下，开始了秘密研制特效药物，做起了人体试验。他所做的人体试验叫"人体激活试验"，就是通过药物使人体在昏迷中迅速清醒，恢复意识，产生动作。激活试验的原理是：催生素作用于人体后，让人体瞬间聚集起来的能量冲击心脏，使其加速跳动。也就是昏迷中的人能迅速清醒，恢复意识。当能量足够大到过量时大脑就会产生幻觉，在外来的动力，如声音等提示下，人体大脑开始受控于外来动力，也就是昏迷者恢复意识后可以按别人的要求来回答问题。但是，催生素的作用对人体有极大的伤害。由于催生素在人体组织中充分燃烧，消耗人体大量精髓，破坏大脑细胞结构，这样使得受用人体快速死亡。

人体激活试验的关键是"催生素"和"人体"的选择。秋田通过化学实验和分析，在不同品种的矿石中提取组成"催生素"的物质，然后把这些物质按配方合成"催生素"，再将这些"催生素"注入人体，来获得效果。

"催生素"配方的效果如何，只有在人体上进行实验才能体现。

当秋田看到自己刚才在实验室里配制的"催生素"注入小顺子体内，小顺子就有了生理反应，他感到自己的这次试验将会获得成功。

山本见小顺子清醒过来，他凑近小顺子，嘴贴在他的耳边。

"你的砒砂粉从什么地方弄来的？山上？水里？家里？带我们去看看？"山本按照秋田的提示在向小顺子问话。

小顺子突然睁大了眼睛，仿佛全身来了精神，大脑异常兴奋。当他睁开眼望着穿着日军军服的山田在眼前晃动，豁然一下又明白了什么……

他突然开口了。

"我说过砒砂粉是他们送到葛仙洞的道观里，我是道士不上门收的，你要不信我带你去葛仙洞道观。"小顺子冲着山本大声喊道。

此时，小顺子心里在想，他要在生命的最后时刻做一件轰轰烈烈的事。他要把山本、秋田这伙日军带到葛仙洞道观里，那里藏有县委游击队从矿区弄来的炸药，他要让这些日本人有来无回。

山本和秋田见小顺子声音洪亮，中气十足，他们认为是药物——"催生素"起作用了。他要抓住这次机会，不然这个支那人一死，他们什么口供和线索都捞不到了。

"葛仙洞道观有砒砂粉？好！带路！"山本只好答应着，去葛仙洞道观。

这时，只见小顺子又闭上了眼，仿佛又回到了昏死的状态，其实这次小顺子是佯装的，他的目的就是要把秋田也引到葛仙洞道观里。

"秋田医生，再给他打一针，否则……"

果然，山本急得叫住秋田。

秋田又给小顺子打了一针。

"秋田医生，你把这针带着和我们一道去吧，万一这个支那人在途中出现刚才那种状况，我们就毫无办法啊……"

山本向秋田提出了要求。

小顺子这时眼睛又慢慢睁开了。

秋田望着"活"过来的小顺子，他也想观察一下自己的"催生素"效果，他决定陪山本小队一同前往葛仙洞道观。

在小顺子的指路下，两个日军拖着小顺子，山本、秋田和日军小队跟着来到了坐落葛仙洞道观的长龙山。

在长龙山朝西面山脚下，一片竹林深处，葛仙洞道观露出了洞口。

小顺子指着洞口，对山本、秋田等日军喊道：

"就是这里，进去吧！"

山本、秋田望着阴森森的道观洞口，两人面面相觑，谁也不敢挪动脚步。

小顺子见状，挣脱了拖他的日军，颤巍巍地站立起来，自己首先走进了道观洞口。

这时，山本、秋田和日军小队也跟着进来了。

葛仙洞道观很深，道观洞内供着道家先祖"太上老君"和其代表人物鬼谷子、张三丰、葛洪等人的泥塑像。洞内昏暗，只有一处供台上还亮着香油灯。

小顺子见日军都进来了，他指着远外拐角里堆着的一个黑乎乎的东西，说道："那里面就装着砒砂粉。"

"砒砂粉？"

山本一听，他走近想看个究竟，秋田等日军也凑了上去看。

原来那黑乎乎的东西是个鼓囊囊的大麻袋，可山本、秋田不知，那麻袋里放置的却是炸药。这些炸药是洪添寿等矿区游击队员们平时从矿里偷出来藏在这里的，准备送给江北新四军的。

这时，只见小顺子取下那供台上的油灯，走到放置炸药的麻袋边。

"很好，快点！将灯拿过来，让皇军看个清楚！"

山本、秋田原以为小顺子提灯是来给他们照亮的，没想到小顺子却将油灯扔到了放置炸药的麻袋上。

"砰。"随着一声闷响，油灯里的香油溅洒在麻袋上，瞬间被油灯里的灯芯火点燃，火苗很快烧破了麻袋。

"轰"一声巨响。

麻袋里的炸药爆炸了，小顺子和进洞的日军同归于尽了。

县城日军司令部。

此时，池田介二已从"黑鹰一号"获得了准确的情报：这个葛仙洞的假道士叫查长顺，真实身份是中共铜陵县委机关的地下工作人员。池田介二知道假道士的身份后欣喜若狂，正在制定审讯方案，他要撬开假道士查长顺的嘴，查清铜陵共产党游击队的底细，将其连根拔掉。

没想到这个中共的假"道士"却把一群皇军领进葛仙洞旧道观里"爆销"了。

小顺子此举，气得池田介二两眼发直。

他从秋田提供的"收获"里，不仅没有抓住共产党游击队，倒是让秋田自己和他的情报科几名"黑鹰"丢掉了性命。

不过，池田介二虽然失去了小顺子，但他手中还握有另一张"王牌"。

第三十章

日军科长耍诡计　请出导师藏心机
方董交矿显大义　为保公产和伙计

方兴华自从被渡边带走，郑强龙就十分焦急，他通过县委潜伏在敌人内部的人员打探，但一直没有消息。

方兴华在哪里呢？

方兴华此时正被池田介二的情报科秘密拘押。

池田介二把方兴华扣押在自己的手里，目的是想从方兴华身上找出共产党游击队的踪迹。当芳草秀子到税务所查找的"鸿运商行"注册登记资料失踪，特别是那个"假道士"炸死山本、秋田后，又失去了线索，池田介二更加看重手中的"方兴华"这张王牌了。他让"黑鹰一号"林楠生对方兴华进行了秘密调查。林楠生在调查中并没有查出方兴华与共产党游击队往来的确凿证据，这使得池田介二有些失望。但是池田介二坚信方兴华是共产党游击队的朋友，因为在皇军占领铜陵前他曾帮助共产党游击队进行物资运输。不过，在"黑鹰一号"没有抓到现行有效的证据之前，他不想拿他开刀，以免打草惊蛇。

但林楠生在调查中发现铜官府的矿产开采权文书在方兴华手里，这让

池田介二感到有文章可做。

铜官府的矿产开采权是指铜官府在铜官山矿区所拥有的露天开采坑口。

铜官府是历代朝廷管理铜官山地区矿山开采冶炼的最高权力机关。民国前矿山都是皇家所有，民国后铜官山地区的矿山归民国政府所有。但是清朝退位优待皇室条例规定，保留一定的资产供皇室成员生存。铜官山地区矿山收归民国政府时，铜官府还有一些清朝遗留的公职人员，民国政府在矿区划出了一定范围，保留了一些坑口交由铜官府管理，以解决府中留存人员供养问题。铜官府由原来铜官山矿产的管理机构也就演变成矿区的民间公益机构。铜官府的留存人员将这些坑口租赁给一些矿主，获得的收入，一是维持铜官府的日常开支，二是用于公益性的事业，比如救济贫困、慈善赈灾等。铜官府的矿产产权由铜官山公司代为管理，其实质也就是租赁给铜官山公司管理和经营。

池田介二要做的文章，就是要让方兴华交出铜官府的矿产产权的地契。他认为做好这篇文章的作用可谓是一箭双雕、一举两得，甚至是一举三得。

池田介二盘算过这"三得"。

"一得"是让方兴华彻底归顺皇军。池田介二想，"黑鹰一号"虽然没找到方兴华通共的证据，只要逼迫方兴华交出铜官府的矿产经营权，让他成为共产党游击队眼里的"汉奸"，这样方兴华就不得不和我们大日本帝国合作。到那时，方兴华肚子里有关共产党游击队的情报自然就成了他孝忠皇军的筹码，皇军消灭共产党游击队那就是囊中取物了。

"二得"是要让方兴华变成中日合作的典范。陆军部经济科为推动铜官山矿开发计划的实施，准备在铜陵召开日中矿业合作示范大会。这个大会由成立不久的日中矿业技术合作协会具体操作，拿到铜官府的地契就等于有了日中合作的内容，方兴华就自然成了日中合作的典范。这对推动日中矿业合作有示范效应，是开好日中矿业合作示范大会的重要砝码。

这"三得"嘛，是解决铜官山矿的矿源问题。陆军部一直在催着铜官山矿的开发计划实施，但是共产党游击队的破坏制造了一系列事端：来铜专家被杀、矿产图查无下落、矿民"罢工"等，这些不利事件使得矿业所产量锐减，整个司令部都为之焦急，武英本吉大佐更是焦躁不安。方兴华如能交出铜官府的矿产产权地契，矿业所就有新的矿源。

但如何做这篇文章？池田介二费尽了心机，他手上有两张底牌，他要一张一张地打出来。

在天井湖北端，有一座日式小洋楼，楼的名字叫"神剑道"。

这"神剑道"是日军占领铜陵后将抢占的原铜陵商会会馆改造成的日本剑道馆。剑道馆里设有击剑场、酒肆、密室以及日军军官娱乐厅。

方兴华就拘押在这"神剑道"剑道馆的密室里。这个密室可谓是装饰考究，全日式风格。方兴华自从铜官府老管家出殡那天被渡边带走，先是被关押在矿业所渡边大队的审讯室里，后被秘密押解到"神剑道"剑道馆密室里。方兴华在渡边的审讯室和"神剑道"剑道馆密室里所受到的待遇有着天壤之别。渡边的审讯室阴森黑暗、刑具可怕，饭食发霉变质。而"神剑道"剑道馆密室装饰为日本居家式风格，室内布置得金碧辉煌，用品高档，每天都有日本料理，仿佛置身于日本家庭。这让方兴华有所诧异，他不知道池田介二的葫芦里到底卖的是什么药。

池田介二让渡边将方兴华押送到司令部时，就在考虑着关押的地点，选择"神剑道"剑道馆密室是他精心安排的，因为他要营造日式氛围，还要安排一位神秘人物出场，在这里与方兴华会面。

这位神秘人物叫左冈山口。

他就是方兴华的老师——日本东京早稻田大学矿业系教授。

方兴华关在"神剑道"剑道馆密室里的第三天。

密室的门被打开，池田介二陪同一个身材修长戴一副宽边眼镜，年龄

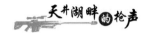

有 50 多岁的人走进了密室。随行的还有《太阳花》报随军记者芳草秀子。

此时，方兴华正苦闷地望着窗外。父亲被杀让他内心一直不能平静，现在自己又身陷囹圄，不知日本人又要何伎俩。

"方经理，你看谁来了！"池田介二领着左冈山口和芳草秀子进入密室后向方兴华喊道。

方兴华没有理会池田介二的喊声，他依然面向窗外，对于这个杀父仇人他心中只有仇恨二字。

随后，一个熟悉而久违的声音从背后传来："兴华君，你好啊！"方兴华转过头，定神一看，站在面前的竟是自己多年未见面的日本老师左冈山口。

"老师怎么来此？"方兴华既惊讶又疑惑。

"兴华君，你的剑伤现在如何？还时常发痛吗？"左冈山口并没有回答方兴华的"疑惑"，而是主动地关心起方兴华的"剑伤"。

提起这"剑伤"，一下子勾起了方兴华在日本学习生活时的往事和对老师左冈山口的感激之情。

那是方兴华在日本留学的时候，他参加了早稻田大学的中国学生剑道队——青龙队。有一次中国学生的青龙队与日本学生的樱花队进行剑道比赛，他与樱花队一队员对决中，樱花队这名队员不讲规则，刺中了方兴华左腹部大动脉，造成大出血。左冈山口和中国学生一起把方兴华送到日本东京山泓医院抢救，抢救中急需用血，但当时山泓医院里血库告急，一时无血可用。如不及时输血，方兴华会因流血过多随时有生命危险。情急之下，左冈山口主动提出自己可以献血，他向医院提出自己是 O 型血，由于及时输血抢救，方兴华这才转危为安。左冈山口挽救了方兴华的性命，因此左冈山口对方兴华有救命之恩。

方兴华受"剑伤"后留下了后遗症，时有伤口发痛的毛病，左冈山口知道，所以他首先关切地询问方兴华的伤痛。

"感谢老师的关心，现在伤痛少有发作，老师的救命之恩学生终生难忘。"方兴华充满感激地回答。

这时，左冈山口才回答方兴华的提问："我这次来中国是指导日中矿业技术合作工作，为召开日中矿业合作示范大会做准备。你们中国的铜官山铜矿历史悠久，地质结构特殊，铜矿石中伴生着多种矿物。中国人在开采过程中发明了多种挖掘方式，不论是井下开采还是露天开采，都在世界矿业史上创造了多项纪录，我希望你的矿山能成为我们大会的会员。"

"铜官山矿的确是中国古老的矿山，中国人在矿山开采和冶炼方面创造很多独特的技术，现在不少国家的矿山都在使用。但是时代在发展，能多学习世界先进的矿山采冶技术当然是一件有益的事。"方兴华认真地附和道。

"咔嚓""咔嚓"——

方兴华正说着，芳草秀子举起相机对准方兴华与左冈山口连拍了数张合影照片。站在左冈山口身后的池田介二脸上露出诡秘笑脸，也被镜头拍进了相机。

左冈山口等芳草秀子完成拍摄后，他语调一转："不过，参加日中矿业大会技术合作项目是要对示范大会有所贡献的。"

"老师，需要什么样的贡献？"方兴华已从左冈山口的嘴里闻出了一丝异味。

"你手上经营的一个叫碎石岭的露天开采坑口，这个坑口目前是世界上最老的露天坑口，开采了千年，有很高的学术价值，需要交给我们日本人研究。"左冈山口直接向方兴华提出了要求。

"啊！"方兴华心里一惊，左冈山口怎么知道铜官府的碎石岭露天采矿场地契在我手中。

这时，在一旁观察师生俩对话的池田介二见方兴华并没有爽快地答应左冈山口，上前说道：

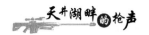

　　"方经理，你的知识是在我们大日本大学里学的，你的导师也是我们大日本人，是我们大日本帝国把你培养成杰出的矿业人才。同时，你的导师还给予了你新的生命。你们中国的'诗圣'李白在《送鲁郡刘长史迁弘农长史》诗中说得好：'他日见张禄，绨袍怀旧恩。'我们做人应当像李白一样怀有一颗感恩之心。你只要把露天开采坑口的经营权交给我们日本人，既是对你恩师的报答你又能获得自由。否则，你的老师左冈君也不会保护你的！左冈山口教授现在已正式加入了我们皇军的队伍，他现在是帝国陆军部'日中矿业技术合作协会'的会长。"

　　池田介二一面说一面把目光投向左冈山口。左冈山口向方兴华点头示意肯定了池田介二的话。

　　这时方兴华才明白自己的老师左冈山口教授来到此地的目的：他是充当说客，说服自己把铜官府的矿产开采权交给日本矿业所。

　　方兴华也清楚了池田介二为何把自己从渡边审讯室押到"神剑道"的真实意图：制造昔日在日本的情境，打出师生牌，用情感感化自己来与日本人合作。但是此时的方兴华比任何时候都清醒，因为站在他面前的对手——池田介二，与他有着不共戴天之仇。

　　方兴华转身望着池田介二——面对这个残暴的刽子手，他满腔的仇恨涌上心头。他压制着怒火回答道：

　　"池田，中日两国往来，已有千百年的历史了，两国人民之间的互相学习是国际间正常的交往。左冈山口老师在早稻田大学对我的教育培养，我会在矿业技术上不断追求，为社会创造更多业绩来报答他，而不是用我的祖国财产来交换。铜官府的露天开采坑口是铜官山矿区的公益矿产，我无权处置。处置它那要问矿民答不答应。"

　　方兴华直接拒绝了池田介二的要求。

　　池田介二听了方兴华的话，知道自己枉费了心机，顿时脸色大变。

　　池田介二本来以为打出第一张牌，请出左冈山口教授就能拨动方兴华归顺之心。因为方兴华是他一手培养的高徒，而且左冈山口还是方兴华的救命恩人。中国的传统文化中，君子待人历来推崇"一日为师终身为父"的理念和"滴水之恩涌泉相报"的美德。这种师生之情加救命之恩组合的火力，在池田介二看来已足够猛烈，但还是被方兴华抵挡住了。

池田介二败下阵后，不得不打出第二张牌。

"看来方经理是不愿与我们大日本帝国成为朋友，那就让你看看成为我们敌人的下场吧！"

"来人！把方先生'请'到审讯室去'参观'一下！"

池田介二眼睛盯着方兴华，嘴里厉声喊道。

"轰"——

门从外面向里被突然推开，几个荷枪实弹的日本宪兵闯了进来，将方兴华押走了。

"神剑道"的审讯室，是另一番景象。

从密室进入审讯室，首先下到地下一层，进入一段细长阴森的巷道，随后到达审讯室。

方兴华被日本宪兵押着带到了巷道，他隔着透明的大玻璃窗就看见审讯室里的各种刑具：皮鞭、烙铁、电刑机、水刑池、老虎凳、装有辣椒水的玻璃器皿，还有挂在墙上的夹指器、扎指甲缝的钢针等。这些刑具让人看得心惊胆战，毛骨悚然！

"啊哟！""啊哟！"——

走近门口时，就听见里面传出一阵阵撕心裂肺的叫喊声。

方兴华被几个押送的日军推进审讯室，他一看惊呆了：铜官府的两个伙计永保和根柱分别被绑在刑架上，头脸都是伤，满身血痕，两个日本宪兵手握着皮鞭用力地在抽打他俩。

"方经理，你太不仁慈了，你的固执他们就要付出生命的代价。"池田介二眼睛瞪着方兴华，手指着刑架上的永保和根柱说道。

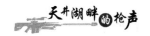

"方经理，救救我们啊！"

刑架上的永保和根柱见到方兴华，像见到救星一样，不约而同地发出求救的呼叫。

方兴华见此情景，脑子里一片空白，只是胸中充满着怒火。他原以为在出殡时自己做人质替永保和根柱担保，渡边会放过他俩，没想到日本人还是抓住他俩来胁迫自己，现在他真的不知该怎么办？

"方经理，按中国人的话讲，他们都是家中的顶梁柱啊，他们有妻儿老小，你不为他们考虑吗？"池田介二步步紧逼，让方兴华陷入绝境。

方兴华望着永保和根柱苦苦哀求的神情，脑子里又回想起铜官府老管家丁伯曾经嘱托他要照料好永保和根柱。

他真的在绝境上徘徊：不交出地契，永保和根柱将被日本人打死，交出地契又对不起矿民……

方兴华的内心在挣扎着……交出地契救下他俩……还是……

最后，方兴华为保住铜官府的公益矿产向池田介二提出：

"你们放了他俩，我方兴华从我们方家的私产中划一部分给你们开采。"

"划出私产？"

池田介二一听，心里狂喜，知道方兴华的防线被眼前的"苦肉计"打开了，他为自己设计的谋略而得意。

"噢，方经理真是有大爱啊！好，我成全你的慈爱之心，可以交换，我们大日本帝国就是需要你这样的朋友。那就把顺风口的坑口划给我们。"

"顺风口？"方兴华没想到日本人竟然要顺风口的坑口，这可是铜官山地区铜品位高的富矿区，看来日本人一直在觊觎着自己手中的坑口。

这时，池田介二掏出一份准备好的文件，"方经理，签上你的名字吧。"他让方兴华在文件上签字。

这是一份矿产开采权转让协议书。

方兴华拿起笔，这笔真是重如千斤。

他咬着牙，用颤抖的手在文件上签上自己的名字，他知道愧对家族，但他的心里真是在流血。

站在一旁督促方兴华签字的池田介二，看见方兴华签上了自己的名字，脸上露出了得意的神情。

第二天，《铜都日报》上赫然刊登着一幅方兴华与左冈山口、池田介二合影的照片。大号字体撰写的主标题是：中日合作结硕果 师生共演一家亲。副标题是：铜官山公司董事长兼总经理方兴华为报皇恩主动献出矿产与帝国合作。并配有正文。

县城日军司令部。

武英本吉手捧着《铜都日报》，正欣赏着报上刊登的芳草秀子的杰作：她拍摄的"合作照"和配发的文稿。

这时，池田介二拿着这份报纸，兴冲冲地跨进了日军司令部。

武英本吉见池田介二进屋，兴奋地高叫："池田君，你这一招真是高明，用中国的话讲叫作'逼上梁山'。你可是我们大日本帝国的'高衙内'啊！"

"不、不、不，大佐阁下，有了这张'合作照'的报纸，这一次可是共产党游击队要把方兴华逼上'梁山'啦，我们就坐山观虎斗，等着方某人给我们送'投名状'吧。"

池田介二推了推架在鹰钩鼻子上的金丝边眼镜，冲着武英本吉诡秘地说道。

"好！池田君，那我们就坐收渔利吧。"

哈哈哈——

武英本吉说完后和池田介二两人会意地狂笑着。

第三十一章

日军登报假消息　方董难辩矿民咒
伙计现场说实情　书记登门解忧愁

郑强龙看到报纸大吃一惊！

《铜都日报》上刊登的方兴华和日本人合作的消息让他警觉起来。

他刚从皖南特委的来电中获知，日本人近期要在铜陵召开"日中矿业合作示范大会"，日军陆军部经济科科长野藤少将作为特使将代表陆军部到会督导。特委明确指示：铜陵县委游击队要粉碎日本人的阴谋，阻止大会的召开。日本人在此时刊登的方兴华和日本人合作的消息会不会与他们要开的矿业合作示范大会有关？

这则消息是真还是假？郑强龙一时难以判断。

如果消息是真的，这对县委游击队保护铜官山铜矿资源极为不利。方兴华的铜官山公司是铜官山地区中方的最大公司，一旦被日本人控制，那整个铜官山地区的矿产资源就成了日本人手中的羔羊任其宰割。如果消息是假的，那就要及时揭露敌人的阴谋，决不能中了敌人的离间计。否则，会在矿民们中产生对方兴华的误解，这样不利于县委团结他共同对付日本人。

郑强龙想到这里更加担忧……

他现在要做的就是通知内线继续了解真相，但他知道方兴华自从被渡边带走，一直是秘密拘押的，县委潜入敌人内部的同志多方打探所了解的信息十分有限。但有可靠信息，方兴化已回到了矿区，这次登报"合作"之事，他决定还是要亲自去矿区查实。

几天后，郑强龙带着通讯员宋二柱，他俩化装成收账的账房先生和伙计，一路上闯关过卡，前往矿区的兴隆镇。

矿区兴隆镇。

他俩进镇后，郑强龙决定直接进方宅。他想与方兴华面对面地接触，这样可掌握最真实的情况。

他俩走着，可快要到方宅时，发现在方宅门前聚集着一大批矿民，三个一团、五个一伙堵在方宅门前。方宅的门房站在台阶上拦在门前，和欲进门的人在理论着什么。化了装的郑强龙和宋二柱也挤进了人群中。郑强龙从矿民们的神情上看，这些堵在方宅门口的人中有的气愤、有的无奈、有的恐慌。

"没想到他方兴华也成了汉奸，把我们老祖宗的东西都出卖给了日本人了。"

"顺风口坑口出的矿石可是我们铜官山矿区含铜量最高的，哎，可惜让给日本人开采。"

"方兴华真是丢尽了方家的脸，方老会长一身正气地被日本人残杀了，没想到儿子却成了日本人的走狗！"

……

人群中，不时地听到一些矿民的议论声。

这时，一个壮年汉子闯到众人前面，大声地对门里喊起话来：

"让方经理出来，他愿和日本人合作，做日本人的狗，我们不愿意。我们可不替日本人干活，大伙儿说对不对？"

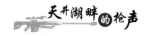

……

郑强龙一眼就认出了这个喊话的汉子，他是顺风口工区工人、矿区党员也是县委游击队员赵保来。郑强龙心里一惊，他怎么能在这样的场合做出如此张扬的表现？现在郑强龙并没有让宋二柱去和他联系，这种公开场合的联系极易暴露自己，也是地下工作纪律所不允许的，他继续观察着现场。从矿民们的议论中，他终于明白了是怎么一回事。

原来，方兴华把顺风口的坑口转给日本人开采，在顺风口工区劳作的矿民们十分气愤。他们认为方兴华这是与日本人合作，他就是想去当汉奸。矿民们不愿替日本人开矿，他们要求重回方兴华的铜官山公司。矿民们推举赵保来牵头向方兴华提出请求，于是矿民们在赵保来的组织下一起来到方宅门前抗议。

"让方经理出来——"

赵保来的喊声不断……

这时方宅大门开了。

有人喊："方经理出来了，狗汉奸出来了。"

说话间，方兴华走出大门，看得出他表情凝重，一脸倦容。

方兴华看着门前的人群，就在他刚要开口时，门前出现了让众人意想不到的一幕。

两个20来岁的汉子突然冲到方兴华面前，"扑通"一声跪倒在他脚下，嘴里念叨着：

"感谢方经理救命之恩！""感谢方经理救命之恩！""感谢方经理救命之恩！"

两个汉子向方兴华磕了三个响头。然后他俩跪在地上转身面向人群。

"矿民工友们，你们不能冤枉方经理，他是为了救我俩的命，才答应了日本人的要求。为了保住铜官府的公产——碎石岭的露天开采坑口，方经理才用他们方家的私矿和日本人作了交换。顺风口的坑口也是日本人亲自点名要的坑口，是日本人逼着方经理交出坑口的。"

跪在大家面前的正是铜官府的两个伙计永保和根柱。

原来，永保和根柱被日本人放出来，一回到兴隆镇，就听到矿民中有不少人在议论方兴华，认为方兴华为讨好日本人充当汉奸，而将顺风口的坑口主动送给了日本人。特别是《铜都日报》传到镇上后，人们看了报纸内容更是信以为真，大家都认为方兴华已投靠了日本人。听到这些议论，永保和根柱心里十分内疚，他俩知道方兴华不是想当汉奸，而是为救他俩而蒙受不白之冤。永保和根柱正商议着如何澄清事实，还方兴华清白。当得知顺风口工区的矿民们到了方宅去抗议，他俩就急忙赶到方宅向矿民们解释。

面对永保和根柱的诉说，矿民们将信将疑，面面相觑，不约而同地把目光投向了喊话人赵保来。

"赵大哥，他俩的话是真是假，你信吗？"一个矿民冲着永保和根柱嚷嚷着。

站在人群前面的赵保来，眼睛看了一下大家，然后从怀里拿出一张报纸扔在地上，朝永保和根柱投去蔑视的目光。

"两位兄弟，你看看这个！"

跪在地上的永保和根柱捡起报纸，原来就是那份《铜都日报》。他俩并不认得字，但展开后，报纸上的一张大照片呈现在自己的眼前，顿时在"神剑道"日本人的审讯室里的情景一下子复活在他俩的大脑里，在这张照片的背景上清晰地留下他俩隐约的身影。

"这位大兄弟，你看看这报纸上是不是我俩？"跪在地上的永保站起来把报纸递到了赵保来跟前。

赵保来接过报纸仔细看过，报上的人影确实是他俩。

"工友们，你们不信就看看我们身上的伤口，这些都是日本人打的。"

永保和根柱一面说，一面脱掉身上的衣服，他俩身上露出一道道血迹斑斑的伤痕。

"啊，是这样！"赵保来听后十分惊讶。

矿民看到永保和根柱身上的伤痕相信了这一切。

他们望着站在门前面色憔悴、沉默不语的方兴华，眼里流露出愧意，三三两两，纷纷离散而去。

郑强龙看到这眼前的一切，也明白了事情的真伪。

人群散去。

郑强龙见矿民已离开，他交代宋二柱去"洪家粥棚"通知大家开会，他自己去见见方兴华。

宋二柱走后，他走进方宅。

方兴华见到郑强龙十分意外和惊讶："强龙兄，你怎么来了？"

"兴华，刚才的一切我都看到了，你的情况我们知道了。我代表我们组织感谢你为铜官山矿民们所做的牺牲，你受委屈了。"郑强龙说着紧紧握住方兴华的手。

方兴华听了郑强龙一番真诚的话语，仿佛感到一股暖流穿过全身，他的眼睛湿润了。

自从在池田介二的文件上签了字，把顺风口的坑口让给日本人，方兴华的内心就十分苦楚：矿民们的误解，让他一肚子苦水无处可诉。

还有一点，就是对方氏家族的愧疚，让他的身心受到了极大摧残。

因为顺风口的坑口承载着方氏家族的荣耀：

顺风口坑口位于顺风口碎石岭北面，是整个铜官山地区含铜量最高的坑口。这里开采的矿石不仅品位高而且含有稀有金属，冶炼出的铜材是制造宫廷器具和钱贝的专用材料。这个坑口是清朝廷赏赐给方家的，所以矿民们也习惯性地叫这个坑口为方家坑口。

方家坑口的来历要追溯到清光绪年间。

在清朝时，英国官商攫取了铜官山矿的开采权，为收回开采权，方兴华的父亲方复中领导民族资本家们与英国为首的外国列强不屈斗争，并亲自赴京城与英国人谈判。当时英国人策划在京城的洋人组织成万国商团共同对付中国人，方兴华的父亲毫不畏惧，机智应对，终于取得胜利，为谈判立下首功。光绪皇帝下旨褒奖，赐"忠义保矿"匾一块悬挂方氏宗祠，将顺风口的坑口赐给方家世代享用。民国时虽然矿产全归国家所有，但民国政府考虑到方家对国家的贡献并未将其收回，还是交由方家开采经营。方氏家族正是有了这一殊荣才在矿业界声名显赫。在顺风口方家坑口开采矿石的矿民也都有一种自豪感。特别是日本人占领矿山后，其他坑口被日本人"军管理"了，能在方家坑口做工不仅情感上而且待遇上都让人羡慕。现在方兴华把方家坑口让给日本人开采，矿民们难以接受，这也是赵保来一招呼矿民就能组织起来抗议的原因。

如今顺风口方家坑口在自己手中丢失，变成了日本人的坑口，方兴华感到自己愧对祖宗。特别是对不住刚被池田介二残杀的父亲，有辱他们的英名，内心一直在痛苦地自责。

现在郑强龙那些暖心话，让他心中久闭的闸门一下子打开了……他把自己被日本人扣押的情景和心中积蓄的委屈一股脑地向郑强龙做了倾诉。

方兴华说完后，感到一身轻松。

郑强龙认真地倾听着。

当他听到方兴华提到武英本吉和池田介二把他日本大学老师左冈山口请到铜陵劝说他，这引起了郑强龙的高度重视。

郑强龙联想到特委的电报指示，他提醒方兴华：

"兴华兄，日本人现在用尽了手段，逼迫我们把手中矿产交给他们，我们都是中国人，在日本帝国主义面前我们的目标是一致的，我们一定要高度警惕日本人的阴谋。最近我们得到情报，日本陆军部经济科要在铜陵召开日中矿业合作示范大会，日本人可能还会利用顺风口坑口大做文章，你要有所准备，我们共同粉碎日本人的阴谋。"

方兴华听后不时地点头答应。

郑强龙通过与方兴华的见面和交谈，不仅了解了方兴华的思想和现状，也消除了自己的担忧。

随后，郑强龙离开了方宅。

洪家粥棚联络点。

在洪家粥棚，洪添寿已召集了东瓜山工区姚洪江、五松峰工区范四平以及蒯亚男。顺风口工区赵保来也随后赶到。

会上，郑强龙首先和大家共同分析了矿区抗日的形势以及当前保矿护矿中存在的困难。

对于矿区抗日的形势，大家都认为，自从县委成立游击队后，救矿工、杀汉奸、运铜像、除黑帮……给日寇以沉重打击，矿区的抗日烈火越烧越旺，矿民的抗日热情越来越高涨。

在谈到当前的困难，洪添寿向郑强龙汇报了矿里的近况，他说："自从铜官像被县委游击队运送到江北后，夏井志雄、渡边派出很多工头四处打探帮助游击队的人，对稍有嫌疑的人员就进行暗中盯梢，弄得矿民们十分紧张和害怕。还有就是方兴华交出顺风口的坑口在矿区影响较大，很多人都认为他已和日本人穿一条裤子了。"

对洪添寿的汇报，姚洪江、范四平、蒯亚男听后也都表示同感。

这时坐在一旁的赵保来急忙插话道："方兴华不是汉奸！"

大家的目光一下投向赵保来。

"我……"赵保来满脸通红，结结巴巴地把他组织顺风口矿民去方宅抗议的情景述说了一遍。说完，他低下头。

"啊！原来是这样！"大家不约而同地发出感叹。

"看来我们是被日军的报纸欺骗了。"低着头的赵保来补充了一句。

郑强龙见此情景，就方兴华交出坑口一事代表县委向大家提出意见。这也是今天他来矿区召开会议的主要议题。

他首先向大家通报了几方面情况：一、从内线消息获悉方兴华并没有与日本人合作意向和实际举动；二、据自己在方宅门前所见所闻可以判断，两伙计是据实述说的。报纸所刊登的内容是敌人诡计；三、他与方兴华交谈也证实前面的内容是真实的。

通报完情况，他接着说道："同志们，现在铜陵地区抗日形势十分严峻复杂，驻扎在铜陵地区的日本人非常狡猾，在和我们县委游击队的多次较量中失败，现在他们不断改变方式与我们斗争。他们不仅派出情报人员向我方渗透，而且千方百计分裂和瓦解我们的抗日统一战线，针对重点人士用尽各种手段进行拉拢，达不到目的就采取胁迫打击。日本人逼着方兴华交矿就是武英本吉、池田介二实施的阴谋，日本人在报纸上刊登照片让矿民们误以为真，就是在使用离间计来挑拨我们共产党与矿主、矿民与矿主的关系而达到他们的目的，我们一定要提高警惕，千万别上了日本人的当。通过我们内线了解和刚才赵保来的讲述，方兴华为了维护大家利益，牺牲自家坑口是举大义献大爱行为，我们不仅要相信他、团结他，还要感谢他。"

"方经理舍己为人，应当感谢！"大家听了郑强龙的话，纷纷表示赞同。

随后，郑强龙脸色严肃、语气庄重地对赵保来说道："保来同志，你的抗日热情和积极性是好的，但你是一名共产党员，是县委游击队的一员，遵守党的纪律对于开展地下斗争是生命线。在不了解真相的前提下，任何人都不能自作主张，盲目地开展行动。未经组织同意，擅自行动是我们党组织决不能允许的。你今天的行为不仅会暴露自己，而且会给组织带来极大的危险。"

郑强龙说到这里，赵保来低下头。

郑强龙最后向大家传达特委关于阻止日本人在铜陵召开"日中矿业合作示范大会"指示精神。要求大家密切关注夏井志雄、渡边等日本人在矿区的动向，为粉碎日本人阴谋、打击敌人做好斗争的准备。

第三十二章

日军开发实施难　技术合作占矿山
明伦堂里请徐工　诱骗入组帮敌忙

方兴华没有向日本人递上"投名状"。

武英本吉和池田介二发现共产党游击队并没有把方兴华"逼"向皇军的怀抱，他们知道在方兴华身上已无"利"可收。但是方兴华签署的转让坑口的协议倒是可以成为他的老师左冈山口教授实施日中矿业技术合作的道具。

左冈山口教授成为说客，来中国指导技术合作，这与武英本吉和池田介二的建议有关。

侵华日军在建立伪满洲国、占领华北后，把战火不断向华中、华南腹地延伸，战线拉长，兵力分散，战争补给增加，日本政府对战备物资需求量不断增大。但中国人民的抗日热情不断高涨，占领区的抵抗力量不断壮大。日本侵华司令部深知仅靠刺刀不仅难以吓倒各占领区中国矿业公司的老板，反而激起了他们的抵抗情绪，而这种不满和抗拒恰好被共产党等抗日组织所利用，使得大日本帝国许多计划难以实施，掠夺资源的成效不能满足国家战备的需求。陆军部经济科正在调整日中矿业合作的战略，寻求新的合作途径。

武英本吉本以为在刺刀面前中国人一定会臣服于皇军，但在占领铜陵以来皇军对矿区实施的措施屡遭失败，矿区各坑口的矿主们在共产党游击队的煽动下抗日情绪暗流涌动，百般抵触与矿业所的合作，矿山开发步履艰难，使得铜矿山矿的矿石输出量不断萎缩，这使他意识到武力并不是征服一切的手段。他和池田介二向陆军部提出，通过技术合作达到实际管控中国矿山的建议，陆军部对此十分欣赏。经济科科长野藤将军对这一暗度陈仓的提议更是赞不绝口，他已经在从国内征招专家派往各占领区协助部队进行资源开发，如何达到将中国企业和资产划归到日本公司的名下，他一直在考虑用什么方式最为适宜，此时武英本吉和池田介二提出的"技术合作"让他感到既掩人耳目又切合实际，这无疑是最佳的选择。为此，陆军部从日本国内知名大学动员和应征了一大批矿业学科教授，组建了"日中矿业技术合作协会"，将这些教授以专家名义派遣到中国占领区，通过所谓技术指导寻求与中国矿山企业合作。方兴华的老师、日本早稻田大学矿业系教授左冈山口，正是这批应征入伍来中国的重点人员，左冈山口还被陆军部任命为"日中矿业技术合作协会"会长。陆军部经济科已正式决定在铜陵召开"日中矿业合作示范大会"，通过大会加快《铜官山矿开发计划》的实施，使铜官山矿成为日中技术合作的示范，达到对整个长江流域的矿业控制，推动全国各战区对中国企业管控进程。陆军部经济科野藤少将亲自参加会议。为了使此次示范大会取得成功，陆军部经济科特地把左冈山口教授从日本早早派到了中国铜陵，让他在与中国矿山技术合作上先做出示范。

左冈山口主要任务是以矿业专家的身份，通过技术指导的形式让铜官山矿区的坑口老板与矿业所合作，从而让矿业所实际控制这些合作的中国矿山。左冈山口虽为"日中矿业技术合作协会"的会长、矿业专家，但在充满抗日浪潮的中国的土地上承担着"示范"重任，他的心里惴惴不安，

尤其是在"神剑道"劝说自己的学生方兴华失败让他忧心忡忡。

武英本吉深知陆军部的用意，也知道左冈山口的担忧，当方兴华签署了转让顺风口坑口协议后，他就在思考由谁来协助皇军寻找合作项目。

县城日军司令部。

武英本吉召集池田介二、夏井志雄、山田秋夫等商议着。

"诸位，日中矿业合作示范大会就要在铜陵召开，但是中国矿主在共产党游击队的蛊惑下，迟迟不愿与大日本帝国合作，这使得左冈教授的工作进展缓慢，我们必须让中国人参与到合作项目之中，让中国人去说服中国人，这样才能加快合作的进展。诸位看谁能承担帝国的重任？"

武英本吉说完，用眼睛扫视着站在眼前的下属们。

池田介二听完武英本吉的要求，立即建议由维持会承担。

他用手推了推架在鼻梁上的眼镜后，说道："大佐阁下，左冈山口教授与中国的合作项目应当交由维持会来完成，维持会会长王小三不仅是铜陵地区的中国方面头面人物，更是我们大日本皇军在铜陵的代理人。他们还与铜官山矿区的坑口老板有着利益上的往来。合作的事由中国人来协助左冈君完成更方便。"

"对、对，池田君的建议十分正确，现在矿区的中国人都怕背上汉奸的罪名不敢与大日本皇军接触，让王小三的维持会去说服他们与我们合作，就能破除中国人的戒备心。"

夏井志雄也同意池田介二的意见。

这时，事务科长山田秋夫不仅同意池田介二、夏井志雄的建议，他还提出了一个新意见。

"大佐阁下，皇军寻找合作项目不仅可以交给中国人领办，而且要有中国的技术人员参加，应建立一个'日中技术小组'，这样皇军就能更好地接近坑口的中国矿主们。"

"很好！山田君，你的主意不错！"

武英本吉听后，感到颇有道理，接受了 3 人的建议。随后他下令，命令王小三的维持会负责替左冈山口寻求合作项目。

王小三接到武英本吉的命令后，不敢怠慢，立即开始行动。

他思忖着，按照武英本吉的要求，第一步先组建一个"日中技术小组"。不过，这个小组里需要一名中方技术人员。这名中方技术人员选谁呢？他脑子一转，又想到了原铜官山矿务公所工程师，现在在明伦堂教私塾的徐贵良。

王小三来到明伦堂。

"人之初，性本善……"

在明伦堂一间小教室内，一群七八岁的男女学童端坐在椅子上大声诵读。徐贵良站在教台上，目视学生，一句一句地教着。

"笃、笃、笃……"

王小三敲开了教室的门，室内声停。

"徐先生，本会组织'日中技术小组'特请你作中方技术代表参加。"王小三开门见山说明来意。

徐贵良自从上次向王小三透露了矿产图上交铜官府的事，导致日本人火烧铜官府的事件，内心一直自责不安。他见到王小三，内心充满着怨恨。他知道王小三的维持会是日本人的傀儡，是个地道的汉奸机构，专门为日本人做事，找他不会又是要干什么坏事？

"王会长，我徐某人以教孩童为乐，您做的那些坑害中国同胞的事是要遭报应的，我不会参与你们什么技术小组。"

徐贵良说完继续教起孩子。

"子不教，父之过……"

"徐先生，我们组建'日中技术小组'是为矿区的坑口井下安全把脉问诊，随时处理矿区井下安全问题，避免矿区井下发生事故，这可是为我们铜官山矿区的矿民们做善事积大德啊！"

王小三见徐贵良没有理睬他，他特意提高嗓门补上一句："这些年我们的矿民可被井下'事故'害惨了。你们老徐家可是矿民供养的工程师，可不能见死不救啊！"

王小三知道徐贵良对自己不满的原因，他特意把"事故"二字说得响响的。

王小三的这些话触动了徐贵良的神经，特别是听到"事故"二字，让徐贵良动了恻隐之心。因为他的父亲也曾是民国初年的矿务公所的工程师，在一次矿山事故中丧生。每当听到"事故"二字，他心中就隐隐作痛。

那是民国初年的事，在顺风口工区一个新开的坑口，是个俗称"火区"的地方。"火区"是个地层里含铜量高，含硫矿成分也高，岩层因硫矿的分化而导致地质结构不稳定的开采区。该坑口竖井深有 200 多米，巷道里掌子面上的岩层松动，本来应该增加整木扩大岩层支撑面积或者将松动岩石处理掉才能让矿民作业。但矿主为了多采矿石隐瞒真相，谎称没有安全问题，硬是逼着矿民继续下井采矿。徐贵良的父亲作为工程师，发现井下这一不安全的隐患后，提出了加固撑柱处理岩层松动的方案，但并未得到矿主的重视和采纳。他父亲为了矿民的安全着想，亲自下井察看，想拿出更有力的数据来说服矿主停止开采。那天他父亲刚从坑口下到井下巷道，事故就发生了，整个巷道顶部塌方，近百米长的巷道里二十几个矿民全部遇难。由于事故发生时他父亲在巷道口，被人救起来后全身已是血肉模糊，其他死难的矿民连尸首都未找到。徐贵良怎么也忘不掉父亲临死前拉着他的手说过的话："开山采矿就怕事故，井下事故隐患一日不除，矿民一日不安，你学习矿业就是用专业知识为矿井消灾除患，保障矿民生命安全。"父亲教诲他的场景历历在目。

当年那场事故既成了铜官山矿区抹不掉的记忆，也成了徐贵良心中永恒的创伤。

现在这个"日中技术小组"如果真如王小三所言，为矿区安全把脉，为矿民生死把关，那可是一件功德无量之事。

徐贵良想到这些，答应参加"日中技术小组"，但是他有个要求。

"王会长，我们都是中国人，中国人从小都读《三字经》，讲'性本善'，我参加技术小组是想为矿民们做些有益的善事。决不替日本人做那些伤天害理、欺压矿民之事。"徐贵良向王小三提出自己参加的目的和要求。

徐贵良说着转过身来，手指着教室里那些眼睛盯住他俩的孩子们，对王小三说道："王会长，我们要是替日本人去做那些残害矿民的事，我们就对不起这些天真无邪的孩子。"

"对、对，徐先生，我们是在为矿民做好事、做好事！"

王小三嘴上虚假地应付着，但心里却在盘算着如何把他用在"关键"处。

天井湖北门码头。

一份从矿区秘送到通江公司的情报展现在郑强龙的眼前："日本人在矿区组建'日中技术小组'，王小三领头，徐贵良主动进入了该小组。"这份情报引起了郑强龙的高度重视。

郑强龙看完情报后，敏锐地感到这是日本人在为召开的"日中矿业合作示范大会"做准备。皖南特委多次指示，必须彻底粉碎日军控制铜官山矿山的阴谋。这次日本人企图用技术合作形式达到实际控制矿山的目的，手段狡猾、欺骗性强。维持会长王小三是个死心塌地为日本人卖命的汉奸，徐贵良曾是矿区的工程师，又熟悉铜官山矿的情况，他要是也和王小三一样心甘情愿地与日本人合作，那将使日本人实施技术合作的阴谋如虎添翼。

如何粉碎日本人的阴谋？他立即赶到矿区。

洪家粥棚联络点。

郑强龙与洪添寿等矿区游击队员商议着对策。

范四平首先提议："郑书记，我们应除掉汉奸和亲日分子，这是阻止'日中技术小组'行动最有效的方式。"

"对""对""像王小三这样的汉奸早就应除掉！至于徐贵良——"

众人一面附和着，一面期待着郑强龙的决定。

这时，郑强龙提出自己的想法。

他说："我们要阻止'日中技术小组'的行动，最直接的方式是除掉汉奸和亲日分子，让'日中技术小组'断胳膊缺腿。但是，现在王小三天天有日本人保护着，身边不是矿警就是日军，我们很难找到除掉他的机会。现在就是要在徐贵良身上下功夫，徐贵良是不是亲日分子需要甄别清楚。如果不是，就要把他争取到我们抗日的队伍里来。徐贵良本来已脱离了矿区的生产领域，在明伦堂办私塾，为何又进入日本人的日中技术小组，他究竟是何目的？难道真如大家所猜测的，他想当汉奸，为日本人卖命？"

郑强龙的一番话，实际是点到了大家困惑的地方：对徐贵良的动机一时也难以判断。

"郑书记，徐贵良过去是矿里工程师，我在东瓜山工区做电工曾与他有过联系，我去找徐贵良让他退出日中技术小组。"姚洪江向大家提出请求。

"直接去找徐贵良不合适，我们并不知道他现在的情况，上次铜官像矿产分布图的暴露与他也有关系，直接贸然去找他，万一他要是真心投向日本人，这很容易暴露自己和组织。"

郑强龙否定了姚洪江的建议。

这时洪添寿思考了一下说道：

"我有一个办法，再过几天就是当年矿里发生事故的日子，是徐贵良父亲和当年死难者的祭日。徐贵良一定会去顺风口神仙山上坟的。他父亲是矿里的工程师，我们可以去坟头为他父亲扫墓接近他，探一探他的底细，弄清他加入日中技术小组的真实目的。"

郑强龙听后感到洪添寿这个建议比较妥当，他说：

"徐贵良父亲是矿里工程师，当年也是为了大家的安危才下井遇难的，我们去祭奠他父亲，给他父亲扫墓这十分正常，这样和徐贵良的接触就很自然了。"

郑强龙决定由洪添寿去接近徐贵良。

顺风口。

顺风口的神仙山是铜官山矿区有主的坟山。这座坟山是原矿务公所为矿区设立的。起名"神仙山"，意在安葬在此的逝者死后都能成仙，目的是为了安慰逝者活着的亲属。大凡矿里发生事故造成死亡的人都愿埋在这里。因为矿区里流传着这样一首歌谣："矿工、矿工，今日不知明日命，要死要活天注定。兄弟、兄弟，活着共饮一壶酒，死了同埋一片地。"逝者的亲属们都知道一同下井的矿工都是生死之交的兄弟，谁也不愿离开谁，即使死了也愿埋在同一块坟地，共听地下的采掘声。

所谓"有主"，是指埋在这里的坟墓是死者亲属安葬的，祭日、清明、冬至会有人来祭扫。还有一些无主坟山，如坐落在天井湖边白家涝的乱坟场，埋在那里的人都是远离故乡亲人者，死后无人问津。

每年 4 月 20 日，顺风口神仙山坟山上都是哭声一片。

4 月 20 日，这是铜官山矿的人永远不会忘记的日子。24 年前一场事故，夺走了 21 条生命，让 20 位矿民埋在井下，现在埋在顺风口神仙山坟山上的死难者都是他们的衣冠冢，只有徐贵良父亲的墓穴里是真尸体。每年到了这一天，那些当年失去亲人的家属或后人都要去山上祭扫墓地，徐贵良也不例外。

一大早，徐贵良就带着祭品来到父亲的坟头，他看见其他的衣冠墓前也已有人在祭扫了。

徐贵良一面给父亲烧着纸钱，一面回忆着父亲的音容笑貌。他手中的纸钱快烧尽时，他的眼帘里映出了人影，有人已走近了他父亲的坟头，此人正是洪添寿。

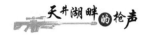

洪添寿拎着祭品，从前方的一座衣冠墓处走到了徐贵良父亲的坟前，也摆起了祭品开始祭奠。

洪添寿一面磕头，一面嘴里念叨："徐老工程师你是个好人啊，走了这么多年，我们都还记着你为我们穷苦劳力做的好事哦。"洪添寿的一席话仿佛是讲给徐贵良听的。

徐贵良抬头看清了给父亲扫墓人是"洪家粥棚"的男人，叫洪添寿。

徐贵良感激地说道："谢谢洪大哥，大家记得家父，为他扫墓。"

"你父亲可是个好人，不畏权贵为大家着想，我们穷苦力哪能忘记他呢！"洪添寿一面摆弄祭品，一面回应徐贵良的话。

徐贵良在他父亲的坟墓前磕着头。

洪添寿接着说道："徐工程师，你可要像你父亲一样，做个好人。不能坏了徐家的风气。日本人可不是什么好东西，还有那维持会和日本人穿一条裤子，会长王小三和日本人一样都是中国人的仇人。听说你进了日本人的什么技术小组，那可少给日本人出一些坏主意。我那'洪家粥棚'里，大伙儿天天议论着这事呢。"

徐贵良本来没在意洪添寿的话，但洪添寿提到"技术小组"时他一惊，立马停止了磕头。

他望着洪添寿辩解道："洪大哥，我参加日中技术小组是想用我的矿业技术为矿民们做点事，这些年井下经常出事故，坑口的矿主们也无力解决，我去帮帮他们，这也是完成我父亲生前的愿望啊！"

"哦，那你要像你父亲一样心向矿民，切不能做日本人的帮手，我们大伙儿可都在看着你呢！"

洪添寿一边忙着墓前的程序，一边回答着徐贵良。他听了徐贵良的一席话心里轻松了许多。

徐贵良望着洪添寿，回味着他的每一句话。他感到自己有些委屈，但心里仿佛又明白了什么。

第三十三章

维持会长出毒招　日军教授事故造
欺骗矿民灭人性　逼迫矿主上圈套

日本人成立"日中技术小组"并没有起到作用。

左冈山口在王小三的引领下，带着矿业所与方兴华的"合作"文件，在矿区各坑口四处游说。他每到一个坑口都拿出矿业所与方兴华的"合作"文件做范例，要求坑口矿主与矿业所签订合作协议。他声称，只要日中双方合作了，日中技术小组就可以对坑口井下进行安全检查。由于各坑口矿主和矿民都知道方兴华将坑口转给日本人是为保全铜官府的公共财产；所谓"合作"是为了挽救和换取铜官府两个伙计的生命，并不是方兴华自己的真实意图，所以左冈山口用方兴华的"合作"文件做道具，并没有演出想要的好戏。

"日中技术小组"在矿区不仅不受欢迎，而且小组的中方成员个个都贴上了汉奸的标签。

徐贵良参加这个小组后，才知道日本人的真实目的，他想脱身已不可能，但洪添寿在他父亲坟前跟他讲的一番话，他都印在了脑子里。徐贵良每日到各坑口井下，都有日本宪兵端着刺刀跟着。好在并无坑口矿主上当，他的心里才安稳一些。但王小三可是竭尽全力地劝说坑口矿主与日本人合作，他原以为凭自己是维持会会长的权威，会一呼百应，谁知矿主们见了他像见了瘟神似的个个逃离。时间一天天过去，夏井志雄每天都向他逼问合作进展，他像热锅里的蚂蚁，急得团团转。他只得整日领着左冈山口在矿区各坑口来回乱窜，矿主们实在躲不过去，不是敷衍，就是婉言拒绝。坑口的矿主们虽不完全明白日本人的真实用意，但都不愿意与日本人扯上关系，生怕背上汉奸的骂名，整个矿区没有一个坑口接受日本人的合作要求。左冈山口望着矿主们向他们投来的蔑视眼神，一脸茫然。

矿业所所长室。

夏井志雄在听取"日中技术小组"的汇报。

左冈山口疲惫地坐在椅子上，他本以为以他帝国教授的身份在支那小矿主面前一番游说定能收获满满，谁知毫无进展。眼看离陆军部经济科召开合作大会的时间越来越近，他一筹莫展。

王小三知道，对付这些坑口的矿主和他们讲"道理"那是对牛弹琴，必须伤筋动骨才行。

这时一个恶毒的点子在孬脑袋闪出，他向左冈山口授计道：

"教授阁下，这些坑口的老板，用我们中国人的话讲，那是粪坑里的石头又臭又硬，硬逼着他们与大日本皇军合作是不会有成效的。您是开矿教授又是专家，假如现在要是有哪家坑口的井下采矿出现了问题，只有您——左冈山口教授才能解决，这样的话就能迫使坑口老板们与日本皇军合作了。"

"哦，出现问题？哪家坑口的井下会出问题？"

左冈山口听了王小三的一席似懂非懂的话，一下子打起了精神，他望着王小三，等待着他的下文。

"这个'问题'嘛，我们可以让矿井出……"王小三神秘地阴笑着。

左冈山口在王小三诡秘的狞笑中，领悟到了"我们"的内涵。

王小三的"我们"就是选择一个坑口有意在井下制造一场事故，然后利用这场事故来做"合作"的文章。

"噢，制造一场事故！王先生的建议实在是高！实在是高！"左冈山口对王小三的提议先是一愣，后略加思考，原先愁眉不展的脸上浮现出了一丝不易察觉的笑意，他不仅没制止，而是大加赞赏王小三的提议。

坐在所长位子上的夏井志雄，听着王小三的建议，他从内心里佩服这是一个绝妙的主意。他真是得意自己向武英本吉推荐王小三担任维持会会长一职，在中国人中选出了这样一位如此忠诚于大日本帝国的朋友。

不过制造什么样的事故？王小三想这是个技术问题，还要左冈山口的指导。

"左冈教授，我们铜官山矿体应该制造何种事故，才能让坑口的老板们信服于你呢？还要请阁下指教！"王小三讨好地对左冈山口说道。

"好的！好的！"左冈山口用手推了推架在鼻梁上的眼镜，满意地答道。

但王小三的意见一提出，立刻遭到了在场的另一位中国人的强烈反对，他就是徐贵良。

"什么？制造一场事故？"

徐贵良不敢相信自己的耳朵，王小三提出了比蛇蝎还毒的主意。他谴责道：

"王小三，你丧尽天良，在矿区制造事故那是要死人的，你真是一条替日本人残害中国人的狗。我决不参与，我要把你们的罪恶公之于众。"

这时，王小三看着近似气疯了的徐贵良，指着他鼻子凶相毕露地说道：

"徐先生，现在是日本人的天下，我们不制造事故死人，就完成不了皇军的要求，我们自己就要被日本人'事故'掉！懂吗？"王小三说完用眼睛瞟了一眼夏井志雄和左冈山口。

"你、你们……"徐贵良愤怒地用手指着左冈山口和王小三。

王小三见状，连忙向夏井志雄投去求援的目光。

夏井志雄立即向站在门口的日本宪兵使了个眼色，几个日本宪兵一拥而上将徐贵良按住，徐贵良挣扎着被日本宪兵押着拖了出去，关进了隔壁的黑房子。

王小三虽然把徐贵良骗进了"日中技术小组"，但徐贵良的消极态度和抵触情绪让他一直不满，他本来想让徐贵良去制造事故，但徐贵良的谴责，特别是"我要把你们的罪恶公之于众"这句话让王小三感到害怕。他想不请夏井志雄把徐贵良关押起来，武英本吉交给他的日中合作的任务无法完成。

徐贵良被日军押走后，夏井志雄、左冈山口按照王小三的毒计，策划"制造事故"的行动方案。

几天后，在日军矿业所技术室里。

左冈山口的办公桌上摊着一堆图纸，左冈山口拿着尺子和铅笔在图纸上量量画画，像是研究什么问题。这时，王小三领来了一个叫钱平的工头，外号叫"吊眼狼"。王小三咬着"吊眼狼"的耳根嘀咕了一阵子，随后王小三塞给"吊眼狼"一沓子钞票。"吊眼狼"数完钞票，满脸堆笑点着头，王小三把"吊眼狼"领到了左冈山口的办公桌旁。"吊眼狼"瞟了一眼左冈山口桌上的图纸，这是一张张五松峰工区的地矿图。

原来王小三用钱买通了五松峰工区的工头"吊眼狼"，让他去自己管辖的工区"制造事故"。"吊眼狼"本来也不愿干，他知道这是要出人命的，而且弄不好自己还要被炸死。但"吊眼狼"看到王小三给的花花绿绿的钞票就动心了，因为有这些钱他就可以上县城的风月楼去点自己垂涎已久的头牌窑姐小月香了，此时他心里的罪恶感也就荡然无存了。今天，王小三把"吊眼狼"带到矿业所，让左冈山口在技术上指导"吊眼狼"去如何实施。

左冈山口指着图纸上的一处井下巷道对"吊眼狼"说："钱工头，你只要在这里埋上炸药，就能把这一片岩层炸松动。"

"吊眼狼"顺着左冈山口的手指方向，看清楚了图纸上埋炸药的地点。

接着，左冈山口又提醒着"吊眼狼"：

"你用的炸药当量不能大，但巷道里埋炸药的炸点洞孔要钻深，知道不？"

"知道！知道！""吊眼狼"听完后直点头。

五松峰工区罗家村坑口。

当晚，当矿民们上完一天的工上井后，"吊眼狼"就携带雷管、炸药等爆破品和工具悄悄进入了井下巷道，他按照左冈山口在图纸上标明的地点，找到有沟缝的岩层，用钻头钻出圆孔，再装上炸药，点燃炸药后将掌子面岩层炸松动了。然后他慌慌张张地爬上了井。

出井后，他怕被人发现就向四处张望，眼前是一片漆黑，只有坑口大门的哨房里射出一丝亮光，他就避着光线悄悄地溜出了大门。就在他溜出大门，正准备逃离时，在离大门不远处，他和一个人撞上了。相撞的人走得也很急，几乎他俩是擦着身子而过。

"谁？""吊眼狼"抬头并发出了声音，但并未看清对方的脸，但鼻子却闻到了他身上的血腥味。

"是钱工头！"那人似乎认出了"吊眼狼"。

"你是谁？""吊眼狼"更紧张了，心想一定是出大门自己经过哨房里面射出的光线时被认出的。

那人没有回答。

"你……"

就在"吊眼狼"急切地追问时，远处隐约传来一阵阵喊叫声，还有手电筒发出的一柱柱光线在黑暗中舞动。

"你们从这里找，我去水塔那里找……"

那人一听远处的喊叫声迅速离开了，消失在黑暗里。

"吊眼狼"也被远处的喊叫声和光线吓出一身冷汗，他做了亏心事，心里明白，要是被人发现晚上在这里，明天的事故一死人，他就无法隐藏了。惊魂未定的他，看着消失的被撞人，心想赶紧离开这里。

"吊眼狼"就直奔县城的风月楼逍遥去了。

五松峰工区罗家村坑口。

第二天，矿民们下到井下巷道时，浑然不知自己已置身于危险之中，他们仍像往常一样在自己的掌子面上开始进行开采矿石。

范四平也在这个巷道，他本身就是五松峰工区的出矿工，但是今天跟着他来的还有洪添寿。日本人成立"日中技术小组"，按照县委的指示，矿区的同志要密切关注日本人的动向，特别是要做好矿主的工作。范四平几天前就从矿主那里得知"日中技术小组"今天要亲临罗家村坑口现场指导。他想这是一个机会，看看日本人到底在玩什么把戏。同时他还有一个大胆的想法：找机会在巷道里秘密除掉大汉奸王小三。因为王小三是县委锄奸名单中的头号人物，由于王小三除自身防范意识很高外，身边一直有日军和手下人保护着，县委游击队无法下手。王小三这个民族败类对铜陵的抗日武装和保卫矿山是最大的祸害，郑强龙提出，分散在各地的游击队员，只要有机会就应对他动手。范四平认为今天"日中技术小组"进巷道是个机会，日军跟班不一定下到井下的巷道来，但王小三作为"日中技术小组"的引路人，必然会进巷道的。巷道里满是矿民，而且又黑又暗，神不知、鬼不觉地处理王小三应该是有可能的。他就把了解的情况和想法向洪添寿作了汇报，洪添寿也认为可以试一试，他感到范四平一个人势单力薄，决定由他俩行动。

范四平领着洪添寿来到他平日作业的掌子面，他把藏在掌子面上的旧钻机取出交给洪添寿当工具。但钻机中的钻头磨损了，洪添寿留在掌子面，他到巷道深处的矿民平日堆放工具的侧洞里去更换新钻头。他顺着巷道岩石壁向前走着，"嘎吱""嘎吱""嘎吱"……他听到头顶上方隐约传来一阵阵石面断裂挤压形成的摩擦响声，他抬起头有意识地摘下矿帽，由于采矿时作业面的巨大震动，松动的岩层出现零散的沙石漏，不停地落在他头上。

"不好，要漏顶！"他马上意识到这是十分危险的情形，井道里随时可能会发生大面积的塌方。

"要塌方！要塌方！工友们快跑！快跑！……"范四平掉过头，一面向矿民们高喊，一面向井口方向跑。

由于矿民们已开始作业了，井下噪声太大，有的矿民对范四平的喊声没有反应，范四平就带跑带拉扯他们，让未听清喊声的矿民知道。矿民听到范四平的喊声，纷纷扔下手中的工具向井口方向跑去。

不一会儿，巷道里就发出"呼、呼、呼……"的闷雷声响，整条巷道出现了大面积的塌方。

逃离掌子面的矿民都涌到了井口，但在巷道深处掌子面上 6 名来不及逃出的矿民被矿石活活砸死。

洪添寿和范四平领着矿民们从井下撤出，逃出了井口。

他们上到地面，第一眼就见到王小三领着"日中技术小组"在此等候。

在日军宪兵的保护下，王小三斜着脸望着从井下逃上地面来的矿民，眼角流露出一丝不易察觉的笑意。他当着惊魂未定、心有余悸的矿民，扯着嗓门大声地训斥着矿主："要是早日与日本人合作就能查出事故，避免今天的悲剧发生。你们一个个被共产党游击队赤化了，不肯与皇军合作，这就是后果！"

王小三的训斥分明是讲给眼前的矿民们听的，但那些逃过一劫的矿民们都在用疑惑的目光盯着王小三。他们疑惑的是：怎么井下刚发生事故，王小三就领着"日中技术小组"赶到？仿佛这"事故"就是为王小三训斥

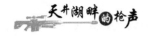

矿主预先准备的。

洪添寿和范四平心里也埋藏着和矿民们一样的"疑惑"。

他俩还是更庆幸塌方发现得及时，否则整条巷道里矿民的生命就会……但遗憾的是失去了除掉王小三的机会。

风月楼。

此时，工头"吊眼狼"却在风月楼里抱着小月香做着春秋风流梦。

然而，"吊眼狼"从风流梦里醒来后却被人杀死在了小月香的房里。杀死"吊眼狼"的人不是王小三安排的人灭口，而是"黑鹰一号"林楠生。

林楠生为何在风月楼里杀死工头"吊眼狼"呢？

原来，夏井志雄派芳草秀子密查共产党的行为被暴露，特别是税务所鸿运商行的注册登记资料失踪后，武英本吉要求将所有情报线索移交给了日军司令部情报科。池田介二接手后，让"黑鹰一号"林楠生重新秘密调查。林楠生顺着芳草秀子先期密查的线索摸到了风月楼，在调查中发现风月楼里藏有可疑分子。他就以嫖客的身份来此秘密调查。恰巧"吊眼狼"在风月楼里嫖妓，当林楠生得知"吊眼狼"要了风月楼里的头牌姑娘小月香，就感到很吃惊，因为点小月香姑娘可是要花大价钱的，"吊眼狼"只是一个小工头，哪来那么多钱？林楠生劫住了"吊眼狼"想打探个究竟，"吊眼狼"知道林楠生是日本人又是矿业所里的人，就得意地告诉了林楠生钱的来路：是替矿业所办了一件"大事"赏的。"吊眼狼"本以为会得到林楠生赞赏，殊不知他此话一出，林楠生听了顿时对他起了杀心。林楠生知道"吊眼狼"所说的"大事"就是让他去制造井下事故，他怕"吊眼狼"嘴里藏不住秘密，暴露了日本人人为制造事故的真相，随即就用自身携带的特工专用氯化钾粉末撒入了他颈脖子里。这种毒药当时无事，但出汗后药粉随汗水渗透到皮肤、血液之中，人体中毒而死亡。"吊眼狼"就是在和小月香一番云雨之中，大汗淋漓，最终毒性发作，结果被毒死在小月香房里。"吊眼狼"做梦也没想到自己替日本人卖命，最终却死在了日本人手里。

罗家村坑口发生事故，巷道漏顶塌方，矿民被矿石砸死。消息迅速传遍整个铜官山矿区。

这时，夏井志雄按照和左冈山口及王小三事先策划的步骤，立即召集了九保田、左阳九、小负平五、井上谷四个区长，要求他们在顺风口、金口岭、五松峰、东瓜山四个工区让工头们在矿区放出谣言，称其他坑口也会出现塌方情况。

一时间，整个矿区议论纷纷，人们被担忧、紧张的情绪笼罩着，各坑口的矿民们都担心井下发生类似的事故，矿民要求矿主检查矿井安全。

人心不稳，坑口的矿主们害怕了。

王小三见此情景心中窃喜，他"制造事故"这一招奏效了。而且让他更感惊奇的是："吊眼狼"这个活口却被人意外地灭口了，这让王小三更加放心地去实施自己的步骤。

"制造事故"只是王小三策划的第一步，下一步如何走？他早已在心中盘算好了。

他立即以维持会的名义发布《公告》。

他在维持会的《公告》中宣称：铜官山矿区近日出现不稳定的社会治安问题，是由坑口矿主无视中国劳工生命造成的，为了维护铜官山矿区治安，维持会将出面组织日中技术专家对矿区各坑口进行安全检查，对不配合检查的坑口立即封停。

王小三这个罪恶阴谋的制造者，不仅将自己伪装成了"正义和善人"的化身，而且向矿主们提出了要求。这一招蒙蔽了不少矿民。

随后，左冈山口在王小三的引导下，带着矿警所的矿警对坑口井下开展检查。他们每到一个坑口都指出井下存在所谓的"问题"。这个办法非常有效，矿民一听这里检查有问题就不敢再作业，这时矿主只好向"日中

317

技术小组"请教处理方法。这样迫使坑口的矿主不得不与日本人进行所谓的技术合作。

王小三看到矿主们向左冈山口请教的场面，他感到自己的招数正在产生预期的结果，很快他将完成日本人交给的寻求合作项目的任务。

不久，左冈山口和王小三就把铜官山矿区各坑口矿主准备和日本人进行技术合作的名单上报给了夏井志雄。夏井志雄拿着名单向日军驻铜陵司令部请功时，武英本吉得知有多家矿主同意合作，他喜笑颜开，从内心佩服王小三这个"聪明"的中国人。

武英本吉有了这份"技术合作"的名单，他想日中矿业合作示范大会一定会大放异彩。

第三十四章

示范大会枪声响　　合作阴谋全破产
日军狡猾玩诡计　　台上替身来演戏

日本人召开"日中矿业合作示范大会"的时间和地点已确定，乔志远迅速将这一情报传递了出来。

郑强龙得知后，立即召集县委游击队员，根据乔志远的情报研究出阻止日军召开示范大会的行动方案，决定由他带领县委游击队袭击会场。随后郑强龙将行动方案报告给皖南特委，等待特委的进一步指示，同时希望特委能在军事力量上给予支持。

皖南特委接到电报后，特委书记朱承农明确指示，要坚决粉碎日本人的所谓"合作"阴谋。对于铜陵县委的增员请求特委高度重视，特地建议江北新四军派员参加战斗，协助游击队行动。新四军总部一接到皖南特委的电报，随即派出神枪手潜回铜陵参加战斗。

谁也没有想到，新四军派出的神枪手却是领着18名矿工逃到江北的吴大贵。吴大贵为何又成了神枪手呢？吴大贵当年和逃出的矿工们虽然被新四军三支队安排在兵工厂，由于他在制造枪支过程中对枪支技术和射击要领研究透彻，他几次在支队军事比武中枪法都是名列前茅。他现在不仅担

任兵工厂副厂长，还被支队称为"枪王"。新四军三支队领导接到总部的命令与皖南特委商议后，考虑到吴大贵本身就是井湖游击队一员，又熟悉铜陵情况，支队领导特地派他回铜陵协助游击队完成任务，策应游击队除掉野藤。吴大贵返回铜陵参加战斗，给县委游击队员们带来了极大的喜悦。

武英本吉决定八月十五——中国人的中秋节这天，召开日中矿业合作示范大会，会场设在天井湖畔县城东门的古戏台。

县城东门的古戏台是当年乾隆皇帝下江南，县令为迎接乾隆皇帝巡视长江而建的。戏台的平面呈长方形，面积有十丈长、五丈宽的大小。现在戏台上是三面空旷，只是残存一面前后通透的屏门墙基立在台子中央，将台面分为台前、台后。据老人讲，戏台建成时，台子上的建筑呈八字形，是有屋顶的。由木制屏风把前后台分隔开，屏风正中央绘制八幅人物图，是人们熟知的"八仙"内容。顶部为中国传统图案"八卦图"。两侧是一组自然风情组合的壁画墙。歇山屋顶，上盖筒瓦，各脊上砖雕人物塑像，造型精美，形态逼真。后因戏班间为争抢戏台使用权引起纷争，不服者一方一气之下深夜在戏台上放了一把火，将戏台上木制部分全部烧为灰烬，只剩下屏门墙基砖石。现在虽说是戏台，其实也就是一个石头垒起的高高的台子了。戏台前面是一片开阔地，如遇戏班子在此唱戏，那县城里的老少爷们就都赶到这里观看演出。戏台子建成后，乾隆皇帝虽未到此一游，但大凡本县有人员聚集的重大活动都选择在此。太平天国时，洪秀全领导起义军攻占铜陵后，在戏台前面的一片开阔地上点验过兵勇。清末大通自立军起义时，起义军头领唐长常、秦力山曾在这里集合队伍操练过功夫，随后老百姓又叫这里为大操场。

武英本吉为什么要将"示范大会"会场设在这里，主要是为安保的需要。大戏台是整个区域的最高点，站在戏台，台下一览无余，稍有动静都能掌控。戏台的背后紧连着是东门城墙，城墙下面不远就是天井湖，是个天然保护屏障，无须派兵看守。

郑强龙和县委游击队确定，这次行动的目标是击毙陆军部经济科野藤少将，阻止会议召开。围绕这个目标，大家研究的第一方案是由新四军派遣过江参加战斗的狙击手吴大贵藏在城墙上，从戏台背后开枪击毙野藤。戏台前由郑强龙带领游击队员装扮成百姓在会场观察日本人动向，掩护城墙上的吴大贵完成阻击任务。如果第一方案失败，再由在戏台前的郑强龙带领游击队员直接动手击毙野藤。为什么首先选择由吴大贵在城墙上完成击毙野藤？这是基于两点考虑，其一，因为在戏台的背后离东门城墙不足百米，城墙的墙脚离天井湖不远，平日无人在城墙上走动。日军不会在此设岗布哨，游击队员在此伏击比较安全，人藏在城墙上恰好能看清戏台上的一切活动，也正好在长枪的射程之中。虽然是背面，只要掌握敌人在台上的占位和基本体形就能判断出目标。其二，吴大贵完成任务后可以安全撤退。吴大贵完成任务后可跳下城墙，这就脱离了日军的视线，由于城墙离天井湖畔不远，然后由游击队副队长洪添寿负责接应他上船直接由天井湖撤到长江上。如果先在戏台前会场上动手，敌人很容易发现开枪者，这就很难脱身了。郑强龙和县委游击队对方案反复考量，大家认为这是最合适的战斗方案。

八月十五这天。

县城东门的古戏台被日本人做了一番装饰。戏台两侧竖立了两根木杆，两根杆上拉着一条大横幅会标，会标上贴着"日中矿业合作示范大会"几个醒目大字。

戏台大操场上，日军在四周早早布满了岗哨。只见日本宪兵端着长枪把四面八方的老百姓往操场里赶，但并没有对进会场的人进行搜身检查良民证，而是直接往会场里赶。赶进操场里的人一个个战战兢兢，不知所措。只有站在戏台前面的工头们领着矿区坑口的几个小矿主一面向台上张望一面在窃窃私语。

　　郑强龙带领郝大勇、宋二柱等游击队员到达会场前，先在湖边的隐蔽处观察了很久，见日军没有对任何人进行搜身检查，他们才带着武器，分散开来，随日军驱赶的人群到达会场。

　　洪添寿和吴大贵这一组摸到城墙周边察看，见无日军岗哨。洪添寿想，这武英本吉虽考虑缜密，但还是犯了顾前不顾后的大忌，这么关键的地方，居然空无一人。县委研究从城墙上击毙野藤方案真是英明。洪添寿和吴大贵悄悄爬上了城墙，吴大贵找到了狙击点位。不远处的湖边停靠着一只小船，陶水根带着一名游击队员化装成渔民在等候着。

　　早上辰时时刻，在操场上的人群就听见了汽车的喇叭声。

　　不一会儿，在装有日本宪兵的大卡车开道下，几辆小汽车开到古戏台的操场上。

　　卡车上的日本宪兵先下车，迅速将戏台包围起来。这时武英本吉、左冈山口等日军才下车，他们簇拥着一位身材魁梧的军官涌向戏台中央。夏井志雄以及王小三等也鱼贯走上戏台。

　　台上的日军站定后，大会开始。藏在城墙上的吴大贵，他的长枪也寻找到目标。

　　会上，武英本吉首先讲话。

　　他用粗野的嗓音扯起喉咙向台下的人群狂叫：

　　"今天是八月十五，是你们中国人的中秋节，也是团圆节。大日本帝国在这个时刻召开日中矿业合作大会，举行合作签字仪式，就是要体现日中和睦、共荣一体精神。你们中国的孔老夫子在《论语》中有句名言：'有朋自远方来，不亦乐乎？'可我们大日本帝国的专家不远万里来到中国，来到铜陵这个小小的县城，为建立大东亚共荣圈，帮助你们开发矿业，但一点也没有感受到你们的热情。你们受抗日分子的蛊惑，拒绝和大日本帝国合作，并且与皇军作对，这是大大的错误。皇军来到铜陵，就是为保护铜官山矿区的安全。我们大日本帝国拥有左冈山口教授这样全世界一流的矿业专家，铜官山矿区坑口的中国企业家只要与大日本帝国的合作，加入'日中矿业技术合作协会'，与大日本帝国的铜官山矿业所签订协议，你们就能避免五松峰工区罗家村坑口的事故再度发生……"

……

武英本吉话毕。

这时，左冈山口在台上宣布：举行日中矿业技术合作签字仪式。

"快""快上台！"

日本人准备在戏台上搞一个集体签字仪式，这时站在台上边位的王小三急忙下台让工头们把戏台下的五六个坑口小矿主带上戏台。

就在这些小矿主们一个个被催着上台准备和矿业所所长夏井志雄签字时，吴大贵的长枪已瞄准了台上一位站在中间位置身材魁梧的军官——陆军部经济科特使野藤将军。正当吴大贵要扣动扳机时，突然枪架上的瞄准镜里闯进了一个熟悉的身影。

这个突然闯上戏台的熟悉身影却是徐贵良。

徐贵良曾是矿区的工程师，和吴大贵是相识的，此时他不得不松开了扳机。

"徐贵良！他要干什么？"戏台下的郑强龙看见徐贵良突然冲上戏台也顿感惊讶。

台上正准备和夏井志雄矿业所签字的坑口小矿主也被徐贵良这一突如其来的举动弄蒙了，停下了笔。

原来，徐贵良参加"日中技术小组"后的表现早已被洪添寿掌握，并向县委作了汇报，郑强龙指示他要帮助和团结这些有良知的知识分子，把他们争取到抗日大家庭中来，形成我们的抗日力量。当徐贵良从"日中技术小组"被日本人押走后，关进了矿警所，洪添寿就通知乔志远转述了县委的意见。乔志远安排矿警看管时，有意让他"逃"了出来。他逃出的那天晚上，恰巧在罗家村坑口门前遇到了神色慌张的"吊眼狼"——工头钱平，第二天罗家村坑口就出了"事故"，他知道这一定是日本人和王小三这个狗汉奸精心策划的罪恶行径。如何让矿民了解"事故"真相，戳穿"合作"骗局，他在寻找机会。他逃出后一直藏在县城亲戚家里，但他一直关注着日本人日中矿业技术合作的活动，得知日本人八月十五要在古戏台召开"日中矿业合作示范大会"，他就赶到会场，他抱着必死的信念，准备在戏台上场演一出大戏：现场揭露日本人所谓"技术合作"的阴谋和罪恶，阻止中国矿主与日本人合作，唤醒国人不当亡国奴。刚才徐贵良正在台下，听到武英本吉骗人的鬼话后再也忍不住了，他义无反顾地冲上戏台。

冲上戏台的徐贵良，手指着左冈山口，大声地对台下人群喊道：

"矿民们、乡亲们，不要再听日本人的鬼话，五松峰工区罗家村坑口的事故就是左冈山口这个日本刽子手制造的，让我们铜官山矿区死了 6 位中国矿工。坑口的矿主们不能上了日本鬼子的当……"

这时，气急败坏的左冈山口拔出手枪对准徐贵良开了一枪，"叭"，一颗子弹击中了他。

就在左冈山口拔出手枪开枪的同时，"叭"，从戏台背后飞来一颗子弹，将左冈山口击中。这颗子弹正是吴大贵从城墙上射出的。

这颗子弹本来是射向陆军部经济科特使野藤的，但正是左冈山口拔出手枪开枪的动作，使自己的身体后移了一步，就是这后移的一步，恰巧移到了吴大贵的枪口上。

徐贵良和左冈山口同时倒在戏台上。

武英本吉一看左冈山口中弹倒在身边，鲜血直流，吓得狂叫："抓刺客、抓刺客，保护野藤将军！"台上的日军一听惊慌地乱窜。

两声枪响，两人倒下。

台下人群骚动起来，日军涌向台上，会场乱成一团。

这时台下的郑强龙见倒下的不是"野藤"而是左冈山口，他眼疾手快拔出手枪对准双手抱头往戏台下逃的野藤就是一枪。这一枪十分精准，恰好打在野藤的太阳穴上。当台上的日军还没反应过来，野藤就脑袋开花地倒在血泊里。由于台下的日军都把注意力集中到了台上，也没有看清台下开枪人的情形。郑强龙领着游击队员们趁乱和参会的众人一起逃出了会场。

郑强龙跑着，身后只听得见有日本人在狂叫"封锁会场……封锁会场；抓住游击队……抓住游击队。"

郑强龙在撤退时，回头看了一下会场，目的是看一下是否有队员掉队。但他目光无意识地接触到戏台上，他发现整个戏台已空无一人，只有那个被击毙的"身材魁梧的军官"野藤还是一个人孤零零地趴在血泊里。

他的心里顿感异样。

的确，趴在血泊里"身材魁梧的军官"并不是野藤。

示范大会上"身材魁梧的军官"是野藤的替身。

那野藤在哪？

郑强龙击毙了戏台上的"野藤"，但真正的野藤却由情报科长池田介二、铜官山矿业所副所长兼总工程师小岛石刚陪同在铜官山矿业所里查看铜官山矿开发计划的实施方案。

郑强龙和游击队真的中了日本人的计。

原来，示范大会时间地点确定后，"黑鹰一号"林楠生向池田介二密报了自己所探得的共产党游击队的动向：共产党游击队可能要袭击会场，阻止大会召开。池田介二获得密报后，认为这是一个抓住共产党消灭游击队的绝好机会。他向武英本吉提议：皇军可将计就计，利用大会设立圈套，将共产党游击队放进会场，将其一网打尽。池田介二和武英本吉商议"示范大会"时间地点不变。安排替身在古戏台上扮演野藤。真的特使野藤将军由池田介二陪同到铜官山矿业所，察看"铜官山矿业开发计划"实施方案。这样既能打击共产党游击队，又不影响"示范大会"如期召开，还能保证野藤将军的安全。这就有了日军不对参会群众进行搜身检查和戏台上出现的假野藤了。

武英本吉本想在中国的古戏台上演出一场捉拿"中国人"的大戏。殊不知，当台上、台下的日军都睁大眼睛盯着台下会场内人群的举动，在寻找和发现共产党游击队时，吴大贵在城墙上射出的子弹从背后击中了左冈山口。这一枪把所有日军注意力又给打乱了，台下的日军顷刻涌向戏台上，造成场内秩序混乱，让郑强龙等游击队有了脱身的机会。

吴大贵的一枪让武英本吉的计划泡了汤。

日本人把假野藤的戏演砸了，但真野藤的戏还在演。

第三十五章

特使现身矿业所　黑鹰跟踪地下党
游击队员打伏击　日军命葬贼人潭

铜官山矿区。

矿警所副所长乔志远知道今天是日军"示范大会"召开的日子，郑强龙和洪添寿带领游击队一定要去县城里袭击会场，他特意早早赶到矿警所关注着矿区渡边的动向。

乔志远赶到时，刚走进办公室就感到气氛不对。

桌上的电话响个不停，他急忙拿起电话，电话里传来渡边粗暴的命令声，要求全体警员一律上岗去路口和矿业所警戒。乔志远嘴里答应着渡边的命令，但心里却在想，今天是八月十五，是中国的中秋节，按节日的惯例矿警所里的中国矿警们都是在家中过完中秋节再上班，渡边一大早就打电话要求全体警员上岗，这里面一定有情况。同时他了解到渡边的宪兵大队早已在矿区各路段增加了岗哨。这让乔志远更加警惕起来：日本人今天在县城召开"示范大会"，日军不去县城护卫会场，而在矿区增加兵力，如此戒备森严，看来今天县城的示范大会上一定有什么变化！他让值班的矿警去通知警员们上岗，自己快步赶到矿业所去探个究竟。他的判断一点

没错，矿业所里的警戒布置得更是无懈可击，层层设岗，进出搜身检查，一打听原来是陆军部经济科一位"大人物"要来所里督查"TCU29掘宝计划"，他知道这计划是"铜官山矿区开发计划"。而来的这位"大人物"更是让乔志远大吃一惊，他就是陆军部经济科科长督办特使野藤少将。果然，矿警们到岗不久，他就发现在日军驻县城大队长伍平措三的护送下，真野藤的车队就到达了矿业所里。随后，由池田介二、小岛石刚陪同走进了矿业所办公室。

当乔志远发现野藤现身矿业所，他知道郑强龙和游击队员们在城里要袭击的那个目标——出席日军"示范大会"的野藤一定是假的。原来武英本吉玩起了调虎离山，声东击西的把戏，日军的狡诈让乔志远感到意外。这时，他的大脑里就产生了一个念头，想办法杀掉野藤。

如何杀掉野藤？

一个又一个设想从他脑子里闪过。他首先想到的是硬拼，但矿区内戒备森严，一个人单枪匹马，自己又很难接近野藤，硬拼不但不能成功，而且还暴露了自己。否决了硬拼，他想唯一办法是在野藤的车队回县城路上消灭他。这完全可行，但在何处伏击呢？他想到了"贼人潭"。

他知道从矿业所回到县城，汽车下山只有一条盘山路，而且要经过金牛洞旁的贼人潭。贼人潭上有一座用石头垒起的小桥——卧虎桥。如果炸断卧虎桥汽车必定翻下山崖掉进贼人潭，日军那将万劫不复，命丧黄泉，这是杀掉野藤最有效的办法。

说到"贼人潭"，据矿区的老人说，这贼人潭是专门为盗取铜官山上宝石的贼人而生的。其实这只是流传在矿区的一则与金牛洞、卧虎桥相联系的传说。

相传很多年前，在铜官山上住着一位年事已高的老鳏夫。一日他耕完地牵着牛回家，路过山边时，发现一只受伤的小老虎，已是奄奄一息。老鳏夫望着可怜老虎，眼看天空雷雨将临，老鳏夫停下脚步，拴住耕牛，就在山边挖了个洞，将小老虎放入洞中，并弄来一些野食放在洞口供老虎食用。做完这一切时狂风大作，电闪雷鸣，瓢泼大雨顷刻而至，远处的山洪咆哮奔腾将山道冲垮塌陷成沟壑，洪水越冲越大越深，冲成了一个深水潭。拴在树上的耕牛也不知去向，老鳏夫只好离开虎洞去找，原来耕牛也被山洪冲走了。当老鳏夫第二天再来此处寻找耕牛时，只见自己救助的老虎已在洞内变成了一只全身闪着金光的金牛。金牛见恩人到来，欢喜地要跟着老鳏夫回家，老鳏夫告诉金牛说："你已变成神牛了，就在这里保佑铜官山上那些贫苦的采矿人吧，我一个鳏夫也无牵挂，就在这里给你割草喂食。"金牛听了老鳏夫的话就藏在洞内，老鳏夫每日割草喂食。金牛藏洞，鳏夫喂食。此事一传开，让藏在附近大城山的贼人知道后，贼人顿起歹心。一日，贼人想杀了老鳏夫牵走洞内的金牛，搏斗中老鳏夫身负重伤并用最后的力气将贼人推进了山洪冲成的水潭中。老鳏夫用性命保护了金牛，金牛十分难过，但它记住了老鳏夫的嘱咐，要保佑采矿人。因此，金牛又褪去金身，还原成老虎守在洪水冲垮已建起的石桥边，只要贼人来盗铜官山的宝物，老虎就将他们扔进桥下深潭中。贼人潭由此而来，老虎洞也成了金牛洞，水潭上的桥也被称作卧虎桥。当然这些只是传说。但是如果盗取中国矿产资源的日本侵略者来到这里，每一个中国人都会像卧虎桥上的老虎一样让他们葬身贼人潭。

乔志远拿定主意后，他知道自己是无法完成这一重任的，只有将这里的情况和消灭真特使的主意迅速通知郑强龙和游击队才能实现。

他将这一切写成秘信，随后以查岗为由，骑上矿警所巡逻用的自行车迅速赶到了顺风口工区。

在顺风口工区。

他来到东头一片棚户区，走进一间杂货店。乔志远走进的这个杂货店正是"李瘸子"杂货店——县委机要员联络点。

乔志远进店后，目光扫视了店内一圈。

　　这个杂货店不大，前后两间，前间是一个柜台，靠墙是一排货柜，货柜上摆着一些油、盐、酱、醋等家常零用品。跟柜台相连的一面墙上，挂着一个账本。前间在柜台内有一扇门通向后间。一个40来岁的中年汉子坐在柜台里。

　　柜台内的汉子见有人进来，抬头望了一下，接着起身笑着迎客。他就是店老板李洪青。

　　"官家兄弟，欢迎，欢迎！要点什么?"店老板见来者是穿制服的矿警，既满脸热情又小心翼翼地询问。

　　"来一包'小刀牌'香烟，外加一盒洋火。"乔志远眼睛环顾四周，边说边把帽子挂在了挂账本的钉子上。然后很自然地用手在帽子上敲打了三下，这个动作似乎是有意做给老板看的。

　　店老板愣了一下，眼睛朝乔志远打量了一下。

　　"老板能赊账吗?"乔志远小声地说着。

　　店老板听了乔志远的话后，望了望门外，略思考了一下说道：

　　"赊账? 官家兄弟，本店小本生意不能赊账。"

　　店老板说完这句话后目光落在乔志远的脸上，等待着他的反应。

　　"那我翻翻口袋，找找看可有钱！"乔志远一面说，一面翻口袋。

　　"多谢官家，多谢官家！麻烦您了！"老板拿出了一包"小刀牌"香烟放在手中。

　　"老板，还差一块，行吗?"乔志远试探着问道。

　　"差一块就差一块吧，往后可要多照顾小店生意！"店老板认真地回应着。

　　"好的，老板真是个生意精啊！"乔志远脸带笑意地夸奖着店老板。

　　乔志远心里明白他们的接头暗号是对的，这一套接头方式是县委专门为他与这家机要联络点设立的。

　　"哦，老板我给你钱。"

　　乔志远说着拿出事先准备好的"钱"，把用钱夹着的密信交给了店老板。

　　店老板接过"钱"也明白了对方的身份和用意。他收了"钱"后迅速进入后间。

　　乔志远望着进入后间的店老板，心里头的石头也落地了，他只希望自己的同志早点将信送到郑强龙和游击队手里。

　　"咔嚓""咔嚓——"

　　一阵摩托车刹车声传来。

　　乔志远站在柜台边警惕地朝窗子外面望去，他仿佛看到有个身影掠过。

　　他想自己要赶紧离开顺风口回到矿业所，否则会引起渡边等日本人的怀疑。

　　就在他准备走出杂货店时，迎面一支黑乌乌的枪口顶在他的胸前。

　　"不许动，乔副所长！"

　　一个持枪人逼着乔志远，让他退回到店里。

　　乔志远抬头一看，眼前是一个"工装男"，穿着矿业所工装的工程师林楠生。

　　原来林楠生早已盯上了乔志远。他到矿区后发现皇军的活动总是被中共游击队破获，就一直在暗中调查，他确信矿业所里一定有共党分子。他对为日本人做事的所有中国人一个一个进行了排查，发现乔志远嫌疑最大，很有可能就是中共安插在矿区警察所的内线分子。他在调查中了解到，乔志远在国民党时期就参加了共产党。日军占领矿区后，乔志远虽主动投靠皇军，但向日本人提供的建议，认真分析都是有目的有意图的。主动"请缨"帮助日本人找回原矿警所警察是为了保护中国人不被皇军杀掉。向夏井志雄提出选"富矿"的主意，是为了给中国矿主留下空间，好做手脚。特别是鸿运商行注册登记档案丢失案中，乔志远作案的可能性最

大，因为乔志远是矿警所副所长，最方便接近税务所，而且税务所的档案室留存的脚印很符合乔志远的脚型尺码。为了一网打尽，防止打草惊蛇，他按池田介二的指令，对乔志远秘密监视。同时他发现矿业所所长夏井志雄对乔志远格外倚重，拿不到确凿的证据，在夏井志雄面前也不好交代。所以他一直按兵不动，但加紧了暗中监视。今天皇军在县城召开示范大会，特使秘密上铜官山视察，他对乔志远的行动格外"关心"。他看见乔志远刚把矿警集合分配到岗位上，自己就离开矿业所，他感到一定有问题，他就骑上了矿业所的摩托车跟踪而来。当他发现乔志远走进这家杂货店时，他判断这里就是乔志远接头送情报的地点。因为乔志远所进入的片区正是池田介二情报科电讯小队侦察的重点范围，这个杂货店极有可能就是共产党电台的藏身之处。乔志远今天一大早就来到顺风口这个杂货店，他一定是要把特使在铜官山的情报传递出去，如果此时抓到乔志远的证据，共产党的联络机关将被彻底端掉。

"往后退，房中人都不许动！"林楠生看着乔志远再一次大声呵斥。

其实此时杂货店前间里并无他人，只有乔志远和林楠生对峙着。

乔志远面对林楠生的枪口，望着他那双鹰一样的眼睛，心想，眼前的这个"工装男"一定就是日军隐藏在矿业所的"黑鹰一号"特工，这也是县委让他暗中调查的对象，他没想到今天他们以这种方式相见。现在他唯一的想法就是不能让林楠生闯进后间，他知道情报现在一定在服务员手中，如果林楠生闯入后间抓人，那游击队消灭野藤的计划将无法完成。

乔志远身子在后退，心里却在想着如何反制？

"吱"——传来一声响。

就在这时，后间的门突然开了，店老板从后间出来。

这突如其来的开门声，让林楠生的目光瞬间离开了乔志远，朝门的方向望去。就在这一瞬间，乔志远抓住机会，以迅雷不及掩耳之势，突然一手握住林楠生手中的枪往上一举，枪口移开了他的胸口。当林楠生的目光收回时，手扣动了扳机，"叭！"子弹从乔志远的额头边飞过，击中了房顶。随后两人本能地绞缠在一起相互夺枪。这时已从里间出来的店老板见状，迅速拿起柜台上的秤砣砸向了林楠生，林楠生痛得"啊"的一声惨叫，顿时头上鲜血直流，双手本能地一松，枪被乔志远夺得。但林楠生还是死死抓住乔志远，这时店老板捡起地上的秤砣再次砸在林楠生头上，林楠生才松手倒地，已没有了气息。

"快，快，把情报送出去！"乔志远嘱咐店老板。

"同志，放心吧，情报已送出去了。"店老板一边回答着乔志远的话，一边移动着林楠生的尸体。

蒯亚男接到秘信后感到事情紧急，就直接从杂货店内间的暗门离开了，正匆匆赶往天井湖井字滩。

此时，天井湖井字滩联络点里充满着欢声笑语。

郑强龙和游击队甩掉日军后，藏进了天井湖的芦苇荡里，他和洪添寿约好，完成任务后在井字滩联络点会合。由于日军长江封锁太严，吴大贵无法过江，也随洪添寿一起藏进了天井湖的芦苇荡。

正当游击队员们充满喜悦地分享着击毙野藤的快乐时，蒯亚男赶到井字滩。

"郑书记，这是'草帽人'的密件。"她向郑强龙转交了乔志远的信物。

"啊！野藤去了铜官山矿业所？"

郑强龙和在场的队员得知"示范大会"上击毙的是野藤的替身，顿时感到非常惊讶！

郑强龙等大家平静下来后坚定地说道：

"同志们，敌人再狡猾，也不能让他们的阴谋得逞！我们一定要按特委的要求，让侵略者有来无回。'示范大会'上我们阻止了日本人的签字仪式，下一步我们一定要消灭真的野藤。"

"对，对！坚决消灭真野藤！"大家异口同声地答道。

郑强龙和洪添寿商议后决定：消灭野藤以炸桥为主，阻击为辅。因为日军保护人员肯定很多，硬打，游击队不是日军的对手，只有按照乔志远提供的建议，等日军车队到达卧虎桥时，将桥炸断让野藤车队车毁人亡才是最佳方案。

方案定下后，洪添寿取出藏在联络点里的雷管炸药，这些雷管炸药都是游击队员从矿里日本人的炸药库里偷来准备送给新四军兵站的，没想到今天用在袭击野藤车队上。洪添寿让当电工的队员姚洪江把炸药备得足足的。

一切准备就绪。

随后郑强龙带领游击队员直奔金牛洞贼人潭。

从天井湖井字滩到金牛洞并不远，从芦苇荡上岸再穿过岸上一片湿地到达顺风口工区，拐个弯上山，就到达金牛洞旁的盘山道路。到达贼人潭卧虎桥附近，洪添寿领着姚洪江、范四平在卧虎桥下填好炸药。郑强龙带领其他队员在桥的两端警戒。炸药埋好后，郑强龙、洪添寿带领队员们躲藏在上坡树林里等待日军的到来。

下午，野藤的车队从山上缓缓开过来，远远望去，整个车队共3辆车，车队前面是一辆大卡车，中间是一辆小汽车，后面也是一辆大卡车，两辆卡车上站满了日军。

当车队开近卧虎桥时，埋伏在山路上面树林中的队员屏住呼吸，枪口对准车辆，等待郑强龙的命令。

车队驶到卧虎桥时，当前面的第一辆大车压过桥面时，只听一声"轰"响，卧虎桥瞬间断裂，石头飞落，被炸翻的大车直接掉进了山岩下。后面的小汽车见前面的大卡车被炸翻掉下，立刻停车掉头，这时郑强龙一声令下，"开火！打！"游击队员一起向小汽车开火。小汽车被打得火星四溅，在山道上东倒西歪地停住了，汽车燃起大火。

这时，从车里爬出一个身材魁梧的军官——这才是真正的野藤。

"叭！"一颗子弹飞了出去。

这时，早已架好长枪的吴大贵准星瞄准野藤的脑袋，扣动扳机，子弹准确地击中其脑门，一枪结束了他的性命。

"撤！"

当后面大车上的日军跳下车准备还击时，郑强龙领着游击队员已撤退了。

第三十六章

日军复仇更疯狂　妄图密运稀有矿
日共欲将情报传　身份识破上方船

县城日军司令部。

武英本吉陷入深深的恐惧和自责之中。

上午"示范大会"上，共产党游击队出其不意的袭击让他惊魂未定，下午又传来特使车队被炸，野藤将军遇袭身亡的噩耗。这些自己亲自制定的活动方案都被共产党游击队一一击破。他百思不解，共产党游击队真是无孔不入，神通广大。回想皇军占领铜陵以来，自己实施的一系列计划惨遭失败，作为一个大日本帝国的军人，这是他难以接受的。但在失败的现实面前，作为占领区的最高指挥官，自己有着不可推卸的责任。

想到这里，他……

他抬头望去，目光恰好与挂在墙上的日本裕仁天皇的头像相遇。他回想自己对天皇的誓言，内心的不安油然而生。他感到辜负了天皇的厚望，自己唯有剖腹谢罪才能表达对天皇的忠诚，了却心中抹不去的愧感。

他决定以武士特有的方式完成对"圣战"的告别！

他沐浴更衣，摆好切腹物品，一切准备就绪。

他拿起架在供桌上的那把日本战刀，用手帕擦拭完刀刃，正当他手握刀鞘紧闭双眼刀尖对准胸腹时，一阵铃声把他从迷惘中拉回。

"铃……铃……铃……"桌子直通军部的专线电话铃声响起。

武英本吉睁开双眼放下战刀，拿起电话。电话里传来陆军部指挥官小泽将军的声音：

"武英君，野藤将军在铜陵殉国军部已获悉。'示范大会'遭袭，将军不幸遇难，说明我们的敌人很狡猾，中共的抵抗组织顽强。目前大日本帝国在中国的战争推进速度很快，但战略物资储备严重不足，对矿产资源需求量大，铜陵是重要的资源供给区，你部责任重大不可懈怠。大日本参谋本部决定秘密研制高精尖的新型战争武器，急需稀有金属，军部决定提前启用'TCU29 掘宝计划'中的第三部分资源，命令你部迅速将开采储存的稀有金属矿石秘密运往上海，这也是军部的将军们给你补救过失立功赎罪的机会。"

武英本吉听后松了一口气，原以为是要送他去军事法庭受审，因为他感到死不足惜，而不愿去法庭受审，那样有损皇族的尊严，现在军部的电话让他彻底放下心中恐惧。

"将军阁下，感谢您对属下的体恤，属下一定不负所望，早日将集存的稀有矿产运往上海。"武英本吉心存感激地回复了军部。

"研制新型战争武器！运送储存的稀有金属矿石！"武英本吉放下电话，但耳朵里不断地重复着电话里小泽将军的声音。他非常清楚，这是他占领铜陵后陆军部交给铜陵矿区的一项特殊任务，寻找开采稀有金属矿产，供日本国内生产特殊武器使用。这也是陆军部《铜官山矿开发计划》中的一项绝密内容。陆军部将研究稀有金属矿产的绝密任务交由国内的"三井公司"负责，夏井志雄私运矿石标本就是为了完成这项绝密任务。这就是每次日军驻县城大队伍平措三队长向他汇报夏井志雄私运货物而他总是未加追究的原因。

武英本吉以自己对矿业知识的了解，他知道：稀有金属矿产就是指矿产中含有稀有金属元素的矿产品。这些稀有金属通常是由锂、钛、镭、钼、铀等元素构成。在自然界中储量少、分布稀，而且伴生在其他矿产中，极其贵重，又被称为矿产中的"宝石"。通常这些"宝石"用来制造特种金属材料，是飞机、火箭、原子能等军工领域中的关键性材料。现在陆军部要运送这些"宝石"制造高精尖武器，这些新型战争武器一旦用于战场，那大日本帝国将会战无不胜。

铜官山矿区是中国稀有金属矿产丰富的矿区，地质结构符合稀有金属生成，不少来铜官山矿区考察过的中外地质学家和专业技术人员，在自己的著作和考察论文中都记录了稀有金属的种类。但是为了占有第一手技术资料，三井公司掌门人三井小泽还是要求坐在矿业所所长位置上的"家人"——夏井志雄，要将铜官山矿区每一个坑口开采的矿石样品标本寄运回日本，由三井公司总部进行化验分析，以确保稀有金属成分的准确性。夏井志雄每次私运回的稀有金属矿产样品，被化验后，报告单上都呈现出满意的化学指标。

武英本吉自从带领133联队占领铜陵后，他就命令夏井志雄秘密开采储存稀有金属矿产，决不允许这"宝石"流向矿外。特别是方兴华转给矿业所的坑口出井的矿石中，稀有金属含量极高，矿业所拿到坑口后，武英本吉就命令夏井志雄加快进度开采稀有金属矿产。夏井志雄与小岛石刚接到武英本吉命令后，就制定了一个改变开采程序和采矿顺序的开采方案，重点开采稀有金属矿产，将开采出的含有稀有金属的矿石储存在矿区。现在这些特殊的矿石要运回日本，制造新型武器，用以装备部队来提升大日本帝国的军事实力，他感到十分欣慰。

这时，他沮丧的心中又燃起自大的妄想和复仇的欲望。

武英本吉拨通了铜官山矿业所的电话，他在电话里命令夏井志雄立即把储存的稀有金属矿石运往上海。

　　夏井志雄接到电话后，立即通知了王小三，让广通船运公司组织人员秘密运输这些存放在矿区里的"宝石"。

　　王小三现在是广通船运公司的老板。

　　赵九"死"后，铜官山矿业所霸占了广通船运公司，夏井志雄起初自己亲自安排矿业所巷务科经营，现在将公司交给维持会经营，让王小三当上了公司的经理。

　　夏井志雄把广通船运公司交给维持会经营主要有两点考虑：一是赵九的广通船运公司员工都是中国人，公司员工都知道赵九是夏井志雄害死的，公司员工对夏井志雄和矿业所反抗情绪极大，让中国人管理中国人可减少阻力。二是起初由矿业所巷务科经营时，中国商户都不敢选择广通公司，因为既害怕日本人做生意不讲诚信，又怕被国人误解认为投靠皇军，使得广通公司生意清淡，就是天天在《铜都日报》刊登广告也无人上门。王小三是中国人，王小三当维持会长是他推荐的，算是自己的心腹之人，船运公司让维持会经营，不仅生意见长，而且公司依然掌握在自己的手中。

　　王小三对赵九的船运公司也早已垂涎三尺。这是个肥差，整个铜官山矿区的矿石运输都掌控在自己的手中。有了船运公司经营权加上维持会会长这个头衔，这样他在铜陵这个地盘上就能做到在政治上呼风唤雨，在经济上可利用公司捞取大把钞票。当矿区无矿石可运时，他就按照夏井志雄的指示，刊登广告私运其他货物。

　　王小三接到命令后，一听是秘密任务，立即停止了其他货运业务，准备组织装运稀有金属矿石。装运任务首先要从矿区矿石堆场运到江边码头矿石堆场，再由堆场运上船。由于是"秘密"任务，夏井志雄命令王小三另找一支陌生的搬运队，以免用矿业所的运输队而泄露秘密。王小三特地找了一支平时只在江边干活的搬运队，选择了用人力车运送，走小道将矿区堆场里的稀有金属矿石运送到江边码头。

王小三虽然组织搬运队秘密装运，但是他的搬运活动并没有瞒过井泽俊的眼睛，因为他一直在关注着矿里稀有金属矿石的动向。

夏井志雄一接管铜官山矿区，就按照武英本吉的指示，在实施铜官山开发计划中，就在秘密执行"TCU29 掘宝计划"中的第三部分，开采储存的稀有金属矿产。他在东瓜山工区利用一个矿洞改造了一个大型矿石堆场，这个堆场对外称为二号堆场。他将各工区开采的稀有金属矿石收集储存在这里，并让渡边安排了一个日军小队在此看守。平日里这里是矿区禁区，现在王小三的搬运工在这里一个接着一个进出，车水马龙似的川流不息。

井泽俊发现王小三在运输东瓜山矿洞的稀有金属矿石，由于王小三安排的是"人力车又走小道"，起初他以为夏井志雄是要在矿区调换储矿场地，后来他以事务科长的名义调看了矿业所库场记录，发现并没有调用安排，而江边码头却腾空一个堆场。同时，他又查看港务科近期出航调度，标注了"广通一号"船将有长途运输任务，目的地是上海港。

井泽俊敏锐地感到，这批稀有金属矿石要运出铜陵。

井泽俊知道，这是要将这些矿石运回日本国内冶炼，提取稀有金属材料，而这些材料一定是用于制造新型武器。制造的新型武器一旦用于战场，意味着中日战争将要扩大和升级。中日战争的升级必然给中国人民带来更大的灾难，也给日本人民带来不幸。作为日本共产党员和反战人士，他有责任将这一情报报告给自己的组织——"格尔佐小组"，让他们与中国抵抗组织联系，制止战争的升级，降低两国人民的损失和灾难。

但是如何把这一消息传递到上海的"格尔佐小组"负责人手中？井泽俊思考着。

井泽俊想到了芳草秀子，他为什么会想到芳草秀子呢？

因为两天前，芳草秀子到矿里"采访"夏井志雄，夏井志雄特意安排矿业所的日籍员工与芳草秀子见面"谈话"。他从夏井志雄与芳草秀子交谈中获悉，芳草秀子已接到了陆军部《太阳花》报社的命令，即日回上海陆军部待命。"格尔佐小组"在上海有秘密联络地址，只要将密信投入特定的信箱，就会有自己组织的人员来传送。同时井泽俊与芳草秀子是同乡。在参与夏井志雄接待芳草秀子来矿区采访时，得知她与自己都是日本长库县人。作为同乡，自己让芳草秀子带封信给上海的同学应该是最正常的事，不会引起芳草秀子的怀疑。

井泽俊想到这里，立即用暗语将铜官山矿启运稀有金属矿产的举动写成密信，随后他赶往县城去找芳草秀子。

天井湖北端"神剑道"剑道馆。

井泽俊因为是日本人又是矿业所事务科长，很容易进入了剑道馆，芳草秀子奉命来铜陵"采访"就一直住在这里。

芳草秀子在税务所查无收获，鸿运商行的线索也就断了，接到陆军部的命令，她就将自己调查掌握的铜陵共产党游击队的线索统统交给了池田介二的情报科，她现正在整理行李准备回上海。

"咚""咚""咚"……

芳草秀子的卧室是一间豪华套房，井泽俊敲开了门。

"秀子小姐，听说你要回上海复命，我来为你送行！"井泽俊推门进入后见到芳草秀子，便以送同乡的名义而来。

"井泽君，你好用心啊！有事吗?"芳草秀子先是一惊，她面对这个不速之客明显有一种警觉。

"秀子小姐，的确有一件事请帮助，有一封给同学的信请秀子小姐带回上海。"井泽俊说着将信递了过去。

"哦。"芳草秀子应了一声，随后接过信。

芳草秀子随即用眼睛先扫了一眼通信地址，然后目光移动了一下，突然她发现信封左下方有一个圆中带点符号，顿时一愣，目光停留在符号上片刻。

芳草秀子瞬间恢复了常态，她抬头望着井泽俊，目光直视中隐射出一丝喜悦和惊慌。

井泽俊似乎感觉到她神情异样。

井泽俊还未来得及反应，这时芳草秀子突然拔出手枪，对准井泽俊胸膛。

芳草秀子大声呵斥着井泽俊。

"井泽君，你背叛了大日本帝国！你是我们正在寻找的反对日本政府和盟国德国政府的'格尔佐小组'成员！你的信帮助我看清了你的身份。皇军在上海的特高科早就提醒陆军部在铜官山矿区潜伏着一名该组织成员，原来是你。我这次来铜官山矿'采访'，其中有一项重要任务，就要查清隐匿矿区的该组织成员，没想到你自投罗网。举起手来，跟我到司令部，正好一同带回上海陆军部！"

当芳草秀子的枪口对准井泽俊的胸口时，芳草秀子的神情完全由喜悦替换了惊慌，因为现在她已完全控制住了井泽俊。

原来芳草秀子是从信封上的符号，判断出了井泽俊的身份。

井泽俊信封上的圆中带点符号是"格尔佐小组"成员约定联络符号。芳草秀子来铜陵前就在上海陆军部以记者身份参与侦察"格尔佐小组"案件，所以对该组织成员约定的联络符号掌握得十分清楚。但不知具体通信地址。这次回上海复命就是接着调查过去的案件，查清"格尔佐小组"成员中的日本人，将其抓捕归案并遣送回国审判。来铜陵"采访"中她就在暗中调查该组织成员。她以采访需要个别"谈话"为理由，考察了皇军司令部及矿业所的日本人，都未发现可疑分子。没想到井泽俊却送上门来，还获得了该组织的具体通信地址，真应了中国宋人夏元鼎《绝句》中的那句名言："踏破铁鞋无觅处，得来全不费功夫。"

井泽俊对芳草秀子这突如其来的举动，着实感到很突然。面对枪口，此时他无意去找说词来辩解，只是在想如何脱身。

井泽俊望着枪口，只好顺从地举起了手向后退，但心里却在想着自救的机会。他从眼角的余光中看到床头边放了一把寒光闪闪的宝剑，他心里有了主意。

就在芳草秀子步步逼近，他转身后退时，敏捷地用手一把抬起芳草秀子握枪的手，枪口迅速朝上，他一把抓起早已看准的剑，转身直刺芳草秀子，不偏不倚刺中她的喉咙。

"啊——"芳草秀子大叫一声。

顿时鲜血喷溅而出，芳草秀子痛苦地倒在了床上。

井泽俊望着已死去的芳草秀子，捡起从芳草秀子手中掉落的密信，迅速离开了"神剑道"剑道馆。

县城日军司令部。

芳草秀子的死讯很快传到了武英本吉的办公室。同时，矿业所事务科长井泽俊作为凶手"嫌疑人"突然失踪也通过电话报到了司令部。

"这两位帝国的精英怎么会同时出现在'神剑道'剑道馆，而且一死一逃？"这让武英本吉和池田介二感到惊愕。

当他俩缓过神来，武英本吉首先联想到的是二人一死一逃是不是与运输"TCU29掘宝计划"中的稀有金属矿产有关。这可是个绝密行动，这个"秘密"与他俩有什么联系？

武英本吉一时找不到答案，他把疑惑的目光投向了池田介二。

此时，池田介二想到的却是另一个问题：芳草秀子来铜陵"采访"的使命之一就是查清潜伏在铜官山矿区的民族败类参加"格尔佐小组"的反战分子。

现在芳草秀子返回上海陆军部的使命，依然是查清"格尔佐小组"成员中的日本人。在这节骨眼上，矿业所事务科长井泽俊杀死芳草秀子一定是有隐情。这个"隐情"就是芳草秀子已查出了井泽俊就是潜伏在铜官山矿区的"格尔佐小组"成员，并掌握了"格尔佐小组"的某些重大秘密。

井泽俊一定是为了灭口，保护他的组织和自己而将芳草秀子杀死。

"如果井泽俊真是'格尔佐小组'成员中的日共分子……"

想到这里，池田介二心中不禁紧张起来：那运输"TCU29掘宝计划"中的稀有矿产行动就已泄露了。

池田介二的分析和推断让武英本吉大为震惊！

"什么？是'格尔佐小组'的日共分子？"

"全城戒严，抓捕井泽俊这个大和民族的败类！"武英本吉命令司令部立即下达通缉令。

随后，日军司令部电话铃声大作，通缉令通过电话传达到了驻扎铜陵的各大队。

井泽俊没想到自己的同乡芳草秀子并非记者，真正的身份却是军部的"黑鹰"特工。由于自己的疏忽暴露了自己的身份，还泄露了通信地址，好在芳草秀子已被自己杀死，并没有暴露组织。他知道只要芳草秀子的死被发现，日军就会抓捕他。现在不能再回铜官山矿业所了，只有逃出铜陵，想办法去上海才能把情报送出。

井泽俊知道从铜陵去上海，陆路无车辆根本无法通行，只有坐船从水路走最方便。井泽俊逃出剑道馆就向天井湖南门码头奔去，因为这里有矿业所的运矿石船，在此过关口入长江，只要搭上这些船就能到达上海。

从"神剑道"剑道馆到天井湖南门码头要绕过整个县城，井泽俊一面急步奔走，一面观察着四周的动向。走着走着他发现县城街道上日军明显增多了，这些日军四五个人一伙地在街面建筑物上张贴什么。井泽俊没敢停留，他直奔天井湖南门码头。到达码头后，他发现码头上平常船主们常贴广告的一方墙壁前围着一群人正在观看墙上贴着的告示。

在看告示的人群中，还不时地传出观看者的议论声："真奇怪，日本人还杀死了日本人，还是一男一女，嘿嘿。""这日本人是狗咬狗吧！"

这议论声，井泽俊听得清清楚楚。他心里一惊，这不就是在指自己吗？

他停住脚，向四周看了一眼，码头上有日军小队在熙熙攘攘的人群中穿梭，他们手里拿着一张白纸，在对走动的行人上下打量，左瞧右看，分明是在寻找着所需的对象。井泽俊敏锐地感到，武英本吉已知道了芳草秀子被杀，日军已在大搜捕了，那墙上贴的一定是通缉自己的告示，他不敢向人群中走，更不敢去找矿业所的运矿船。

"井泽科长，跟我来！"就在井泽俊不知所措时，有人凑在他耳边低声喊他的名字。

井泽俊回头一看惊住了，此人是铜官山公司经理方兴华。

"此处不能久留，皇军在抓你，跟我上船！"方兴华对井泽俊说完这句话，就拉着他快步上了自己停靠在码头的"铜江5号"运矿船。

井泽俊与方兴华在矿区正面接触不多，他知道方兴华一直是矿业所希望与其"合作"的对象，夏井志雄一直在不择手段地打压他，日本人还杀死了他的父亲方复中老先生。他和日本人是有深仇大恨的，可今天方兴华的举动是在救他，但他不明白方兴华的初衷，还是持有戒备。

他试探着问道："方先生您这是？"

"井泽科长，我不管你是不是凶手，也不知道你的身份，我只知道你是个好人，现在你们日本人到处都在抓你，大街小巷都贴上了你的画像，铜陵你是待不了了，铜官山你更回不去了，趁你们日军还没有上我的船搜查，我帮助你赶快离开铜陵。"

方兴华望着井泽俊，开门见山地对他说道。

其实，方兴华一直就想感谢井泽俊，因为他知道藏有矿图的十二生肖铜官像能够免于落到日本人手中，就是井泽俊向老管家丁伯报的信。今天他从铜官山公司赶到码头，查看公司准备运送到南京的矿石装船情况，走过的每条路上都有日军在检查，日军叫嚷着要抓捕一个叫井泽俊的日本人。他听后一愣，日军怎么会抓一个日本科长？后他用日语向检查的日军

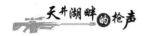

打听，检查的日军以为他是日本人就向他透露：井泽俊杀死了一名陆军部派来的日军女记者。方兴华立马感到井泽俊绝不是一名普通的日本工程师，否则他这个日本人怎会杀死一个日本人，联想到他一个日本人主动向中国人通风报信保护铜官像的事，猜想他一定还会有什么别的身份或者肩负着什么特殊的使命。想到这些，方兴华带着感激和疑惑的心态，在来码头的路上就一直在惦记着井泽俊的安危，没想到他在码头上遇到了井泽俊。

方兴华的一番话井泽俊听得十分明白。

"谢谢，方经理，我……"井泽俊在激动中略显犹豫。

"井泽科长，现在离开铜陵要紧，你想去哪里？我用运矿船送你去。"方兴华催促地问道。

"我要去上海。"井泽俊说出了最终目的地。

"好！开船！"

方兴华的矿石船本来是运往南京港转运，但他听说井泽俊是去上海，他决定立即开船直达上海。

井泽俊和一艘满载矿石的船离开了天井湖南门码头。

就在井泽俊登上"铜江5号"之际，乔志远也匆匆赶到了码头。

日本人在通缉井泽俊，乔志远也在"抓捕"井泽俊，但他是接到了县委的指示，来秘密"抓捕"井泽俊的。

原来，郑强龙见到满大街都贴着日本人的通缉令时，就再一次证实了自己的判断：井泽俊虽是日本人，但身份绝不仅仅是矿业所的工程师和事务科长，一定还有别的身份。他立即给乔志远发出了指示。

郑强龙为什么有如此判断和指示？

因为从矿区反馈过来有关井泽俊的几件事，一直让郑强龙感到困惑：一是他在顺风口工区发现洪添寿他们在"磨洋工"而没有向矿业所去揭发。二是他有意将日本人给矿工"消毒"的内幕透露出来。三是他主动到铜官府向丁伯报告日本人要来搜查铜官像。郑强龙虽然不能准确地断定他的真实身份，但可以确定井泽俊不是我们的敌人，有可能是我们的朋友，否则，他不会做出如此动作。他是什么人？他的真实身份是不是……郑强龙一直在思考和调查。他指示矿区的同志关注井泽俊的行动，他也把井泽俊的情况向特委作了汇报。现在，日本人通缉他，而且他还杀死了日本陆军部女记者。郑强龙想井泽俊一定是有什么重要秘密被日本人发现了，或有什么特殊情报需要传递出来。只要找到他，将他保护起来，一切谜团就解开了。郑强龙立即通过紧急联络方式，把这个指示传递给了乔志远。因为只有乔志远这个矿警所副警长才能去"抓捕"在逃犯人。

乔志远接到县委保护井泽俊的指示后，他就思考着井泽俊出逃的路线。他知道日本人和矿警所已将矿区和城区通往外部的陆上道路封锁了，只有水路才是逃出铜陵的唯一选择，他就直接赶到了天井湖南门码头。当他发现井泽俊时，井泽俊正在方兴华的带领下，上了铜官山公司的"铜江5号"运矿船。

乔志远望着"铜江5号"运矿船驶向远方，他知道井泽俊安全了。

第三十七章

日军封江抓日共　中共营救出奇章
抗日老板扮皇军　截船日军全遭殃

县城日军司令部。

武英本吉、池田介二、伍平措三，还有从矿区赶到司令部的夏井志雄、渡边，他们怎么也没有想到井泽俊是日共分子，而且还是国际反战组织"格尔佐小组"的成员。

现在最担心的就是武英本吉。

他知道：井泽俊杀死芳草秀子出逃，一定是要把陆军部秘密启动"TCU29 掘宝计划"中的运送稀有矿产行动报告给他的组织。"格尔佐小组"获得情报后将会大做文章，以此在国际上谴责大日本帝国制造事端扩大战争事态，诋毁日本政府的政治军事外交政策，破坏皇军大东亚共荣圈的建设。这个情报要是落到中国人手中，中国的抵抗组织就会极力阻止这个计划的实施。这个计划如果失败，不仅对大日本帝国"圣战"不利，而且关系着自己的身家性命。因为运送稀有矿产，这是军部的将军们给他补救过失立功赎罪的机会，否则他会因"野藤将军遇袭身亡和日中技术合作示范大会流产"被送上东京军事法庭的。现在又发生了军部特工芳草秀子被潜伏的"格尔佐小组"成员所杀，更是罪加一等。如果不抓住井泽俊这个败类，阻止他送出情报，那等待自己的真是那把刻有"圣战必胜"天皇御赐的战刀了。

现在，抓住井泽俊这个败类，对武英本吉而言是最急切的事。

但是，皇军各大队从自己管辖的检查点反馈来的消息都令人他失望，各路口未见井泽俊一点踪影。

这让武英本吉惊慌不堪。

啪、啪、啪……

气急败坏的武英本吉走到一直不敢抬头的夏井志雄面前，一面抽着他的耳光一面责问他。

"井泽俊这个败类潜伏在矿业所，你难道一点都没有察觉？"

"大佐阁下，矿业所实施的'黑鹰监管'针对的是中国的抵抗分子——共产党游击队。井泽俊是我们大日本帝国的科长……卑职失误了……"

夏井志雄战战兢兢地回答着。

"浑蛋！像井泽俊这样的败类，在我们大和民族还少吗？我们特高课抓获的山崎实秀、竹中真昭、太田光代等人，这些反战分子，哪一个不是披着光鲜的外衣在破坏'圣战'，他们不是都被我们的黑鹰勇士给啄出来了吗，你们天天在一个屋檐下就嗅不出他身上的异味？"

武英本吉提到的山崎实秀、竹中真昭、太田光代是日本近期破获的反战组织"日支战斗同盟"案中的日共分子。

这些成员在日本政治、军事和经济部门任职，表面上替日本政府工作，的确都有着让人羡慕的外表。山崎实秀是《日本朝日新闻》的记者，还是日本内阁里高级顾问，竹中真昭是日本兴亚会的干事长兼南满铁路株式会社情报部分析员，太田光代是日军华北方面军的少佐衔的参谋。他们作为"日支战斗同盟"成员和国际间的间谍，在日常工作中格外小心，在向中国等其他国家的抵抗组织提供情报时更是十分谨慎，但是还是被土肥

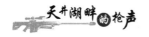

原贤二大将领导的日军特高课破获,而这些反战人士的暴露,说起来也十分简单。山崎实秀的被捕是因为他的女佣情人抽烟用了他精美的打火机,但这个打火机却内藏着微型照相机,后特高课找到这个女佣,发现一个贫困的佣人用的却是一个高级打火机,从而确认了山崎实秀的间谍身份。而竹中真昭的发现是因为他在传递情报时,看错了门牌号,走错了房间。他在天津诗得乐大酒店参加华北地区日本应对中国事变军政秘密会议期间,向天津抵抗组织传递情报时将酒店错看了门牌,把门房916看成了619。916是豪华客房,而619却是低等房间,而这样的房间正是化装成贫民的小特务使用。竹中真昭在会中休息时去敲门送情报,小特务一眼看出来他是个"大人物",不应当进这样的房间,从此他被监视。而太田光代就更加简单,只是标错了一个箭头。七七事变后,中国军人张治中司令官率部与日军在上海会战,负责给日军长谷川清司令官领导的第三舰队提供线路图的太田光代,有意在图中多标了一个箭头,本以为第三舰队发现这图中多一个行进箭头会在两个方向上作出选择,这样会给中国多出准备的时间。谁知这个箭头标时没有加粗条,而作战会议时讲到线路图时,上峰特地要求箭头线条加粗,而此时太田光代恰被叫出会议室处理一份急电,这个细节要求他没有听到,他多画出的箭头认定有意帮助"敌人",后被特高课安插在第三舰队上担任信号官的特务盯上。

武英本吉提到的这些人,就是被他们身边的黑鹰们嗅出了"异味"而栽了跟头。

这些谍情战报作为警示文件,在司令部军事会议上都通报过。

"井泽俊长期潜伏在矿区,难道就没留下一点破绽?"武英本吉盯着夏井志雄,嘴里再次发出责问。

在场的人面面相觑,这时站在一边同样不敢抬头的渡边思考了一下,回答道:

"大佐阁下,要说井泽俊身上的'异味'倒是也有,那就是我和夏井所长去铜官府搜查铜官像扑了空，有人反映在我们队伍去之前，井泽俊去过铜官府，现在看来可能是他通风报信，才让铜官府里那个老东西提前转移了铜官像。"

渡边说完眼睛瞟了一下夏井志雄。夏井志雄这才明白他去铜官府"落空"那一幕的真相。

"啊，浑蛋！那你们当初为什么不将他抓起来？否则哪能酿成今天这样的局面！"

武英本吉一听渡边的话，怒火中烧，顿时气得脸上青筋欲暴，两眼发直。

武英本吉转身朝着渡边，凶神恶煞地斥责道："现在我们到哪去抓他？井泽俊在哪！在哪——！难道这个败类能长出翅膀飞上了天？他会逃到哪里—— 他——会逃到哪里？"

"我……我……"渡边望着武英本吉充满血丝的眼睛和气得抽搐变了形的脸，一时语塞了。

一时间，整个司令部里鸦雀无声，只有武英本吉来回踱步的战靴声。他的眼睛在来回审视着站在他眼前的人。

这时，池田介二抬起头，扶了扶滑到鼻尖上的眼镜，首先发话，他说：

"大佐阁下，皇军在各个路口都未发现井泽俊的踪影，说明他一定走的是水路，肯定是乘船从水上逃离了铜陵，他们的组织在上海活动，他一定是要去上海与他们接头。现在我们一方面可以请求沿江的皇军协助搜索江面拦截船只，一方面我们要派出巡逻艇去追赶。"

池田介二在对井泽俊的去向作出了判断后，向武英本吉提出了建议。

"对、对、对，据我们矿业所的船员说，他们发现方兴华的铜官山公司运送矿石的'铜江5号'船，矿石还未装完就提前离开了天井湖南门码头。而且也有人看见方兴华来过码头，会不会是铜官山公司运矿船送走了井泽俊?"夏井志雄把自己了解的情况也向武英本吉作了报告。

武英本吉听了池田介二、夏井志雄的话，从惊慌和绝望中缓过神来，仿佛在道尽途殚的绝境中看到了一丝希望。

他立刻恢复了常态，下令道："来人！传我的命令，向驻扎在沿江各地的皇军发出协查令，扣留行驶在长江上的'铜江5号'船，决不能让井泽俊这个败类逃掉。通知驻大通的光熊郎大队，立即派水上巡逻队追拦'铜江5号'抓捕井泽俊，对协助井泽俊逃跑者就地正法。"

"是！"驻县城的伍平措三大队长接受命令后离开了司令部。

很快，一张陆军部驻铜陵133联队司令部"协查令"，通过电报发往了驻扎在沿江各地的日军司令部。

长江江面上。

井泽俊和方兴华的船驶过天井湖口后，就进入了长江航线。

"铜江5号"船队在长江行驶着，很快穿过了大通港。过了大通港就算离开了铜陵地界了。井泽俊和方兴华这才稍稍放下心来，但方兴华还是让船主把船开得再快些，他和井泽俊都知道离开铜陵越远越安全。

船在江上的速度明显加快了，照这个速度，"铜江5号"在明天早上就可赶到上海。

井泽俊和方兴华正准备走出船舱，去甲板透透气。

突然，船老大急匆匆地跑来向方兴华报告："方经理，我们发现在我们船队前、后方都有挂着日本旗帜的船，好像是向着我们开来。"

"前后都有日军的船？"方兴华和井泽俊听后都紧张起来。

方兴华和井泽俊马上跨出船舱，他俩朝前、后方望去，确实有两艘日军的船只从前后方向向他们开来，一艘是日军巡逻艇，一艘是挂日军太阳旗的铁壳船，两船距离"铜江5号"不足百米远了。

"方经理，这、这怎么办？"船老大望着方兴华和井泽俊语无伦次地问道。

井泽俊望着船老大急得脸上都掉汗珠了，他对方兴华说：

"方经理，日军一定是冲着我来的，你们放心，我不会连累你们大家的。"

"井泽科长，你……"方兴华的话还没有讲完。

"叭！""叭！"空中就响起了枪声。

一艘日军巡逻艇从后面快速追了上来，鸣枪示意停船。

"停船、停船——"船老大随即喊道。

不一会儿，后面的那艘日军巡逻艇向已停了下来的"铜江5号"靠近。

井泽俊和方兴华这才看清：艇上站着的一个身材矮胖面露凶色的日军军官正指挥一群日军，此人正是光熊郎。

艇上五六个日军的枪口对准着"铜江5号"。

光熊郎见船停稳了，就用生硬的中国话扯着嗓子向"铜江5号"发话。

"'铜江5号'船立即开回铜陵，船上的人现在统统集中到甲板，皇军要验明身份，井泽俊，出来吧！否则统统地死拉死拉！"

光熊郎挥了一下手，示意巡逻艇上的日军冲向"铜江5号"船。

井泽俊和方兴华见此情景，一时也没有主意了。

"哑米罗——"

这时，一句日本话从"铜江5号"船头一侧传来。人群中的井泽俊和方兴华都听懂了，这句话翻译成中国话就是"住手"的意思。

他们向船头望去，只见又一艘挂日军太阳旗的铁壳船正向"铜江5号"开过来，船上站着一排穿着日军军服的军人。

"你们是——"

巡逻艇上的光熊郎听到日语喊话声，看见铁壳船上的日军，就向他们问话。

"叭!""叭!""叭!"

铁壳船上的日军没等光熊郎把话讲完,就向巡逻艇上的日军开枪射击。

一阵枪响,子弹直接从铁壳船上飞了过来,巡逻艇上端着枪正要冲向"铜江5号"的日军一个个应声倒下。

这突如其来的场景也把井泽俊、方兴华和"铜江5号"上的人弄愣了。

光熊郎见此情景,知道遇到了一群"假皇军",他一下滑进巡逻艇内。

"快开艇!"

光熊郎一声大叫,驾艇的日军载着光熊郎逃走了。

铁壳船并没有去追巡逻艇。

铁壳船靠近"铜江5号"船,这时一名日军军官模样的人跳上了"铜江5号"船的甲板。

"方经理!"日军军官用中文喊着方兴华的名字,他一眼就认出了方兴华。

"你是——"

方兴华疑惑地盯着眼前的日军军官。

"我是赵九!怎么,我穿了这身黄皮你就不认识了!"日军军官说着摘下了头上戴的日军战斗帽,露出了整个脸面。

"啊呀,赵经理,怎么是你呀!你不是被矿业所的日军打死了吗?"方兴华既惊喜又不解。

站在一旁,忐忑不安的井泽俊也认出了这是广通船运公司的老板赵九。

"是啊,我是死里逃生啊,是共产党游击队把我从矿警所的囚车里救出来,送到江北参加了新四军。我现在是新四军物资处水上运输队的副队长,还做我的老本行,负责部队水上运输任务。今天,我们就是奉新四军首长的命令，特地来救你和日本反战人士井泽俊。我们还将护送井泽俊到上海。为了能够糊弄江面上的鬼子，我们把缴获的日军铁壳船都开了起来，我们的战士还真把自己扮成了鬼子呢。"

赵九说着，指着铁壳船上的一排穿着日军军服的新四军。

方兴华和井泽俊没想到，他们会在长江上与"死人"赵九有这样的奇遇。

原来武英本吉将"日军驻铜陵 133 联队司令部的协查令"通过电报发往了驻扎在沿江各地的日军部队，要求沿江日军拦截"铜江 5 号"，抓捕井泽俊。上海"格尔佐小组"获得了电报详情，知道井泽俊身份已暴露，而且井泽俊目前在长江"铜江 5 号"运矿船上，日本人正在江面上搜查。小组负责人冈西中立即将井泽俊遭通缉的情况通报给了中共上海地下党负责人和新四军情报部人员。上海中共负责人和新四军情报部向新四军首长报告后，新四军决定营救井泽俊，任务交给了三支队的水上运输队。水上运输队成立了营救小组，由于赵九来自铜陵，又曾是水上运输公司的经理，熟悉长江航线和沿江港口码头，营救小组就由赵九负责。赵九就提出了一个化装成日军搜索队在江面查寻"铜江 5 号"的大胆方案。赵九的搜索队在江上发现要找的目标后，恰好遇上了光熊郎的巡逻艇在截船。

"方经理，江面上到处都是日军的船只，刚才我的枪声肯定会引来日军，我们不能在此停留了，请井泽俊先生上我们的船吧！我们会安全地将他护送到目的地。"

赵九望着方兴华，催促井泽俊上他们的船。

有赵九带领的新四军护送井泽俊，方兴华悬着的心才真正地放了下来。

井泽俊紧紧握着方兴华的手谢别后，他上了赵九的铁壳船。

铁壳船向上海方向驶去……

上海法租界方浜路 9 号乐爱诗书店。

第二天，井泽俊安全到达上海。共产国际远东情报部"格尔佐小组"上海联络点负责人冈西中收到了井泽俊的密信。

井泽俊提供的情报与小组成员从日本国内发来的消息十分吻合：日本内阁"五相"会议批准研制的高端战略武器获得了成功，已开始大规模投入生产，日军大本营正在做战争升级的准备。作为反战人士，冈西中和"格尔佐小组"的成员，坚决反对日本政府的行为，都在积极行动阻止日本侵华战争的升级，他立即与中共在上海的地下组织取得了联系，将井泽俊的情报报告给了中共方面。

兴屋岭周村。

皖南特委和新四军总部收到上海地下党的情报，获悉铜陵日军的行动计划。朱承农书记和新四军总部首长立即把日本人要把铜官山的稀有金属矿产偷运回国制造新型战争武器情况向上级作了汇报，上级指示必须坚决阻止武英本吉的疯狂举动，决不让中国的宝藏运往日本，制造屠杀中国人民的武器。命令皖南特委和新四军总部配合铜陵县委游击队，借此机会对驻铜陵的日军发起有力的打击。

随后，特委书记朱承农指示电讯科将日军秘密运送稀有金属矿产的情报和上级党委的意见电报发到铜陵县委。

第三十八章

日军设置包围圈　借运矿石撒大网
游击队员护国宝　湖中较量杀声响

天井湖井字滩。

郑强龙带领县委游击队中秋节袭击会场、击毙野藤，给日本人沉重的打击。武英本吉以复仇的心态，要求各大队日军对铜陵各个区域严格搜查，对嫌疑分子一律逮捕。

郑强龙和游击队员们袭击野藤车队后就钻进了天井湖芦苇荡，藏匿在井字滩联络点矿洞里，以躲避日军的搜查。日军的巡逻艇虽然每天都在天井湖上穿梭搜寻，但丝毫未察觉游击队的踪影，这让郑强龙心中绷紧的弦舒缓一些。

几天来，郑强龙虽然和大家一样，一直沉浸在胜利的喜悦之中，但他知道，敌人决不会罢休，一定会有疯狂报复行动。他一面安排着人员潜入县城打探日本人的动向并找些食品，一面在思考着下一步的工作。

这时，蒯亚男将刚收到的特委电报交给了他。

特委在电报中对铜陵县委游击队阻止了合作大会，击毙野藤表示祝贺！特委通报了日军准备秘密运走稀有金属矿石的情报，指示要设法阻止

武英本吉把中国的矿产运出国门，粉碎日军的企图。可将矿石运输到江北兵站，必要时也可把矿石就地处理。同时特委告知已将请求新四军配合铜陵的行动。

面对新的任务，游击队员们热情高涨。

大家纷纷表示："决不让日本人掠夺我们的'宝石'，一定要将稀有金属矿产留在中国的土地上。"

随后，郑强龙和大家一起研究这次"夺宝"的作战方案。

讨论中，大家提出了三种方案。一是阻止日军在矿区装运。二是劫持日军运矿船。三是炸沉日军运矿船。最后郑强龙认为劫持或炸沉日军运矿船比较容易成功。

但是，不论是劫持或炸沉日军运矿船，游击队的人都必须上运矿船，才能采取行动。还有，就是要知道日军运矿船准确的启运时间。

"游击队员如何上船？船哪天起航？"这是两个关键问题。

这时，洪添寿想起了自己的一个表亲叫阿六，现在是码头装运队副队长，可以找阿六帮忙。他建议，游击队员们可化装成阿六的搬运工上船。郑强龙同意了洪添寿的意见。

当天夜里，洪添寿就踏着夜色悄悄进了城，他找到了阿六说明了来意。阿六虽然有些害怕，还是答应了洪添寿，帮助游击队员上船，并从阿六嘴里洪添寿得到了日军运矿船的启运时间。当然，阿六也拿到了洪添寿带去的好处费。

天井湖南门码头。

今天是日本人启运稀有金属矿石的日子。

一艘叫"九良号"的日本商船停靠在湖面上，但停靠位置却是广通公司货运船停靠的泊位。而广通公司的"广通一号"船却停在另外一个备用泊位上。

在码头不远处，是日本人的矿石堆场，说是矿石堆场，其实就是一个露天的大广场，用铁丝将矿石堆场网成了一个圈子。

今天码头上并未戒备森严，只有少量的日军在巡逻。还有就是在矿石堆场大门口两边站岗的日军数量也像往日一样，并没有增加人员。

王小三嘴里叼着烟，在矿石堆场大门处，一面亲自指挥搬运工将堆场里的矿石往"九良号"日本商船上装，一面像是在期盼着什么，眼睛不停地朝堆场外的大路上望去。

化装成搬运工的郑强龙和游击队员们，正由阿六领着在搬运矿石上船。

郑强龙进堆场时，仔细观察了场内搬运矿石的过程，发现上船时日军只是检查货物并没有搜身，郑强龙和游击队员们就把炸药、雷管绑在身上带上了船。上船后，郑强龙发现船上并没有押运的日本军人，只有广通船运公司的船工在做货物记录，做完记录他们都下船了，而后上来一批穿统一工装的人员，听讲话全是日本人。这让郑强龙感到一惊，郑强龙原以为日本人是用广通船运公司的"广通一号"船运送稀有金属矿产，现在听阿六说日本人怕广通公司船上的中国人私通游击队，为了保证稀有金属矿产安全运到上海就调用了日军军用商船"九良号"，并有日本军人船员驾船亲自运送。但广通公司的"广通一号"船在前方引导，两船共同前往上海。穿统一工装的人就是日本军人船员。面对这一新的变化，郑强龙感到，虽然日本军人船员人数多我数倍，但他们不是作战人员，而且我们在暗处他们在明处，只要我们机智处置，劫持运矿船就能成功。洪添寿和游击队员们也信心百倍，大家按照预定的计划，迅速将炸药、雷管藏进了船舱里，然后大家躲藏在船舱里，准备等船开动后寻找机会将船劫持。

"咔嚓——""咔嚓——"

就在郑强龙和游击队员们商量着如何劫船时，只听码头上传来一阵阵汽车的刹车声。

郑强龙抬头一看，原来是日本人的汽车到了码头。

这时，码头上骚动起来，两队日军摩托车开道，中间夹着一辆军用小车，后面跟着一辆军用大卡车。车队到码头后，大卡车上下来的日军在日军驻城区大队长伍平措三的指挥下，迅速封锁了运矿船的上下通道。从小车上下来的正是武英本吉，后面还跟着在贼人潭卧虎桥被炸掉一只胳膊的池田介二和夏井志雄。

在码头矿石堆场上指挥装船的王小三一见武英本吉到来，立即迎了上去。

"大佐阁下，皇军要的矿石正在装船，'搬运工'们都很卖力气！公司一定遵照大佐阁下的命令，让'广通一号'船开船引导和大日本的'九良号'商船按时到上海。请大佐阁下放心！"

王小三讨好地向武英本吉汇报着。特地把"搬运工"提了出来，是想提醒武英本吉什么。

这时武英本吉瞪大眼睛盯着王小三，吼道：

"王会长！你公司'广通一号'船不仅要做引导船，而且你要和我们一起，把大日本帝国的'九良号'商船开往上海！"

"我们？到上海？"王小三吃惊地问道。

王小三对武英本吉只字不提如何解决"搬运工"的事而感到不解。

"对！对！对！到上海！"武英本吉挥着手，示意王小三陪同自己上船。

王小三更不明白了，日本人应该是来抓捕共产党游击队的，怎么武英本吉要让自己陪同他亲自押送这批矿石去上海呢？难道这些矿石对大日本帝国而言比消灭共产党游击队还重要吗！

王小三更加疑惑不解，但又不敢多问。

其实，王小三并不明白武英本吉此时的野心。原来，武英本吉从他这里获得了郑强龙和游击队员化装成搬运工准备劫持运矿船的情报后，武英本吉就在盘算着如何利用这次共产党游击队劫船的机会，演一出复仇大戏，在天井湖里钓"大鱼"。他不仅要护送这些稀有金属矿石去上海，而且要将铜官山的"宝石"和天井湖里的"大鱼"这两份大礼亲自送到上海，献给陆军部的将军们，以期将功补过。

对于王小三而言，他向日本人报告共产党游击队劫持运矿船的目的，只是希望武英本吉来码头抓捕共产党游击队。王小三是如何知道共产党游击队要劫持运矿船呢？其实王小三早就知道阿六有个亲戚是共产党游击队的人。王小三一接到夏井志雄的命令，日本人需要运送稀有金属矿产去上海，阿六就主动向王小三报告说自己又找来一些新的搬运工来搬运。王小三心里就明白，拿了共产党游击队"好处费"的阿六找来的就是共产党游击队。因为共产党游击队是不会让日本人把这些贵重的矿石运到日本的，他们一定会想办法阻止日本人的行动，而阻止日本人行动，共产党游击队一定会在船上打主意。阿六不早不迟找来一些新人做搬运工，这些新人王小三不熟悉，阿六也讲不出个一二三四五来。对于阿六介绍的这些来路不明的搬运工，王小三断定他们一定是共产党游击队后，他想，这些共产党游击队一直是自己的死敌，不如借皇军之手将他们统统除掉，他这个维持会长才能当得稳当，他就向武英本吉报告了共产党游击队要劫持运矿的船只。按照他的想法，日本人获得这一信息后，一定会及时赶到码头将共产党游击队就地抓获处死。所以他在码头堆场就一直盼着武英本吉早点到堆场，并在武英本吉到堆场后多次提醒武英本吉，"搬运工"已进入了他的防区。希望武英本吉带来的日军早点对共产党游击队动手。

谁知，武英本吉从王小三这里获得情报后，并没有按王小三的思路去行动。他有自己的计划，他要实施他和池田介二策划的复仇杰作：放长线钓"大鱼"——不仅要抓捕船上的游击队，还要消灭前来湖中接应的新四军。

王小三将共产党游击队要劫持运矿船只的情报报告给了武英本吉，武英本吉真是喜出望外。他正在四处搜查逮捕嫌疑分子，寻求复仇的机会，他想这送上门的买卖，是彻底消灭铜陵地区共产党游击队的绝好机会，同时他还要借此次机会给共产党江北的新四军以有力的打击。他想，共产党游击队要劫持运矿的船，铜陵本地区的游击队势单力薄，兵力肯定不足，游击队一定会与江北新四军里应外合，共同作战，江北新四军一定会派船前往天井湖来接应。他的想法是正确的，池田介二的"黑鹰"向他提供的情报也印证了他的判断。"黑鹰"在情报中指出，"郑强龙率井湖游击队劫持运矿船，江北新四军确实将派出船只在天井湖中接应，将劫持后的船开到苏北新四军根据地"。当他获得"黑鹰"向他提供的情报，他想这次进入天井湖区的新四军，一定是他的囊中之物。他立即做出布置。他接受了池田介二的建议，为防止王小三的"广通一号"船上的中国人与游击队私通，他特地调集了日本军用船只"九良号"运送矿石，让"广通一号"与"九良号"两船同行，用来迷惑江面上的新四军。他把渡边的驻铜官山区大队、光熊郎的驻大通大队、田口一首的驻扫把沟大队、安日九峻的驻顺安大队统统调集到县城，让他们在天井湖上形成包围圈。为了让共产党游击队放松警惕，好让他们顺利地登上运矿船，他在天井湖码头有意撤出警戒。等共产党游击队上船后他才赶到码头，带领王小三等人登上运矿船。他准备将船开到天井湖中，将船内的共产党游击队和前来接应的新四军统统抓获。然后押着这些共产党游击队和新四军去上海，用抗日分子的头颅去祭奠战死的野藤将军。

这就是武英本吉的如意算盘。

武英本吉在断胳膊池田介二、夏井志雄、日军驻城区大队长伍平措三等簇拥下上了运矿船。王小三虽然不理解武英本吉的意图，但也只能跟着上船。日军宪兵跟随其后，这些日军宪兵上船后，纷纷占据了船头和甲板。

武英本吉在池田介二、夏井志雄、伍平措三、王小三的陪同下走近驾驶台。

天井湖白茫茫一片，湖面上隐约可见船帆。

武英本吉手握望远镜，瞭望湖面，环顾四周，见各大队船只已在湖中布置到位，他脸上露出得意的神情。

他命令伍平措三、王小三等人："开船！准备收网吧！"

王小三听了武英本吉的命令，这才明白武英本吉的意图。

"大佐阁下，英明！不仅吃掉游击队，还钓上了新四军！主意真高！"

"大佐阁下，英明！主意真高！"

王小三连声称道，心中大喜：这次铜陵地区的共产党游击队将要彻底完蛋了！

"快，去抓捕共产党游击队！"池田介二催促着王小三和身边的日军。

船舱里，郑强龙和游击队员们确实充满着危险。

他们藏在船舱里还蒙在鼓里，并不知道日本人的意图，但是面对日军上船这一新情况，大家认为劫持运输船是不可能了，只能炸沉船只。让日军还有那个死心塌地当汉奸的王小三与运矿船一同葬身湖底。

"同志们，我们只能炸船，现在大家趁日军在船头和甲板机会，把藏好的炸药再检查一遍。但是必须要有一个人留在船舱点燃炸药。其他同志在船开动后找机会下水离开。"郑强龙小声地说道。

"郑书记，我留下，其他同志找机会离船！"郑强龙话音刚落，洪添寿主动提出他留下来炸船。

突然，一声大叫从船舱门口传来。

"不许动！谁都不许离开，你们都被逮捕了！"

郑强龙和游击队员们回头一看，王小三手里握着枪，领着两个端着长枪的日军，正簇拥着一个断胳膊的日军军官堵在船舱门口。那个断胳膊的日军军官正是池田介二。

王小三一只脚已跨进舱门，他用枪指着郑强龙得意忘形地说："你就是共产党的铜陵县委书记、井湖游击队队长郑强龙吧？皇军找你好久了。

没想到今天你自投罗网，落在我们的手上，我要把你这个井湖游击队队长，第一个扔到天井湖里去喂鱼。"

"不、不、不，要抓活的！我们不仅要用这些共产党游击队去喂江北的新四军这些'大鱼'，把前来支援的新四军队伍全部钩住。我们还要把这些抗日分子统统地抓获，交给大日本帝国陆军部，让帝国的将军们去审判这些破坏'日中共荣'的强硬分子！把他们统统抓起来！"断胳膊的池田介二站在门口指挥着王小三。

"是！是！统统抓起来！统统抓起来！"王小三握着枪，边说边走进船舱。

这时，郑强龙和游击队员们才明白，自己不仅早已暴露了身份，而且已完全落入了武英本吉设计好的圈套里。

船舱里顿时变得寂静，郑强龙和游击队员们的目光都聚焦到王小三身上，王小三也用得意的目光来回扫视着自己枪口下的每一个人。

就在双方对峙的瞬间。

"嗵""嗵""嗵"……船突然起动了。

就在郑强龙等队员们一时无法应对王小三之际，突然起动的船，一个急拐弯，让毫无防备的王小三失去平衡，一个踉跄身体一歪。说时迟那时快，郑强龙一个箭步跨到王小三眼前，左手将王小三扣在胸前，右手顺势一把夺下了王小三手中的手枪。还没等王小三回过神来，郑强龙转过手来，枪口已对准了王小三脑袋。

就在王小三被郑强龙扣住的同时，留在铜陵参加战斗的新四军"神枪手"吴大贵眼疾手快地抓住一块矿石，不偏不斜地砸在跟在王小三身后日军的眼睛上。被砸得日军痛得"哎哟"一声大叫，手中的长枪瞬间落地。吴大贵立即冲了过去捡起枪，被砸的日军正要弯腰去夺，郑强龙枪口一转，"叭！"一枪结束了日军的性命。池田介二和另一个还未进船舱的日军见状，掉头就跑，说时迟那时快，就在池田介二转身之际，郑强龙又扣动扳机结束了他的性命。另一个日军一面呼叫着一面向船头逃去。

船头日军听到枪响，狂叫着奔来。

郑强龙对大家高声喊道："我和大贵掩护，其他人跳入水中，撤离！"

"郑书记，我留下点火炸船。"洪添寿坚定地说道。随后他转身奔向藏炸药的方向。

郑强龙听后望了一眼洪添寿，洪添寿已进入舱底。

日军的脚步声越来越近，郑强龙押着吓得发抖的王小三冲出船舱，只见站在船头的武英本吉手舞着指挥刀大声喊道："抓住共产党游击队！抓住共产党游击队！"

日军一面射击，一面向前冲。

郑强龙一面用王小三来抵挡敌人的子弹，一面和吴大贵一起还击日军，掩护着大家撤退。身后的宋二柱、郝大勇、陶水根、姚洪江、范四平、赵保来纷纷逃出船舱，沿船栏从船尾跳入水中。运矿船快速地航行着，在溅起的阵阵浪花中，跳入水中的游击队员不一会儿就不见了人影。

日军还在一面射击，一面向前冲。

郑强龙和吴大贵他俩的子弹已经打光。

武英本吉发现船栏上只有郑强龙、吴大贵，还有一个早已被打死架在船栏上抵挡子弹的王小三，兴奋地下令："抓活的！抓活的！"

武英本吉话音刚落，郑强龙和吴大贵一起从船上跳入了天井湖中。当日军再次举枪射击时，他俩已潜入了湖底。

"嗖——""嗖——""嗖——"

日军的子弹不停地射向湖中。

……

"轰——""轰——""轰——"

当郑强龙和吴大贵从湖底浮出水面时，只听远处的"九良号"运矿船上"轰"响声不断，火光冲天。

郑强龙和游击队员知道洪添寿点燃了炸药。

当他们转头向湖面望去，"九良号"运矿船正歪歪斜斜地急速向下沉去，船上的武英本吉、夏井志雄等日军也随船葬身于天井湖中。

此时，前来接应郑强龙和游击队的新四军船队已向湖中心驶来，它们的目标是包围和消灭日军各大队的巡逻艇。

渡边、光熊郎、田口一首、安日九峻，他们率各自大队的巡逻艇，隐匿在湖面不同的方位，见武英本吉的"九良号"运矿船被炸得燃着熊熊大火，沉入湖底，不知所措。以为中了新四军主力的伏击圈，乱作一团，各自为政。

天井湖上，日军的巡逻艇有的逃，有的溜……

这时，新四军船队抓住战机，面对这些群龙无首，四处逃窜的日军船只，瞄准目标，集中火力，追踪歼灭，给予了日军有力的打击！

湖面上，子弹穿梭，杀声阵阵。

郑强龙和游击队员们望着被新四军击沉的一艘艘日军船只，心花怒放，充满了喜悦。他们保住了铜官山的国宝——稀有金属矿产，让日本侵略者得到了应有的惩罚。

但是，在欢庆胜利之时，他们也深深怀念战友洪添寿。

尾 声

抗日健儿威名扬　保矿任务路艰难
积蓄力量再战斗　奔赴抗日新战场

　　井湖游击队在天井湖上，阻止武英本吉偷运稀有金属矿产的行动取得了巨大胜利。井湖游击队智胜日军，不仅粉碎了敌人的阴谋，而且在新四军的配合下，消灭了日寇有生力量。他们为保卫铜官山矿产资源不被掠夺与武英本吉为首的驻铜陵日军英勇斗争，事迹感人，威名远扬，受到了新四军总部和皖南特委的表彰，极大地鼓舞着铜陵地区的抗日士气，激发了铜陵人民对敌斗争的热情。但是，这次天井湖上与日军的一战，也使井湖游击队员由往日的地下斗争走向了正面战场。

　　随着日军对华侵略的不断深入，抗日战争逐步进入战略相持阶段。日军在其占领区加紧扶持傀儡政权，建立和发展汉奸组织。日军将铜陵县维持会改为铜陵县自治委员会。1938 年 12 月，汪精卫公开投靠日本，在日本占领区内成立了伪中央政府——“中华民国国民政府”。随后，在汪伪安徽省政府和驻铜陵日军的扶植下，日军在“铜陵县自治委员会”的基础上宣告成立了汪伪铜陵县政府。铜陵抗日形势变得异常复杂，我党保卫矿山，与掠夺铜官山矿产资源的日、伪斗争更加激烈。

　　面对全国抗战形势的需要，根据中共中央华中局和新四军总部的指示精神，铜陵县委领导的井湖游击队，并入了重新建立的皖南特委领导的敌后抗日武装，郑强龙同志担任特委敌工部部长。为加强铜陵日占区对敌斗争的领导，新成立中共铜陵敌后县委，领导敌后地区的抗日斗争。随后成立中共铜陵敌前县委，为党在铜陵县国统区开展各项抗日活动提供组织保证。乔志远、蒯亚男在敌前县委领导下，依然在看不见的战线上秘密战斗。王大贵返回部队后，被任命为新四军新组建的铜陵兵站站长。为了保护抗日力量，特委指示对井湖游击队中已暴露身份的中共党员和游击队员转移至江北根据地。宋二柱、郝大勇、陶水根、姚洪江、范四平、赵保来等编入新四军第三支队，奔赴新的抗日战场。

　　由铜陵"秘密物资运输线"组成的中共抗日武装——铜陵井湖游击队，在郑强龙带领下，粉碎了以武英本吉为首的日军掠夺铜官山矿产资源的阴谋，阻止了日军实施铜官山矿开发，使"TCU29掘宝计划"终成泡影，出色地完成了上级任务。井湖游击队的斗争和胜利，让日本陆军部大为震惊和不安。随后陆军部派遣石野井山少将率130旅团的136联队、138联队、139联队，以3个联队的兵力再次入侵铜陵。铜陵人民抗日护矿任务更加艰巨、斗争更加艰难，但是在中共皖南特委的领导和新成立的新四军铜陵兵站配合下，中共铜陵敌前和敌后县委给予日、伪军更加有力的打击，取得了一次又一次的胜利，保卫着铜官山矿产的资源，为铜陵的抗战史演绎着新的故事和传奇。

后　记

铜陵是一片红色的土地，反帝爱国的基因孕育着革命的传奇。

在伟大的中国人民抗日战争中，铜陵是中日交战的前沿和战略要地，更是日军争夺我国矿产资源的主要地区。铜陵被誉为中国的"铜都"，铜官山铜矿闻名于世，日本侵略者早已垂涎三尺，觊觎已久。七七事变前日本关东军就曾派遣南满株式会社代表来铜陵寻求所谓"合作"开发铜官山铜矿，受到中国政府和矿民们的断然拒绝。日本全面侵华后，铜陵被日寇占领，日本侵略者为推行"以战养战"的战略来维系和扩大战争，将铜陵地区确立为战争物资供给地。日军秘密制定铜官山矿开发计划，肆意掠夺铜官山矿矿产。面对穷凶极恶的侵略者，铜陵人民奋起反抗，为保卫自己的家园、保卫中国的矿山资源不被日军侵犯和掠夺，不畏强暴，英勇斗争。在抗日战争的艰难岁月里，在不同的战争阶段，铜陵广袤的大地上先后诞生了多支中国共产党领导的抗日队伍，如沙洲游击大队、郎坑游击大队、羊山游击队、叶家洲游击队、铜陵青年营、铜无独立连、猎户队等。在矿区，成立了铜官山抗日青年救国会，这些反抗日本帝国主义侵略的抗日武装和组织在铜陵的抗日斗争中发挥着重要作用。其中，铜官山抗日青年救国会在保卫矿山，阻止日寇掠夺铜陵矿产资源中，更是留下了浓墨重彩的一笔。

铜官山抗日青年救国会是抗日烽火中，在铜陵诞生、成长、壮大的一支"特殊"的抗日队伍。

1938年2月，日寇占领铜陵，掠夺铜矿资源成为日军的首要任务，从此铜官山铜矿陷入了日军的魔爪之中。国破山河碎，御敌保家园。矿区儿女在中共铜官山矿地下党的组织下，秘密成立了铜官山抗日青年救国会。青年救国会成立后，在中共铜陵县委的领导下，以保卫矿山资源为主要任务，活跃在铜陵地区与日寇斗争。他们依靠矿工，团结爱国企业家，杀日寇、除汉奸、炸矿井、闹罢工、搞物资支援新四军，粉碎了日寇一次又一次掠夺铜官山矿产资源的企图，取得了一个又一个与日斗争的胜利。青年救国会成立之初以地下活动为主，随着斗争的需要和全国抗日形势的发展，最终走向了武装斗争的正面战场，成为铜陵人民全面抗战的一面旗帜。纵观青年救国会对敌斗争的全过程，这支以矿工为主体的抗日队伍向世人呈现出了众多对敌斗争的"特殊"风貌，主要体现在两个方面：一是组织形式和战斗方式的特殊。青年救国会在与日寇斗争的过程中，采用人员平时分散、战时集中，根据任务性质和区域位置等特点安排成员参加。这种协同配合的组织形式和灵活机动的游击战法，不仅给日军有效地打击，也为中国共产党领导的城市抗日武装斗争在战法上增添了新内容。二是抗日战场的特殊。青年救国会的抗日战场主要在矿区，他们与日寇、敌特、汉奸等周旋在坑口、井下，决战于车间、矿场……在保卫矿山，阻止日军掠夺资源的过程中，不仅需要有正面杀敌，刺刀见血的勇气和胆识，而且需要有精心设计，运筹帷幄的智慧和谋略。他们在"掠夺与反掠夺"所形成的看不见的战线上与日寇决战，这些无疑增加了对敌斗争的复杂性、艰巨性和残酷性。但青年救国会的抗日英雄们，在县委和矿区党组织的领导下，不畏艰难，斗智斗勇，出奇制胜。不仅在矿山这一特殊的战场上，书写了抗击日本帝国主义经济侵略的传奇，而且创造了抗日战争中城市游击战以少胜多的典范。青年救国会在保卫矿山的斗争中，取得的一次次胜利威震铜都，激发起铜陵人民的抗日热情和消灭日本侵略者的决心。他们与日本侵略者浴血奋战，杀敌报国，呈现的动人故事，展示了中国人民不怕牺牲，捍卫民族尊严的崇高品质和爱国情怀，是铜陵抗战史上一段难忘的记忆，是中华民族抗战洪流中涌现出的一朵璀璨的浪花，它和铜陵其他抗日武装共同谱写了铜都儿女反对侵略，英勇杀敌的壮丽篇章。

未惜头颅护吾国，甘洒热血沃中华。

用红色基因打牢文学创作的底色，是每一位作家责无旁贷的使命。《天井湖畔的枪声》正是将铜官山抗日青年救国会的抗战传奇和铜陵其他抗日武装对敌斗争活动相融合，创作的一部反映铜都儿女在党的领导下抗日保矿的长篇文学故事。《天井湖畔的枪声》虽然是一部虚构的文学作品，但作者在创作《天井湖畔的枪声》中，坚持用唯物史观来认识和记述历史，以对历史敬畏、对英雄敬畏的精神，深入省内外革命纪念馆、抗战纪念地学习考察；采访抗战亲历者及其后人；查阅留存的抗战档案资料。这些探究历史、缅怀先烈的实地采风活动，不仅深化了作者对中国共产党领导抗日战争的过程、意义、成果的认识，而且提升了作品中人物的思想深度，突出了故事情节的时代感，为这部文学作品铸就了鲜明的反帝爱国基调。增强了作者传承红色基因的责任感和一个作家的使命担当，激发了作者用心挖掘素材、用情编织情节、用笔抒写正义的激情，力求使作品达到较高的思想深度和艺术水平。《天井湖畔的枪声》在表现主题上，突出了中国共产党对抗日战争的领导，再现了铜陵抗日保矿的传奇史实。作者将铜陵的抗日保矿放在中华民族抵御外来侵略的时代洪流中考量，将每一次对敌斗争的胜利都作为世界反法西斯斗争的成果来展示，讴歌颂扬铜都儿女在民族危亡中英勇抗击日本侵略者的精神风貌和爱国情怀。在故事线索上，以敌我双方围绕"掠夺与反掠夺"铜官山矿产资源这条主线展开，融入了铜陵人民抗战中的重大事件、重要时点、典型人物、感人事迹，丰富了作品的内容，延长了故事情节的触角。在人物设计上，角色众多，性格分明。展示了中共游击队员、潜伏警长、矿工、进步矿主、抗日老板以及国际反战组织人士等一批正面形象，塑造出以县委书记、游击队长郑强龙为代表的一批抗日英雄人物。同时，也刻画出驻铜陵日军司令官、情报专家、矿业所长、日军记者、维持会长、汉奸等众多反面典型。在斗争形式上，突出了"正面较量与地下暗战"相交融的智斗场面，彰显了战争的残酷性和复杂性。辅之以谍战、统战、情战等内容，增加了故事的可读性。在叙事手法上，按章回讲述，故事层层递进，情节环环相扣。语言简洁朴实，通俗易懂。这些构成了《天井湖畔的枪声》一书的写作背景和创作特色。

历史征程风云激荡，日月经天薪火相传。

今年是中华人民共和国成立 75 周年，明年是中国人民抗日战争暨世界反法西斯战争胜利 80 周年。在特殊的历史节点上，作者创作出版这部长篇抗战故事，目的是让炽热的文字和书中的人物引领读者回望历史，在穿越封存的时光中，打开浴血的画卷，还原战争的真相，追踪英雄的足迹，点亮信仰的光芒，迈向新的历史征程！

《天井湖畔的枪声》和作者创作的另一部已出版的长篇历史小说《铜官山风云录》可谓是姊妹篇，所表现的主题一致，故事发生地一致，人物和故事之间具有一定的关联性。这也是作者力图通过文学的形式，将自己的家乡——铜陵的一山一水，即铜官山和天井湖，这两处铜都标志性的地理载体展现给世人，让充满红色基因的铜陵山水孕育的革命传奇故事赋予读者前行的力量！

陆 峰

2024 年 5 月 8 日